方克立序跋集

方克立　著

当代中国出版社
Contemporary China Publishing House

图书在版编目(CIP)数据

方克立序跋集 / 方克立著. -- 北京 : 当代中国出版社，2016.10

ISBN 978-7-5154-0703-6

Ⅰ. ①方… Ⅱ. ①方… Ⅲ. ①序跋—作品集—中国—当代 Ⅳ. ①I267

中国版本图书馆 CIP 数据核字(2016)第 143201 号

出 版 人	曹宏举
责任编辑	克 川
责任校对	康 莹
封面设计	古涧文化
出版发行	当代中国出版社
地　　址	北京市地安门西大街旌勇里 8 号
网　　址	http://www.ddzg.net 邮箱：ddzgcbs@sina.com
邮政编码	100009
编 辑 部	(010)66572264　66572154　66572132　66572180
市 场 部	(010)66572281 或 66572155/56/57/58/59 转
印　　刷	北京润田金辉印刷有限公司
开　　本	720 毫米×1060 毫米　1/16
印　　张	22.75 印张　2 插页　293 千字
版　　次	2016 年 10 月第 1 版
印　　次	2016 年 10 月第 1 次印刷
定　　价	60.00 元

目录

Contents

《从孔夫子到孙中山》引言

中华民族有数千年悠久的历史文明，其中包括十分丰富的哲学遗产。早在四十多年前，毛泽东同志就指示我们：“从孔夫子到孙中山，我们应当给以总结，承继这一份珍贵的遗产。这对于指导当前的伟大的运动，是有重要的帮助的。”[①] 四十多年过去了，历史发生了巨变。“当前的伟大的运动”已经不再是争取抗日的胜利和建设一个新中国，而是要逐步实现四个现代化，把我国建设成为高度文明、高度民主的社会主义国家。但是，毛泽东同志的这一指示并未过时，我们今天读来仍感十分亲切，它在今天仍然具有巨大的现实意义。对于决心为祖国的四个现代化贡献青春的青年一代来说，迫切需要用人类几千年来积累的文化知识成果武装起来，其中当然也包括学习和继承我们的祖先自己创造的灿烂的古代文化和哲学遗产。我们正是遵照毛泽东同志的上述指示，想在帮助青年学习历史遗产方面做一些工作。

本书试图通过对我国历史上三十多位著名哲学家的生平活动和思想学说的简要评述，勾勒出从孔夫子到孙中山的一部中国哲学史的丰富内容和基本发展线索；但又不同于一般的哲学史教程，它没有形式的章节体系，突出要点而非面面俱到，力求把事实叙述得清楚明白，把道理讲解得浅显易懂，避免繁重的资料引据和千篇一律的叙述形式，因为它的读者对象主要是青年。

对于青年朋友来说，学一点中国哲学史有什么现实意义呢？我们

---

①《中国共产党在民族战争中的地位》，《毛泽东选集》第 2 卷，人民出版社 1966 年版，第 499 页。

认为至少有以下三点：

第一，增长知识，了解我们的先哲是怎样思考和回答宇宙以及社会人生的各种重大问题的，从我国古代灿烂的精神文明中吸取对四化建设有用的东西，增强民族自信心和自豪感，培养崇高的爱国主义情操。

中国是世界文明古国之一，远在二千多年前，我国就有成系统的哲学理论体系出现，标志着中华民族很早就进入了高度抽象的哲学思维阶段。中国哲学经过漫长而曲折的发展历程，绵延数千年而从未中断过，这在世界历史上也是罕见的。希腊、罗马哲学，古代繁兴而后世消沉；英、法、德等国哲学，近代震赫而远古难考。中国哲学则不然，它不但源远，而且流长。在我国历史发展的各个时期，都涌现出了许多优秀的哲学家和重要的哲学派别，多次出现百花齐放和百家争鸣的学术繁荣局面。我国历史上遗留下来的哲学典籍和思想史料之宏富，也是世界上其他国家民族所无可比拟的。这是一份极其宝贵的精神财富，我们应当用马克思主义的方法加以批判地总结，吸取其中有民主性、科学性和真理性的东西，用来为社会主义现代化建设服务。中国哲学史是中华民族从古代到近代精神文明发展的一面镜子，我们是马克思主义的历史主义者，我们不应当割断历史，那么自然不能否认这面镜子对于今天的社会主义精神文明建设仍然有着十分重要的借鉴意义。

第二，通过总结前人理论思维的经验教训，锻炼和提高我们的理论思维能力，即进行科学的抽象思维以认识客观真理的能力，为攀登现代科学的高峰作出更大的贡献。

恩格斯说："一个民族想要站在科学的最高峰，就一刻也不能没有理论思维。"但理论思维的能力"必须加以发展和锻炼，而为了进行这种锻炼，除了学习以往的哲学，直到现在还没有别的手段"[①]。这是对于学习哲学史的意义的最透彻、最深刻的说明。哲学不同于各门具体科

①《马克思恩格斯选集》第3卷，人民出版社1972年版，第467、465页。

学，它是一门世界观的学问，是人们以理论思维形式表达的关于自然、社会和思维的一般规律的认识。在一定意义上说，哲学史“就是整个认识的历史”[①]，它记录了人类认识世界的艰难曲折的历程，其中包括许多理论思维的经验教训。学习哲学史，实际上就是把历史上的哲学家们思考过的各种问题重新思考一遍，这叫做历史的反思。我们当然不是站在他们原来的思想水平上，而是站在马克思主义哲学的高峰，去俯瞰人类认识从幼年、童年直到成年、壮年的发展过程，那么就能清楚地看到：哪些是沿着人类认识发展的康庄大道，合乎规律地必然出现的东西；哪些又走入了歧途，成为人类认识之树上的不结果实的花，它们失足的教训在哪里。正如人体解剖是猴体解剖的钥匙一样，我们也只有站在马克思主义哲学的高峰，才能理解在人类认识发展的低级阶段上所发生的一切事情。我们如果对中外哲学史有一个基本的了解，把其中各种典型的理论思维的经验教训都搞清楚了，正确地加以总结和记取，那么无疑地对于我们的理论思维能力是个极大的锻炼和提高，也十分有利于我们在新时期鉴别各种正确和错误的思想，使自己变得更加聪明和成熟起来。

第三，学一点中国哲学史还有助于加深对马列主义和中国具体实践相结合的毛泽东思想的理解，使我们更加自觉地把建设具有中国特色的社会主义、共产主义当作自己终身奋斗的目标。

马列主义、毛泽东思想是在总结无产阶级革命实践经验的基础上产生和发展的，同时它又未尝脱离整个人类文明发展的大道，是在总结和继承人类认识史上一切优秀成果的基础上产生和发展的。正如德国古典哲学是马克思主义的一个重要理论来源，没有从古希腊哲学到德国古典哲学的发展，就没有现代辩证唯物主义的世界观一样，毛泽东思想除了直接来源于对马列主义的学习之外，它在中国本土还有着

---

①《列宁全集》第38卷，人民出版社1959年版，第399页。

深厚的思想根基，它和中华民族几千年形成的优秀的精神文明，和我国的传统哲学还有着深刻的联系。毛泽东同志的哲学名著《实践论》和《矛盾论》，既深刻地阐明了马克思主义认识论和唯物辩证法的真理，同时又对中国哲学史上长期讨论的知行问题和阴阳矛盾学说作了科学的总结。在毛泽东思想的其他奠基人，如周恩来、刘少奇、邓小平等同志的著作中，我们也可以看到许多批判地继承中国古代哲学遗产的范例。这些都说明，马列主义要在中国生根，就必须和中国的具体国情（包括历史文化传统和当前革命实际）结合起来，变成中国化的马列主义，才能成为中国革命和建设事业的具体指南。我们如果对中国哲学从古代到近代的发展有一个基本的了解，并且注意到中华民族有善于吸取外来思想文化为我所用的优良传统，那么就能对马列主义和中国具体实际相结合的毛泽东思想产生的必然性有更深刻的理解，并且清醒地认识到，在今后也只有坚持"结合"的方针，它才能在实践中进一步发展，具有永不枯竭的生命力。

从以上几个方面的理由看来，学习中国哲学史是很有必要的，是具有重大现实意义的，恐怕无人怀疑和反对。但是，一提起中国哲学史，许多青年同志都有一种畏难情绪，觉得自己的古汉语基础差，怕读不懂古书；面对着浩如烟海的古代文化典籍，翻开书中连篇累牍的"之、乎、也、者"，更是望而生畏，甚至视为不可越过的难关。我们认为，承认困难是实事求是的态度，但是它并非不可克服，更不是什么不可越过的难关。自学中国哲学史的青年同志，只要掌握了一定的方法和步骤，下长期刻苦攻读的功夫，不但古汉语的难关可以越过，而且深入中国哲学史的堂奥，为这个学科的科学化建设做出积极的贡献也是完全可能的。功夫不负有心人，掌握正确的方法和学习步骤将使我们更顺利地达到自己的目的。

一般说来，有志学习和研究中国哲学史的青年，必须经过"粗知"、"入门"和"深研"三个阶段。从不知到粗知，是认识的一个飞跃。我们可以从阅读一两本通俗的中国哲学史、思想史著作入手，了解中国哲学思想发展的基本情况，知道有哪些重要的哲学家和哲学派别，他们都提出过一些什么哲学思想和学说，历史上唯物主义和唯心主义两条哲学路线的斗争是怎样展开的。通过初步的学习，我们或许会为这幅千岩竞秀、万壑争流的古代思想斗争的瑰丽图画所吸引，从而产生强烈的学习和探求的兴趣。

不满足于粗知，有志进一步掌握更加全面、系统的中国哲学史知识的青年，可选择一两种较好的中国哲学史教材（直到现在，任继愈主编的《中国哲学史》四卷本仍是内容比较详备、评析比较精当、叙述比较明白易懂的一种），作为上下贯通的基本线索；但在掌握每一个哲学家的思想学说的具体内容时，就不能满足于教科书上所引述的资料了，而必须接触第一手资料，直接阅读一些重要的古典哲学原著。应该读哪些书呢？自从“五四”后胡适为初学者开出《一个最低限度的国学书目》以来，近现代有不少学者都曾为青年开具过各种学习书目。这些书目，特别是一些马克思主义学者开具的中国哲学史、思想史的书目，都可以作为参考。古汉语难读怎么办？我们除了必须学会和经常使用有关工具书之外，在开始阅读古典哲学原著时，可先选读一些近人作的较好的今注或今译本，如高亨的《周易古经今注》和《周易大传今注》、杨伯峻的《论语译注》和《孟子译注》等。另外，专业哲学史工作者经过认真筛选，现已编辑出版了好几种中国哲学史资料选辑，一般都作了详注，有的还有今译，极便青年读者克服史籍浩繁难找和古书难读的困难。总之，只有接触原著，才能直接听到古代哲学家的心声，对他们的思想有一番真切的了解。不阅读原著是永远也不可能“入门”的。

基于对我国古代文化和哲学遗产的深入了解和深厚感情，有一部分青年可能将会步入专业的或业余的中国哲学史工作者的队伍，这是祖国的科学文化事业发展的需要。有志为中国哲学史的科学化建设作出贡献的青年，必须打好两方面的基本功：一是要全面地详细地占有资料，学会并且熟练地运用搜集和鉴别、审查史料的方法，去伪存真，去粗取精，在大量真实可靠的资料的基础上，才有可能引出合乎实际的结论来；二是要有坚实的马克思主义理论根底，有正确的哲学史观，善于用马克思主义的科学世界观和方法论，去分析历史上复杂的思想斗争现象，找出其中本质的规律来，而不为现象所迷惑。扎实打好这两个方面的基本功，并且善于把这两个方面结合起来，需要长期的学习和实践，还要涉及广泛的知识领域。但是，“世上无难事，只要肯登攀。”我们只要有强烈的事业心，有顽强的学习精神，善于开动思维的机器，就完全可能在这个学科领域作出超越前人的贡献。中国哲学史的繁兴和真正突破性的进展归根到底还要指望青年。

很明显，本书所承担的任务，只是为青年朋友粗知中国哲学史提供一些基本情况，或者说，提供一个引路的线索。由于本书是以三十多位哲学家的生平和思想评传的形式写作的，为了使青年读者对中国哲学史有一个整体的了解，我们有必要在此简单地勾勒一下中国哲学发展的诸阶段和两条路线斗争的基本线索。

中国哲学的发展，就各自区别的特殊形态来说，大体经过了先秦诸子学、两汉经学、魏晋玄学、隋唐佛学、宋明理学、近代新学几个重要阶段，它和中国社会历史发展阶段是大体相适应的，而其中自始至终贯穿着唯物主义和唯心主义两条哲学路线的斗争。

先秦哲学斗争主要是围绕着天人关系问题展开的。殷周时期的奴隶主贵族统治者，为了论证他们统治的合理性，把自己说成是“天”或上帝的儿子，而“天”、“帝”则是至高无上的主宰者，自然界和人类社会的一切都是“天命”即上帝的意志的体现。这是最初支配人们意识的宗教唯心主义世界观。随着奴隶们的反抗斗争的发展，奴隶制陷入了深刻的危机，此时“天”也帮不了奴隶主贵族统治者的忙。正是在这种阶级斗争的历史背景下，开始出现了反天命的唯物主义无神论思想。用“五行”、“阴阳”来说明世界物质构成的朴素唯物主义自然观，则是人们在生产斗争和生活实践中长期和客观对象打交道所取得的认识成果。

春秋战国是我国从奴隶制向封建制过渡的社会大变革时期，激烈的社会动荡反映在思想战线上出现了诸子百家争鸣的局面。第一个建立起独立的哲学体系的孔子，虽然还不敢公开触动维护西周奴隶制的天命观，但也显然受到春秋时期重“人道”思想的影响，不多谈“天道”问题，甚至对鬼神采取“敬而远之”的态度，他着重发挥了以“仁”为中心的重人道的政治伦理哲学。继孔子而起的墨子，则公开反对“天命”，主张强力从事，不过他又站在小生产者的立场上“尊天”、“明鬼”，说明他还未能彻底摆脱传统的天神观念的束缚。战国中期的《老子》对殷周以来的天命观作了第一次突破性的冲击，用“天道自然无为”来否定有意志的人格神，但是它用来代替“天”、作为世界本原的“道”这一最高实体范畴，却不是物质，而是没有任何物质内容的思维虚构。《老子》提出的“有生于无”则是一个典型的唯心主义命题。孟轲和庄周，分别发展了孔子和《老子》的唯心主义哲学思想，他们从不同角度夸大了人的主观精神的能动作用，一个强调道德上的自觉，提出一条“尽心”、“知性”、“知天”的认识路线；一个追求绝对的精神自由，但在客观必然性面前又陷入了宿命论。战国末期的荀子，通过对以前各家哲学的批判总结，肯定了“天”即自然，天的运行是有规律的，强调物理可知，人有其治，在“明于天人之分”的基础上，提出了“制天命而用之”的光辉思想。荀子的唯物主义哲学，标志着先秦哲学发展圆圈的完成，它对先秦天人之辩也作了一个很好的总结。

两汉时期，地主阶级中央集权统治已经形成，董仲舒适应巩固大一统封建统治的需要，重新提出“天人相与之际”的问题，建立了一套“天人感应”神学目的论的哲学体系，被封建统治者接受作为当时的官方正统理论。以王充为代表的寒门庶族思想家，则创造性地发展了先秦以来的元气说和“天道自然无为”的思想，用唯物主义的元气自然论来反对唯心主义的神学目的论。两汉哲学斗争和当时对儒家经典作不同解释的经学今古文之争有一定的联系，所以在学术史上又称为两汉经学时代。

魏晋时期，门阀士族的思想代表何晏、王弼等人接受了董仲舒的神学目的论被唯物主义元气自然论击败的教训，采取了新的唯心主义手法。他们主要是通过有无、本末、体用等所谓“纯哲学”问题的论辩，力图证明在世界现象之上、之后，还有一个更根本的本体存在，这个本体虽然看不见，但却是一切看得见的东西赖以存在的基础，天地万物都是它的体现。这个精神性的本体就是“无”。这种贵无论的唯心主义，受到了魏晋玄学中的另一派——以郭象为代表的“崇有”、“独化”学说的批评，后者把庄子的唯心主义发展成为神秘主义的无因论，同样是为门阀士族的统治特权作辩护的。这个时期和玄学唯心主义对立的，有以杨泉、欧阳建等人为代表的唯物主义哲学路线。

在东晋南北朝得到广泛传播而在隋唐发展到鼎盛的佛教哲学，是中国哲学史的一个重要组成部分。佛教采取了和玄学本质上相同的唯心主义本体论的手法，极力论证现实世界是虚幻的现象，只有它们追求的“空”才是现象界背后的最高本体，极力诱骗人们抛弃尘世的生活，到佛教的精神虚构中去追求极乐世界。佛教神不灭论和因果报应说都是封建统治阶级用来压迫人民的精神锁链。战斗的无神论者范缜在反对佛教唯心主义的斗争中作出了卓越的理论贡献，他用形神相即、形质神用、形谢神灭的唯物主义严密论证，有力地打击了神不灭论，推进了思想领域的反佛斗争。唐朝的韩愈反佛也十分坚决，但他在哲学上却信奉儒家天命论。和他同时的唯物主义哲学家柳宗元和刘禹锡，继承和发展了王充的元气自然论，反对韩愈的天命论，在新的历史条件下又一次对天人之辩作了唯物主义的总结。不过，柳、刘却未能完成从理论上批判和战胜佛教唯心主义本体论的任务。

宋明理学是中国唯心主义哲学发展的一个更高的阶段，它直接承继孔孟儒学，同时吸取和改造了佛教和道家唯心主义的某些成分，构筑起一种适应后期封建社会统治阶级需要的新的统治思想形态。不论是二程、朱熹的理学，还是陆九渊、王守仁的心学，都是把封建的“三纲五常”抬高到宇宙本体即“天理”的地位，不过他们一个把“天理”说成是先于天地万物而存在、并作为天地万物所以生成的根据的绝对精神，一个则把“天理”装入人的心中，说它就是人心本来具有的“良知”。他们通过对理气、道器、心物、知行、性命等问题的讨论，把唯心主义本体论发展到高峰，成为中国封建地主阶级最完备、最系统的唯心主义理论。这个时期唯物主义在反对唯心主义的斗争中也得到锻炼和长足的发展，最突出的成就是由张载奠基、王廷相等人加以补充发展、最后由王夫之总其成，建立了元气本体论的朴素唯物主义哲学体系，它从自然观、认识论、人性论和道德修养学说等方面都对魏晋以来的唯心主义本体论进行了尖锐的批判，特别是着重清算了程朱、陆王的主、客观唯心主义的典型形态，把我国古代朴素唯物主义哲学推向了最高阶段。

1840 年鸦片战争后，由于帝国主义的入侵，中国沦为半殖民地半封建社会。近代哲学斗争和中国人民反帝反封建的革命斗争是紧密联系在一起的，它的主要内容是资产阶级的“新学”、“西学”反对封建阶级极力维护的“旧学”、“中学”的斗争。康有为、谭嗣同、严复、章太炎、孙中山等资产阶级的哲学代表，都是这个时代的政治风云人物，他们的思想之所以比较先进，是由于他们注意向西方学习，在哲学上搬来了西方的机械唯物论和庸俗进化论。但由于中国资产阶级本身的软弱和革命形势的急促发展，他们不可能创造出严密完整的唯物主义思想体系，而是在哲学上表现为可笑的动摇和矛盾混杂。历史证明，资产阶级世界观不能救中国，中国人民只有掌握了马克思列宁主义这一观察国家命运的工具，中国的面貌才发生了天翻地覆的变化。

马列主义和中国实际相结合的毛泽东思想的产生，开辟了中国哲学史的一个崭新的阶段。

以上简略的叙述，旨在给青年读者一个关于中国哲学发展的整体印象。有了这个整体印象，我们在读各个哲学家的生平和思想评传时，就不会把他们看作是一个一个孤立的个人，而是看作整个思想发展链条中的各个有机环节，他们各自体现了时代的精神面貌，代表着中国哲学认识运动的一个一个发展阶段。用列宁的话来说，他们分别是中国哲学"思想发展的大圆圈（螺旋）上的一个圆圈"①。离开了历史上这些重要的哲学家，当然也就谈不上中国哲学发展的整个链条或大圆圈了。严格地说，中国哲学史的科学化建设，正是应以列宁上述关于"圆圈"的思想为指导，去揭示中国哲学发展的历史和逻辑的统一。但是我们做得还很不够，这是我们今后努力的方向。

（《从孔夫子到孙中山——中国哲学小史》，方克立主编，周德丰、韩强、盛家林、殷陆君编著，中国青年出版社 1984 年 7 月出版）

①《列宁全集》第 38 卷，人民出版社 1959 年版，第 271 页。

《中国哲学史上的知行观》重印前言

这本书，发行已经两年多了。第一次印刷时既无“前言”，也无“后记”，于读者了解本书的内容和主旨实有所不便。借这次重印之机，把我在撰写此书前给人民出版社写的一个“设想”照录于此，以便和读者交流思想，获得有益的批评和帮助。

一、研究这个题目的目的是：以毛泽东的《实践论》为指导思想，系统地清理中国哲学史上的知行问题，用大量具体材料说明：“马克思以前的唯物论，离开人的社会性，离开人的历史发展，去观察认识问题，因此不能了解认识对社会实践的依赖关系，即认识对生产和阶级斗争的依赖关系”，“唯心论和机械唯物论，机会主义和冒险主义，都是以主观和客观相分裂，以认识和实践相脱离为特征的”。同时说明哲学史上的经验论和唯理论为什么是错误的，它们又是怎样失足的。也就是说，用中国哲学史的全部材料说明：只有“以科学的社会实践为特征的马克思列宁主义的认识论”，即实践论，才是唯一正确的认识理论，也是对于中国哲学史上的知行问题的科学总结。我们希望，这本书的写成，能够对广大读者学习和加深理解毛泽东的《实践论》有所帮助，至少提供一个历史的资料。

二、当然，不能把《实践论》诞生以前的中国知行学说史写成一部纯粹错误的思想和理论堆积的历史。前人虽然没有对知行问题作出科学的解决，但他们的探讨不是没有意义的，至少他们提出了问题，有的在不同方面、不同程度上对问题作出了接近真理的回答。他们的失足也为后人提供了宝贵的理论思维的经验教训。例如，马克思以前的唯物论（更不用说唯心论了），都“不能了解认识对社会实践的依赖关系”，但这并不是说，旧唯物主义者都没有提出过“行”或“实践”的概念，都没有把“行”和“知”联系起来，把“行”引进认识论。中国古代有不少哲学家提出了“行先于知”、“由行而致知”、“力行而后知之真”等命题，列宁甚至指出“费尔巴哈把人类实践的总和当作认识论的基础”。关键在于，“由于剥削阶级的偏见”，“由于生产规模的狭小，限制了人们的眼界”，旧唯物主义者对行或实践的了解是片面的，因而不能把他们的认识论建立在科学的社会实践的基础上。尽管如此，主张“行先知后”、“由行而致知”，批判“知先行后”、“离行而言知”，总还是比较正确的认识理论，在哲学史上一般具有唯物主义反对唯心主义的意义。我们认为，用马克思主义观点研究中国知行学说史，注意从认识论方面去考察历史上的各种哲学形态，总结唯物主义和唯心主义斗争的规律，总结理论思维的经验教训，应是深入开展中国哲学史研究的一个重要方面。

三、知行问题研究的范围，狭义地说，就是研究知和行，即认识和实践的关系问题。中国哲学史上知行对称，提出二者的关系问题是很早的，但专门讨论知行先后、知行分合、知行轻重、知行难易等问题，大都在宋以后；宋以前的哲学家有的也接触到这个问题，但大都语焉不详，零碎片断，没有形成系统的学说和理论。广义地说，知行问题就是整个认识论，包括认识的本质、认识的源泉和动力、认识发展过程、检验认识真理性的标准等问题。毛泽东的《实践论》，副标题为“论认识和实践的关系——知和行的关系”，内容却是“辩证唯物论的全部认识论”。所以，我们考虑，研究中国哲学史上的知行问题，不能把范围限制得太狭小，不能只是字面上讲到知行关系的才研究，而必须涉及认识论的所有重要问题。例如关于知识的来源问题，唯心主义认为来自本心的“良知”，或对“天理”的体认，都是离行而言知；旧唯物主义者认为来源于感觉经验，承认从外到内，但有直观性的缺陷，否认实践在认识中的作用；有的唯物主义者主张“行先知后”、“由行而致知”，而把“行”主要了解为个人的道德行为或应事接物的活动。所以，关于知识来源问题上的各种理论，不论是完全错误的或有部分合理因素的，都和知行问题直接有关。关于真理标准问题也是一样，不论是否承认实践标准，都是提出了一种知行观。这样，关于知行问题的研究，就不能仅仅限于宋代以后，从孔夫子到孙中山，几乎所有重要的哲学家都涉及这个问题，一部知行学说史就成了中国认识论的专史。可是，我们又不希望把问题搞得太宽泛，还必须限定一个范围。凡是和知行问题直接相关的才写，关系不直接的就从略。如古代辩者关于思维的形式及规律的学说，佛教一些宗派对于人的意识现象的繁密分析等，都不拟展开详细论述。从这个意义上说，它又不是一部完整的认识论史，而只是一部知行学说史。

四、中国哲学史上的知行问题和伦理学、人性论关系密切，封建时代的哲学家们讨论知行问题，虽然也有一般认识论的意义，往往主要是讨论道德意识和道德行为的关系问题。剥削阶级总是心口不一、言行相违的，而他们的思想家又总是强调知行统一、言行一致，所以傅立叶说道德“就是行动上的软弱无力”。历史上关于性善、性恶的争论，涉及道德观念是先天固有的还是后天获得的问题，也和知识起源问题直接相关。这些问题怎样处理？我们考虑，这本书主要探索《实践论》的思想理论渊源，是专讲认识论问题的，和伦理学、人性论问题交叉混糅在一起的，主要也只从认识论角度来论述，尽可能划清二者的界限；纯属伦理学问题的则一概不讲。

五、这个题目虽属哲学史专题研究，我们考虑，写书时还是采取历史的叙述方式，写成一种专门问题或学说史，从孔夫子到孙中山，较有代表性的哲学家的知行学说一一论述。“知之匪艰，行之维艰”一语，虽出自伪《古文尚书》，然《左传》中也有“非知之实难，将在行之”（昭公十年）的同类思想，我们认为把它当作春秋时期流行的一句包含哲理的成语看待是合理的，是一种朴素的知行观，故在孔丘之前提到它。蒋介石的“力行哲学”以及其他一些人关于“知难行易”学说的发挥，都只在讲孙中山的知行学说时附带提一下，不再专章批判。我们把《实践论》看作是整个中国知行学说发展的必然结果和科学总结，它又是写作全书的指导思想和方法论原则，故不一般地从哲学史的角度来论述，而在“结束语”中突出它的历史地位和理论成就。

六、由于过去没有出过一本关于这个问题的专门研究著作，我们的尝试尚属草创，所以考虑尽可能多地引据一些重要的原始资料，以供后来的研究者参考，起个铺路的作用。当然，也不能写成一种纯粹的资料书，要有系统的叙述、分析和批判，要用观点统率材料。原著引证多了，更要为读者着想，尽可能做到叙述通俗易懂。

这个撰写设想，是应人民出版社编辑同志之约而写的，是向编者交底，交代出写书的目的、指导思想和对涉及有关问题的解决方案。曾刊载于国家出版事业管理局研究室编印的《出版工作》一九七八年第七期。

书写成出版后，它到底在多大程度上实现了撰写设想中提出的任务和目标，读者自有评论。时隔六年，我的认识也有所发展，虽然自信在撰写设想中所提出的基本指导思想还是正确的，但是并非没有片面性的弊病，“左”的影响在书中亦有所表现。

中国哲学史上的知行问题，既有其一般认识论的意义，又有其特殊的伦理学的意义。在中国古代哲人，“求知”和“为圣”是统一的，求知方法往往也是道德修养的方法。和伦理道德紧密联系在一起，是中国古代哲学的一大特点，也是中国古代知行学说的显著特点。有人因此认为中国哲学是“伦理型”的，没有系统的认识论和逻辑学，把传统哲学中的知行问题基本上看作是一个伦理道德问题，否认或贬低它的认识论意义。我是不同意这种看法的。本书强调要分清两重意义，认识它们的区别和联系，“不要把古人讲的知和行同现代人讲的认识和实践简单地划等号，也不要以为古人是讲道德上的知和行，就否定它有一般认识论的意义”（第 23 页）。本书着重从认识论的角度，清理中国古代和近代的哲学家们在知识的来源、求知的方法和途径、真理的标准等问题上的各种观点和理论，它们构成了传统哲学中的知行学说的丰富内容。《实践论》所阐明的“辩证唯物论的知行统一观”，就其回答的问题来说，和传统哲学有着十分密切的联系，它是深深地植根于我国传统哲学的土壤中的。不看到这一点，不承认知行问题本质上是一个认识论问题，势必贬低中国传统哲学的价值及其在世界哲学史中的重要地位。

然而，问题还有另外一个方面。研究中国哲学史上的知行观、认识论问题，还必须充分注意到它的特点。我虽然也注意到中国传统哲学中的知行问题和伦理道德问题是紧密结合很难分开的，但是在指导思想上却是主要把它当作一个认识论问题来研究，尽量不涉及它的伦理学方面。这样有时就容易造成认识和评价上的片面性。例如，对于王阳明的“知行合一”说，着重从认识路线上揭露它混淆知行概念，“以知为行”、“销行归知”的主观唯心主义实质，而对它作为一种道德修养学说的合理内容和积极意义却肯定不够。我也曾指出：“和程颐、朱熹的知先行后说比较起来，王阳明的知行合一说总的精神是更加重视‘行’”（第 208 页）；他强调“真知即所以为行，不行不足谓之知”，“从反对‘徒悬空口耳讲说’的程朱理学来说，确实包含着一定的合理因素”（第 190 页）。但这仍然是从认识论的角度来说的。如能再从伦理学的角度，适当说明“知行合一”在改过迁善、道德修养中的重要意义，并且看到它对我们民族的文化传统和思维方式曾经起过长期而深远的影响，那么对王阳明哲学的评价可能就要全面一些了。唯心论的先验论是应该批判的，但是要防止把哲学史研究简单化，应具体揭示一些思想命题的多重涵义和复杂联系。本书这方面的缺点，此次原版重印，尚不能加以克服，我期待着读者的严肃批评和指正。

还有一点需要说明。我在撰写设想中说“过去没有出过一本关于这个问题的专门研究著作”，这是不符合事实的，恰说明当时自己的孤陋寡闻。后来我看到了赵纪彬同志早年写的《中国知行学说简史》（中国文化服务社 1943 年出版）一书，并曾亲自向赵老请教，得到了不少教益。赵老受写书时代的限制，没有提到《实践论》，而是把孙中山的知难行易说当作中国知行学说发展的最高成果。但他是自觉地把中国知行学说史当作认识论史来写的，这点对我很有启发。不幸本书问世之时，赵老已经永远离开了我们，对此我感到非常遗憾，非常沉痛。

“旧学商量加邃密，新知培养转深沉。”近年来报刊上发表了不少有关中国知行学说的新论著，对我亦颇多启发。如果有时间，我愿就这个问题继续研究和写出更好一点的东西来。

1984 年 12 月

（《中国哲学史上的知行观》，方克立著，人民出版社 1982 年 3 月初版，1986 年 9 月重印，1997 年 10 月收入“哲学史家文库”第三次印刷）

《现代新儒学研究论集》出版说明

随着文化讨论的深入开展，现代新儒学的问题，引起了海内外学术界的热切关注和普遍重视。这是因为，现代新儒学是在传统中国走向现代过程中出现的一种重要的文化和哲学思潮，它对传统文化和现代化的关系、中西文化的关系等问题所作出的回答，对中国社会、政治、文化发展的现实道路所作出的抉择，在今天仍有重新进行批判地审视和清理、总结、借鉴的必要。尤其是这一思潮还不是完全过去了的历史，它今天仍然活跃在港台和海外，在国内也有一定的影响，因此，我们对它的研究，就不仅具有思想史的价值，而且具有不容忽视的重要的现实意义。

1986 年 11 月，“现代新儒家思潮研究”课题被确定为国家哲学社会科学“七五”规划重点项目。1987 年 9 月，在安徽宣州召开了第一次全国性的“现代新儒家思潮”学术讨论会。一批热爱祖国的历史文化、关心人类的前途命运、学有根柢、富有探索精神的中青年学者积极地投入了这项研究工作。他们拿出的第一批思考和研究的成果，就是奉献于读者面前的本论集的各篇论文。它们可能还不十分成熟和完善，各篇论文所取的研究角度、研究方法、理论观点甚至情感态度也不尽一致，但都是诚实劳动和大胆探索的结果，各有新意，富于启发性，希望能引起读者的共鸣，以推动对现代新儒学的进一步深入研究和学术讨论。

1988 年 5 月

（《现代新儒学研究论集》（一），方克立、李锦全主编，中国社会科学出版社 1989 年 4 月出版）

《中国马克思主义哲学七十年》序

我从事教学与研究的专业方向是中国哲学史，过去一直把重心放在古代，近年来因承担了现代新儒学思潮研究的课题，始把注意力转向中国当代哲学。

现代新儒学只是现代中国的三大思潮之一，而且显然不占主流地位，对它作实事求是的科学研究和评价是必要的，但是却不能过高地估计它在中国现当代思想史上的地位和作用。西化思潮显然比“复兴儒学”的思潮要强大得多，因为现代化是时代发展的趋势，而现代化又往往是与“西化”联系在一起的。中国越是开放，社会越是进步，域外的特别是西方的东西肯定会进来得越多。然而，决定中国现当代历史进程的一种最重要的“西方”思潮却是马克思主义，由于它不仅总结和继承了西方文明发展的成果，而且善于和中国传统文化之精华，和中国革命与建设的具体实际相结合，所以才具有“改朝换代”、改天换地的巨大威力，它理所当然地成了中国三大思潮之主潮。研究现代新儒学不能离开这样一个总体的思想背景，不能离开中国现当代的其它思潮来孤立地进行研究，特别是在考察儒学的现代命运和未来前景时，不能不同时关涉着马克思主义在中国的传播和发展及其未来命运问题。所以，关于马克思主义哲学中国化的问题，它和中国传统哲学与文化的关系问题，它在中国未来新文化中的地位问题，也一直是我近年来最感兴趣的课题之一。

研究对象和一些外缘条件都刺激我不得不经常思考这些问题，必须对其作出正面的回答，否则在思想战线上就不能立于不败之地。具体说，这些刺激因素主要是：

一、杜维明等现代新儒家代表人物，近年来经常议论的一个中心主题就是关于儒学第三期发展的前景问题。他们期望着传统儒学经过“创造性的转化”后能够重新焕发出生机，不仅在当代世界多元文化中占有一席之地，与现在世界上各种主要思潮（包括马克思主义）能够平等地进行对话，而且不满足于“词汇”的地位，力图使之成为“文法”，即期盼着儒学能够成为未来世界的主导思想，或者说成为“人类走向未来所能依赖的唯一定盘针”。这里已经提出了儒学与马克思主义的关系问题，特别是在未来的中国文化和世界文化中，二者将会是怎样一种关系？谁将扮演主角色，指导人类文明发展的进程和方向？我们不能不加以认真的研究和回答。

二、在前些年资产阶级自由化思潮泛滥时期，国内有些学者，经常撰文论述所谓当代中国马克思主义的封建化或儒家化的问题。1988年新加坡“儒学发展的问题及前景”讨论会上，关于这个问题的辩论曾十分激烈。这里尖锐地提出了在当代中国的现实生活中，马克思主义和儒家思想到底是一种什么关系的问题。中国马克思主义者自觉地吸取和继承了包括儒学在内的传统思想文化的某些精华，从而丰富了马克思主义学说的内容，并使之取得“中国化”的形态。然而，儒学中的封建糟粕也确实残存在一些共产党人的头脑中，使他们的思想和行动背离了马克思主义的精神，或者严重地歪曲和糟踏了马克思主义。我们能否由此得出中国马克思主义已经封建化或儒家化的结论？回答来自这方面的挑战也是思想战线上的一项迫切任务。

三、近年来有机会出席几次国际学术会议，同一些港台和海外华裔学者进行直接的交流，热爱中华文化、关心祖国前途命运的共同立场很容易把我们连结在一起，但是在展望中国文化的未来前景时，却不可避免地会产生较大的认识分歧。分歧的关键还是马克思主义和中国文化的关系问题，马克思主义在中国新文化建设中的地位问题。把马克思主义看作是夷狄文化“入主中国”、“用夷变夏”，因而采取根本排拒态度的是极少数，但也确实存在着一些普遍的误解，如认为马克思主义只是一种西方文化传统，在中国文化中没有根，也不可能找到任何结合点；马克思主义只讲阶级斗争，与中国重和谐、“和为贵”的传统思想是根本对立的；马克思主义只讲物质决定论、经济决定论，而不重视人和人类精神的作用，同重“礼乐教化”的中国文化传统亦格格不入，等等。意识形态的分歧虽然不是短时期内所能解决的，但是我们必须正面回答他们提出的问题，科学地阐明马克思主义学说的本质内容及其与中国传统文化的关系，用历史事实说明二者的结合不仅是可能的，而且事实上已经成为中国现代多元文化中的一个重要组成部分，成为伟大中华文明复兴的最强有力的催化剂。考虑中国文化的未来发展，企图完全排除马克思主义的地位、作用和影响，至少是很不现实的。

当今国际形势风云变幻，马克思主义遇到了强劲的挑战，我深感这种挑战也来自思想战线的各个方面。马克思主义在中国的传播和发展，深刻地改变了这个古老国家的面貌，使20世纪成为中华民族获得新生的伟大的世纪。我们有责任从理论上说明这一历史巨变所以发生的原因，详细考察其现实的过程，说明马克思主义的生命力即来自同包括历史传统在内的各国的具体国情相结合。那种把马克思主义和中国传统文化看成是根本对立的观点，无论在理论上还是事实上都是说不通的。那种企图抹煞马克思主义的革命批判精神，把它和传统之糟粕混为一谈的观点更是别有用心的。

由于有上述感受，我热切地期待着深刻阐述马克思主义在中国胜利行进七十年（同时这个过程也是充满艰难曲折的）的著作问世，回答来自各方面的挑战，给我们的人民以教育和鼓舞。当赵德志、王本浩同志把他们合著的这部《中国马克思主义哲学七十年》书稿交给我审读时，我很乐意地接受了，读得相当仔细，提了不少修改意见。他们尽其所能地作了修改，使本书大体上能反映出作为中国现代哲学之主线的马克思主义哲学七十年来的发展历程，这在国内还是第一本，开创之功不可没。当然，正如作者所说的，他们出版本书是为了起到抛砖引玉的作用，我们期盼着今后在这方面有更多有精深研究的佳作巨著问世。

1991 年 2 月 20 日

（《中国马克思主义哲学七十年》，赵德志、王本浩著，辽宁大学出版社 1991 年 2 月出版。序文曾以《马克思主义与中国传统文化的关系问题》为题发表于《毛泽东思想研究》1993 年第 3 期）

《周易与怀德海之间》序

我和唐力权先生初次相识，是 1987 年 7 月在美国加州圣地亚哥市召开的第五届国际中国哲学研讨会上。他对在世界范围内弘扬中国哲学的一片热忱，他的卓越的组织才能和脚踏实地的工作作风，给我留下了非常深刻的印象。

那次会后不久，他就被选为国际中国哲学会的会长，在两年任期内为该会的组织发展、规章制度建设、印刷物出版和开展学术活动等做了大量的工作。其中一项是编辑出版《国际中国哲学人名录》，唐先生委托我和汤一介同志负责收集整理中国大陆学者的资料。前后大约一年时间，我们之间有较频繁的书信往还，我对唐先生的工作作风之细致认真有了更加实际真切的体会，暗自庆幸国际中国哲学会之得人。没有这样一批志士仁人，推拓中国哲学于世界就只能是一句空话。

对于唐先生的学术造诣，我是通过他的大著《周易与怀德海之间——场有哲学序论》才真正了解的。他先已陆续寄来在《哲学与文化》上连载的大部分章节，后又寄来台湾黎明文化事业公司出版的单行本。这部极具独特风格的哲学著作，读后给人留下两个十分深刻的印象：一是它的太多的创新词语和过于迂回曲折的表达方式使人如入迷宫，开始真有点头晕目眩，没有一股韧劲恐怕是很难卒读的；二是在摸清它的思想理路后，又为它诱人的哲学智慧所吸引，这时你可以从那些独创名词中体会出无穷意味，也能逐渐了然那些“迂回曲折”或许正是作者的经济手段之所在。一位在美国执教多年的华裔哲学家，他对中西哲学的融会贯通的理解，立足于现代而对“泰古哲学原意”

执着地追求，经过十年苦思与探索所结出的哲学智慧成果，我想介绍给国内的读者是很有意义的，也一直在寻找着这种机会。

去年7月，我和唐先生有机会在夏威夷再次见面。他自幼年离开广东安平老家后，四十多年没有到过中国大陆，早有重访故国家园的夙愿。我邀请唐先生到南开大学来讲学访问，他欣然答应了。今年暑假，唐先生携家眷回国旅游访问，先在南开大学讲学十日，讲的题目就是场有哲学。他很惊异南开的研究生们对他的哲学能有那么高的兴趣和那么深的慧解，情绪一直十分兴奋。适逢辽宁大学出版社的刘万泉社长来南开洽谈业务，我向他推荐了唐先生的《周易与怀德海之间》一书，刘社长识见不凡，双方很快达成协议，决定由辽大出版社出版该书的简体字本在国内发行。让国人分享海外华人的这一独特的哲学创造成果的意愿终于得以实现。

为了帮助读者了解唐先生其人和其书，我在这里就自己知道的情况和唐著要点再略作介述。

唐力权教授1935年10月26日生于广东省安平县。早年毕业于香港金文泰中学，考入台湾大学电机工程系。一年后转到美国纽约大学学经济，毕业后在纽约大学研究院攻读经济学博士学位。当时是主修经济学，副修哲学。后转到纽约社会科学研究新校攻读哲学博士，1969年获博士学位。他的博士论文题目是《怀德海有机哲学之批判的解释》。同年到美国康州美田大学哲学系任教，讲授存在主义哲学和东方哲学等课程，直到现在。除《周易与怀德海之间》之外，他还著有哲理诗集《道》（英文本）和中西比较哲学论文数十篇。

正如作者在“自序”中所指出的：《周易与怀德海之间》严格说来“不能算是一本比较哲学的著作，当然更不是关于《周易》或怀德海哲学的专著”。因为作者的用意首先在于建构自己独特的哲学学说和提出一套自己独特的哲学观念。这样说来，该书的副标题“场有哲学序论”或许更有助于读者把握它的实质内涵。但是，这并不排除该书的内容充满了有关中西哲学特别是《周易》与怀德海哲学之比较和融通。这不仅在于作者认为书中的哲学观念系“通过对《周易》与怀德海哲学的反省而得来的”，而且在于作者申明它苦心积虑地提出的一套有关“场有哲学”的观念，其用心所在正是企图“为比较哲学本身建立理论的基础”。

按照唐先生的解释：“‘场有’就是依场而有的意思。一切存有都是场的存有。”此所谓“场”字乃是一哲学的观念，而非一数学或物理学的观念，它是就事物的相对性或相关性而言的。“‘场’就是事物底相对相关性的所在，也同时是此相对相关性之所以为可能的所在。”相对的含义就是没有绝对，可以说，“场有”就是对于“绝对”的否定。在场有哲学看来，没有绝对的一，也没有绝对的多；没有绝对的超越，也没有绝对的内在；没有绝对的创造者，也没有绝对的被创造者；没有绝对的主体，也没有绝对的客体，“所有相对的两极都是互为依存而非可以独立的存在”。显然，场有哲学所阐明的乃是一种相对性原理或称之为相关性原理。

确切地说，把“场有”界定为对于“绝对”的否定应当表述为对于绝对的实体观念的否定。所谓绝对的实体观念正是肯定宇宙间存在着一个孤立的存有，一个可以独立于其他存有之外的存有，一个无须“依场而有”的存有，而肯定这样一种“实体”的存在正是西方传统哲学最显著的特征。实体观念的绝对化、极端化不仅导致了西方传统的二元论和绝对主义，而且使哲学家们很容易产生一种误解，以为自己可以站在宇宙之外，从一个“绝对旁观者”的地位来看宇宙，好像他自己就是上帝似的。唐先生把这样一种哲学立场和态度称之为“场外观”。

从场有哲学的观点来看，上述绝对的、外在的观点（场外观）是根本站不住脚的。因为人不能站在宇宙之外，也根本没有“宇宙之外”可言。既然一切存有都是依场而有，那么“宇宙”乃是无限场有的名称，宇宙之外无所谓存有。在场有哲学看来，不可能有外在于宇宙的上帝，“上帝”或终极存有也无例外地属于场有的观念。场有是“无外”的，我们只能从“场内”的观点来看宇宙、看人生。唐先生认为，《周易》哲学和怀德海哲学之所以能够连在一起作对比研究，就是因为它们的一切观念都是由“场内观”所导出来的，它们基本上都是一种场有哲学。也就是说，场有思想即相对相关性思想是二者所共有的形上根据，也是它们共同的方法论——它们基本的思想形式。无论是《易传》里的“太极”，还是怀德海形上学里的“神”，都不是一超越万物而非与万物互为依存的独立实体或绝对存有。这种神与万物亦有相对相关性的思想，在西方传统的形上学里乃是不可想象的。

唐先生认为，任何思想进路或思维方式在其根源处都是一种“形上姿态”的表现，“场内观”与“场外观”的区别和对立亦不例外。“形上姿态”是贯穿唐著的一个中心观念。它指的是生存在场有之中的人面对宇宙人生所采取的基本态度，这个态度是就人与场有之终极关系而言的，它就是人的思想和行为方式之最后根据。在这里，“形上”是形以上或形之上的意思，“形上”和“形下”的分别也就是《易传》所谓“形而上者谓之道，形而下者谓之器”的区分。“姿态”显然是一主体性的概念，它是指作为主体的人面对周围世界所采取的回应和裁定的方式。形上姿态不是指人的形躯在现实时空中所呈现的姿态，而是指人的精神生命面对宇宙人生所采取的姿态（亦即根本观点和态度）。“形上”两字已被普遍地用来翻译西方哲学中的 metaphysics（亦形上学）。Metaphysics 乃是一门探究“终极”哲学问题的学问，“我们在‘姿态’上面加上‘形上’两字为的正是这‘终极’的含义，因为我们所要表达的乃是人与场有之间的终极关系”。这些哲学语言虽然较富思辨性，但是我们仍然可以看出唐先生是十分重视世界观的决定意义和强调世界观与方法论之统一的。

发掘与重建蕴含于泰古哲学语言中的根身性相学，或许是唐先生这部著作中最有特色的部分，它也最典型地体现了本书的方法——回到人类经验源头的方法，代表了一种与现代解构主义、离中心主义相抗衡的“奠基主义”（foundationalism）的思想进路。

所谓“根身”即是指我们这具能直立走路的形躯。唐先生认为，泰古哲学在本来的意义上也就是泰古人的“根身性相学”，即泰古人自我反省其根身生长变化的基本性相的学问。泰古人素朴的哲学思想乃是名副其实“脚踏实地”的哲学思想，因为它完全是以根身为出发点的。泰古哲学语言即是“依形躯而起念”的哲学语言，它是有迹可寻的人类经验的历史源头。正是在这个意义上，唐先生认为《周易》去古未远（相对今天而言），其中还保留着某些泰古哲学语言的痕迹，可以作为研究泰古人的根身性相学的重要依据。他也是从这一特定的意义来对《周易》进行诠释的。

例如，对“易有太极，是生两仪，两仪生四象，四象生八卦”几句话，唐先生是这样解释的：在泰古哲学的素朴语言里，“太极”指的原是我们这具能直立走路的形躯。“太”的原意为大。直立的形躯乃是人的躯体生长发展的极端，所以“太”、“大”和“极”原是同义语。“易”的概念原也是指我们这是形躯——这具能屈伸进退、动静变化的形躯。“易有太极”就是说屈伸进退、动静变化（易）乃是以直立的形躯（太极）为中心、为本的。而这具为“易”之本的直立形躯也同时是为形躯所本有或依形躯而有的一切相对性（如屈伸、曲直、上下、前后、左右、内外等等）的根源，所以在“易有太极”后面接着说“是生两仪”。“两仪”原是指屈伸或曲直——我们形躯的两个最基本的仪态。形躯之伸直则向上而朝天，形躯之屈或曲则向下而接地，由此又引出天地、乾坤的概念。天地、乾坤乃是一切相对性之根源，所以“两仪”也泛指一切以天地乾坤为本的相对性。人生活的环境就是由乾坤（两仪）相反相成的相对性所决定的，宇宙间的一切名相也是通过乾坤的相对相关性而开显的，所以《易传》说：“两仪生四象。”“四象”也就是“四方”之象。“四方，即前后左右四个方向，它们是由直立的形躯而决定的。《易传》以

“四方”来指以形躯为中心的环境，当人顶天立地般站立起来的时候，也同时是事物在他四周豁然开显的时候。那么，“四象生八卦”又是指的什么呢？唐先生认为，“卦”的原义就是“挂”，“挂”的天地之间的当然只能是我们四周所开显的现象了。所以在《周易》经、传中，“卦”和“象”是相通的，“八卦”即“八象”。“八卦”的原义不是指八种现象而是指“八方”之象，即四面八方所垂之象。“八方”乃是指东南西北四个方位和南东、西南、东北、西北四个方位之和。换句话说，“四象生八卦”这句话基本上是泰古人对方位经验的描述。把“八卦”说成是乾、坤、震、巽、坎、离、艮、兑八种符号，或天、地、雷、风、水、火、山、泽八种自然现象，父、母、长男、长女、中男、中女、少男、少女八种人伦关系等观念都是后来演变而成的。

经过这样的诠释，泰古人的哲学也就是他们的根身性相学，即反省其根身（形躯）生长变化的基本性相的学问。此根身性相学不仅涵摄一宇宙论，而且也涵摄了他们的心性论，因为在中国传统哲学中宇宙论和心性论是不可分的，而把这两方面的联结起来的枢纽正是我们这具能屈伸变化的形躯。

在场有哲学中，“两仪”的“仪”字被赋予了更为普遍的意义，用它来指一切事物所表现的姿态和情状，此姿态和情状包括身、心和我们周围的事物，因为在泰古哲学语言中“身之仪”、“心之仪”和“事物之仪”本是统一不可分的。唐先生通过分析《易传》的“阴阳”、“刚柔”概念和《中庸》的“至诚”、“致曲”概念来说明宇宙论和心性论的密切联系。“刚柔”是指形态直曲，“阴阳”是指光的向背，它们都是扣紧人的形躯的活动而言的。《中庸》所讲的“诚”乃是一心性论的概念，而“诚”的本来含义就是“直”。“诚”是人的生命里追求自我完成的力量，生命的自我完成乃是与活动的“一致性”联系在一起的，此所谓“一致性”就是指基本方向的始终如一和活动过程的持续不断，而这也正是“直”的涵义。只讲“至诚之道”还不够，《中庸》又讲“其次致曲”。“曲”原也是指形躯的状态而言。“曲”并非只有负面的价值，人的形躯的许多操作与活动必须依靠不同程度的弯曲状态才能完成。这就是《中庸》“致曲”之道的本义。以“至诚”为体，还须以“致曲”为用，才能真有所成。所以,《易传》所讲的“一阴一阳”之道和《中庸》所讲的“至诚”、“致曲”之道原是相通的，所不同的是《易传》讲的是宇宙论，而《中庸》则是讲的心性论，其原初的意义都是与泰古人对于人的形躯的活动变化之观察、体验联系在一起的。

唐先生认为，身心不二、体用一如可以说是泰古哲学的不二法门。泰古人没有孤立的意识心的观念，在他们看来，心不过是依于形躯而有的一种灵明作用罢了。在后世哲学的发展中，只有中国哲学较多地保留了泰古哲学身心、身物、心物一体相连的中道精神，这尤其突出地表现在中国哲学有关根身与道身之关系的认识方面。“道身”是指人的精神生命，人所面对的意义世界乃是通过人的精神生命而开显的。由于每个人的精神生命所采取的形上姿态不同，它所开显的意义世界也就不同。按照中国哲学的观念，道身起于根身而超越根身，但在超越中仍与后者保持着相即不离的关系，唐先生称之为“超切”关系。“超切”即是超越与依存的统一。道身与根身的相互依存表现在：一方面人的精神生命乃是建筑在根身的肉体生命之上，离开了肉体生命就无所谓精神生命可言；另一方面，人的精神生命又能够反过来影响人的肉体生命，儒家哲学中“以德润身”的修身思想和道家哲学中“复归其根”的养生思想，都是讲的后一层意思。

根身与道身的异化和二元对立，在西方和印度主流哲学的发展中都表现得十分突出，在具有此种倾向的哲学家们看来，人的精神生命（道身）的确立必然表现为对于肉体生命（根身）的敌视或卑视，而在中国哲学中，根身与道身的异化和两极对立不仅在儒家思想中不存在，在道家思想中亦不可见。以肉体形躯为“臭皮囊”的观念乃是来自佛家。唐先生认为，根身与道身相即不离的“超切”关系是中国哲学自

《周易》以来的根深蒂固的观念，这一观念在某种意义上也决定了中国人文传统的基调。

通过发掘泰古哲学原意、寻回自己精神生命之根固然是唐先生建构场有哲学的重要依据，但是他也并非只是一味地向后看、“向万古回归”，事实上他也不能不关心现代文明的发展，特别是“五四”以来一直争论不休的中西哲学与文化的异同、中国传统文化的省思及其未来发展这些深具时代性的问题。全书最后一章，讲的是人类文明格局辩证的自觉，突出地是讲以“易印文明”为本位的中国文化传统，怎样在当今“大开大合”的时代吸收其他文明格局的精华而获得民主、科学与富强，使现代文明的基本条件在中国文化中生根。他以此为“场有哲学的归结”。这位华裔哲学家的一片苦心，他的真正关怀所在，我们还是可以看得相当清楚的。

唐先生关于文明格局辩证自觉的理论，建基于他的仁材交涉的人性论或心性论。他认为，仁性与材性是人性中的对立的两极。仁性就是生命自我肯定、自我承担和自我负责的本性，亦即孟子所谓的“良知良能”。材性除了荀子所说的“材性知能”的含义外，也兼指作为材性知能的内在原动力的一切自然爱欲，包括占有欲、权利欲、权力欲等等。把“材知”和“爱欲”连结起来，这就是古希腊思想中“爱罗”（Eros）一语的涵义，所以他又把材性称之为“爱罗心性”。唐先生认为，仁性与爱罗的分别可以归结于关怀之情与惊异之情的分别。对自己生命的关怀和对自己以外的一切生命的关怀及由此产生的责任感乃是仁的本质；爱罗惊异则起于对异己对象的神秘感和好奇心，并由此产生捕捉、征服、占有异己对象的欲望。与爱罗惊异联系在一起的对异己对象操纵控制的意图、深入探索的兴趣和由此磨炼出来的分析、把握异己对象的智慧，乃是科学发展的前提。不惟科学，西方近代以来的民主政治也是与以爱罗心性为基础的控制性智慧联系在一起的。近代西方人民主、自由、平等的思想乃是奠基于个体权利的观念，而个体权利观念正是材知爱欲（权利欲、权力欲）理性化的结果。

唐先生认为，仁性与材性（爱罗）是人性中相反相成的两个方面，如何认识和说明它们之间错综复杂的辩证关系乃是人性论的中心课题。遗憾的是历史上东西方哲学中的人性理论都难免有以偏概全的倾向，都是一种“半边人性论”。以儒、道、佛三家为代表的中国文化基本上走的是一条以仁性关怀为主体的道路，尽管它们对仁的理解及其确认的层次有很大的差异。由于片面着眼于从同体感通之仁的立场来考察人生，中国哲学对人性的另一面——爱罗心性（材性）缺乏深切的体认和客观的了解，更多的只是看到它的负面价值。然而，没有起于爱罗惊异的求知热情和探索精神，又怎么能有科学的发展？没有对实存个体的权利和欲望的尊重、肯定及合乎理性的限制，又怎么能有民主的开出？中国哲学以仁性关怀为主体的“半边人性论”自然有其广大高明之处，但它带来的负面影响也是十分明显的。

在西方文化的发展中，爱罗心性始终占主导地位。西方文化中自然科学与逻辑学的发达、对个体权利的尊重和以此为基础所确立的政治体制，可以说无不与爱罗心性的特质有关。但是，爱罗心性的过分膨胀也必然带来严重的危机，这种危机突出地表现在两个方面：一是“虚无的危机”即“意义的危机”，二是“暴力的危机”。爱罗心性是以对异己对象的追逐为能事的，在这种追逐中它永远无法得到满足，由此必然带来安身立命的无着和意义的虚无。另一方面，本能地倾向于以自我为中心，追求爱欲、占有欲、权利欲的满足的爱罗心性又是一切暴力的根源。

场有哲学所要建立的是一种“仁材并建”的人性论。这种人性论的建构之所以必要和可能，乃是由于“生命是一同体的事实，也是一异隔的事实，同体与异隔、感通与对执的相离相合、相反相成正是生命之所以为生命的特质”。一切文明创造，从心性的层次上说，都不过是仁性与材性在具体而特殊的社会环境和人文环境中的实现与落实，都不过是“仁材两极和光相配之事”。“半边人性论”只能代表“有偏”的文明，“仁材并建”、“无偏”的人性论的阐发和开显，乃是纠正中西文明的偏失，使之更趋于合理化、理性化的一个不可缺少的环节和方面。落实到中国文化来讲，中国传统人性论、心性论最大的缺陷就是未能把仁性与材性分开来看，因而也就未能深入探讨爱罗生命的本质。中国哲人往往是把材性的价值化约为仁性的价值，把基本上居于材性的问题当作仁性的问题来处理。唐先生认为，在中国文化和中国哲学的未来发展中，一个基本问题就是如何自觉地、辩证地在仁性关怀的本位精神上安立和成全（不是现代新儒家所讲的“开出”）爱罗生命，亦即正确地认识和处理材知爱欲的问题，缺少这一环节，科学和民主就很难在中国文化中生根和成长，从另一方面说，如何在充分地正视和发挥爱罗生命的创造力的同时，又成功地避免伴随着爱罗生命的自我扩张所可能出现的虚无和暴力的危机，也将是对中国文化的一个严峻考验。

唐先生的上述观点我不见得都能赞同，但是它确实为我们思考许多根本的哲学和文化问题提供了一条新的思路，成为卓然自成一家之言的哲学系统，读后颇能启人心智。场有辩证法虽然不如唯物辩证法全面深刻，但是它把时位观念和相对性原理格外突显出来，对于破除那种旧的形而上学的宇宙观和绝对主义的思想方法确实作出了重要贡献。它的不足是没有进一步说明相对和绝对的辩证关系，从而在理论上和相对主义划清界限。回到人类经验源头的根身性相学、仁材交涉的人性论等也都包含了不少合理因素，我们虽不见得都能同意唐先生对他所引述的“泰古哲学语言”的解释，但是肯定泰古人对周围世界的认识往往是从直接经验出发“近取诸身”，由近及远，这是符合人类认识发展的规律的。关于人性问题，马克思主义强调不能离开现实的人的具体的社会关系来抽象地考察和研究。在某种意义上来说，“仁材交涉”的人性论还是一种抽象人性论。但是，我们不能因此而完全否定它的理论价值，因为仅从阶级性出发并不能说明有关人性的一切问题，例如中西文化的差异和精神文明的不同类型的问题；揭示人性中有对立的两极和要求自觉地处理好二者的辩证关系，对于人的全面发展和人类文明的合理建构都是有重要意义的。唐先生是一位美籍华人，他即将在国内发表和出版的这部中文著作无疑地属于“中国哲学”的范畴，它以其独特的思想进路、创新的哲学语言和完整的理论系统而在现代中国哲学中确立了自己的一席之地。我们很高兴地看到现代中国哲学百花园中又增添了一朵异彩的奇葩。

场有哲学的构思显然受到怀德海哲学和海德格尔哲学较深的影响，它同时融合进去了大量中国传统哲学的智慧，作者运用追溯“泰古哲学原意”的方法也更多地是以《周易》《道德经》等中国哲学典籍为素材，因此使本书呈现出来的面貌是富有中国作风和中国气派的，也可以说是已经中国化了的。马克思主义哲学也有一个中国化的问题，它同中国传统哲学之精华是完全可以做到水乳交融地结合在一起的，惭愧的是我们过去在这方面并没有拿出多少够水准的研究成果来。相比之下，一些非马克思主义哲学家在将现代西方哲学和中国传统哲学相结合方面所做的工作，倒是可以作为我们的借镜。我过去提到过冯友兰的“新理学”，唐先生的“场有哲学”也是一个很好的范例。

对于相当一部分读者来说，阅读唐先生此书可能是不轻松的，主要困难之一在于书中有一整套作者自创的哲学名词、概念，不了解其涵义是很难把握本书独特的思想进路的。因此，最后我想提一个建议，希望唐先生本人或深契其思想的其他学人，能抽空编一本《场有哲学辞典》或《场有哲学名词解释》，帮助读者疏解阅读中的困难，那么它的哲理之光将能照亮更多人的心扉。

1990 年 8 月

（《周易与怀德海之间——场有哲学序论》，唐力权著，辽宁大学出版社 1991 年 3 月出版。序文曾节要发表于《周易研究》1992 年第 4 期）

《中华文化集粹·哲人篇》序说

《中华文化集粹》丛书是为广大青少年编写的一套读物，其主旨是要阐扬中华文化之宏大精美，展示它的丰富内容，概述它的发展历程，帮助广大青少年了解祖国的历史文化，激发起他们强烈的民族自豪感和爱国主义热情，在继承前人优秀成果的基础上，去创造更加美好的新中华和中华新文化。

《哲人篇》作为这套丛书中的一种，它的内容就是要介绍中国历代先哲的思想，他们怎样以理论思维的方式去把握宇宙和人生的真理，把握时代精神的精华。中国哲学在中国文化中处于核心的地位，其他一切文化形式和文化产品，无不受到哲学思想的影响，无不体现了一定的哲学观念和方法。中国哲学本身也多不是纯粹的抽象思辨，而是和社会政治伦理、文学艺术、科学技术等紧密联系在一起的。

中国哲学源远流长，学派众多，哲人辈出，在两千多年的历史发展中留下了丰富的文献典籍和思想资料。这一本书应该怎样写？我反复考虑了很久。一般说来，给青少年的读物应该写得通俗生动些，最好多讲一些寓含哲理的故事，既可启迪智慧，又能引人入胜。但是这样写就不免挂一漏万，很难反映中国哲学发展的整体面貌，也不容易写出每个哲学家的独特贡献所在，而且有可能影响对其哲理深度的揭示。七年前，中国青年出版社已经出版过一本我主编的《从孔夫子到孙中山——中国哲学小史》，对于每一个哲学家，那本书就是从生动的故事开始写起的，但不可能全部讲故事，下面还是注意全面地介绍他的哲学思想，特别是突出他在哲学史上贡献了一些什么新的东西。这本书的内容，也是从孔夫子到孙中山，如果还那样写，就难免重复，所以我想尝试一种新的写法，即以介绍中国历史上著名哲学家的哲理名篇、名段、名句为主，让青少年朋友直接诵读先哲们最精彩的作品，直接倾听他们的心声，体味、欣赏他们深刻的思想。为了使青少年能够读懂、好记，我们所选的每篇、每段文字都不长，都有明确的主题，前面有对作者的“生平、著作、思想简介”，后面有对选文的“注释”、“今译”和“简析”，并对选文中所包含的“主要哲学概念、命题”作一提示。通过这些辅助材料，自学者基本上能够读懂，把握住它的中心思想。

对于民族文化中最优秀的东西，我主张在青少年时期还是要尽可能地多记忆、背诵一些，把它们深深地印在脑海里，作为知识的据点，开拓新知的基础，这将是一辈子受用无穷的。背诵一些脍炙人口的古典诗词是这样，牢记一些包含着深邃智慧的哲理名篇、名段、名句、名言也是这样。诸如“知己知彼，百战不殆”、“学而不思则罔，思而不学则殆”、“祸兮福所倚，福兮祸所伏”、“敌存灭祸，敌去召过”、“世异则事异，事异则备变”、“竞争生智慧”、“行其所不知以致其知”等等，所教给我们的不仅是一种生活的智慧，而且还启示我们一种正确的思维方法，真正把握住了它的精神，我们就可以在行动上少犯错误，在各种事业中做出更大的成就。有些明显错误、甚至违背常识的哲学命题，在历史上也很有名，例如“白马非马”、“彼亦一是非，此亦一是非”、“天不变道亦不变”、“物不迁”、“得意在忘象，得象在忘言”、“宇宙便是吾心，吾心即是宇宙”等等，我们弄清楚它是怎样提出来的，是怎样进行论证的，其错误实质和论证方法上的诡辩何在，应该怎样去批判、克服它，那么我们就受到了一次极好的理论思维的锻炼，提高了判断和抵制错误思想的能力，这对于正在成长中的青少年来说，将是一笔十分宝贵的财富。哲学是在斗争中发展的，我们还可以直接从先哲们批判各种错误思想的斗争中学到许多东西，例如荀子、柳宗元、刘禹锡对天命论的批判，王充对天人感应神学目的论的批判，范缜对佛教神不灭论的批判，张载对追求虚无、空寂的佛道唯心主义的批判，陈亮对复古倒退历史观的批判，王廷相、王夫之、颜元、戴震对理学唯心主义的批判，李贽对假道学的批判，严复对中国封建主义旧学的批判，孙中山对“知易行难”和“知行合一”说的批判等等，都留下了一些精彩的哲学论战名篇，许多深刻的哲学思想、光辉的哲学命题，就是在这些传世名篇中阐发出来的，例如荀子“制天命而用之”的思想、范缜“形质神用，形谢神灭”的思想等等。此外，中国历史上各种典型的社会思想，诸如“民贵君轻”、“民胞物与”、“小国寡民”、“兼相爱，交相利”等等；哲学史上一些著名的论争，例如禅宗传法偈之争、朱陆鹅湖之争等等，都不仅给我们以历史知识，而且包含着哲学智慧，熟知这些内容，对于提高我们的理论思维水平，开发、扩大知识领域都是十分有益的。总之，反映民族传统之精华和各个时代的时代精神之精华的哲学思想，将为广大青少年了解中华文化提供一些深层的最本质的东西，我希望他们通过学习、借鉴先哲们的思想遗产而变得更加聪明起来。

我邀请李兰芝副教授合作编写本书，她为此付出了辛勤劳动，做了许多基础性的工作。本书的总体框架和各篇、各段选文是由我确定的，全书文字最后亦由我斟酌定稿，所以，对于书中的缺点错误，我应负主要责任。杨志刚同志为本书画插图，他的妙笔为本书生色不少。本书的责任编辑李志刚同志，七年前也是《从孔夫子到孙中山》一书的责任编辑，他的热心推动和帮助是本书得以完成的重要因素之一。对于几位合作者我都表示衷心感谢。

1991年5月10日

（《中华文化集粹·哲人篇》，方克立、李兰芝编著，中国青年出版社1991年10月出版）

《道家、方士与王朝政治》序

1985年11月，在我的故乡湖南湘潭召开了首次全国老子学术思想讨论会。这次会议在学术史上的重要贡献之一，是突出地提出并讨论了老子和道家思想在中国传统文化中的地位问题。针对海内外颇为流行的“儒家主干说”和80年代重新泛起的“复兴儒学”的主张，部分学者根据历史事实，在会上大讲“儒道互补”，并明确提出了“儒、道两家思想共同构成了多源汇流的中国民族文化传统之主干”的论点[①]。在会上、会下和会后，这一论点得到了众多中国文化研究学者的认同。近年来，关于中国传统文化主干问题的讨论又有了新的发展，以陈鼓应先生为代表的若干学者，进而提出“道家主干说”[②]，已在国内学术界引起热烈讨论。在讨论中，这种观点亦被批评为“多少有些偏狭”[③]。“儒家主干说”、“道家主干说”和“儒道同为主干说”，到底哪一说更符合中国思想史的实际呢？这对于正确认识中国传统文化的性质和特点，明确批判继承的任务，改造“国民性”，建设有中国特色的社会主义新文化，决不是一个可有可无的问题，很有必要就此展开深入讨论，以推动中国文化的研究。

在湘潭会上，我读到了不少好文章，包括湘籍青年女学者吕锡琛写的《老子思想与贞观之治》一文。该文以唐初贞观君臣之言行等大量思想素材，具体而清晰地说明了老子“清静无为”的思想，在某些

① 参见《求索》1986年第1期。
②《哲学研究》1990年第1期。
③《哲学研究》1990年第4期。

特定的历史条件下，能够对中国封建王朝政治产生重要的影响，取得与民休息、发展生产、繁荣经济、国泰民安的积极社会效果。汉初有“文景之治”，唐初有“贞观之治”，宋初、明初君主自觉推行道家的治平之术也在不同程度上取得了类似的社会效果。那次会议上的许多论文，还从政治、经济、科学技术、文学艺术、哲学思维方式、人生智慧等各个方面，具体论述了老子和道家思想对中国历史发展所作出的贡献及其某些消极的影响，这种多面展开的具体、专门的研究，对于正确认识道家思想在中国传统文化中的地位是很有益的。

我读了吕文之后，当时还谈过另一点感想，就是它启示我们：思想史研究应注意和社会政治史、经济史、科技史、文化史的研究相结合。列宁曾经说过：“从逻辑的一般概念和范畴的发展与运用的观点出发的思想史，这才是需要的东西！”①这说明注意对思想的内在结构和逻辑演进，对概念、范畴之辩证发展和运用的研究是十分必要的。但是，我们也不能忘记：“观念的东西不外是移入人的头脑并在人的头脑中改造过的物质的东西而已。”②思想、观念的源泉只能到客观物质世界和社会存在中去寻找。社会存在决定社会意识；社会意识一经产生，又会对社会存在发生反作用，促进或者阻碍社会的发展。从思想对社会存在的反映和反作用这两个角度，我们都应特别注意思想史和社会史之间的联系，通过社会政治史、经济史、科技史、文化史等等的研究，去说明一种思想、学说在特定历史条件下何以必然产生，它所反映的社会物质生活内容是什么，它在后世产生过何种影响和作用。这些都是就思想谈思想、对它进行纯逻辑的研究所不能解决的问题。思想史研究者应该扩大自己的视野，更多地学习和积累社会物质生活史和政治史等方面的知识，加强对这些方面的研究，这对更好地贯彻历史唯物主义原则、科学地说明各种思想史现象是有重要意

①《列宁全集》第38卷，人民出版社1959年版，第188页。

②《马克思恩格斯全集》第23卷，人民出版社1973年版，第24页。

义的。

湘潭会后，吕锡琛同志循着思想史和社会历史研究相结合的路子，就道家、道教、神仙方术和中国封建王朝政治的关系问题，进行了系统的资料搜集整理和研究工作，经过几载辛劳，终于写成一本近30万字的专著。这一课题前人还没有做过，研究起来有相当的难度，本书作者表现出了勇敢的探索精神，不仅敢探新路，而且多有不同于前贤的见解发表。本书所说的道家，沿袭传统习惯包括道教在内，而道教和从古代巫术演化而来的神仙方术又有着密切的渊源关系。本书作者指出，曾经被当作儒家学说之一部分的天人感应论、灾祥说和谶纬迷信，事实上与这派学说更加接近，谶纬乃是从方士的思想、信仰、方术过渡到道教经书的一个重要中间环节。产生于中国本土的儒家、道家和神仙巫术，在后来的历史发展过程中有着错综复杂的互相渗透和融合关系，作者认为董仲舒的新儒学实质上即是一种“以巫史、方士的天人感应、阴阳五行思想为核心和骨架，以儒家君臣父子、仁政德化观念和黄老道法自然、君道无为宗旨为血肉”的“三合一”的思想体系。这些见解对于认识儒、道思想的历史地位和作用无疑都是有重要意义的，至少是提出了很值得重视的一家之言。由于本书论述的对象包括道家、道教和神仙方士的活动，道家中既包括老子、庄子的学说，也包括黄老新道家的理论，因此在考察其对封建王朝政治的影响时，作者十分注意具体问题具体分析，全面论述其正、反两个方面的效应和作用，一切结论都以充足、翔实的历史资料为依据，力图防止主观性和片面性。作为一个青年学者，我认为在其学术研究起步时所表现出来的学风是良好的。

本书是中国道家文化研究的一项颇具特色的最新成果，它的出版是值得庆贺的。关于道家思想在中国传统文化中的地位，它对中国历史发展所产生的积极和消极作用，对中华民族心理和性格形成的深刻影响，是一个值得进一步深入研究的课题，我期待着在这方面有更多优秀的专门研究论著问世。

1991年8月20日

（《道家、方士与王朝政治》，吕锡琛著，湖南出版社1991年12月出版。序文曾发表于《管子学刊》1992年第1期）

《儒家传统的现代转化》编序*

一

杜维明，1940年生于云南省昆明市。1961年毕业于台湾东海大学。后获得哈佛—燕京奖学金赴美留学，1968年获哲学博士学位。曾先后任教于普林斯顿大学和加州大学伯克莱分校。1981年始任哈佛大学中国历史和哲学教授，并曾担任该校宗教研究委员会主席、东亚语言和文明系系主任。现任夏威夷东西文化交流研究中心主任。

杜维明先生是继唐君毅、徐复观、牟宗三之后的新一代现代新儒家的主要代表人物之一。他自称“1966年我决定全力从事对儒家的精神价值作长期的探索并以此作为自己专业研究工作”，又说：“我愿意把自己探索文化认同的努力刻画为具有‘儒家’特性的学术工作。”[①]作为一名以探索和弘扬儒家思想的精神价值为己任并以儒学传统的新一代传人自居的现代学者，他有着一帆风顺的学术经历，受过良好的中西文化和哲学的训练，善于运用新的方法、语言和结合现代人的存在感受，对儒家思想进行一种现代诠释和阐发的工作。同时，他也是中国大陆学术界所最熟知的海外学人之一。

杜维明第一次来中国大陆进行学术交流是1978年秋。1980年他在北京师范大学历史系进修、讲学长达九个月。1985年春，他又以富布莱特访问学者的身份到北京大学访问半年，在哲学系开设了一门“儒家哲学”课程。同时，他还曾到我国南北十几所大学和科研机构进行

* 署名“岳华”，与关东合写。

① 杜维明：《人性与自我修养》“导言”，中国和平出版社1988年版。

学术访问和讲学，并利用出席学术讨论会、座谈会、讲习班和发表文章、访谈等各种场合和方式，宣扬自己有关“儒学第三期发展”的主张，使“儒学复兴”说成为80年代中期文化讨论中的热门话题，并引起热烈争论。近年来，杜维明频繁出席在世界各地和中国大陆举行的有关中国哲学和中国文化的各种学术研讨会，在会上阐发自己的见解，正如他所表白的，这类见解的基本立场可以归属于“儒家”。

杜维明先生曾以研究宋明新儒家思想而成名，但是进入80年代以来，他讲得最多的还是儒家思想的现代意义和儒学第三期发展的前景问题，时间则以1982年夏天在新加坡和1985年在中国大陆期间最为集中[①]。杜在中国大陆学术界的影响也主要在这一方面。在新儒家阵营中，在各种不同的场合以各种不同的形式、在与各种不同的对象（中老年学者和青年学者、专业学者和非专业学者乃至新加坡政府的高级官员）的对话中阐发儒家思想的现代意义和儒学第三期发展的前景问题，可以说是杜维明学术思想的一大特色。所以在这部“论著辑要”中，我们适当地突出了这方面的内容。

二

杜维明自述：他提出和探讨儒学第三期发展的前景问题，乃是“针对列文森在《儒教中国及其现代命运》一书中断定儒家传统业已死亡一结论而发”[②]。列文森（Joseph R. Levenson）是美国加州大学伯克莱分校历史系教授，他在三卷本巨著《儒教中国及其现代命运》中认为：儒家思想“在产生它并需要它的社会开始瓦解之后，它成为一片阴影，

---

① 杜维明1982年夏天在新加坡期间的演讲、座谈等等，收入1989年（北京）三联书店出版的《新加坡的挑战：新儒家伦理与企业精神》一书。1985年在中国大陆期间的有关文字，则收入1989年台湾联经出版事业公司出版的《儒学第三期发展的前景问题》一书。

② 杜维明：《儒学第三期发展的前景问题》，台湾联经出版事业公司1989年版，第303页。

只栖息在一些人的心底，无所为地只在心底象古玩般地被珍爱着”①。杜认为，列文森的观点颇具代表性，因为“这是一条为许多治现代中国思想史的学者所遵循的思路”②。

显然，对儒家思想的现代命运及其未来走向的论定必定是基于对于历史上儒家学说的思想特质及其真髓的理解和把握。在杜维明看来，列文森把“儒家传统”和“儒教中国”混为一谈是不妥当的，因为“儒家传统和儒教中国既不属于同一类型的历史现象，又不属于同一层次的价值系统”③。“儒教中国”可以理解为“以政治化的儒家伦理为主导思想的中国传统封建社会的意识形态，及其在现代文化中各种曲折的表现”。④人们通常所说的“封建遗毒”就是指儒教中国而言。杜维明并不否认历史上儒教中国的形成和发展与儒家传统之间有着密切关系，他所强调的是：不可以把儒家传统归之于儒教中国（封建社会的意识形态及其遗毒）加以解释。他指出：尽管从发生学上来看，儒家传统的形成与以农业为基础的自然经济、以家长为标准的官僚制度和以家族为中心的社会关系密切，但却不可以把儒家思想还原为“以农立国论、家族主义或官僚主义”，因为那样就“忽略了其伦理宗教的性格”。作为中国历史思想的主流，儒家思想固然深深地植根于传统中国的经济、政治和社会之中，“然而，即使这些根柢全被摧毁，吾人亦不能就归结说，儒家思想因此而丧失其所有的人文关切”。人们在其中所发现的并不是某种一成不变的古代智慧，而是“人文睿智的宝藏”，“这些人文睿智对他们的存在是充满意义的，也关系到他们对现代世界之重要问题的认知”⑤。

① 转引自杜维明《探究真实的存在：略论熊十力》，《近代中国思想人物论——保守主义》，台湾时报文化出版事业有限公司1980年版，第325页。

② 同上书，第326页。

③《儒学第三期发展的前景问题》，台湾联经出版事业公司1989年版，第298页。

④ 同上书，第296页。

⑤ 参见《探究真实的存在——略论熊十力》，《近代中国思想人物论——保守主义》，台湾时报文化出版事业有限公司1980年版，第325页。

儒家传统与儒教中国的区分，在于强调儒家传统具有历久常新的恒常价值，它不会伴随着儒教中国的解体而消亡。那么，应该怎样概括儒家传统的基本精神呢？杜维明指出："儒学基本的精神方向，是以人为主的，它所代表的是一种涵盖性很强的人文主义。这种人文主义，和西方那种反自然、反神学的人文主义有很大不同，它提倡天人合一、万物一体。"这种人文主义，是入世的，要参与现实政治，但又不是现实政权势力的一个环节，它"有着相当深厚的批判精神，即力图通过道德理想来转化现实政治，这就是所谓'圣王'的思想。从圣到王是儒学的真精神。"[①]。像他的前辈们一样，杜维明强调内圣之学是儒家全部理论的核心和出发点，"儒学人道主义最关心的基本问题之一就是如何通过自我努力而成为圣人"[②]。儒家内圣之学的理论基础就是心性之学，因为"成圣（最可信、最真实、最诚实的人性）的理想的实现，依赖于对真实人性的本体论的理解"[③]，这种理解不仅仅把人看作一种生物的和社会的存在，而是把人的存在及其本质提升到道德宗教的层面加以探讨。

强调儒家内圣之学的超越性即宗教性内涵，在唐君毅、牟宗三等人的思想理论中已表现得十分突出，杜维明对于这一点亦有较多的论述。他认为在历史上儒家思想的发展中，"不仅孔子，包括孟子、荀子，都有相当强烈的宗教情操"[④]。儒学是一种人文主义、一种哲学人类学，但此种人文主义既不排斥超越层面的"天"，也不排斥现实层面的社会与自然，所以说它是"一种涵盖性很强的人文主义"。在天道与人道的相互关系上，儒家主张"超越而内在"而不是"超越而外在"，认为"你越能深入自己内在的泉源，你就越能超越"[⑤]，孟子把这一特定的

①《儒学第三期发展的前景问题》，台湾联经出版事业公司 1989 年版，第 10 页。
②《人性与自我修养》，中国和平出版社 1988 年版，第 102 页。
③ 同上。
④《儒学第三期发展的前景问题》，台湾联经出版事业公司 1989 年版，第 182 页。
⑤ 同上书，第 188 页。

理路称之为“掘井及泉”。在儒家思想中，超越性与现实性不可分割地联系在一起。儒家要通过现实世界来体现它广大高明的人文理想，而不是像基督教那样，主张离开这个现实的世界另造一个天国。所以，儒家思想一方面并不缺少超越的层面，另一方面又具有强烈的现实感和入世精神，力图通过社会实践和政治参与，“内在于现实世界并转化之”。

所谓“内在于现实世界并转化之”也就是“以道德理想转化政治”，这就是儒家的“圣王”理想。问题在于：“‘圣王’是中国儒家的最高理想，而实际上的表现，则是政治化的儒家，即不是用道德理想转化政治，而是在通过其他途径取得政治权力后，用政治来干预、歪曲学术，使‘道统’变为统治者对人民进行思想控制的工具。”[①] 对历史上儒家思想的这一凄惨命运应该如何解释？儒家的人文理想为什么会在现实中落空？这与儒家思想的内在本质有无必然的联系？杜维明对这一问题并未作出令人信服的说明，他所强调的是必须厘清儒家的象征符号，把“以人文理想转化政权的儒家”和“政权化（或政治化）的儒家”严格地加以区分，认为后者只是儒家思想在现实的权力网络中遭到扭曲和利用的产物，这种扭曲和利用也是导致近代以来儒学衰微的直接原因。

杜维明认为，近代以来儒学受到了“明枪”“暗箭”的两面夹攻。所谓“明枪”是指“五四”以来中国第一流的知识分子对于孔家店“一而再、再而三地痛击”；“暗箭”则是指袁世凯等“借孔孟之名而行复辟之实”的反动军阀、政客对于儒学的利用、腐蚀。在他看来，倡导西化的知识分子对儒家传统的迎头痛击固然是今天儒门淡泊的原因之一，但使得孔孟之道一蹶不振的杀伤力与其说是来自学术文化的批判，不如说是来自非学术、非文化的腐蚀。因为“西化知识分子对儒家传

①《儒学第三期发展的前景问题》，台湾联经出版事业公司 1989 年版，第 10—11 页。

统进行学术文化的批判，其结果对孔孟之道的精义不无厘清的积极作用。相反地，企图利用先圣先贤以维护既得利益的军阀政客，不仅没有达到推行孔教的目标，反而把儒家的象征符号污染了”[①]。正是以此种认识为基点，他宣称“我甚至把自己看作一个五四精神的继承者”[②]。作为新一代的新儒家学者，杜对于“五四”运动及“五四”精神的认识显然已与他的前辈们大不相同。

三

对于“五四”时期反传统运动的起因及其历史地位的某种同情的了解并不排斥杜维明对西化论者的批评，且在其思想理论中后一方面显然占有更突出的地位。

杜认为，“五四”以来西化论者在比较中西文化时，采取了一种地道的“弱者政策”。此所谓“弱者政策”乃是相对于某些欧美学者在文化比较中所尊奉的“强人政策”而言。所谓“强人政策”即是指以本民族文化的精华与他民族文化的糟粕进行比较，以突出本民族文化的优越性。与此相反，“五四”以来的西化论者通常是以中国文化的糟粕与西方文化的精华相比较，以突出中国文化的劣根性，所以说是一种“弱者政策”。

是什么原因促使国人采取一种以己之短比人之长的“弱者政策”呢？杜认为，从认识层次上看，其原因有二：一是现代化与西化的混淆。当时还没有“现代化”的提法，“西化即是‘现代化’，这是当时知识分子的共识”[③]。这样一来，如何以西方现代文化为典范，尽可能迅

---

① 《儒学第三期发展的前景问题》，台湾联经出版事业公司 1989 年版，第 278 页。

② 杜维明:《新加坡的挑战：新儒家伦理与企业精神》，三联书店 1989 年版，第 11 页。

③《儒学第三期发展的前景问题》，台湾联经出版事业公司 1989 年版，第 284 页。

速地由传统的中国社会进展到西方式的现代社会，就成了人们共同努力的目标。二是文化的有机整体观促使他们必然采取一种极端的立场。依据文化为有机整体的观点，“要拥抱西方现代文化就不能挑三拣四”，所谓“学其长处而去其缺陷”、“取其精华而去其糟粕”，乃至“融会中西”都是“讨便宜”的心理在作祟。正是由于把二十世纪的欧美社会理解为独一无二的现代化模式和把西方文化视为必须全盘接受的有机整体，所以“五四”以来的西化论者对传统文化采取了全盘否定的立场。

杜维明从“文化认同”的角度批评西化论者的主张。“认同”一词在英文中与逻辑术语“同一性”或“一致性”含义相当，50年代末期新弗洛伊德学派的艾律克森（E. Erikson）把它引入心理分析领域，认为青少年在人格发展过程中有一个“认同危机”特别强烈的阶段。到了60年代，“认同”概念在欧美学术界已被广泛地应用于各种人文科学和社会科学研究领域。“文化认同”概念的提出，旨在说明文化的特殊性和具体性。由于把现代化等同于西化，倡导西化的知识分子们势必认为现代化的进程将把古今中西的差异熔为一炉，将来只有西方的现代文化而不可能有任何其他类型的现代文化。实际上，在现代化的进程中，英、法、德和美国都有其具体而特殊的文化认同，它们的现代文化也表现出差异性。所以，在现代化进程中，西方文化本身就是多元的，“西方多元化所代表的是一些特殊和具体的实例（各有各的文化认同）而不是放诸四海皆为准的一般原则”[①]。

从“文化认同”的角度来检视民族文化，自然会得出与西化论者截然不同的结论。杜认为，我们既不可以西方现代文化为标准来取舍民族文化，亦不可把传统文化当作业已死亡或僵化的历史陈迹，而应当对传统进行全面而深入的反思，认识其个性，了解其内容，体会其

①《儒学第三期发展的前景问题》，台湾联经出版事业公司1989年版，第293页。

动源，掌握其来龙去脉，“如此方可争取到评价的资格，才能开展批判继承的文化事业。儒学第三期发展的前景问题就是以此为先决条件而提出的”[①]。

四

关于儒学发展三个时期的划分及第三期发展的使命和前景问题，是40年代末由牟宗三首先提出的（即认为孔、孟、荀至董仲舒为儒学发展第一期，宋明儒为第二期，今则进入第三期），杜维明基本上是接受牟的主张而发挥之，所不同的是：牟宗三是着眼于儒学自身发展的内在联系及其精神方向，杜维明则把它放在世界文化发展的大背景下来加以考察。

关于儒学由先秦至两汉的发展，杜维明援引德国哲学家雅士柏斯（Karl Jaspers）提出的“轴心时代”概念来加以说明。40年代，雅士柏斯重新考察塑造人类文化的几大精神传统，把印度、中国与成为欧美文化先驱的以色列、希腊相提并论，认为若以公元前1000年为上限，在古代的以色列、希腊、印度和中国几乎是同时进入了空前伟大的哲人时代，产生了苏格拉底、老子、孔子、释迦牟尼、犹太教的先知和兴都教的僧侣这样一些轴心文化的开拓者。而轴心文化经过了两三千年的发展已经成为人类文化的主要精神传统，对现代人进行全面而深入的反思就不能不溯源到以色列的犹太教、希腊哲学、中国的儒道两家和印度的兴都教与佛学。进入70年代以来，雅士柏斯的观点开始引起欧美学术界的重视。从杜维明的有关论述来看，雅士柏斯的观点对于儒学研究至少有两点启示：一是，“轴心时代”概念的提出及其探讨体现了欧美学者突破“欧洲中心论”和浅薄的“现代主义”之限制的决心，前者表现为他们开始试图把人类文明中主要的精神传统摆在

①《儒学第三期发展的前景问题》，台湾联经出版事业公司1989年版，第294—295页。

同样的历史地位和学术水平上进行等量其观的探索，后者则表现为他们开始意识到，要深入而全面地理解现代人的生存意义，需要的不是对历史传统的妄自菲薄，而是一种追根溯源的研究和对历史传统全面而深刻的反思；二是，既然儒家思想乃是多元的轴心文化的组成部分，而儒家以外的其他几大精神文明在20世纪末期都还有“历久弥坚的生命力”，那么列文森所得出的儒学的生命力已伴随着儒教中国的解体而寿终正寝的论断显然就大可怀疑。

有关儒学第二期发展即宋明儒学的说明和定位，杜维明接受了岛田虔次的提法，认为“宋明儒学首先可以说是东亚文明的体现，它使得儒学的主流传统从中国文化的主流变成了东亚文化中不可分割的部分，特别是在教育和政治方面。因此儒学可以说是一个在东亚影响相当大的主导思想”①。他认为在人类文明发展史上，儒学在宋明时期的发展对东亚文明所产生的影响，可能比马丁·路德的宗教改革对西方文明的影响还要大。因为“它是使得东亚社会之所以成为东亚社会的主要动源”②。历史上儒学能够成功地回应印度佛学的挑战而有第二期之蓬勃发展，难道今天面对西方文化的挑战，就不能够作出创造性的回应而有第三期发展之光明前景吗？

儒学可以有第三期发展最重要的依据还在于儒家思想对于现代社会所具有的意义和价值。杜认为，现代思潮的发展及其趋势是以20世纪人类全体的生存条件、人生意义、社会及文化所面临的危机、未来的展望等等课题为出发点的，这些问题的焦点是人的问题。如何对人的问题进行全盘的反省，人道与天道如何结合，也就是说如何建立“哲学的人学”，这已不仅是哲学课题，而且也成为宗教神学的课题。儒学对这一课题可以提供一条线索，这条线索对20世纪乃至21世纪人类的自我反省具有相当重要的启发意义。具体地说，人们曾经特别

①《儒学第三期发展的前景问题》，台湾联经出版事业公司1989年版，第118页。
② 同上。

注意超越的宗教传统，它的重点不是从个人现实存在的具体环境出发，而是以上帝存在或如何达到“涅槃”境界的命题为起点立论的。如果要站在20世纪的基点上重新反省人的问题，就必须从现实具体的人所遇到的存在境遇出发，这正是儒家思想对于其他宗教传统所提出的挑战。因为只有儒家才有这样的信念：人是由各种不同的关系网络组织而成的，但又可以内在于这些关系网络而转化之；人可以在不断扩展的人际关系中实现一种自我超越，最终达到天人合一的境界。此所谓“超越”不是“超离”，而是一种扩展、提升，不断突破自我限制，这也就是所谓“超越而内在”的观念。此种超越而内在的观念更能体现伴随着20世纪人类自我反省出现的新人文主义的基本精神。

那么，我们可以问，在现实社会的具体发展中，儒家思想的现代意义是否已经具有某些见证或已经引起人们的关注呢？杜维明的回答是肯定的。首先在中国大陆“已经看到了一些消息”，这就是：在经过了对封建意识长期、深入的批判以后，有一部分学者开始在比较平实的心态和深厚的学术基础上面，从探求、发掘的角度对儒学进行有益的研究。杜确信：虽然现在参加的人数不多，但这支队伍会逐渐壮大，“像一些散离的萤光，最后布满了整个田野”。其次，在东亚社会，不少知识分子已意识到儒家传统在日本、韩国、新加坡等国家及台湾、香港地区的建设和生活中发挥了某种引导和调节的作用，如重视全面人才教育、提倡上下同心协力、刻苦耐劳的工作伦理和强调为子孙后代造福等方面，都不难看到儒家思想的影响。儒家传统所体现的勤劳、沉毅、坚忍和勇猛精进的品格更是这些国家和地区谋求进一步发展不可或缺的精神资源。第三，在欧美国家，儒学作为一种哲学的人学，不仅是学术界的科研课题，也是注意通才教育、道德伦理和人文精神之培养的知识分子所关注的学说。美国学术界、文化界和从事文化人类学、哲学、宗教学研究的人士，都有一种希望多了解一些儒家思想的强烈愿望，那种认为在美国这样一个基督教文明影响的社会里，它的基本精神不仅和儒家传统没有同构，而且可以说是完全不相干的看法，已经得到改变。

杜认为，儒学第三期必须经过相当曲折的道路，“儒学在二十世纪是否有生命办，主要取决于它是否能够经过纽约、巴黎、东京，最后回到中国”[①]。就是说，儒学必须直接面对当代美国文化、欧洲文化、东亚文化（即工业东亚）的挑战，并在这些文化中传播、生根，然后才能以新的姿态“康庄的”回到中国。他自称“我对此相当乐观”[②]。

在如何推动儒学第三期发展的具体环节和努力方向问题上，杜维明的认识至少有两点与其前辈们不同：一是他强调与西方杰出的思想家开展广泛而公平的对话的重要性。在他看来，“五四”以来对儒学传统的反思和重建，已经过了熊十力、梁漱溟、冯友兰、牟宗三、唐君毅、徐复观等人的努力，他们都是立足于中西文化比较来讲传统的，牟宗三对康德哲学的理解，唐君毅对黑格尔哲学的理解，都成为他们能够深刻地发掘和精确地把握儒家思想的重要原因。“但是，真正站在儒家的立场上和西方比较杰出的思想家进行公平的对话，这种现象目前还没有出现。”“因此，同国际学坛第一流的思想家进行彼此有益的对话，确是我们这一代人义不容辞的责任。”[③]这类对话一方面可增加相互了解，另一方面因直接面对挑战，“强迫你把传统里应该发展的潜力全部调动起来，把它的内在的逻辑性完全展示出来”[④]，从而增进我们对于传统的理解和把握；同时，通过开展广泛而公平的对话，亦可促使西方思想家认识和了解儒家思想的内在义蕴和价值。

二是：牟宗三等人对西方文化的吸收主要着力于哲学的层面，杜维明则强调“除了哲学的重建外”，还必须从以下三个方面对西方文化

①《儒学第三期发展的前景问题》，台湾联经出版事业公司 1989 年版，第 24 页。
② 同上。
③ 同上书，第 138—139 页。
④ 同上书，第 140 页。

加以吸收：第一，超越的层次，即西方以基督教为代表的宗教传统。儒家思想中并不缺少超越的层面，但"内在超越"的品格使它更易于运作过程中流于政治化和庸俗化。所以"如果我们有志拓展儒家'超越而内在'的道德形上学，我们应该吸取基督教神学中的智慧结晶，从当代基督教神学家中得到启示"①。这主要是指从他们那里领会对超越理想的执着追求和对现实世界的"抗议精神"。杜指出，"儒者应该具有基督徒的那种傲骨，那种牺牲精神，那种为理想而奋斗的绝对的反功利主义"②。第二，社会政治经济的层次。杜认为，在西方思想家那里，这一层次的内容很丰富，其中比较重要的是马克思主义，"儒学是否能够和马克思主义进行深入的对话，并在其中找到结合点？这也是一个很重要的问题"③。第三，深度的心理学的层次。西方深度的心理学例如弗洛伊德的学说，对人性的阴暗面有比较深刻而全面的分析，对其有关思想加以吸收，正可以对治儒家对人性的阴暗面历来认识比较肤浅的缺陷。

对于当前儒学在中国的处境，杜维明事实上很不乐观，一再说最多只看见了"一阳来复"的希望。他强调儒学发展的关键不是靠政治力量来推动，而是要有足够数量的不同行业的"见证人"（即儒家思想的身体力行者），寄希望于知识分子群体自我批判意识的形成和强化。他把儒学第三期发展的希望推置到遥远的将来，认为"大概至少也得一百年后才能看出某些比较明显的迹象"④。这种对于现实发展的谨慎的推测，与其理论上常常表现出的乐观自信，适成对照。

五

杜维明一再强调"对传统要以开放的心灵进行反思"，他的许多认

①《儒学第三期发展的前景问题》，台湾联经出版事业公司 1989 年版，第 210—211 页。

② 杜维明：《创造性的回应》，《书林》1986 年第 8 期。

③《儒学第三期发展的前景问题》，台湾联经出版事业公司 1989 年版，第 28 页。

④ 同上书，第 29 页。

识也确实较之他的前辈们更为开放、理智，这也反映出80年代新儒家的某些共同特征。从另一方面来看，作为新儒家的传人，他对于儒家思想的基本精神的把握和处理儒家思想的基本进路又与其前辈们（特别是唐君毅、牟宗三、徐复观等人）表现出某种实质上的一致，且在许多方面也仍然没有能够突破现代（当代）新儒家的理论学说所具有的某些基本限制。

在杜维明看来，人们常常把近代以来中国的落伍归因于历史上儒家思想的负面作用，这完全是一种误解。问题并不是出在儒家思想本身，而是由于儒家思想在运作过程中遭到了污染和扭曲，由此形成了“政权化”或“政治化”的儒家。所以他主张首先要厘清“儒家的象征符号”，即严格区分“政治化的儒家”和“以人文理想转化政权的儒家”。这种区分不能说全无意义，但杜的有关思想，至少有三点照顾不周：一是他虽然也抽象地肯定在“儒教中国”即“政治化的儒家”与“儒家传统”即作为人文理想的儒家之间“确有千丝万缕的联系”，但此种联系究竟主要表现在哪些方面，在这些方面儒家思想又究竟在什么意义上遭到了扭曲，这方面杜维明基本上没有论及；二是与此相联系，他把历史上儒家思想表现出的种种弊端和限制完全说成是儒家思想在现实生活中被政治化和庸俗化的结果，因而在他的思想理论中，对儒家思想本身的反省、检讨和批评显得十分薄弱，往往只是一笔带过；三是他指出“以人文理想转化政权”就是儒家的圣王理想，那么如何才能实现这一理想而又避免在现实生活中被扭曲的命运呢？“圣王”的理想如何避免成为“王圣”的现实呢？杜维明除了一般地强调增强知识分子群体自我批判意识和“抗议精神”外，在理论上较之新儒家第二代并无实质性的突破。

根本问题似乎还是出在制约新儒家几代人的一个基本理路上，即认为儒家的基本义理是某种具有永恒价值的常理、常道，问题只是在于如何把它发掘出来，并为世人所认识。难道这就是中国文化现代化的实质意义？难道真像新儒家学者所认为的那样，实现中国现代化的关键只是在于如何接通儒家思想的“源头活水”？显然，这一根本的理路如不改变，无论怎样强调以开放的心灵反思传统文化和以平等的心态对待中西文化，其结果总是难以摆脱中国文化或儒家思想优越论的影响。杜维明的思想也不例外。

新儒家学者倡导儒学第三期发展的真实用意并不在于一般地指出儒学思想中包涵有某些不容抹煞的积极意义和普遍价值，而是旨在重新确立儒家思想在中国文化乃至世界文化中的主导地位。他们确信：尽管儒家思想在其发展历程中经受了种种扭曲和挫折，但经过一种“创造的转化”的过程，它仍然可以在中国文化乃至世界文化的重构中居于“文法”的地位：一方面通过强化知识分子“群体的、批判的自我意识”使儒学自身得到“净化”，另一方面吸收外来文化作为“词汇”丰富儒学的内容。显然，制约新儒家有关思想的仍然是狭隘的道统观念，此道统观念使他们确信：儒家思想不仅代表了中国历史文化的正统和主流，而且中国文化乃至世界文化的未来发展也须以维护儒家思想的主导地位（文法地位）为前提。

杜维明、刘述先等人近来有一新提法，即认为中国未来的希望乃在于马列、西化和传统儒家人文思想三者健康的互动，三项资源形成良性循环[①]。这种观点较之他们的前辈牟宗三等人确有明显改进。事实上，“五四”以来在思想文化的层面中国马克思主义、自由主义的西化派和现代新儒家之间，在对立斗争的同时也一直存在着不同程度的相互影响和渗透。从新儒家方面说，要真正实现所谓“健康的互动”和“良性循环”就必须彻底摈弃自我中心的道统观念，把自己摆在一个恰当的位置上，真正做到以开放的心灵、健康的心态对待马克思主义和西方文化。这也是决定现代新儒学思潮在其未来发展中能否真正有贡

① 参见《当代》第39期，1989年7月；《明报》1990年6月4日。

献于中国文化和世界文化的关键所在。

六

这部“论著辑要”，辑入了杜维明先生在不同时期写的有关儒学研究和阐述儒家思想的现代意义的29篇学术论文、短论、书评、讲演和访谈记录。内容大体分四个部分：第一部分是他早年对儒家传统的承接，立定自己全部学术工作的精神方向；第二部分是他思想成熟时期对儒家传统的现代转化和儒学第三期发展的前景问题的集中阐发，也是他的思想中最有特色和最有影响力的部分；第三部分是他对传统儒学精神的体认和把握，这方面论著较多，只能择其少数典型篇章，以见现代新儒学与中国传统儒学的精神联系；第四部分是他对“五四”以后的现代新儒家思想的评介、表彰和阐论，由此也可以看到其思想之直接来源和学派继承关系。在这部“论著辑要”的编辑过程中，曾得到杜维明先生的热心支持和帮助，提供有关论著目录，寄赠刚出版的英文新书，使选编本辑要的资料能够相对完全，我们在此表示衷心感谢。

（《儒家传统的现代转化》，收入《现代新儒学辑要丛书》，杜维明著，岳华编，中国广播电视出版社1992年5月出版）

《现代新儒学辑要丛书》总序

五年前，“现代新儒学”或“现代新儒家”对于人们来说还是完全陌生的名词；在今天，它们不仅已经堂而皇之地出现在我们的报刊上、书册中，而且迅速地发展成为中国现代思想文化研究中的一个新领域、新热点。

现代新儒学本来是70年前就已经在中国大陆产生、经过了30年奠基和发展的一个学术思想派别，它的前期代表人物梁漱溟、熊十力、冯友兰等都在中国现代思想史上占有显赫的地位。解放后，作为一个思潮和学派来说，因其反对马克思主义和唯物主义的基本理论立场而不可能在中国大陆继续存在和发展，它的阵地遂转移到了港台和海外。而就整个中国现代思想史来说，现代新儒学并没有断绝薪火，在第二个30年它又经历了新的重要的发展阶段，进入80年代以后更有进一步走向世界、发展成为一种国际性思潮的趋势。由于海峡两岸隔绝30多年，国内的读者对这些情况均难以知悉，并在一再“批儒”的气氛中对这种思想感到十分隔膜。

随着中国大陆的改革开放，域外的各种思潮蜂拥而入，这种本来就是在中国土地上产生，并以维护中国民族文化精神为旗帜，以解决传统和现代化、中西文化关系问题为宗旨的思想学说，自然不会放过返归本土的机会。主要是通过一些海外华裔学者的努力，积极推动“儒学第三期发展”的“儒学复兴”说在80年代中国的文化讨论中俨然成为了一派显学。文化讨论的现实感受加并不遥远的历史的回顾使人们很快地接受了“现代新儒学”和“现代新儒家”的概念。

关于现代新儒学，现在人们谈论得很多，但是由于研究刚刚起步，资料掌握还很不齐全，特别是对于港台和海外的新儒家学者，研究资料尤其匮乏，因此人们的认识难免是笼统浮泛的、很不一致的，包括现代新儒家的对象、范围、代表人物、发展阶段、思想特征、历史评价等问题，在认识上都颇多歧义。至于更深层次的问题，诸如现代新儒学对传统儒学的继承和开新，对近现代西学的融摄和“儒化”，对马克思主义中国化的敌视和某种意义上的启示；这个文化保守主义的思想派别是怎样和中国的马克思主义派、自由主义的西化派“在许多共同观念的同一架构里运作”的，它对中国文化现代化的贡献是什么而限制又是什么，它将会有怎样的发展前景，等等，都有待于在掌握大量资料的基础上逐步深入的研究和讨论，才有可能作出切实的回答。

对于一切研究者和关心中国现代文化发展的人来说，占有最基本的研究资料、原原本本地弄清现代新儒家学者都写了和说了些什么乃是首要的前提。为此我们编辑了这套“现代新儒学辑要”丛书，旨在为广大读者提供一套精选的系统的研究现代新儒学的第一手资料。它不同于国内已经出版的众多新儒学评论集、港台海外新儒家论文选集和新儒家个别著作的重印本，而是力图从反映整个思潮发展的角度，将现代新儒学各个阶段代表人物的主要代表作挑选出来，分别汇编成册，以便读者准确地把握其新儒家思想的实质及其个性特征。为了帮助青年读者正确认识复杂的思想文化现象，各册编者分别撰写了“编序”，除了介绍一些基本情况外，还用马克思主义观点对有关思想资料作了初步的分析和评论。

读者可以看到，我们是采取了广义理解的“现代新儒学”和“现代新儒家”概念，即超越了新儒家学者之间的师承、门户之见，把在现代条件下重新肯定儒家的价值系统，力图恢复儒家传统的本体和主导地位，并以此为基础来吸纳、融合、会通西学，以谋求中国文化和中国社会的现实出路的那些学者都看作是现代的新儒家。这套“辑要”

所选的15位作者，涉及“五四”以来的三代人，他们之间的个性差异是相当明显的，但是都不乏上述“共性”。他们中的马一浮、方东美、余英时、成中英等人，能否归属于现代新儒家的范畴，学术界一直有不同看法。这里提供了一批反映其新儒学思想倾向的资料，特别是集中反映其现代新儒学的文化观和哲学思想，希望有助于对他们的思想特质和精神方向作出符合实际的定性判断。当然这决不是说，他们的思想不可能包含矛盾，不可能表现出多样的形态，但这些资料至少对了解他们思想的一个重要侧面是有帮助的。

我们研究现代新儒学的目的，不仅是为了对“五四”以来中国思想文化论争的历史和现状有一个清晰的了解，作一种简单的是非评判，更重要的是为了通过总结历史经验，探索一条更有效的、更切实可行的中国文化和中国社会现代化的道路。马克思主义的指导地位和社会主义的方向不可动摇，怎样更好地结合中国的国情，更好地利用我们传统的资源，怎样更好地吸收别的国家现代化成功的经验和域外一切先进的思想文化，使中国的社会主义新文化成为包容性最大的、最富有民族特色和最能体现时代精神的文化，则是一个需要认真探索解决的问题。为此，我们必须以宽阔的胸襟和宽容的态度来对待一切致力于民族振兴、探索中国现代化道路，并且也确实在某一方面做出了独特贡献的思想派别，包括那些曾经批评和反对过马克思主义的思想派别。他们的思想主张中哪怕只包含着片面的真理，也应该加以厘清，加以肯定，批判地借鉴和吸收。现代新儒学在维护和弘扬中国民族文化传统、批判民族虚无主义、融合中西哲学和文化、探索传统文化现代化的道路等方面确实做出了重要的贡献，这份思想财富我们就应该用马克思主义的观点加以总结和批判地继承。所以，这套“辑要”决不只是为读者提供一套供批判用的“反面教材”，而应该看作是中国人的现代智慧的一部分，是一套中国现代思想文化的名著。所选15位作者在中国现代思想史上都堪称名家，把他们的代表作称为“名著”并非言过其实。当然，“名著”中所写的不见得都是真理，我们也不赞成“复兴儒学”的观点，但是完全可以把它作为一种有影响的思想学说来研究，包括它的错误亦能给人某种启迪。如果大家能同意这个看法，那么出版这一套书的价值和意义也就是不容置疑的了。

1990 年 11 月 8 日

（《现代新儒学辑要丛书》，方克立、张品兴主编，三辑十四册，中国广播电视出版社 1992—1996 年出版）

《现代新儒学研究丛书》主编的话*

这是一套以现代新儒学为研究对象的学术丛书。

所谓现代新儒学，是指“五四”以来，在强烈的民族文化危机意识的刺激下，一部分以承续中国文化之慧命自任的知识分子，力图恢复儒学传统的本体和主导地位，重建宋明理学的“伦理精神象征”，并以此为基础来吸纳、融合、会通西学，建构起一种“继往开来”、“中体西用”式的思想体系，以谋求中国文化和中国社会的现实出路。它主要是一种哲学和文化思潮，同时也包含着社会政治的内容。作为中国现代文化保守主义的主流派，七十年来它已有三代人薪火相传，形成了自己的学脉和传统，至今仍有一定的势力和影响。在中国现当代思想史上（就包括港澳台在内的整个中国而言），现代新儒学可以说是与马克思主义、自由主义的西化派鼎立的三大思潮之一，很有必要对它进行认真的深入的研究。

关于现代新儒学的前期发展，贺麟先生在《当代中国哲学》《儒家思想的新开展》等论著中已经作过初步的清理和总结。现代“新儒家思想”、“新儒学运动”等概念就是贺先生最先明确提出来的。

1949年以后，现代新儒学宗师熊十力先生的弟子唐君毅、牟宗三、徐复观等人在港台继续大力推进新儒学运动，他们的著作和思想日益受到学术界的重视。1972年，美籍华裔学者张灏写成《新儒家与当代中国的思想危机》（最早刊出于1976年出版的英文论著《变革的限

---

* 与李锦全合作。

制——论民国时代的保守主义》中）一文，开始从总体上对现代新儒学这种思想文化现象进行研究。他是站在自由主义的立场来对新儒学进行反省的，但并不只是简单的批评与否定。同样站在自由主义立场的台湾学者韦政通，这一年也撰有《现代中国儒家的挫折与复兴》一文，对现代新儒家的一些主要思想观念进行了批判的审视。把现代新儒学作为一个专门对象来进行研究的学术工作，在港台、海外可以说从70年代初就已经开始了。

中国大陆的现代新儒学研究，起步要晚得多。80年代中期，杜维明等海外华裔学者大力宣传“复兴儒学”和“儒学第三期发展”的主张，在文化讨论中俨然成为了一派显学，大陆学界才对现代新儒学（特别是50年代以后它在港台和海外的发展）逐渐有所接触和了解，并开始对它进行研究。1986年11月，“现代新儒学思潮研究”课题被批准为国家哲学社会科学“七五”规划的重点项目之一，对这项研究工作是一个极为有力的支持和推动。课题组成员不得不从搜集、阅读最基本的图书资料开始，包括几代新儒家学者的著作和海内外的有关研究资料，任务相当艰巨。我们在“七五”期间完成的一项主要工程就是编撰《现代新儒家学案》（上、中、下三册），同时编辑出版了一套《现代新儒学辑要》丛书（共十五册），首先把克服种种困难多方搜集来的基本资料加以初步整理，比较系统地介绍给国内的读者。研究工作是在占有资料的基础上逐步开展起来的。在过去几年里，课题组成员除了已经出版《现代新儒学概论》（郑家栋）、《现代新儒家研究》（宋志明）、《熊十力与中国传统文化》（郭齐勇）、《冯友兰新理学研究》（田文军）等几部专著外，还在海内外报刊上发表了近200篇论文（包括收入《现代新儒学研究论集》第一、二集中的文章）。这些初步的研究成果，不仅改变了大陆学术界对现代新儒学完全隔膜的情况，而且引起了港台、海外学者的密切关注和重视，甚至连新儒家学者也惊异地发现：“有些我们本来应该做的事情，他们却先做了”，并以“我们也要加紧做，不要放弃自己的责任”自励。海峡两岸的学术交流因此而有了较好的基础和条件。

撰著和出版一套包括专人研究和专题研究两个系列的《现代新儒学研究丛书》，是课题组下一步研究工作所要达致的目标。专人研究系列是对第一、二代现代新儒家学者的新儒学思想，分别进行系统地研究和评述，重点是研究他们的古今、中西文化观和哲学、宗教、伦理思想；对于那些活跃于“学术与政治之间”的人物，则需同时注意研究他们的现代儒家政治思想。总之，既要揭示他们作为现代新儒家的共性，也要写出每个人思想的个性。专题研究系列是对现代新儒学进行多方面、多角度、多层次的分别专门研究，例如对其哲学本体论、方法论、历史观、宗教观、伦理观、人生哲学、文化哲学、社会政治学说等等，运用逻辑和历史一致的方法，分别进行较为深入的剖析和阐论。又如对现代新儒学与古今中外各种思想学说的承继渊源关系或对立互动关系，分别加以系统地考察，也可以作为专题研究的内容。这两个系列的论著都要求把研究工作做得更加细致、深入，加强理论分析，总结对现实有启迪的经验教训。我们希望这套丛书的写成和出版，能把国内的现代新儒学研究提高到一个新的水平。

需要说明的是，承担《现代新儒学研究丛书》写作任务的，大部分是80年代成长起来的优秀中青年学者，有的还是在读博士生（他们承担的研究课题往往就是他们的博士论文选题）。青年人精力充沛，思想敏锐，勇于开拓进取，富有探索精神，所以这一批研究成果大都各有创新见解，不落俗套，具有较高的学术价值。课题组始终十分强调两点：一是要详细占有资料，准确理解原意，这是实事求是地进行科学研究的基础和前提；二是要运用马克思主义的立场、观点和方法，对现代新儒学进行一分为二的分析评论，既不盲目崇扬，也不抹煞它的贡献和历史地位。所有作者都要朝着这个方向努力去做。应该说他们的工作是做得有成绩的，基本上达到了上述两个要求。但是也不必讳言，由于各位作者的马克思主义理论功底和学识水平不同，研究能力和所下的功夫不同，各册论著的水平也难免参差不齐，不成熟或不完善的地方，甚至错误失当的地方，都可能不同程度地存在着。我们恳切地期望得到专家、读者的批评指正，让这套丛书在中国新文化建设中发挥更加积极的作用，也有利于锻炼造就一代学术新人。

天津人民出版社和辽宁大学出版社分别承担了本丛书的专人研究系列和专题研究系列的出版任务，给我们的工作以大力支持，在此表示衷心感谢。

1991年12月10日

（《现代新儒学研究丛书》，方克立、李锦全主编。专题研究系列，辽宁大学出版社1992—1994年出版；专人研究系列，天津人民出版社1993—2004年出版）

《中国宋代哲学》序

1981 年 10 月，在杭州全国宋明理学讨论会上，我认识了老学长、宋史专家姚瀛艇教授，交谈之中，得知河南郑州、开封、新乡的几位学者正在合作研究宋代哲学史。以后在几次学术会议上，特别是 1988 年 4 月在全国洛学与传统文化学术讨论会上，我又陆续认识了这个科研集体中的几乎全体同志。他们十余年来精诚合作，继出版《北宋哲学史》（河南人民出版社，1987）之后，又完成了百万字巨著《中国宋代哲学》，并计划继续合作编著《宋代儒学与现代精神文明》一书。河南同志敦厚笃实的学风，尤其是他们锲而不舍的钻研精神，给我留下了深刻印象，也由衷地感到敬佩。在中国现代学术史上，河南曾经出过冯友兰、嵇文甫、赵纪彬等著名哲学史、思想史家，他们的遗风犹在，我相信中州学者定能为中国哲学史学科的建设和发展作出更大的贡献。

宋代哲学在中国哲学发展史上占有重要地位。以儒、道为主干的中国传统哲学，经过汉晋隋唐时期外来佛教的冲击和交流融汇，至宋代形成一种既有精巧的思辨形态又有极为现实的纲常伦理内容的唯心主义理学（或称“道学”），成为后期封建社会统治思想的理论基础。它以复兴儒学的形式出现，实际上受到了佛、道思想的深刻影响，在哲学上突出地表现为重视本体论之建构和心性哲学中心地位之确立。本书作者指出，宋代哲学在北宋前期主要是讨论天人关系问题，北宋后期主要是讨论理气关系和心物关系问题。直到洛学创始人程颢、程颐，以“理”统摄天人，将“理”贯穿于自然观、认识论、人性论、伦理学等多个领域，使哲学中心问题由天人关系过渡到理气关系和心物关系，使自然观、伦理观融为一体，实现了由天命论到性理学的转变。这一论述是符合历史实际的。从天人之辩到理气、心物之辩是中国古代哲学的一次大的主题转换，是中国哲学发展阶段性的一个重要标志，它正好是在宋代完成的，因此，具体考察和阐明这一转变的根据、条件及其过程，无疑是中国哲学史研究的一个重要课题。本书作为研究宋代哲学的专著，所承当的正是这样一个任务，它把宏观的视野与微观的考索研究结合起来，力图描述中国哲学发展的这一历史轨迹和展示一代哲学纷陈斑驳的整体画面，为总结我们民族理论思维发展的规律和经验教训作出了自己的贡献。

对于宋代哲学和整个宋明理学的评价，学术界显然存在着不同的认识。我国学术界过去偏重揭露“存理灭欲”的理学作为封建专制主义的统治工具的实质，港台、海外新儒家则着重表彰它复活了先秦儒家的形上智慧，光畅了民族文化生命之本源大流，特别是表彰其充分发展的内圣心性之学是一种“哲学的人学”，具有普遍的价值和意义。80年代以来，宋明理学研究在国内有新的进展，对理学的特点和本质有种种不同的提法。有的学者强调道学（理学）所讨论的都是关于“人”的问题，例如人在宇宙间的地位和义务，人与自然的关系，人与人之间的关系，人性和人的幸福等等，因此可以说道学即关于“人”的学问。有的学者着重论述了理学的理性主义特征，认为它发展了一种不同于西方科学理性、理论理性的道德理性或实践理性，理性本体的建立实质上是将伦理提高为本体，以重建人的哲学。有的学者认为理学以儒家的伦理纲常为中心，吸取了佛教、道教的修养方法，加上烦琐的思辨形式的论证，形成为一个体系严密、规模宏大的宗教神学结构，与其说是哲学，毋宁说是宗教。另有一些学者则不同意理学（儒学）是宗教的观点。这些讨论有助于对理学的本质和特点形成更加全面、深刻的认识。本书作者所持的理论立场，可以说基本上是“传统”的，即坚持用历史唯物主义观点来说明复杂的思想史现象，对理学产生的社会经济基础、阶级斗争背景、思想理论渊源和自然科学条件等均有所说明，指出这种“明于庶物，察于人伦，知尽性至命，必本于孝悌；穷神知化，由通于礼乐”的哲理化的儒学完全是为封建地主阶级的统治利益服务的，它是“神道之昭昭，人道之桎梏”，是在今天必须批判、否定的一种意识形态。同时，本书又十分注意克服形式主义和简单化批评之弊病，注意吸收海内外关于宋明理学研究的新成果，如通过对理学范畴系统的分析，充分肯定其理论思维水平之提高；指出这个时期不论是唯物主义还是唯心主义的哲学体系，都吸收了不少朴素辩证法思想和自然科学的新材料；对儒家心性之学给予应有的重视，不是扣上“唯心”的帽子就加以简单否定，并且注意到了它在宋明理学中的核心地位，等等。这种理论立场我是赞成的，虽然对某些具体问题的看法可能不尽一致，但对理学的总体评价和历史分析，我基本上赞成本书作者的观点。他们为此下了十年功夫，作了比较深入的研究并加以系统的阐明，所以我乐于看到本书的出版。

作为断代哲学史论著，本书的框架设计有自己的特色。中国哲学发展到宋代，在本体论方面有了新的突破，本书力图反映这一发展态势，以各种哲学本体论和学术流派设篇，把气本论、理本论、心本论三大派别放在中心位置，分别考察它们的形成、发展过程，相互之间的对立统一关系，以及对后世哲学发展的影响。这样就把宋代哲学的全貌清晰地展示在读者面前，使读者比较容易理解，为什么说宋代哲学是中国哲学发展史上的一个新阶段，它所取得的进展主要是在哪些方面；也使人们对哲学基本问题在中国哲学史研究中的意义看得更清楚了。

初涉本书，尚未深得其旨。难却石训等同志之盛意，草此小序，略抒己见。不当之处，请作者和读者批评指正。

1992年4月10日

（《中国宋代哲学》，石训、姚瀛艇、刘象彬、李书增、李之鉴、卢连章、肖新生、李保林著，河南人民出版社 1992 年 12 月出版。序文曾发表于《中国哲学史》1993 年第 2 期）

《长路奉献给远方》序

今天的研究生，有许多是从校门到校门，没有或很少有机会接触家庭和学校以外的社会，不了解普通的工人、农民、战士、干部是怎样工作和生活的。对于以社会和人生为研究对象的文科研究生来说，缺少社会实践的锻炼更是一致命弱点，纯粹从书本上去汲取智慧总是存在着很大的局限性，脱离实际生活的理论是没有生命力的。

国家教委提出，社会实践要作为文科研究生的一门必修课程。这是很有战略眼光的提法。但是，在今天的办学条件下，组织文科研究生参加社会实践也碰到了许多实际问题。首先是经费问题，一个学校几百名研究生外出参加社会实践活动，仅旅费和宿费就是一笔不小的开支，学校实在难以承担。另外，社会实践活动内容的安排，基地的选择，接受单位的合作等等，均存在不少问题。所以，这门“必修课程”实际上并不落实，许多文科研究生三年中还是光同书本打交道，难得走出去一次。

去年春天，南开大学研究生院得到铁道部第十八工程局党委的大力支持，组织了部分文科研究生分赴十八局所属各工程处的若干工程点，和战斗在第一线的工人、干部同吃同住同劳动，采访、报道他们在平凡的劳动中所创造的不平凡的建设业绩，同时自身也受到了时代精神和人生价值观的深刻教育。

铁道部十八局的万余名职工，原是中国人民解放军铁道兵的一支英雄部队。1984 年兵改工后，转变成为一个靠投标承揽工程、自负盈亏、按劳分配的生产经营型企业。在社会主义市场经济条件下，他们既要在激烈的竞争中求得企业的生存和发展，又继续保持和发扬了革命军队的许多优良传统，首先是艰苦奋斗和打硬仗的传统，在“引滦入津”、大秦铁路、湖北清江隔河岩导流隧洞等建筑工程中创造了一个又一个新的纪录和人间奇迹。铁路建筑者们总是“走小路，修大路”，长年住在荒郊野外的工棚里，风餐露宿，沐雨栉风，把祖国的钢铁大动脉一寸一寸地向前延伸着。他们用最平凡的劳动，建立了造福后代的千秋功业。

在改革开放的新时期，还要不要发扬艰苦奋斗的精神，铁路建筑者们用自己的行动作了最好的回答。我们认为十八局所提供的各个工程点是对青年学生进行艰苦奋斗教育的最好的课堂。长期生活在大城市和高等学府里的研究生们，这次有机会走出校门，奔赴天津塘沽碱厂工地、陕北神木的蛇口峁工地（神朔线）、宁夏固原工地（宝中线）、山西阳城的桃坪隧道工地（侯月线）、山东威海的桃村工地（桃威线）、四川阿坝洲的太平驿电站、湖北清江的隔河岩水利枢纽工程、河北唐山的大秦线工地、北京燕山石化工地，确实大开了眼界，在同铁路建筑者们朝夕相处中获得了许多新的人生体验，学到了许多在学校和书本里学不到的新鲜知识，这对他们今后的治学道路和人生里程来说都是一笔难得的经验和财富。

研究生们在各建筑工地只生活了短短一个月时间，已有许多真情实感的收获体会，他们把所见所闻和切身感受写出来，每篇文字都有感人之处，我读后颇为他们的收获和进步而高兴。这次社会实践活动应该说是很成功的，其经验值得很好地总结和推广。

我们非常感谢铁道部十八局党委对南开大学研究生社会实践活动的支持。不仅提供了最有教育意义的实践基地，而且把我们的学生像本单位职工一样对待，差旅费回局机关报销，食宿由基层工程队解决。这样优厚的条件，在今天是很难得的。它是社会支持办学的一个显著例证。十八局党委之所以能这样做，是因为他们把培养研究生成为合格的社会主义事业接班人看作是自己应尽的责任，是份内事而不是份外事。他们这种宏远的识见和高尚的风格是十分令人敬佩的。

1993 年 7 月 20 日

（《长路奉献给远方》，南开大学研究生院、铁道部十八局党委编，南开大学出版社 1993 年 11 月出版）

《中国哲学大辞典》前言

中国哲学源远流长，学派众多，哲人辈出，在数千年漫长的发展历程中，留下了丰富的文献典籍和思想资料。一位西方哲学家曾经说过："一部没有中国哲学的世界哲学史最多只能算是半部。"无论从文献典籍之缺损或一种重要哲学类型之阙如的意义上来说，此话都一点也不为过。中国哲学之博大精深，已被越来越多的世界各国有识之士所认识、所欣赏和所追求。人们越来越趋于这样一种共识：未来世界最有生命力、最有光明发展前景的哲学必将是东（中）西哲学精神之融通和辩证的综合。

把中国哲学的丰富宝藏介绍给世界各国人士，也让我们的人民和青年珍惜"自家无尽藏"，从先辈的哲学创造中汲取有益的精神营养，是中国哲学史工作者应尽的义务和责任。天津市的中国哲学史工作者在制定"七五"社科规划时，决定依靠集体的力量，并求得全国同行的支援和帮助，合作编著一部《中国哲学大辞典》。这一工程经历六个寒暑终于完成了。集体作业虽然有集思广益、出成果快等优点，但也有水平参差不齐、组织协调困难等缺陷，本书成稿不到一年时间，但修改、审定费时却数倍于斯，虽经多次审改，但书中错误、不足仍在所难免。我们诚恳希望得到专家和广大读者的批评指正，以便在出修订本时使它更臻成熟、完善一些。

本书的编纂工作，得到了天津市哲学社会科学规划小组的支持和天津市社科基金会的资助，还得到了前天津市委书记、市长李瑞环同志的特别关照和鼓励。中国社会科学出版社一直热情支持本书的编写和出版工作。我们在此一并表示深切感谢。

1991年4月

（《中国哲学大辞典》，方克立主编，中国社会科学出版社1994年5月出版）

《二十世纪中国哲学·人物志》跋

20世纪已经到了最后几个年头，新的世纪即将来临。处在世纪之交的中国哲学工作者，有责任对过去一百年来中国哲学发展的艰难历程、时代课题、重大事件、丰硕成果和经验教训作一系统的回顾和总结，通过哲学的反思来更深刻地理解20年世纪中国所发生的历史巨变，并为我们民族在被人们称为“太平洋世纪”的21世纪的腾飞找到坚实的理论根据，同时也为中国哲学在下个世纪的发展探索一条健全顺遂的道路。这是当今许多哲学界同仁都在思考和研究的问题。

1991年，在制定哲学社会科学“八五”国家重点课题规划时，有人曾提议列入“20世纪中国哲学史”一题，并且已上征求意见稿。后因此一课题研究的基础性工作尚无人系统地做，骤列国家重点怕质量难以保证，故在定稿时将其删去了。人们期待着现在就有人开始做这方面的资料准备工作，到制定“九五”（1996—2000）规划时再上此题，就水到渠成和顺理成章了。正在此时，山东聊城师范学院哲学研究所提出了编纂20世纪中国哲学“史记”的设想，包括大事记、人物志、论著述评、研究与论争概述四个部分，各约100万言。他们的宏阔气魄和开创、实干精神令人刮目相看。

我在那年10月收到了聊城师院哲学所寄来的约稿函，要我“找人代写一篇传记”；以后又收到《中国哲学史上的知行观》一书述评的约稿函。对于他们的工作，我是关注的，但开始并未成为积极的参与者。没料到经张岱年先生和其他学者推荐，后来我也被邀直接参与了这项工作。1992年10月，趁去济南出席“牟宗三与当代新儒家”学术思想研讨会之便，我首次应邀访问了聊城师范学院，结识了张明、王其水等同志。我甚为他们身在鲁西北、心系神州环宇，纵论百年中国哲学大势的气魄所感动，并对以青年学者为主体的该院哲学所坚韧、笃实、开拓、进取的学风留下了深刻的印象。聊城的学术研究基础和资料、信息等条件自然远不如北京、天津、上海等城市，但我相信通过他们的扎实工作和坚韧不拔的努力，是能够完成这一世纪性的哲学总结工程的。

他们要求我做的第一件事是为该书联系出版单位。我很顺利地和华夏出版社取得了联系，首先得到责任编辑赵向东博士的热烈响应，以后又得到王智钧总编辑、林建初副总编辑的理解和大力支持，很快签订了出版合同。按照合同，先推出该书第二卷“人物志”和第三卷“论著述评”，要求在 1993 年底交稿。聊城师院的同志们为此进行了紧张的工作，基本上按期完成任务，于当年 12 月初和中旬分别将两部书稿送到我手里。

关于人物志稿，我赞成编者提出的“精选广收”、“全面而不失”的原则，同时认为，也要有明确的收选标准，力争做到收与不收皆“得宜”。当然，最理想的效果应是“精重而得宜”与“全面而不失”的有机结合或统一。但在实际操作中，要做到这一点是很不容易的。例如，有些确有成就、理应入志的学者，由于本人谦虚，再三表示“学术思想未臻成熟”，不愿作传，编者自然也难以强求。还有少数学者，虽经四五次去函联系，仍无有回复；有的答应提供传稿而一直没有寄来。此外当然也有因编者见识不广所造成的疏漏。诸如此类问题的存在，就使“全面而不失”的原则难以完全落实，而出现了“应收入的学者未能全部收入”的情况。另一方面，恰当掌握收选标准，既注意“广收”，又做到“精选”和“得宜”，也决非易事。譬如，为了照顾到各地区哲学界有地位、有影响的学者，编者有选择地发了一批约稿信函，但传稿收到后，才发现并非所有学者都能以其哲学成就和独特贡献名“家”，于是就有了一个收或不收的筛选问题，而事实上这个标准也是很难掌握的。客观地说，如何处理好“精选”与“广收”

这一对矛盾，是摆在编者面前的一大难题。

由于人物传稿的作者众多，情况千差万别，因此各篇传稿的撰写体例、文字风格、内容详略、着墨重点，以至人物褒贬之评价标准、观点、感情、态度等等均千差万别，编者统稿之难，可以想见，聊城师院的同志们为此付出了巨大的辛劳。

上述种种问题在交到我手中的成稿中，仍不同程度地存在着。我花了比预计多两倍的时间，在两个多月中，逐篇审读全部传稿，尽可能地做了一些统一体例、修订文字的工作，并请黄昭仪同志帮助对若干逻辑不顺、观点欠妥的稿子进行了局部的调整或改写。另一方面，组织南开的青年教师和研究生们补写了20余位重要哲学家的传稿，紧急发函又征集了30余位当今哲学家的传稿，包括国内学者和台港学者。其中，特别将目光投向现今已有一定成就、将成为跨世纪中国哲坛之中坚力量的一批优秀青年学者。选择标准也是严格的，他们全都已是教授，有的已成为博士生导师。同时，本着“精重而得宜”、对历史负责的原则，定稿时在入志人选上亦有所删略。

现在交付出版的人物志稿，经过多人的努力，质量有很大的提高，基本上能反映20世纪中国哲学家的阵容和这支队伍各方面的主要情况。但仍有一些不能尽如人意之处。我认为主要问题还是未能做到“全面而不失”，包括一些我所敬重的前辈哲学家，这次也未能全部入志，对此我心中感到十分不安。中国哲学还在发展中，到本世纪末、下世纪初，本卷（“人物志”）还有必要出一本“补编”，我想到那时或许能将现有的缺憾作一补正，以更全面地反映本世纪中国哲学家的奋斗历程和学术贡献。

1994年1月28日

（《二十世纪中国哲学·人物志》，方克立、王其水主编，华夏出版社1994年8月出版）

二十世纪中国哲学的宏观审视

——《世纪之交的中国文化》代序

刚才冯契教授从“通古今之变”的角度，对20世纪的中国哲学作了总结和回顾，他期望在世纪之交能够出现一个批判总结的时代，这个意见我非常赞成，这也是当今许多哲学家的共同期望。我讲的角度和他有点不同，但也有密切联系。我主要想从中西哲学交融、会通的角度来认识20世纪中国哲学的特点，这当然与传统和现代化的关系即“通古今之变”问题也是相互关联的，在20世纪，中西问题和古今问题是分不开的。

半个世纪前，贺麟先生写了一本《当代中国哲学》，前些年再版时书名改为《五十年的中国哲学》。那本书是对20世纪前半个世纪的中国哲学作总结和回顾。中国的历史进程又向前走了半个世纪，现在已经进入了本世纪的最后十年，新的世纪即将来临。我认为，处在世纪之交的哲学家们，有责任对一百年来中国哲学发展的现实历程和丰富内容作出更加深刻的总结和反思，通过批判的总结和反思，为中国哲学的未来发展探索一条积极的现实的道路。在今天，贺麟先生的工作应该有人接着来做，我们应该写出“一百年的中国哲学”或“二十世纪的中国哲学”来。

20世纪在中国历史上是一个风云激荡、具有重要历史转折意义的世纪。辛亥革命结束了两千年的封建帝制。五四运动是中国资产阶级旧民主主义革命到新民主主义革命的转折点。1949年，中国结束了半殖民地半封建社会的历史，使国家走上了民族独立、自强发展的道路。

80年代末，苏联东欧发生剧变，社会主义的中国仍巍然屹立。回过头来看一百年前的中国，八国联军侵华，签订不平等条约……，那时我们处在什么样的地位？今天确实不一样了，中国确实有了巨大的进步。可以说，20世纪改变了整个中国的面貌，不论政治、经济、文化等各方面，都发生了巨大的变化。这个变化有着非常丰富的历史内涵，中国哲学也是一样。可以说，20世纪的中国哲学是整个中国哲学史中最重要、最精彩的篇章，无论哲学形态之丰富多样，哲学斗争之尖锐复杂，思想内涵之广泛深刻，都是过去任何时代所不可比拟的。

我认为20世纪中国哲学最重要的特点就是中国走向世界，同时世界也走向中国，出现了这样一种双向交流的运动，中西哲学交流、融合、会通成为时代的潮流和趋势。20世纪的中国哲学，不论哪一家哪一派，要在现代中国哲学中占有一席之地，并且发生较大影响，都不能不走中西哲学交融、会通的道路。它在态度上或积极主动，或消极被动；在内容上或以继承中国传统哲学为主，而吸纳、融摄某些西方哲学的因素，或以引进西方哲学为主，而在中国传统哲学中找到某些结合点；在方法上或折衷调和，或辩证综合，总之，都必须适应、符合而不能背离中西哲学交融、会通的时代精神和历史趋势。完全固守传统，抱残守缺，或者完全照搬西方，不同中国传统相结合的哲学流派，都是没有生命力的，也不可能在中国现代哲学史上占有重要地位。

马克思主义哲学中国化是20世纪中西哲学交融、会通最伟大的成果。由马克思、恩格斯创立的辩证唯物主义和历史唯物主义哲学，本来是从西方哲学传统中产生的，但是它也吸收了人类其他文明的优秀成果，成为反映世界（包括人类社会历史）发展普遍规律的科学。马克思主义哲学传播到中国来还不到一个世纪，它所取得的成功是任何其他西方哲学流派所无法望其项背的，因为它不仅极大地改变了中国人民的精神面貌，而且极大地改变了整个中国社会的面貌，深刻地影响了中国近现代社会历史的进程。马克思主义哲学之所以具有如此巨大的威力，不仅在于它的普遍真理性，更主要的在于它能够同中国革命和建设的具体实际相结合，同中国哲学和文化的优良传统相结合。几代中国马克思主义哲学家都十分注意在这两个“结合”上下功夫，努力推进马克思主义哲学的中国化，使之在中国生根、发芽、开花、结果，使之成为中国近现代哲学传统中的一个重要组成部分。20世纪中国的马克思主义哲学运动，在两个“结合”上有许多宝贵的经验教训，是最值得认真总结、认真研究的一个课题。

一百年来，从西方引进的其他各种哲学流派和哲学思潮，有的在中国影响大一些，有的影响小一些，关键在于是否适合中国的需要，能否与中国的国情、中国的传统思想文化相结合，至少要有相互沟通、交流、对话的可能性。胡适把实用主义哲学介绍到中国来，他也要在中国传统哲学中找结合点，他找到了颜元、戴震，还专门写了一本《戴东原的哲学》。冯友兰、金岳霖把新实在论介绍到中国来，贺麟把新黑格尔主义介绍到中国来，都力图与中国传统哲学相结合，他们所创造的中西融合的哲学体系，还打出了“新程朱”、“新陆王”等旗号。凡是介绍到中国来的西方哲学流派，要想在现代中国哲学中占有一席之地，都有一个中国化的问题，都必须与中国传统思想文化相结合。不能结合的，只是纯粹介绍西方某一流派的思想，原原本本，忠实译介，虽然也有知识价值，对中国哲学的发展也有一定贡献，但不能说这些西方哲学流派本身就是中国哲学。正如隋唐之佛学，天台、华严、禅宗可说是中国哲学，是中国化的佛学，而忠实介绍印度佛教的法相唯识学就在中国哲学中不占重要地位。

今天在台湾很有影响的天主教哲学，或称新士林哲学，本来是传播西方的新托马斯主义，它要在中国社会存在和发展，也提出了一个“本土化”的问题。在台湾，除新儒家和中华文化复兴运动之外，这一派是比较注意研究中国传统哲学的，可以说它开辟了中西哲学融合、会通的一个新的方向。罗光主教写了九大本《中国哲学思想史》，还写了一些论述儒家生命哲学的书，他认为儒家哲学的生命智慧和西方宗教传统中的超越智慧是可以相通的。今年6月在台湾召开两岸学术研讨会，辅大校长李震教授发表论文，专门讨论儒家之“道”（“天”）的超越性问题，对新儒家以心性说天道的“内在超越”理论提出了批评。这一派对儒学中“外在超越”思想资源的发掘，显然是为天主教哲学与中国传统儒学的会通寻找共同基础或结合点。会上还有学者力图调解儒家性善论和天主教原罪说的矛盾，如台大傅佩荣教授所着力阐释的“人性向善论”，即与新儒家的“人性本善论”大异其趣。

本世纪从西方引进的各种哲学，不论在大陆，在台湾，要在中国生根、发展，对中国社会发生影响，都有一个中国化、本土化的问题，马克思主义哲学是这样，天主教哲学也是这样，其他哲学流派都是这样。

另一方面，本世纪以继承和弘扬中国传统哲学为主的各种哲学流派，又都有一个吸收西方哲学的观念和方法，以实现其现代转化的问题。其基本模式是“中体西用”。现代新儒学是最典型的代表。贺麟先生40年代说过一句话：“以儒家精神为体，以西洋文化为用，”这就是“中体西用”的模式。“援西学入儒”是现代新儒学的一个重要特征，正是这一特征使其与传统儒学区别开来。

20世纪不仅有现代新儒家，而且还有现代新道家、现代新佛家、现代新墨家、现代新法家。这些传统思想学说的现代化，一个基本特点就是吸收西方的科学、民主思想，走中西融合、会通的道路。董光璧所说的“现代新道家”，把李约瑟、汤川秀树等外国科学家都包括了进去，陈鼓应先生也在现代社会提倡道家思想，我认为，除了现代新儒家、现代新道家之外，20世纪的现代新佛家也值得认真研究。从欧阳竟无以来，可以说已经形成了一个传统，在佛教现代化方面做了许多工作，一直到今天香港法住学会的霍韬晦先生，还在继续做这方面的工作。前辈学者梁漱溟、熊十力等人都是亦儒亦佛，作为唐君毅先生弟子的霍韬晦也既是新儒家，又是新佛家。

20 世纪有影响的中国哲学流派，有成就的中国哲学家，无一不是走中西哲学融合、会通的道路。包括在海外的一些华裔哲学家，也利用他们熟悉西方哲学的有利条件，自觉地做中西哲学融合、会通的工作，如成中英、傅伟勋等人都力图用现代西方哲学的理论和方法，来创造性地诠释中国哲学，各有创获和建树，他们的贡献亦应载入 20 世纪之中国哲学史册。

关于 20 世纪中国哲学发展的历史分期和基本的学派分野，学者们可能有不同的看法，我认为基本线索还是清晰可见的。

哲学有自己的发展规律，但是它不可能与本世纪中国政治历史的变迁完全分割开来，不可能与时代的中心课题完全无关。因此，20 世纪中国历史的几个重大关节点，也大体成为本世纪中国哲学发展阶段性的基本标志。从世纪初到 20 年代末的五四运动是一个阶段；从“五四”到中华人民共和国建立，这 30 年是第二阶段；后半个世纪是第三阶段。第三阶段的中国当代哲学又有大陆和台港两条线，前 30 年基本上是彼此隔绝的，80 年代开始有所交流，互相交叉、渗透，到今天海峡两岸学术界已有相当密切的联系，各派哲学之间既有对立斗争也有联结互动。

在第一阶段，资产阶级革命派和改良派的哲学论战是一重要内容。这个时期中国哲学的最高成果是孙中山的三民主义哲学。它以后成为国民党的官方哲学，发展到今天，已有近一个世纪的历史。蒋介石的力行哲学、陈立夫的唯生论等都是三民主义哲学发展中的不同形态，还有一些人对三民主义哲学作过各种解释和发挥，如戴季陶的《三民主义的哲学基础》等。50 年代以后台湾也出版了许多这方面的著作。大陆学术界过去除孙中山外，对三民主义哲学的后来发展很少关注和研究，但是不能否认这派哲学也有自己的发展历史，是 20 世纪中国哲学史不可缺少的一个环节。

第二阶段是我们通常所说的“中国现代哲学史”（1919—1949）的研究范围，研究成果相对多一些，大陆出了几本书，有的高等学校开了这门课。我们说“五四”时期中国思想界开始出现了三分的格局，即马克思主义、自由主义的西化派和以现代新儒家为代表的文化保守主义，这是就一般思想史说的。从哲学上说，新儒家代表现代中国的人文主义哲学思潮，而西化派则偏向于科学主义和实证主义。现代西方哲学中科学主义和人文主义两大思潮的对立，在中国现代哲学史中也有所反映，最突出的例子就是科玄论战。马克思主义哲学在中国传播与发展过程中，经过问题与主义论战、科玄论战、中国社会性质论战和中国社会史论战，特别是经过唯物辩证法论战，逐渐成为中国现代哲学的主潮。它在30年代即已表现出强劲的生命力，这种生命力在当时不是靠政权而是靠理论自身的力量，因为只有这种哲学才能科学地回答中国革命实践中提出的各种问题。早期中国马克思主义哲学受科学主义思潮的影响较大，强调它是一种正确认识自然、社会和人类思维发展普遍规律的科学世界观和方法论。同时，马克思主义的本性决定了它又是一种具有极高人文价值的思想，因为它是以解放全人类、实现人的全面自由的发展为奋斗目标的。所以应该说，正确理解的马克思主义，健全发展的马克思主义，应该是科学主义和人文主义的有机结合或统一。这种哲学在三大思潮中有着明显的合理性。

第三阶段即后半个世纪的中国当代哲学史。在大陆，马克思主义哲学占据绝对统治地位，依靠政权的力量得以大力推行。它在40多年的发展中取得了多方面的成就，包括在哲学各分支学科都有许多重要成果，比如在马克思主义哲学史观和方法论指导下，中国哲学史领域取得的大量研究成果，就是过去任何时代所不可比拟的。在座诸位对此都比较熟悉。当然，以辩证唯物主义世界观为指导，在革命建设、科学技术、精神文明等方面所取得的大量丰硕的成果，都是马克思主义哲学的巨大力量的表现。马克思主义已经成为中国现代文化传统中不可或缺的一个重要组成部分，包括哲学体系、价值观念、思维方式、人格追求等等，对塑造现代中国人起到了难以估量的作用。在文化交融过程中，马克思主义代表一种先进的文化，对中国传统文化的现代转化起了积极的推动作用，它所指出的中国文化发展的方向和道路也是最现实可行的。不能否认，在后半个世纪，中国历史发展中也有曲折和痛苦，我们的工作中也有一些失误，这个责任应不应该由马克思主义哲学来负？实践证明，出现失误和曲折的原因往往正是由于背离了马克思主义哲学的基本原则，背离唯物主义搞唯意志论，背离辩证法搞形而上学，才造成了历史的遗憾，所以每次纠正失误时都格外强调学习马克思主义哲学的重要性。在真理标准讨论中，坚持马克思主义真理观对于纠正"文革"以来的错误思想路线起了巨大的作用。后半个世纪中国大陆哲学发展的主要教训是没有严格分清学术和政治的界线，对非马克思主义哲学往往采取简单批判、否定的态度，对人类哲学思想的优秀成果继承、吸收、借鉴、利用不够，因此也限制了马克思主义哲学自身的创新和发展。

在后半个世纪，台港哲学则呈现出多元发展的态势，与世界各国哲学联系比较密切，较少封闭性。除了官方的三民主义哲学之外，天主教的新士林哲学、当代新儒家哲学、西方逻辑实证主义和分析哲学，都有一定的势力和影响。这些哲学派别基本上都是反对马克思主义的，但是新马克思主义近年来在台湾也很流行，反对马克思主义的各派哲学之间相互也有批评和斗争，情况十分复杂。

我认为，本世纪中国哲学各个派别所提出的所有有价值的思想成果，我们都应该加以研究和总结，特别是那些表现出通古今之变、融中西之长的"融通"精神，对中国传统哲学的现代变革起了推动作用的哲学思想成果，更值得格外加以重视。我们要有开阔的心胸，开放的视野，兼容百家的气量；同时又要有批判精神，尤其需要有自我批判的精神。站在世纪之交的高度，来总结和回顾一百年来中国哲学发展的历程，弄清基本的学派分野，弄清它们之间复杂的对立统一关系，联系时代的中心课题加以评价；把反映新时代的新思想、新学说、新概念、新命题梳理出来，在中国哲学史上加以定位，无论是经验还是教训，经过认真的批判和总结，都可以成为人类思想史上的宝贵财富，成为下个世纪中国哲学发展的有益借鉴。从现在起，到本世纪末不过六七年时间，我们应该抓紧做这一世纪性的批判总结工作，包括对有关思想资料的系统收集整理，编大事记、人物志、论著述评、研究和论争概述等资料长编，通论、通史研究和断代、专题研究相结合，拿出扎实的成果来。当然，这需要通盘计划，分工合作，我们还是要充分发挥中国大陆学术界特有的集体优势。

进入 90 年代以后，总结 20 世纪中国哲学历程和经验，事实上已成为各派哲学研究和讨论的一个热点。对本世纪中国哲学史上的一些重要人物和著作，重大事件和论争，各派哲学家都从自己的哲学立场出发，重新加以反思、总结和评价，重新定位，实际上都在重写哲学史。其间思想分歧和对立紧张是难以避免的。谁如果不意识到这一点，就会在这场以总结和反思 20 世纪中国哲学为主要内容和特点的思想斗争中处于被动地位。

我在这里只是想说明这样一个事实：在世纪之交，各派思想家们都十分自觉地从自己的哲学立场出发，对 20 世纪中国哲学进行系统的清理、总结和回顾，得出各自的结论，并为本派哲学在下个世纪的存在和发展寻找合理的根据，描绘“美好”的前景。作为 20 世纪中国哲学之主潮的马克思主义哲学，自然也不应该放弃自己的责任，而应主动地承担起总结自己的发展道路以及本世纪整个中国哲学发展历程和规律的任务，回应各种挑战，科学地总结历史经验和展望未来。我认为各派哲学家们用不同观点、从不同角度来进行总结和反思并不是坏事，这里面不可避免地会有思想斗争，同时也有交流互动，甚至也能起到某种互补的作用。在世纪之交出现这样一个批判总结的高潮，必将推进中国哲学的繁荣和在下个世纪新的发展。

春秋战国“百家争鸣”之后，各派思想家都从自己的哲学立场出发总结这场思想斗争，因而出现了《庄子·天下》、《荀子·非十二子》、司马谈《论六家要旨》等一批重要的总结性论著。20世纪是一个古今中西哲学与文化交流融汇、多元发展的时代，虽然主要是马克思主义、自由主义和保守主义三派对立互动，但就具体的思想学说之纷繁复杂来说，远甚于春秋战国“百家争鸣”的时代。这个时代一定会出现批判总结的高水平论著，不过这要靠我们的共同努力和扎实的工作，更需要有宏阔的眼光、集大成的智慧和超越自己的批判精神。世纪之交的哲学家们切莫错过这一难得的历史机遇。

（《世纪之交的中国文化》，赵剑英主编，广西人民出版社1994年12月出版。代序之文原载《中国社会科学院研究生院学报》1994年第4期）

《现代新儒家人物与著作》前言

近年来，现代新儒学研究成为国内中国哲学与中国文化研究的一个热门课题，不仅参与此项研究的学者不断增多，而且有更多的不是把新儒学作为专业对象的人，出于对中国文化问题的关心和兴趣，也希望对新儒家人物和学说有所了解，或有选择地阅读一些新儒家的著作。我们组织编写本书的目的，就在于为人们对现代新儒家的代表人物和主要著作有一大致的了解提供方便，并为深入的探究提供一个知识基础。

究竟哪些人物可归属于“现代新儒家”的范畴？这是一个分歧颇多且难以定论的问题。本书是在较为宽泛的涵义上使用“现代新儒家”的概念，即超越了新儒家学者之间的师承和门户之见，把在现代条件下重新肯定儒家的价值系统，力图恢复儒家传统的本体和主导地位，并以此为基础来吸纳、融合、会通西学，以谋求中国文化和中国社会的现实出路的那些学者，都看作是现代新儒家。对于其中认识分歧较大的人物，我们注意选取了较能反映其新儒家思想倾向和特征的著作。

此书具有“导读”的性质。参加编写者基本上是国家社会科学基金“七五”、“八五”规划重点项目“现代新儒学思潮研究”课题组的成员，编写者对其所承担的部分均有较好的研究基础。但由于我们水平有限，缺点、疏漏乃至错误之处，恐亦在所难免，欢迎广大读者批评指正。

李翔海同志承担了本书文字和资料的部分校订工作。本书出版得到南开大学出版社的大力支持，对他们的辛勤劳动，谨致诚挚的谢意。

（《现代新儒家人物与著作》，方克立、郑家栋主编，南开大学出版社 1995 年 2 月出版）

《中国历代家训丛书》总序

我国古代文化典籍浩如烟海，品类繁多。其中，各种形式的“家训”、“家诫”、“家规”、“家礼”，在普及传统文化、规范人们的生活和行为方式、整齐家风以至维持整个社会的谐调稳定方面，发挥了十分重要的作用。这一部分文化遗产很值得重视。

“三代而下，教详于家。”清代学者钱大听这句话，概括地说明了我国古代具有重视家教的传统。“家训”、“家诫”一类著作，起源于东汉而盛行于魏晋南北朝时期，它是当时世族社会教育制度的产物。人们十分熟悉的诸葛亮的《诫子书》，即产生于汉魏之际；而最早系统编撰成书的家训著作，当推南北朝时期颜之推的《颜氏家训》。作者撰写该书的直接目的在于“整齐门内，提撕子孙”，而其更深远的意义则是为了“轨物范世”、“遗泽后昆”。这类著作以家族和家庭中长辈对晚辈耳提面命的谆谆教谕的形式，将传统伦理道德观念和儒家文化精神通俗地灌输、传授给子孙后代，使其“同言而信，信其所亲；同命而行，行其所服”，即利用血亲伦常关系和长辈对晚辈的绝对影响力、约束力，达到“助人君，明教化”的目的。各种家训中有关立志、勉学、修身养性、待人接物的训诫，无非是要求“养亲事君，忠孝为本”、“言则忠信，行则笃敬”、“慎言检迹，立身扬名”，以维持世族的社会地位。这种家教的传统之所以在我国古代社会一直延续下来，并且影响到近现代，是有其深刻的社会根源的。正如梁启超所说：“吾中国社会之组织，以家族为单位，不以个人为单位，所谓家齐而后国治是也。周代宗法之制，在今日形式虽废，其精神犹存也。”家族宗法制度的客观存在和历久不衰，就为家教传统的延续和"家训"一类著作的蕃衍提供了深厚的社会土壤。被视为"古今家训之祖"的《颜氏家训》一书问世后，曾辗转流布，反复梓刻，虽历千余年而不佚；在其影响示范之下，各种形式的家训、家教、家规、家约、治家格言之类著作层出不穷，无代无之。如若将这类著作加以汇集，恐怕有数百千家之多，显然这是一笔不容忽视的历史文化遗产。

从文化的视角来审察，我国两千多年的封建文化，其内容丰富而芜杂，但总的来说，占据主导地位的还是儒家文化。受这种文化氛围的熏陶，历代家训也深深地打上了儒家思想的印记，透过其或典雅精微或通俗易懂的言辞，其着力宣传之要旨大抵不外乎"正心、诚意、修身、齐家、治国、平天下"的"大学之道"，"立人"、"达人"、"爱人"、"谅人"的"忠恕之道"，以及"父慈子孝、兄友弟恭、朋友有信"的"絜矩之道"。也就是说，儒家所倡导的文化价值观念、理想人格模式和伦理道德规范，作为历代家训的主要精神支柱，是"儒者宣而明之"欲使其"家至而户说"的基本内容。当然，受释道思想文化的影响，古代家训中也夹杂着若干儒家文化以外的其他思想成分或因素，如道家之"无为"，佛家之心性修养等等，这也完全是事实。家训作为在历史上产生和发展的文化现象，它也不可能不带有其所经历的各个时代的烙印，但从实质和总体上来看，它还是以儒家的忠孝仁义为本，吸纳、融汇某些佛道思想，不过是作为达到忠孝仁义的手段而已。

显然，就思想内容而言，历代家训并非如前人所夸誉的那样，是"篇篇药石，言言龟鉴"，但它也绝不是一堆粪土，不是一堆完全有害无益的封建糟粕。对于家训这种既包含着糟粕，又包含着许多人生智慧和真、善、美的启示的历史文化遗产，我们应该像对待古今中外的各种文化一样，采取马克思主义的具体分析和批判继承的态度。任何一种文化体系作为完整的结构，都可以分解为不同的层面，每一层面又可以分解为若干要素；换言之，文化要素构成文化层面，文化层面构成文化系统。对它们是可以加以分析、分解的，也可以根据新时代的需要进行重组或新的综合。我们对待历代家训也要采取分析的态度，区别良莠，批判、剔除其封建性的糟粕，改造、继承、吸收其富有生命力的或在今天仍有启迪、借鉴意义的文化内容，使其成为社会主义新文化的重要构成要素。

既然古代家训是封建时代的产物，大多出自历代帝王、名臣仕宦、封建士大夫之手，而为封建统治阶级所倡导，它就不可能不带有封建地主阶级意识形态的特征，不可能不大量宣扬封建道德观念和剥削阶级的处世哲学。例如，历代家训中反复强调必须遵从封建的纲常名教，倡导愚忠愚孝的封建伦理道德；反复鼓吹“学而优则仕”、“唯上智与下愚不移”和“万般皆下品，唯有读书高”的封建士大夫观念；反复提倡安常处顺、知足常乐、明哲保身的处世之道和保守思想，等等。毫无疑问，这些都属于封建思想的糟粕，是应该批判和舍弃的。这方面的思想流毒在今天仍不能忽视，还应继续做肃清流毒的工作。

另一方面，历代家训中还包含着相当多的思想精华和在今天仍有积极意义的内容，在教育后代如何处世做人的论训中，提供了前人丰富的人生经验和智慧，自觉或不自觉地宣传和弘扬了中华民族的传统美德，这些富有生命力的内容，都可供我们发现剔抉、含英咀华和借鉴吸收。从大的方面来说，至少可以举出以下几点：其一，鼓励立志。如诸葛亮《诫外甥书》说：“夫志当存高远，……若志不强毅，意不慷慨，徒碌碌滞于俗，默默束于情，永窜伏于凡庸，不免于下流矣！”《温氏母训》说：“岂有子孙专靠父祖过活之理！……若肯立志，大小自成结果。”其二，奖掖进学。如诸葛亮《诫子书》说：“才须学也，非学无以广才，非志无以成学。”《颜氏家训》说：“幼儿学者，如日出之光；老而学者，如秉烛夜行。”其三，劝勉勤俭。《朱柏庐治家格言》说：“黎明即起，洒扫庭除。”“一粥一饭，当思来处不易；半丝半缕，恒念物力维艰。”明吴麟徵《家诫要言》说：“治家，舍节俭别无可经营。”“茹荼历辛，自是儒生本色。”其四，提倡清廉。《景氏家训》载胡康公诲诸子曰：“予居官四十余年，无他长，但‘清白’二字，平生守之不失。尔曹今日虽未有官守，务全名节，金帛易动人，远而勿亲。”高攀龙《家训》说：“世间惟财色二者，最迷惑人，最败坏人。”其五，导人行善。《朱柏庐治家格言》说：“勿贪意外之财，勿饮过量之酒。”“与肩挑贸易，毋占便宜；见贫苦亲邻，须加温恤。”《家诫要言》说：“待人要宽和，世事要练习。”“恶不在大，心术一坏，即入祸门。”《弟子规》说：“凡是人，皆须爱，天同覆，地同载。”“能亲仁，无限好，德日进，过日少。”此外，历代家训还在强调知行合一、学以致用、应世涉务、分阴惜时、遵守礼仪、尊敬师长、孝顺父母、慎择朋友、睦邻友好、克己让人等许多方面，都有一些精彩的议论和非凡的识见，有的至今仍能给人以真的启迪、善的讽劝和美的鉴赏，展示出永久的价值和魅力。这些积极的内容自然是我们今天建设社会主义精神文明所必须继承和发扬的。经过批判的分析和创造性的转化，完全可以用来作为对青少年进行思想品德教育的有益资粮和历史教材，倡导良好的家风亦有利于促进整个社会的安定团结和谐调发展。

《中国历代家训丛书》的主编夏家善同志，是我在二十年前刚调到南开大学工作时就已相识的老朋友。他长期研治中国文学，详熟古代文化典籍；近年来特别瞩意于历代家训的搜集、整理，用力甚勤，颇有心得。这套丛书就是他从我国历代家训中精选汇辑出来的，共计十二册，虽分类汇编而又构成一完整系统，有明确的指导思想，并邀请专家学者对各书分别加以标点、注释和说明，以便于读者准确地把握其思想内容，从中汲取智慧和力量。这是一件很有意义的工作。夏家善同志向我征序，作为老朋友，我觉得难以拒绝，于匆忙中写了上述粗浅的认识，不当之处请编者和读者批评指正。

1994 年 6 月 26 日

（《中国历代家训丛书》，共十二册，夏家善主编，天津古籍出版社 1995 年 7 月—1997 年 12 月出版）

《中国社会科学院研究生院教材》总序

中国社会科学院研究生院始建于1978年，是党中央、国务院批准建立的我国第一所人文社会科学研究生院。它作为中国社会科学院高级研究人员的教学基地，学科专业齐全，师资力量雄厚，现有博士学位授予学科专业50个，博士生导师232人；硕士学位授予学科专业74个，硕士生导师400余人。其中不少人在本学科领域处于全国领先地位，还有一批名重一时的专家学者，堪称一代宗师，享誉海内外。这种得天独厚的学术优势，极其有利于研究生教育的发展。17年来，我院开设了近400门研究生公共课、专业基础课、专业课和其他各类选修课，在培养大批高层次的优秀人才的同时，也促进了教材建设。不少导师富于创造性的学术论著就是在研究生院讲课稿的基础上形成的，出版后在海内外产生了广泛而深远的影响。只是由于主观（教材意识不强）和客观（经费来源不落实）等方面的原因，过去一直没有推出成型成套的研究生教材来，这不能不说是一件憾事。

为适应研究生教育发展的新形势，搞好我院各学科专业的教学规范化、现代化建设，也充分发挥我院的学术优势，为全国的文科研究生教育作出应有的贡献，我们决定在多年教学实践中形成的讲义、专题讲座的基础上，吸收导师们的最新研究成果，在本世纪末、下世纪初，即我院建院20周年（1998年）前后，陆续出版一套人文社会科学研究生教材。

这套教材包括公共课（文科博士生和硕士生的马克思主义理论课，英、日、俄、德、法等语种作为第一外国语和第二外国语）、专业基础课和部分专业课教材，此外，还将推出一些重要的选修课教材。

研究生教材要求有一定的经典性，能够提供规范化的相对稳定的知识系统，同时又要体现出一定的先进性和创造性，要能反映本学科的最新研究成果和水平。作为教材，它在知识系统的完整性、理论观点的稳妥性、引据资料的准确性、文字表达的规范化和可读性等方面有比较严格的要求，同时也要尊重和保留编著者的学术个性。在世纪之交出版的这套教材，我们希望它有较高的学术质量和鲜明的时代特征。

最近国务院学位委员会决定进一步规范和推进在职人员以同等学力申请博士、硕士学位的工作，多渠道地培养社会主义现代化建设所需要的高级专门人才。这给研究生教材建设也提出了新的要求。如果没有成熟的研究生教材，在职人员的学位课程学习和考试就难以规范化地进行，学位授予质量也难以保证。

就我院今后的发展来说，提高研究生教育质量是始终不能放松的中心环节，研究生教材建设是一项亟待抓紧做好的重要工作。我们深知，组织编写和出版一套高质量的人文社会科学研究生教材，殊非易事。但我们也相信，只要院系（所）同心协力，充分调动全院导师和各方面专家学者的积极性，发挥他们的学术专长，经过扎实工作和艰苦努力，我们的目标一定能够达到。我们也诚恳地希望得到社会各界人士的支持和合作，欢迎各界人士对这一工作（或某本教材）提出批评或建设性的意见。

1995 年 6 月 15 日

（《中国社会科学院研究生院教材》，湖南出版社、经济科学出版社 1995 年 8 月起陆续出版）

《现代新儒家学案》前言

本书是“现代新儒家思潮研究”课题组在“七五”期间完成的一项主要工程。它采取我国传统史学的“学案”体例，力图为读者了解和研究现代新儒学的产生和发展，其主要代表人物的生平和学术思想，提供一套比较完整而系统的资料。所选 11 位案主，都是在中国现代新儒学思潮发展史上起过重大作用和有重要影响的人物，基本上属于现代新儒家的第一代和第二代。至于他们的第三代传人，学术规模尚未定型，为之立案还为时过早，只能俟诸续编。

每个学案的内容，均包括“评传”、“新儒学思想资料选辑”、“论著编年目录”三部分。

“评传”既要联系时代特点，扼要介绍案主的生平事迹和学术活动，又要运用马克思主义的立场、观点和方法，对其学术思想作出初步的实事求是的分析和评论。《明儒学案》的作者黄宗羲曾经说过：“大凡学有宗旨，是其人之得力处，亦是学者之入门处。”对于一个人的学术思想，最要紧的是把握其宗旨，“讲学而无宗旨，即有嘉言，是无头绪之乱丝也”。这是写作学术思想评传首先要解决的问题，它才能起到为读者引领门径的作用。对于那些在解放后已经改变学术立场（宗旨）的新儒家学者，评传要介绍他们一生（或至今）的活动，但学术思想评析部分则只着重评介其前期的新儒学思想。

“新儒学思想资料选辑”是案主的重要著作或语录的选编。它是在通读案主的全部论著、把握其学术宗旨的基础上，直接从原著中纂要钩玄、精心挑选和编排起来的，是帮助读者真切地了解案主的学术思想的第一手资料。由于现代新儒学主要是一种哲学和文化思潮，所以选编资料的重点也放在古今、中西文化观和哲学、宗教、伦理思想方面。对于那些活跃于“学术与政治之间”的新儒家代表人物，也适当地辑录了一些反映其现代儒家政治思想的内容。

“论著编年目录”收进了案主公开发表和出版的全部中、外文著作、论文、译著、杂著和书信的篇目，按时代先后编年排列。欲对其思想进行全面、深入、彻底地研究的读者，可以循此找到全部或主要资料的线索。

我们想尽可能地把工作做得好一些，但是由于现代新儒学研究在国内起步较晚，基础很差，资料收集整理有诸多困难，加之编撰者自身学术理论水平的限制，所以不尽人意之处在所难免，甚至包含有严重的错误和缺失，我们恳切地期望得到专家、读者的批评和纠谬订误。

在本书完成付梓之际，我们衷心感谢全国哲学社会科学规划领导小组把本课题列为国家“七五”规划的重点项目之一，衷心感谢国家社会科学基金会给予大力资助。我们也要衷心感谢热情地为课题组提供研究资料的各地图书馆的同志们、海内外的朋友们，衷心感谢全力支持本书出版的中国社会科学出版社总编辑和哲学编辑室的同志们。本书的编成和出版依靠了集体的力量，这个集体不只是课题组的几十个人，而是包括了众多关心中国学术发展和繁荣的人们，他们之功均不可没。

（《现代新儒家学案》，方克立、李锦全主编，中国社会科学出版社1995年9月出版）

《中国哲学名著选读》序

本书是在南开大学哲学系“中国哲学原著选读”课程多年教学实践经验基础上形成的教材。它的编选原则主要是考虑如何尽可能地适合教学需要，以便于初学者顺利地读懂原著，把握要旨，逐渐步入中国哲学的殿堂。

按照教学计划，“中国哲学原著选读”是配合“中国哲学史”课程教学开设的，共3学分，54课时。有限的课时决定了这门课的教学内容只能是少而精，而且必须充分考虑到教学对象的知识基础和接受能力，采取学生自学（课前预习）和课堂讲授相结合的教学方法。所编教材必须便于学生自学，起到疏通文字、引领门径的作用，再辅以课堂讲授和提问、讨论，学生就能较深刻地把握有关课文（原著）的思想内容。对于教材的实践检验，主要是看学生的反应：读不读得懂？在规定学时里读不读得完？读完每一篇是否都有所收获？理解深度如何？能否得出对现实有启迪的结论？读完全书后能否对中国哲学之博大精美及其发展全程有初步的了解和领悟？我们的教学目的首先要体现在教材中，所以编好教材对于开好这门课程有着至关重要的意义。

我们在多年教学实践中逐渐形成和确定了本教材的编写原则和体例，这就是：

一、考虑到学分和课时的要求，本教材只能精选各个历史时期最有代表性的、最能反映时代精神之精华的哲学名篇作为课文，从先秦到近代，共涉及48位哲学家，50部著作。选文尽量保持其完整性，篇幅过长的适当节选，少数无完整篇章者，则按问题分类摘编。所选内容还考虑到要尽可能地和“中国哲学史”课程教学相配合。

二、每篇原文之前有“作者作品简介”，简要介绍作者的生平、时代背景、主要学术成就和贡献，所选作品在其著作和哲学思想中的地位，并从史料学的角度介绍有关著作的版本和流传情况。

三、原文之后分段注释。注释力求简明、准确，文字考订从略。生僻字标注读音和辞义，艰深句子适当加以串讲。

四、每篇课文后有“简析”，除阐明该文的中心思想，提示主要范畴、命题及其哲学义蕴之外，还按照文章的逻辑结构，将全文分为若干段，逐段解析其思想内涵并说明前后文之间的联系。“简析”文字要简明，每篇平均不超过 2000 字。它是学生在字面上读懂了课文之后，进一步去把握其哲学思想内容的引渡津梁。

本教材在 80 年代初就出过油印初稿本，十多年来在使用过程中不断听取学生的意见，作过多次修改和调整。实践证明它确实比较适合这门课程教学的需要，受到历届学生的欢迎。它也比较适合于一般具有高中以上文化水平的干部和青年读者，作为自学中国传统哲学名著名篇的入门读本。

我和李兰芝同志共同确定了本书的选目、编写原则和体例，而大量具体工作是由她承担的。十多年来共同切磋凿磨，她付出的心血精力最大。五年前，我们曾合作编著《中华文化集粹·哲人篇》（中国青年出版社 1991 年 10 月出版）一书，采取了类似的编辑体例，据反映效果还不错。本教材在程度上比那本书要深一些，保留了“简析”而略去了“今译”部分，因为读者对象已不是一般知识青年而是哲学系大学生，并且要更多地考虑到课堂教学的需要。本书在交付出版前，曾请中华书局哲学编辑室高流水同志校读了全稿，并做了一些文字修订工作。南开大学出版社张敬双、马光琅同志担任本书的责任编辑，他们认真负责的工作态度使本书的质量有很大的提高。对于上述同志的辛劳和诚挚帮助，我们表示由衷的感谢。

1996年6月28日

（《中国哲学名著选读》，方克立、李兰芝编著，南开大学出版社1996年10月出版）

《二十世纪中国哲学·论著述评》后记

源远流长的中国哲学，发展到 20 世纪，进入了一个前所未有的大转折、大发展时期。西方各种哲学流派纷纷传入中国，并力图与中国的现实和传统相结合；中国传统哲学经过革命性变革和创造性转化，艰难地迈向了近现代。20 世纪的中国哲学，无论哲学形态之丰富多样，哲学斗争之尖锐复杂，思想内容之广泛深刻，都是过去任何时代所不可比拟的。

20 世纪的中国哲学论著，其品种数量之多，也超过了以往任何一个历史时代。本书仅对其中有重要学术价值和有重要影响的 285 种论著加以介绍和评述，力图从一个侧面反映 20 世纪中国哲学的整体面貌。由于编者水平所限以及其他各种原因，选目不一定完全恰当，有些该选入的论著尚暂付阙如；而且本书选目截止于 1993 年底，本世纪最后几年还会出版一些重要哲学论著，所以本卷（“论著述评”）到下世纪初还拟出一本“补编”，使这套资料更加完备而实用。由于本书系多人执笔编著，书稿质量难免参差不齐。有些是专家写的，确能把握所评述论著之精义，深入了解其产生时代的哲学水平，它作出了什么新贡献，以及它在本学科发展史上应有的地位。有些青年作者，确实很用功地研读了所评述之论著，写得很认真，相当客观、平实、准确地绍述了该论著之基本内容和主要贡献，评价也较中肯。不必讳言，也有部分述评稿尚欠功力，对所评述论著之写作背景和所要解决的主要问题缺乏深入的了解，只是一般地介绍各章节的主要内容，有述无评或难以评点到关节处。编者虽然作了很大的努力，但事实上不可能把这样一部多人合著的书稿编改得尽善尽美。

山东聊城师范学院王其水、丁祖豪、郭庆堂、张贵桥同志为本书选目、组稿、统稿、誊抄、编订做了大量工作，使本书有了基本的规模。1993 年 12 月中旬，他们就把 203 篇书稿送到我手里。只是由于本书第二卷（“人物志”）在出版过程中遇到了一点小麻烦，故本卷交付出版的时间推延了近一年半。在此期间，我们做了一些重要论著的拾遗补缺工作，这一工作主要是严正、李翔海同志组织南开大学哲学系的青年教师和研究生们共同完成的，共增补 82 篇。黄昭仪同志协助我审读了本卷全部书稿，并做了一些统一体例和修订文字的工作。责任编辑赵向东同志为本书出版付出了辛勤的劳动。对于上述同志的劳绩和贡献，不敢掠美，简志于此。

1995 年 7 月 10 日

（《二十世纪中国哲学·论著述评》，方克立、王其水主编，华夏出版社 1996 年 12 月出版）

《儒学本体论研究》序

本书是一位学习和研究中国哲学已有十五个年头的青年学者独立自得的思考和研究成果。与时下一些青年学者急于出成果、吸取积累少而产出数量多的学风迥然不同，本书作者不为职称、金钱等现实功利的诱惑所动，在高等学校简陋的生活和工作条件下，长年甘坐冷板凳，一本一本地啃中外古今哲学名著，苦苦思考哲学的功能与目的、人生的本体追求与自觉等问题，结合自己的生命感受，去研究历史和传统，将自得于心的东西写下来，本来也不是为了出版和发表，而只是自我精神反思和智慧求索的真实记录。这种学习和研究态度，在今天显得有些不合时宜，但却难能可贵。众所周知，一些有较高价值的智慧成果往往正是产生于这种不为现实功利所累的哲学创造活动之中。

20世纪即将成为过去的历史，中国哲学的现代化问题、中西哲学的交融会通问题仍然是中国哲学界关注的焦点。如何认识中国哲学的本质特点和功能，如何借鉴西方现代哲学的方法来诠释传统哲学，是每一个中国哲学研究工作者必须思考和回答的问题。《儒学本体论研究》一书的作者经过多年的沉思，通过对以朱熹和王阳明为代表的宋明儒学本体论的具体剖析，对上述问题作出了自己的回答。这本书不是对中国儒学本体论的历史发展全程进行客观的描述，也不是对儒学本体论作某种形上学的批判，而是通过对现实人生的本体追求的解析，将西方现代哲学的解释方法和中国人生哲学的思考方式结合起来，提出了“历史本体”的范畴，将人的生活世界的历时性与共时性统一在人生的“生生”实践过程中。由此出发，作者将人生的本体追求过程展现为对传统哲学本体论的解释与解构过程，在对传统哲学的反省与批判中去实现人生的本体自觉。因此，本书不仅向我们展示了诠释传统哲学的一种新方式，而且给我们指出了一条人生本体自觉的具体途径。

《儒学本体论研究》一书的研究方法和叙事方式也有自己的特点。作者提出的历史本体范畴融合了西方的解释传统和中国哲学的生生精神，将历史与现实统一在人生的现实创造活动中，使历史的叙事和人生的创造实践合而为一。在这里，理解历史的过程就是重释历史的过程，就是创造历史的过程，哲学和历史研究的起源与目的都在这诠释过程中得到了回答和体现。这种研究模式超越了用西方哲学的结构和范式去衡论中国传统哲学的思维方式，也不同于以维护传统为目的的旧的中国哲学研究方法，而是深刻地把握住了中国哲学作为人生自觉的学问的精髓，将人生哲学的研究和哲学史的研究统一在对人生的历史本体的存在分析过程中。

从上述研究方法和原则出发，作者认为，对传统儒学本体论的批判不能以现代哲学的发展水平来检讨传统哲学的观点，进而评论其是非得失，而应将传统本体论作为现实人生历史本体的组成部分，从整个民族精神自觉的发展历程来评价其思想的意义和价值。因此，在对传统哲学的评价问题上，作者提出了一些自己独到的见解。例如，在如何评价道德直觉问题上，作者强调“人生实践当下是顺取，当下是逆觉，内外、表里、体用一时并了，这就是直觉，生命的直觉”。顺取和逆取并不是两个独立的认识过程，而只是人生本体自觉过程的两个基本属性。又如，作者认为“内圣”与“外王”也是一个过程，如果“将内圣与外王分开，实际上就是承认有脱离现实实践的道德修养过程；而将外王与内圣脱离关系，就是主张现实实践不是人类有意识的自觉创造活动，不是人生生命呈现的活动”。因此他认为“内圣如何开出外王”乃是一个虚妄的哲学问题。作者指出，哲学研究“将不再以构造体系为目的，不再为人生提供一种绝对完美的实现之路”，哲学研究作为人生的生活方式，它不负责给人生提供现实的选择，它不过是人生本体自觉的工具和引路人而已。这些有得于心的哲学慧解，代表了当代好学深思的青年学者对传统哲学的认识水平。

实事求是地说，本书也存在着明显的缺点和不足。过于偏重主观的体悟而对传统哲学所反映的社会存在的背景揭示不够，客观的社会政治批判显得不足；重点研究了宋明儒学本体论，而对早期儒学和现代新儒学缺乏详细的分析探讨，以及文字表达过于抽象思辨等，都是有待于在今后的研究工作中加以注意和改进的。我期待作者把哲学和哲学史研究与现实生活更紧密地结合起来，把握住时代的脉搏，以更加深刻和成熟的哲学思想成果贡献于世人。

1997年2月28日

（《儒学本体论研究》，严正著，天津人民出版社1997年10月出版）

《现代新儒学与中国现代化》自序

本书是我十年来关于现代新儒学和中国文化问题研究的文字的结集。

我过去的教学与研究工作，和大多数中国哲学史学界的同仁一样，重点在中国古代哲学。十年前在一次座谈会上即席作了“要重视对现代新儒家的研究”的发言，人们说：“这个意见很好，你就来做这件事吧”，后来就把我推到了“现代新儒学思潮研究”课题组负责人的位置上。压上这副担子，可不同于在会上发几句议论、谈点个人看法，而是必须真抓实干，几乎是从零开始在中国大陆重新组织和推动对现代新儒学的研究；并且必须把握正确的研究方向，如期拿出有一定学术质量的研究成果来，才能对国家和人民有所交待。十年来主要依靠集体的力量完成了这一课题的研究任务，我本人也在这方面增加了一些知识，随着课题研究工作的进展陆续发表了一些文字。与课题组内其他同志深入的专人或专题研究不同，我关注的问题要宏观一些，涉猎较广而对每一个问题的研究都不十分深入，研究也缺乏系统性，这是自知其短的。但由于组织课题研究工作的需要，有些总体性问题甚或是涉及方向性的问题总得有人考虑，有人出来说话，这个角色往往只得由我来充任。所以，要从宏观上了解十年来中国大陆现代新儒学研究的始终伴随着思想论争的复杂曲折进程，我的这些文字可能还记录和保存了一些对后来的研究者有一定参考价值的资料。

我们一开始就意识到此一课题研究有着学术思想史研究和现实思想斗争两个方面的重要意义。课题工作是从中国现代学术思想史的角度来组织开展的，所以比较注意系统地编三代现代新儒家学者的学术资料，包括编“学案”和“论著辑要”，在此基础上分别进行较为深入的专人和专题研究。“课题组始终十分强调两点：一是要详细占有资料，准确理解原意，这是实事求是地进行科学研究的基础和前提；二是要运用马克思主义的立场、观点和方法，对现代新儒学进行一分为二的分析评论，既不盲目崇扬，也不抹煞它的贡献和历史地位。”[①] 这种研究态度得到了国内大多数学者的认同和不少港台海外学者的中肯评价，同时也受到了主要来自新儒家方面的批评。批评意见集中到一点，就是不满意我们强调在现代新儒学研究中要坚持马克思主义的立场、观点和方法。港台新儒家把以马克思主义为指导看作是大陆新儒学研究无法突破的“瓶颈”，认为“除非大陆学者能摆脱马列主义的教条和思想框框，他们对当代新儒学的研究不可能有真正的突破”。在他们看来，马克思主义已经过时了，“将来中华民族的方向、历史运会的方向必然是彻底的唯心论”，也就是中国新儒家的哲学。继而大陆新儒家也指责马克思主义是一种“先定原则”和“门户之见”，认为“中国文化和新儒家思想在马克思主义派那儿，是没有原则意义，没有体的层位的”，因而欠缺同情的了解，不可能真正做到“实事求是”。他们把“大陆马列派”和“西方自由派”捆在一起来进行批判。新儒家首先在意识形态方面对马克思主义表示不能相容并采取了进攻的姿态。而在我们看来，要对现代新儒学这种思想文化现象作出正确的历史说明和进行科学的理论分析，离开马克思主义的历史唯物论和辨证唯物论是根本不可能的。我们要坚持自信是正确的学术立场，把课题做下去并争取顺利完成，就不能对新儒家的批评视而不见听而不闻，而是必须作出回应，因而难免发生一些思想交锋。作为课题组的负责人，这项工作我做的比别的同志要多一些，所以受到的批评也最多最直接最尖锐。这是不得已之事，但也未尝不是一件好事，因为各种批评均不无

①《现代新儒学研究丛书·丛书主编的话》。

教益，而且也是对我们所持的马克思主义学术立场的磨砺和考验。

一旦涉猎中国现代思想史的研究领域，才体会到为什么人们常说这项研究工作难做把它视为畏途，为什么“厚古薄今”的选择对学者来说相对比较安全较少麻烦。但是我们又不能忘记本世纪的伟人毛泽东的指示：“对于近百年的中国史，应聚集人材，分工合作地去做，克服无组织的状态。应先作经济史、政治史、军事史、文化史几个部门的分析的研究，然后才有可能作综合的研究。”① 现代新儒学在近百年中国思想文化史中的地位是不容抹煞的，所以此一课题研究的意义和价值也是不容怀疑的；而且我们所采取的“聚集人材”、“分工合作”的研究方法也正符合毛泽东的指示精神，并已在实际工作中取得了明显的成效。这件事情总得有人去做，不论是谁去做，它都是我们这一代学者应尽的历史责任。

现代新儒学研究课题是在 80 年代的文化讨论中提出来的，它自然与回答和解决中国近现代文化讨论一以贯之的主题，即中国向何处去、中国文化向何处去的问题，或谓古今中西问题（传统与现代化的关系、中西文化关系问题）有着密切的联系，它不仅是一个思想史研究的课题，而且这一课题研究本身就是直接参与文化讨论，成为文化研究和文化讨论的一个重要组成部分。因此，在现代新儒学研究中不可避免地要涉及对近现代文化论争、中国现代三大思潮及其相互关系的看法，每个研究者都要表明自己的文化立场，从正面提出自己的文化主张。在本世纪以来的诸多文化派别和文化观点中，我比较倾心于张岱年先生倡导的“综合创新”论，认为“古为今用，洋为中用，批判继承，综合创新”四句话可以简要地概括马克思主义文化观的本质，也最适合中国的国情，代表了中国文化发展的正确方向。这也是我近十年来关注和议论得较多的话题之一。我们和现代新儒家在文化观上的分歧，正是在于“综合创新”与“中体西用”的区别和对立。

① 毛泽东：《改造我们的学习》，《毛泽东选集》第 3 卷，人民出版社 1991 年版，第 802 页。

收入本书中的文字，据内容特征分为若干组。第一组是关于现代新儒学研究的综论性文章，按照写作时间先后排列，大体上可以反映十年来大陆现代新儒学研究的基本进展情况，这些文章反映出我的认识也有一个从抽象到具体的深化过程。第二组是关于现代新儒家代表人物及其思想、著作的个案研究文章，大都是出席有关学术会议的发言，只涉及某些方面的问题，并非全面系统的研究。其中最后两篇是为了回答两位大陆新儒家学者 1995 年 8 月在武昌“徐复观思想研讨会”上对我的批评，阐明我们之间的思想分歧所在而于近期写成的，也属于个案研讨性质。第三组是为两套现代新儒学研究或资料丛书写的“总序”，以及为《孔子大辞典》写的有关现代新儒学的几个辞条。第四组是我近十年来参与文化讨论，就中国文化发展的方向、方针、方法问题所发表的一些个人意见，中心是阐扬“综合创新”的文化观，批评文化保守主义和文化激进主义，有关文字也大都与现代新儒学研究有一定的联系。最后附录了几位同志写的访谈录，其内容和前面的文章是基本一致的，可以互相参证。

需要说明的是，本书中有几篇文章是我分别与曹耀明、郑家栋、李翔海同志合作完成的。他们曾是我指导的研究生，现在都已成为在现代新儒学研究方面有多种论著出版的颇有影响的青年学者。有一套丛书“主编的话”是我和李锦全同志合写的。所以，从一定意义上说，本书也是一项集体劳动的成果。“附录”部分更是包含了访谈和记录整理者的大量辛勤劳动在内。盛家林同志的提议、催促和帮助，天津人民出版社的大力支持，促成了本书的顺利编辑出版。对于上述同志的合作与友情，我在此表示衷心感谢。

1996 年 12 月 28 日

（《现代新儒学与中国现代化》，方克立著，天津人民出版社 1997 年 11 月出版）

#《当代文化冲突与青年文化思潮》序

寒松的博士论文那么快就能够正式出版，我感到很高兴。这一方面说明该文达到了较高的学术水平，经专家推荐很快得到社会的认可；另一方面也说明《当代文化冲突与青年文化思潮》这一选题非常适合当今社会的需要，是青年工作领域人们十分关注而过去又没有人认真研究过的问题。

三年前，王寒松同志是在天津市团委副书记的岗位上考上南开大学博士研究生的，显然他不可能离开现职工作专门脱产学习，在工作任务繁重的情况下，他能否按时学完各门学位课程，写出一篇够水准的博士论文来，说实在话开始我心中是无数的。我知道他是一个工作责任感极强的人，有相当不错的学业功底，喜欢进行理论思考。考博前他到我这里来的次数不多，但每次来都要结合他所做的青年工作谈当前的思想文化动向和对一些热点理论问题的看法，比一般青年知识分子显得更加富于理性，在政治上更加成熟。入学攻博后他到我这里来的机会就比较多了，我发现他也是一个对待学业极其认真、一丝不苟的人。第一学年的外语课和马克思主义理论课，他虽然不可能每堂课都到，但尽可能做到不请假或少请假，所缺功课一定要另外抽时间补上。专业基础课和专业课布置的书目，他基本上都读了，而且作业写得相当认真。他交给我的两篇作业已先后推荐给《中国青年政治学院学报》发表。

他的博士论文选题是我们商量后共同确定的，主要基于两点考虑：首先，青年文化思潮是一个现实性极强，过去只有若干实证调查和对策性研究，而基本上没有纳入学术理论研究视野的课题，更没有把它放到“中西文化冲突”的大背景下来考察和研究。青年文化是社会整体文化的一部分，从总体上不能不受到社会主流文化的指导、影响和调控，同时青年人的思维方式又有求新求异的特点，不能排除其文化取向也有偏离甚至反叛主流文化的可能性，这种复杂性在我国 80 至 90 年代的青年文化思潮中充分地表现了出来。这是一个相当复杂、敏感因而难度较大的研究课题，同时又是一个有重要理论意义和现实意义的研究课题，在世纪之交，应该有人来做这件事。其次，考虑到寒松有完成这一课题研究的较好的条件。过去十多年来，他一直在做青年工作，熟悉自己的研究对象，尤其对在 80 至 90 年代青年文化思潮中起主导作用的青年知识分子十分熟悉。而且他本人也是在改革开放和社会主义现代化建设新时期成长起来的一个青年知识分子，一个有政治责任感和较高文化追求的青年干部，多年来在用正确的思想导向引导教育青年一代方面做了大量工作，并且一直关心青年文化问题的研究，思考过这方面的一些问题，积累了不少第一手资料，因此比一般青年学者更有条件做好这一课题的研究工作。

王寒松同志经过三个寒暑的拼搏完成的这篇博士论文，可以说基本上达到了预期的目标，即充分发挥了他特有的优势，在占有大量资料和深入思考的基础上，提交了一项理论联系实际的、富有鲜明的时代特征的、具有填补空白意义的创造性的研究成果。从学术研究的角度来说，我觉得以下几点比较值得注意，这些或许也正是作者的用心所在。

首先，作者把对新时期青年道德行为和精神文化取向的探讨纳入文化研究的范畴之中，这就增强了青年问题研究的理性色彩和理论意义。80 年代以来的文化研究和文化讨论，其内容之广泛，论题之多样，意见之纷纭，可谓前所未见。但是，把青年文化思潮当作文化研究的一个专门课题，一个特殊领域，特别是明确地把它看作是“有中国特色社会主义文化建设”的一部分，这是过去没有过的。作者以建设性的态度和前瞻性的眼光，始终把青年文化思潮置于改革开放和中西文化冲突的时代背景中去审视，从民族文化发展和一代新人培养的战略高度来阐发这一课题研究的意义，可谓视野宏阔，匠心独运。

从青年问题研究的角度来说，作者的独特视角则表现在，试图以文化思潮来涵盖新时期青年世界观、人生观、价值观的嬗变，并且力图把握和突出它的理性层面，从而摆脱了青年研究的某些庸俗化、功利化和片面政治化的倾向。这种从文化研究和青年问题研究的双重视角来交叉探讨考察同一主题的研究思路，在过去确实是不多见的。

其次，作者对此一课题的研究，始终是在“古为今用，洋为中用，批判继承，综合创新”的马克思主义文化观指导下进行的。开展这一课题研究的目的，是要为社会主义现代化建设培养一代新人服务，因此，作者在对80至90年代青年文化思潮的考察中，始终强调社会主义主流文化的指导作用，注意透过现象揭示本质，分清主流和支流。在纷繁复杂的青年文化现象中，作者总是肯定主流是积极的健康的，认为各种偏颇的出现均有其复杂原因，而其中主要是认识上的原因，并且坚持青年是积极上进的、可塑可变的观点。例如，对80年代各种西方哲学和文化思潮在我国青年中广为流传的现象，作者首先肯定其中包含着努力吸取全人类一切优秀思想文化成果的积极倾向，然后具体分析和指出某些消极影响，主张有责任心的学术工作者要多给青年提供一些科学地分析批判的读物，进行正确引导。这种研究结论就比较符合实际，而且坚持了正确的思想导向。事实上到90年代，许多青年经过学习和思考，在中西文化的天平上进行了调整，已经不再盲目追逐和信从西方思潮了。

第三，为了增强这一课题研究的科学性和理论价值，作者在马克思主义方法论的指导下，在研究和写作方法上作了一些新的探索，并力图加以归纳和自觉地去运用。这些方法主要有：①逻辑与历史统一的方法，即力图从80至90年代青年文化运动发展的历史过程中去揭示其内在逻辑和规律性；②理论探讨与实证研究相结合的方法，即以大量实证调查材料为基础，然后上升到哲学和文化学的高度去进行理论概括；③以实践为坐标的比较研究方法，即对中外青年文化和青年文化思潮，对不同时期、不同地域、不同类型青年群体的思想文化和价值取向，进行广泛地比较研究，而以实践作为比较的基本坐标；④从个别到一般的方法，即通过对许多具体的青年文化现象的考察，上升到“青年文化思潮”的一般意义来认识，从而打破了青年文化研究中的某些既成的西方理论的框囿；⑤整体贯通的研究方法，即对80年代和90年代两个十年的青年文化思潮，既注意考察其不同特征，又以“转进”来将二者贯通，揭示其内在联系，从整体上来把握新时期的青年文化思潮，全面评价其利弊得失。上述方法的自觉运用，显著地提高了这项研究的科学水平。

第四，通过对80至90年代青年文化思潮的研究，很自然地要接触到一些文化研究的一般理论问题，如中西文化冲突的本质、文化冲突与融合的关系、文化冲突的诸形态、文化冲突在青年文化思潮中的表现、文化讨论对青年文化思潮的影响、青年文化精英在文化研究和文化讨论中的角色及其作用、青年文化对社会主流文化的依附性和不一致性的双重特征、青年文化问题在文化研究中的地位等等，作者没有回避这些问题，而是以负责的态度在现有的水平上力图对这些问题作出自己的思考和回答。当然，对这些问题的深入探讨和研究，亦必将对一般文化理论研究有所贡献。

《当代文化冲突与青年文化思潮》是青年问题研究方面的一本视野开阔、有较深理论意蕴的别开生面之作，我相信它的出版首先会引起广大青年工作者的关注，受到他们的欢迎，因为它在用正确的思想导向教育引导青年方面提供了一本很有价值的参考书。从文化研究的角度来说，青年文化是一个特别值得重视的研究领域，因为它关系着文化的未来发展方向。本书所提供的大量信息，也是对各种文化主张的社会效果的一个检验。

我希望王寒松同志在今后的工作实践中继续重视理论学习，不断进行理论的思考和研究，以更优秀的理论联系实际的新作来贡献于伟大的时代。

1997 年 11 月 12 日

（《当代文化冲突与青年文化思潮》，王寒松著，中国青年出版社 1997 年 12 月出版）

《博士生谈自己》序

展现在读者面前的这本集子，其作者是一个特殊的群体。它是我院97级博士生三班即文史哲班全体同学的共同作品，作为班里组织的一项活动，通过每个同学回顾自己的成长经历和求学过程，来增进相互了解，加强团结和友谊，形成一个为共同理想而奋斗的和谐的集体。它同时也是同学们对党和人民的一次思想汇报。

这些同学来自祖国的四面八方，入学前有的已是大学里的教授、副教授、硕士生导师；有的曾在党和国家机关工作多年，担负过一定的领导职务；有的则是刚刚毕业的硕士研究生。其中年龄大的已45岁，年龄小的仅25岁。他们有着迥然不同人生经历，但都有一颗献身于中国人文社会科学事业的赤诚之心，真正是为着一个共同的目标走到一起来了。他们之所以能够终于步入中国社会科学院这座神圣庄严的学术殿堂，成为令人称羡的时代骄子，是党和人民特别是各级教育工作者悉心培育的结果，也是与他们个人不懈的努力分不开的。收入本书中的每一篇自述文字，都真实地记载了他们多年来为了追求理想、实现理想而勤勉好学、不懈奋斗的过程，更是他们克服各种困难和不利条件，不断地充实自我、完善心智的生动写照。这些文章的感人的力量在于其真实，体现了一代跨世纪青年学者顽强拼搏、奋发向上的精神风貌。读了这些文章，使我们对中国人文社会科学的未来更加充满了信心。

出于高度的责任感和使命感，我院研究生在两年前就提出了“自加压力，志在一流”的口号，以“一流的品德，一流的修养，一流的视野，一流的学识，一流的能力，一流的体魄”来严格要求自己，决心把自己锻炼造就成为在政治、业务、道德人品等各个方面都是真正一流的国家栋梁之材。这正是体现了我们的培养目标，是我们希望在研究生院形成的优良传统。“六个一流”若能成为每个同学的自觉要求，成为我院研究生的共同品格和集体形象，学校的精神文明建设和教书育人、管理育人的工作就会上一个新台阶，党和人民对我们送出去的一批一批博士和硕士就会更加放心，他们也一定能为祖国的明天作出超越前辈的卓异贡献。

97 级博士生三班的同学们入校不过半年，就积极地投入了争创“六个一流”的活动，以党支部为核心，逐渐形成为一个思想活跃、团结向上的班集体。本书的编辑出版，正是该班同学集体主义团队精神的具体表现，也是我院管理育人的一个初步尝试。

对于广大读者特别是广大青年读者来说，博士研究生可能还是一个多少带有神秘色彩的知识群体，他们是怎样生活的？他们整天在思考些什么问题？尤其是，他们是怎样一步步成长起来的？本书将提供对这些问题的一个一个具体生动的回答，没有矫饰，坦诚无忌，它们或许能够对你有所启发，或具有一定的借鉴意义。我希望这本书能为广大读者所喜欢。

1998 年 2 月 20 日

（《博士生谈自己（博士成功之路系列）》，栾贵川主编，黑龙江人民出版社 1998 年 4 月出版）

《寻求德性与理性的统一》序

以成中英先生的本体诠释学为研究对象的博士论文，过去还没有看见过，这可能是海内外的第一篇。我之所以同意李翔海同学选做此题，主要是基于以下几点考虑：

一、中西哲学交流、融合、会通是20世纪中国哲学最重要的特点。一方面，西方的各种哲学学说、流派纷纷传入中国，并力图与中国的现实和传统相结合；另一方面，中国哲学要走向世界和适应现代化的要求，也必须学习、借鉴西方哲学并实现自身的创造性转化。成中英作为一个美籍华裔学者，始终以“中国哲学的现代化与世界化”为职志，他所创立的本体诠释学，力图将中国原儒的本体论和现代西方哲学、特别是当代诠释学的方法论融为一体，立足于中国哲学的整体意识，建立融合东西方哲学的世界整体哲学。不论它在多大程度上实现了这一目标，作为当代哲坛融合中西哲学的一种新的探索和尝试，20世纪中西结合的一种重要的哲学形态，都值得重视并加以认真研究。

二、成中英先生的本体诠释学，可以归属于广义的“现代新儒学”范畴。但是它却在一定意义上突破了正统派新儒家坚持“德性优先”立场，只重儒家心性之学的狭隘格局，力图整合知识与价值、理性与德性、科学主义与人文主义，特别是对知识理性之本体地位的肯定，不仅对儒家的价值系统作了重要的调整，而且给儒家哲学注入了新的生命活力，代表了今后儒学发展的一个可能的、比较健康的方向。本文作者把成中英的本体诠释学看作是现代新儒学发展中的“歧出转向”之新，肯定它对中国哲学内在理性形式的注重和兼具中西哲学之长的方法论体系，比其他的新儒家哲学更具现代性；同时又指出其理论视野仍囿限于思想和语言范围内，而忽略了生产方式等人类根本的存在方式，其价值取向上的后顾性说明它并没有完全摆脱现代新儒家“返本开新”的思想路线。这些分析和论断都是实事求是的，有充分的理据和坚实的资料基础，重在揭示这一理论体系的个性特征。我认为，从清理儒学和现代新儒学思想发展的脉络，以及展望儒学未来发展前景的意义上，成氏的本体诠释学也很值得研究。

三、成中英先生的本体诠释学，始创于1985年，在他近十年来发表的论文和著作中，对其基本观点和方法多有阐述，但尚未形成系统的理论体系。作为一种新的哲学理论，它还在创造和发展的过程之中。这既给研究者带来了难以准确把握这一理论体系的困难，同时也提供了积极参与创造这一理论体系的机遇。对它进行系统的研究和阐发，包括揭示其理论价值和指出它的某些不足之处，都有可能使其获得更加自觉的理论形态和更加成熟的表达方式，在某种意义上可以说，研究者也直接参与了这一当代哲学理论的创造。

当然，也是基于对李翔海同学的了解，我才敢于把这一难度较大的课题交给他去做。李君出身农家，为人忠诚朴实，学习极其刻苦努力。他于1984年考入南开大学哲学系，十年寒窗，连续完成了大学本科、硕士研究生、博士研究生三个阶段的学业。他的硕士论文选题为《牟宗三“良知自我坎陷说”评析》，博士论文选作成中英，实际上对现代新儒家三代人的思想都有所接触，做了比较全面的研究，几年来共发表新儒学研究论文40余篇。从他关于成中英本体诠释学研究的论文也可以看出，他对中西哲学传统及其现代走向，对前辈新儒家和成中英同时代人的思想，都有融会贯通的把握并注意做比较研究。他的理论洞见是与自己的勤奋努力分不开的。我们高兴地看到，一代学术新秀正在振兴中华的使命感驱动下和开放、宽松的学术环境中茁壮成长。

1996 年 9 月 16 日

（《寻求德性与理性的统一——成中英本体诠释学研究》，李翔海著，台湾文史哲出版社 1998 年 5 月出版）

《现代新儒学与宋明理学》序

现代新儒学是对传统儒学的继承和开新。在传统儒学中，它所接引的“源头活水”或直接理论来源主要是宋明理学的道德心性之学和“内圣外王”的思维模式。冯友兰说他的“新理学”是接着程朱理学讲的，熊十力、牟宗三等人的哲学则表现为现代的陆王心学。从一定意义上说，现代新儒学就是现代的宋明理学。不论是“新程朱”，还是“新陆王”，都是“接着”宋明理学讲的，是宋明理学在现代的复兴和重建。台湾新儒家的杂志取名为《鹅湖》，颇具有象征的意义。江西铅山鹅湖寺是历史上朱陆论辩的地方，提倡发扬鹅湖精神就是提倡宋明理学的精神。因此，弄清楚现代新儒学对于宋明理学的继承和发展关系，在现代新儒学研究中自然具有特殊重要的意义。

李道湘同志在南开大学攻读博士学位期间，选择现代新儒学与宋明理学的关系为博士论文题目，三年中阅读了大量文献资料，在前人研究成果的基础上，对这一思想发展脉络提出了自己系统的理解。论文通过对第一代新儒家思想的细微分析、历史考察和逻辑梳理，揭示了其精神方向与宋明理学的内在一致性，即他们都特重内圣心性之学，企图通过重建儒学心性本体论来贞定道德自我，以达到挽救社会危机和治国平天下的目的。除了对这一共性的揭示之外，论文还具体剖析了每一个新儒家代表人物是如何通过对宋明理学的批判吸收和改造来建立自己的思想体系的，其个性充分表现在中心概念之确立，及其推拓、泛化而形成的各自独特的哲学系统中，并且从思想传承的角度，将第一代新儒家分成陆王心学一系，包括梁漱溟、张君劢、熊十力、贺麟等人，和程朱理学一系，包括马一浮、冯友兰、钱穆等人，从纷繁复杂的学说形态中梳理出了一条清晰的新儒学思想发展线索。在对每个代表人物的考察中，既注意到他们所面临的共同课题，又注意到每人的家庭背景、师承教育、人生道路和个性品格的差异，从而对有人归宗心学、有人归宗理学的现象作了比较自然合理的说明。作者力图运用历史和逻辑统一的方法，通过对宋明理学的中心课题、理论困境及其在清代和近现代的发展的详细考察，来揭示现代新儒家选择宋明理学的历史必然性；同时说明宋明理学已为现代新儒学提供了主要的思想资源和直接的理论前提，即存在着由前者发展为后者的逻辑必然性。同时引入发生学方法，从新的角度对现代新儒学与宋明理学的关系进行探讨，力图更深刻地揭示它们之间的内在联系。全文坚持以马克思主义为指导，在对现代新儒家及其人物的评价上，既充分肯定他们为弘扬民族文化和中国哲学现代化所作的努力，又指出其固执传统儒学思维方式的非现代性，以及其他理论上的偏失和局限，表现出实事求是的态度。论文受到了评阅专家和答辩委员们的一致好评。

辽宁大学出版社在推出“现代新儒学研究丛书”专题研究系列之后，又决定出版李道湘同志的《现代新儒学与宋明理学》一书，无疑对推动现代新儒学研究向纵深发展具有重要意义。该书对现代新儒家思想体系的形成和发展所作的根源性研究，对传统儒学的现代转化问题所作的系统考察和创造性研究，必能给好学深思的读者以诸多启发；我认为它的具有普泛意义的价值主要还是在于可以帮助人们对现代新儒学的理论来源和思想实质得到一个比较清楚明确的认识。

1997 年 7 月 30 日

（《现代新儒学与宋明理学》，李道湘著，辽宁大学出版社 1998 年 5 月出版）

《从这里走向辉煌》序

中国社会科学院研究生院即将迎来20周年校庆。回顾20年来走过的艰难曲折而又成绩斐然的办学历程，曾经在这里工作和学习过的全体师生员工，无不感到欣慰和自豪。特别是从这里毕业出去的500多名博士，2000多名硕士，还有在校学习的500名博士、硕士研究生，数千名校外研究生课程进修班学员，更是深情地期盼着这一天的到来，他们将以多种形式表达对母校的感激、热爱、支持和希望，因为他们是从这里走向辉煌或将要走向新的辉煌。

回首20年前，是邓小平、叶剑英等党中央领导同志亲自批准中国社会科学院建立研究生院，以解决“文革”后社科队伍青黄不接的紧迫问题。研究生院在没有校舍、没有教学队伍和设备的情况下仓促上马，白手起家，第一年就招收了400多名研究生。当时只能暂借北师大、十一学校、全总干校、解放军后勤学院甚至京郊骡马大店的房子住宿和办学，八个人住一间宿舍，以床板当书桌，也没有像样的教室、图书馆、食堂和运动场地。就是在这样艰苦的条件下，“文革”后重新获得求学机会的研究生们，废寝忘食地刻苦攻读，如饥似渴地吸吮着知识的营养。他们牢记首任院长周扬同志的教导：“我们在思想战线上要造就的不但是学者，而且首先是战士”，怀着崇高的使命感和责任感，认真研究我国两个文明建设中的重大理论和实际问题，在人文社会科学各个领域坚持和发展马克思主义，不负党中央的厚望，成为我国新时期社科研究队伍中的一支生力军。我院早期毕业的这批研究生，今天大都已成为社科院各级领导干部、科研骨干和学术带头人，分配到中央各部委、各省市、高等院校和各大报刊、出版社的毕业生，也都表现出色，现在多数担任了一定的领导职务。在艰难的环境中成长起来的这批研究生的精神和业绩，对以后入学的各届研究生起了很好的示范作用，刻苦攻读、勇于创新、理论联系实际已在研究生院蔚然成风，历届毕业生都以其综合素质好和成才率高而受到社会各界的普遍关注和高度评价。

经过20年的建设发展，社科院研究生院今天已成为一个学科门类齐全、师资力量雄厚、在国内外享有盛誉的人文社会科学高层次人才培养基地。它的办学规模虽然不大，办学条件也不如一般高等院校，但被公认为层次较高，在国内外有“中国人文社会科学最高学府”、“中国的哈佛”之美誉。在人文社会科学方面，拥有50个博士点和300位博士生导师，74个硕士点和400多位硕士生导师，这在全国还是绝无仅有的。社科院优越的学术环境对有志攀登科学高峰的青年具有极大的吸引力，名师指点把他们引进了新的学问和人生境界。到这里来学习的研究生们一般都具有较强的社会责任感，他们提出了“自加压力，志在一流”的口号，以“一流的品德，一流的修养，一流的视野，一流的学识，一流的能力，一流的体魄”来严格要求自己，决心把自己锻炼造就成为在政治、业务、道德人品等各个方面都是真正一流的人才。从学校工作来说，中心环节也是要保证人才培养质量，在导师多、招生名额少的情况下，我们特别强调要精心教育、精心培养、严格要求、严格管理，强化素质教育和全面质量意识，力争从我们这里培养出来的博士和硕士，个个都是政治上和业务上合格的人文社会科学专家和实际工作者，其中要有相当一部分是能够堪当大任的国家栋梁之材。

我们越来越清楚地意识到，社科院研究生院的资源和优势，主要的就是两条：一是有一支实力特别雄厚的导师队伍；二是有大批脱颖而出、事业有成的毕业生。社科院研究生院在国内外的良好声誉，主要就是靠这两条得到的。社科院的导师知名度较高，各种媒体和文字资料常有介绍，社会各界多耳熟能详。我们的许多优秀毕业生的业绩，虽然在各部门各单位也经常受到表彰，但从办学单位来说，过去却存在着追踪调查了解不够、集中宣传介绍不够的缺点。在1991年受国家教委和国务院学位委员会表彰的有突出贡献的中国博士、硕士学位获得者中，我院毕业生就有13人入选。1997年2月，中宣部和司法部决定在全国司法行政系统学习优秀律师高宗泽同志的先进事迹，高宗泽同志就是我院法学系的毕业生。20年来，在各个方面做出了突出成绩的我院毕业生决不只是十几个人、几十个人，而是数以百计甚至更多。他们事业上的辉煌是与培育他们的母校分不开的，母校的声誉也同每一个毕业生的奋斗业绩息息相关。

为了庆祝建院20周年，这次由我院党委书记廖世伦和原党委副书记翁杰明主持，由本书执行编辑周勤勤及团委和研究生会负责组织，收集、采写了我院部分优秀毕业生的奋斗经历和业绩材料，编辑成册出版。通过这些材料可以大体上窥见社科院研究生的整体素质和一般精神风貌。由于多方面的原因，本书收集的材料还很不全面，还有许多优秀毕业生的先进事迹未能反映出来。我们将组织力量继续开展这项工作，今后还打算续编本书的第二册、第三册，让人们更多地了解我们的毕业生，了解培养他们的研究生院。中国人文社会科学的发展任重而道远，这是一个需要人才辈出的时代，相信今后还会有更多的优秀人才从这里走向辉煌。

1998年3月12日

（《从这里走向辉煌——中国社会科学院研究生院部分优秀毕业生事迹汇编》，廖世伦、翁杰明主编，社会科学文献出版社1998年6月出版）

努力培养更多的人文社会科学优秀人才*

——《与改革开放同步》代序

中国社会科学院研究生院创立于1978年8月，到现在已经20周年了。在历史发展的长河中，20年只不过是短暂的一瞬；对于社科院研究生院来说，却经过了一个从早期艰苦创业到今天相对稳定发展的曲折历程。在庆祝研究生院20周年诞辰的时候，我们首先要向对创建研究生院作出英明决策和给予高度关切的党中央领导、社科院领导，以及对我们办学给予大力支持的国家教委领导致以崇高的敬意，向为研究生院的建设和发展付出了辛勤劳动的研究生院历届领导和全体师生员工表示诚挚的问候。

1978年2月，刚成立不到一年的中国社会科学院党组就作出决定，为了尽快改变“文革”后科研队伍青黄不接的严峻情况，立即恢复招收研究生的工作。《人民日报》《光明日报》《解放军报》《北京日报》刊登了中国社会科学院招收研究生的消息。当时，高等学校刚刚恢复招收本、专科大学生，研究生招生特别是文科研究生的招生工作大都尚未恢复，这一消息在全国社科界，在高等院校，在因“文革”中断了求学机会而又渴望深造的青年中引起了强烈的反响。原计划招生150名，全国报名人数竟多达5433人，后经国家计委和教育部批准共择优录取了448人。

同年8月19日，中国社会科学院向中共中央宣传部并国务院请示

---

* 与廖世伦合写。

建立研究生院。报告称“社会科学院在文化大革命中，由于受林彪、‘四人帮’的破坏，研究工作被迫停止十年，科研队伍青黄不接的情况非常严重。为了尽快改变这一情况，今年我们经国家计委、教育部批准，招收了四百多名研究生，今后计划每年也招收四百名研究生。毕业后，分配到我院和其他科研单位。研究生待遇，在职研究生由原单位负担工资，不在职研究生实行人民助学金。鉴于过去培养研究生限于导师个人带的方式，已不能适应今天的形势。为了发扬集体与个人相结合的培训优越性，拟参照中国科学院的办法，建立一所容纳 1200 名学生的研究生院。研究生院共需教职工 100 人。”1978 年 8 月 25 日，也就是在社科院的报告送上去不到一周的时间，当时主持中央工作的政治局委员邓小平、叶剑英、汪东兴、乌兰夫等同志审阅了上述请示报告，一致同意建立中国社会科学院研究生院，确定研究生院的任务是：为国家的现代化建设培养社会科学的理论研究人才。1978 年 10 月，中国社会科学院研究生院举行了隆重的建院和首届研究生开学典礼。它同中国科学院研究生院一起，成为在党中央的直接关怀下最早建立的两所研究生院。“文革”后的社科院，百废待兴，能够把恢复研究生招生工作提上日程，及时地作出建立研究生院的决定，表现了胡乔木等社科院领导在人才培养这一至关重要问题上的远见卓识，同时也表明党中央对我国社会科学研究和队伍建设的极其重视和关心。

根据中央确定的方针，社科院研究生院把培养掌握马克思主义的基本理论和方法，具备深厚的专业基础和宽广的现代科学文化知识，能够独立地从事社科理论和实际问题研究的高级专门人才作为自己的基本任务。社科院党委十分重视研究生院的办学方向问题。胡乔木、邓力群、周扬、马洪、胡绳等领导同志经常过问研究生院的工作，多次出席研究生院的开学典礼、毕业典礼并作重要讲话。首任院长周扬同志在研究生院成立大会和首届研究生开学典礼上，对办一个什么样的研究生院，培养什么样的哲学社会科学人才发表了重要讲话。他要求研究生们认真读书，独立思考，互相学习，自由辩论，在研究生院形成“实事求是，艰苦朴素”的校风，强调“我们在思想战线上要造就的不但是学者，而且首先是战士”，鼓励学生要有强烈的社会责任感和使命感，在学业上取得优异成绩，将来要能堪当大任。

在社科院党委的正确领导和国家教委、国务院学位委员会的指导下，经过研究生院历届领导和全院师生员工的共同努力，社科院研究生院已建成一所学科门类齐全、师资力量雄厚、在国内外享有盛誉的人文社会科学高层人才培养中心。1981 年 11 月，国务院批准中国社会科学院研究生院为首批博士、硕士学位授予单位。1983 年，国务院学位委员会公布我院第一批授予博士学位的学科专业共 39 个，博士生指导教师 71 人。经过 20 年的发展，我院的博士学位授予学科专业已达到 50 个，博士生导师 300 多人；硕士学位授予学科专业 74 个，硕士生导师 400 多人，在全国人文社会科学学位授予单位中居于前列。20 年来，我院共为国家培养了博士研究生 893 名，硕士研究生 2235 名。

社科院研究生院作为科研单位办的研究生院，与高等学校的研究生院比较，各有其优势和特点。我院依托社科院各研究所，实行集中办院，按所设系，分片教学。按照各专业的培养方案，研究生的学籍、学位、教学计划实施、思想政治工作和日常生活由研究生院统一管理，公共课由研究生院统一教学；专业基础课由哲学、经济学、法学、文学、史学、国际问题六个学科片（学部）负责组织；专业课、社会调查、学位论文由各系和导师负责安排和组织落实。社科院有 31 个研究所，3 个研究中心以及其他科研辅助机构，在哲学、经济学、历史学、考古学、文学、语言学、民族学、宗教学、法学、社会学、新闻学、政治学、人口学以及国际问题研究等方面都有很强的实力和相当坚实的基础，同时也不断有新兴学科和边缘学科崛起。社科院有科研业务人员 3200 余名，其中高级研究人员 1600 余名。他们当中有一批学术造诣精深，在国内外享有盛誉的著名专家学者，既有老一辈学术带头人，又有实力强劲的后起之秀。这些高级研究人员在完成科研任务的同时，积极地、十分负责地担当起了培养后继人才的重任。社科院学术风气良好，严谨求实，开拓进取，强调理论与实际相结合，这种学风很自然地影响了下一辈人。社科院还拥有丰富的图书资料，全院馆藏图书 500 万册以上，其中包括相当数量的善本、珍本和外文图书。改革开放以来，社科院的国际学术交流日益活跃，每年出访和接待来访学者 2500 人次。各研究所承担着大量国家社科规划重点研究课题，国家有关部门委托的经济与社会发展重大理论及实际问题的研究课题，学科发展前沿问题的研究课题，给研究生们提供了参与科学研究和社会实践的诸多良好机会。20 年来，研究生院不断改善办学条件，加强教学管理，重视思想政治工作，制定和完善各种规章制度，尽管物质条件还存在不少困难，但是，社科院得天独厚的学术环境和一流的导师群体优势，使研究生院成为有利于人才成长的沃土，培养人文社会科学高层人才的摇篮。

研究生院的学生，也有一些与高等院校学生不同的特点。90 年代以来逐渐以培养博士生为主，在职人员比例较高，入学时平均年龄较大（35 岁），党员人数较多。他们的实践经验比较丰富，有的入学前已有相当的学业基础，在本学科领域已崭露头角。由于社科院的学术地位较高，历年报考我院研究生的人数较多，择优录取的考生综合素质较好。回顾研究生院成立初期，由于高校文科大都还未恢复招收研究生，社科院吸引了许多原来就是大学里品学兼优的学生前来报考。他们克服了许多困难，从全国各地奔向北京，殷殷求学之心令人感动。把“文革”损失的时间夺回来，为发展我国的人文社会科学事业贡献力量，成为激励他们学习的动力；工农兵生活的实际体验和社会阅历成了他们学习研究社会科学的丰富营养和资源。大家都很珍惜来之不易的学习机会，主动性、积极性很高，自学能力、自律能力很强。研究生院成立之初曾有七年没有自己的校舍，经过了一段借用北师大、十一学校、全总干校、解放军后勤学院甚至京郊骡马大店住宿和办学的艰难岁月，六个人甚至八个人住一间宿舍，以床板当书桌，就是在这样艰苦的条件下，培养出了值得我们引以自豪的“黄埔一期”、“二期”。1985年以后研究生院虽然有了自己的新校舍，但条件仍远不如一般高等院校，远离市区，校园狭小拥挤，没有文体场所设施，宿舍、教室、图书馆三点一线，研究生的生活比较单调。这种环境却养成了学生认真读书、刻苦钻研、坐得住冷板凳的良好学习风气。另一方面“文革”后回京恢复科研和带研究生的导师们殷切地期望自己的弟子尽快成才，无不悉心教诲，循循善诱。他们在学位授予上严格把关，决不留情面。第一届招收的448名学生，通过论文答辩准予毕业的437人，学位评定委员会决定授予硕士学位的仅310人，占毕业生总数的71%。实践证明，我院毕业研究生的整体质量和分配使用都比较好。首届毕业生455人（包括从中联部所属的苏东、西亚非、拉美三个研究部门转来的部分研究生在内），分配到中国社会科学院的256人（其中研究生院19人），中央各部委129人，各省市26人，为北师大、国家计委代培44人。这批毕业生在工作实践中很快脱颖而出，成为各个单位和各个方面的骨干力量。1991年受国家教委表彰的有突出贡献的中国博士、硕士学位获得者名单中，我院有13名毕业生入选。在1996年出版的《中国人文社会科学硕士、博士论文文库》中，我院毕业生的优秀学位论文有29篇入选，占被选论文总数的14.5%。1997年由中国社科院经济研究所与广东经济出版社共同发起“影响新中国经济建设的10本经济学著作”的遴选论证工作，在待选的50本著作、56位作者中，有社科院研究生院博士生导师20人，毕业生10人。研究生院毕业生在社科院各所和职能部门担任所局级领导工作的有数十人，早期毕业生大都已是研究员，已有30人成为博士生导师（截至1996年），不少人成为本学科领域的知名学者和学科带头人。分配到党政机关的毕业生绝大多数都是各个方面实际工作的骨干，不少已成为省部级、司局级领导干部，有的已是大学校长、研究所所长，各大报刊、出版社的社长、总编辑。由于我院毕业生整体质量高，大都在学术研究和实际工作中作出了突出成绩，为母校争了光，因此也使社科院研究生院在国内外赢得了“中国人文社会科学最高学府”、“中国的哈佛”等良好声誉。我们也越来越认识到我院的资源和优势主要就是两条：一是有一支特别雄厚的师资队伍，二是有大批脱颖而出、事业有成的毕业生。

进入90年代以后，特别是近几年来，随着国家社会主义现代化建设事业的不断发展，“科教兴国”战略的提出和实施，人才问题在综合国力竞争中的重要性越来越受到普遍重视。国家教委和国务院学位委员会加强了对研究生工作的宏观指导，制订了一系列加强管理、提高培养质量的规定和措施。社科院对办好研究生院的指导思想也进一步明确和统一，在实际工作中增强了支持的力度。胡绳、王忍之、滕藤等院领导十分关心研究生院的建设和发展，一年一度的社科院工作会议多次强调要“办好研究生院”，社科院“九五”规划对研究生院的发展规模、主要任务、完成任务的措施都作了具体部署。研究生院坚持正确的政治方向和办学方向，稳定规模，优化结构，加强管理，提高质量，有步骤地推进教育和教学改革。学位授权点已按国务院学位委员会的要求进行调整；招生计划尽量符合国家经济社会发展和社科院学科建设及人才培养的需要；增开了多门按一级学科设置的“学部课程”（专业基础课），以拓宽专业口径；培养过程中注意发挥导师的群体作用和社科院多学科交叉的整体优势；研究生教材编写工作取得了突破性的进展，有的教材被国内同行广泛采用并获得好评；反映现实问题和介绍学科发展前沿的高水平的专题讲座和系列学术讲座经常举行；办学条件有所改善，管理水平逐步提高，校园文明和师生员工的思想面貌呈现出可喜的变化；加强了对外学术教育交流与合作，我院已正式获准招收攻读博士、硕士学位的外国留学生；开展了在职人员以同等学历申请博士、硕士学位的工作和研究生课程进修工作。特别要提到的是，我们在人才培养的指导思想上强化了对研究生的素质教育和全面质量意识，重视学生的思想政治表现和学术理论方向，把培养坚持马克思主义的“有理想、有道德、有文化、有纪律”的高层次人才的目标贯穿到全部教学活动中去。研究生的马列主义、毛泽东思想、邓小平理论教育和思想政治教育得到加强，“青年马克思主义研究会”的成立强化了自觉地进行理论学习和研讨的气氛；“自加压力、志在一流”活动深入开展并取得了明显成效；选派博士生到基层挂职锻炼，促进了理论与实际的结合，有利于正确的世界观、人生观、价值观的形成；党的思想建设和组织建设进一步加强，在校研究生要求加入党组织的越来越多。我院研究生的精神面貌积极向上，对祖国的未来充满信心。

当然，应当清醒地看到，以担负的任务来要求，我们还有不小的差距，还存在这样那样的困难和问题，尤其是办学体制和管理体制方面的问题，并不是那么容易解决的。但是，研究生院已有 20 年的办学历史，积累了不少正反经验教训，特别是有一支实力雄厚的研究生导师队伍（这是办学最重要的条件），我们相信，在社科院党委的正确领导和国家教委的指导、支持下，全体师生员工共同努力，我们一定能够克服前进道路上的种种困难，把研究生院办成一个独具特色的我国人文社会科学高层次人才的培养基地。

党的十五大高举邓小平理论的伟大旗帜，对建设有中国特色社会主义的战略目标和方针任务进行了全面部署。江泽民总书记在十五大报告中指出：“只有经济、政治、文化协调发展，只有两个文明都搞好，才是有中国特色社会主义。”“发展教育和科学，是文化建设的基础工程。”“培养同现代化要求相适应的数以亿计高素质的劳动者和数以千万计的专门人才，发挥我国巨大人才资源的优势，关系二十一世纪社会主义事业的全局。”十五大报告还指出：“积极发展哲学社会科学，这对于坚持马克思主义在我国意识形态领域的指导地位，对于探索有中国特色社会主义的发展规律，增强我们认识世界、改造世界的能力，有着重要意义。”中国社会科学院研究生院迎着“实事求是，解放思想”的曙光诞生，伴随着改革开放的步伐成长。可以预期，在高举邓小平理论的伟大旗帜，把建设有中国特色社会主义事业全面推向 21 世纪的新征途中，担负着发展哲学社会科学重要任务的中国社会科学院及其研究生院，在下个世纪必定会有一个新面貌和新发展，为国家提供更多的科研精品，培养出更多的优秀人才。

1998 年 2 月

（《与改革开放同步——中国社会科学院研究生院二十年（1978—1998）》，中国经济出版社 1998 年 7 月出版）

《严谨治学　高尚做人》前言*

中国社会科学院研究生院走过了20年的风雨历程。

20年前，在首届研究生开学典礼上，首任院长周扬同志就提出了“办一个什么样的研究生院，培养什么样的哲学社会科学人才”的问题。他明确地回答：我们要办的是为无产阶级政治服务的、为社会主义新时期的总任务服务的研究生院；我们要培养的哲学社会科学人才是马克思主义的理论人才，是为我们党和国家培养这种人才。他还特别强调：“我们在思想政治战线上要造就的不但是学者，而且首先是战士。”

20年来，中国社会科学院和研究生院的领导同志在历届研究生开学典礼和毕业典礼上都发表了重要讲话，深刻地阐明了我院的办院方针和培养目标，对研究生们如何治学和如何做人提出了明确的要求，进行了语重心长的亲切教诲，强调要在研究生院形成优良的学风和校风，提倡“认真读书，独立思考”、“实事求是，艰苦朴素”、“严谨治学，高尚做人”、“学行并重，德业双修”、“自加压力，志在一流”。另外，我院的导师也就学习和研究方法经常给研究生们作亲切指导和精采讲话，无保留地传播他们的丰富学识和治学经验，对后来人寄予了殷切的期望。领导同志和导师们的这些讲话，是研究生院的宝贵精神财富，是我们认识自己的历史和传统的重要资料，也是今后办好研究生院的方向指南和思想基础。

为了庆祝中国社会科学院研究生院成立20周年，我们从《中国社

---

* 署名“岳华”。

会科学院研究生院学报》《中国社会科学院研究生院简报》保存的不完全资料中，选编了这本文集。希望它对总结我院20年的办学经验、特点和传统能够有所帮助，同时也有助于同国内外高等院校文科研究生教育的交流和相互借鉴。

1998年3月28日

（《严谨治学　高尚做人——中国社会科学院研究生院的学风与传统》，岳华编，中国经济出版社1998年7月出版）

《名师荟萃》序

清华大学老校长梅贻琦先生有一句名言："所谓大学者，非有大楼之谓也，乃有大师之谓也。"此言他是有感而发的。1926 年 5 月至 1928 年 8 月，梅贻琦曾以清华学校教务长的身份，接替吴宓主持清华国学研究院的工作两年有余。清华国学研究院只办了四年（1925—1929），聚集了王国维、梁启超、赵元任、陈寅恪、李济等一代名师，先后四届洪招收培养了 70 余名研究生。他们秉承研究院追求"独立之精神，自由之思想"的学术传统，后来大都成为我国在文学、史学、哲学、语言学、古文字学、考古学等方面卓有建树的知名学者。这是中国现代学术史和教育史上的一大盛事。

中国社会科学院研究生院创立于 1978 年，至今只有 20 年的历史。它的办学规模不大，学生人数最多时也不过 800 多人，最近几年一直保持在 400—500 人的规模。由于社科院是一个主要靠国家养起来的科研单位，其所属研究生院的办学条件也较差，没有雄奇壮观的大楼和令人称羡的校园，研究生的待遇也不及一般高等学校。但是它却对有志从事人文社会科学研究和攀登的青年具有极大的吸引力，这种吸引力主要来自于它有一批国内外知名的"大师"级的专家学者，因而它也提供了新一代"大师"孕育成长的最理想的环境和最重要的条件。于光远、任继愈、王明、贺麟、陈元晖、沈有鼎、孙冶方、许涤新、骆耕漠、杨坚白、巫宝三、严中平、钱俊瑞、陈翰笙、蒋一苇、宦乡、张友渔、温济泽、蔡仪、唐弢、吴世昌、余冠英、傅懋勣、吕叔湘、卞之琳、冯至、罗大冈、夏鼐、苏秉琦、胡厚宣、张政烺、侯外庐、杨向奎、尹达、黎澍、刘大年、翁独健、陈述、刘思慕等学界名宿都曾在这里指导和培养研究生。他们学识渊博，道德高尚，在“传道、授业、解惑”中所表现出的大师风范，使其受业弟子如沐春风化雨中，得益终生受用无穷。继承他们事业的新一代导师大都是在新中国成长起来的人文社会科学学者，他们有强烈的社会责任感和扎实的学问功底，在改革开放的时代肩负着总结历史经验和承上启下、开拓创新的重任，今天已成为各个学科领域里“执牛耳”的人物，如学界所熟知的邢贲思、汝信、徐崇温、叶秀山、龚育之、黄心川、吕大吉、刘国光、董辅礽、吴敬琏、张卓元、李京文、周叔莲、汪海波、李琮、王家福、王叔文、陆学艺、靳辉明、喻权域、邵华泽、范敬宜、钱中文、濮良沛、张炯、邓绍基、吴元迈、李荣、刘坚、安志敏、王仲殊、徐苹芳、李学勤、林甘泉、蔡美彪、余绳武、王庆成、丁守和、张椿年、陈之骅等人皆是。研究生院80年代中期以来毕业的博士生，大都出自于他们以及比他们更年轻一些的博士生导师的门下。在一代一代名师的言传身教和培育熏陶下，这里毕业的研究生们亦志存高远，有强烈的事业心和历史使命感，他们以“一流的学识，一流的品德，一流的修养，一流的视野，一流的能力，一流的体魄”来严格要求自己，许多人成长很快，在各自工作岗位上做出了令师长感到欣慰的突出贡献。留在社科院各研究所工作的毕业生也大都已成为各个学科领域的业务骨干，有些已成为研究生院博士生导师队伍中最年轻的一批成员，而且今后在导师队伍中所占比例势必会越来越大。社科院当初为解决人才“青黄不接”问题而创办研究生院的宗旨和目标正在逐步变成现实。

不难看到，由这样三代导师所组成的社科院研究生院教师队伍，在52个博士点和65个硕士点的学术舞台上，他们将在中国人文社会科学研究和教育领域发挥更加积极和巨大的作用，这种力量和作用自然是不可轻视的。这支导师队伍不仅实力雄厚，而且有着优良的学风和传统，这更是一笔无形的宝贵财富。我在这里只举一个例子：在研究生院创办之初，著名历史学家李新教授曾以范文澜同志在延安时期教导他们的“板凳要坐十年冷，文章不写半句空”两句话来勉励年轻一代研究生们；16年后，已经成为我国著名法学家、博士生导师的当年的研究生梁慧星教授，又在研究生院新学年的开学典礼上，满怀深情地复述了至今记忆犹新的李新教授当年讲的那些话，并以自己亲身的治学经验对这两句话作了深刻的诠释。范老当年倡导的“坐冷板凳”的治学精神，已经作为社科院的优良传统在研究生中一代一代地传了下来。古人说:“经师易得，人师难求。”社科院研究生院的资源和优势，正是在于拥有这样一批不仅学识渊博，而且能够为人师表，特别值得敬重的“人师”。

在庆祝研究生院建院20周年之际，我院教务处组织编辑了这本《名师荟萃——中国社会科学院研究生院博士生导师简介》，应该说这是一件很有意义的工作。由于时间仓促，组织工作有一定难度，本书还存在着一些明显的缺点：一是尚缺部分导师的资料，二是编写体例不一。有的传稿由受业弟子撰写，内容相对详尽充实；有的资料系导师本人提供，则大抵平实简要。好在我们的研究生教育事业还在不断发展前进的过程中，这项工作也没有完结，本书还拟组织编辑出版续篇，现有的缺憾在续篇中还有得到补正的机会。希望本书对于各界朋友特别是广大青年学子了解社科院的名师群体能够有所帮助，也希望本院导师和研究生们对本书的不足以及如何编好续篇提出批评或建设性的意见。

1998年7月20日

（《名师荟萃——中国社会科学院研究生院博士生导师简介》，中国经济出版社1998年9月出版）

批判继承　综合创新

——《走向二十一世纪的中国文化》代序

中国近现代文化论争的主题，一直是古今中西问题，也就是传统文化和现代化的关系，以及中国文化（或东方文化）和西方文化的关系问题。古今问题和中西问题是有区别的，但是也有密切联系，在近现代文化讨论中二者难以截然分开。有一种“中西之分即古今之异”的观点，又把二者的密切联系视为等同，混淆了文化的民族性和时代性，显然也是不恰当的。

近代以来，对待古今中西文化的关系问题，各派观点纷纭繁杂，但大体上可以归纳为几种类型。有两种比较极端的观点：一是国粹主义，固执华夏文化优越论，对西方文化采取排斥态度，有明显的保守、复古倾向；二是全盘西化论，全盘否定中国传统文化，“尽弃自家无尽藏”，表现为民族虚无主义、文化投降主义。在这两个极端之间，有各种各样的折衷调和派，折衷派的思维方式是形而上学的，就是他们都固执中西对立、体用二元思维方式，不是中体西用就是西体中用，最后不是归于保守派，就是倒向西化派。完全排斥西学的国粹派的主张很难被现代中国人所接受，因此中体西用就成为中国现代文化保守主义的主要理论表现形态。西体中用的主张，虽然有别于全盘西化论，但其实质是主张从生产方式、生活方式到上层建筑、意识形态，要全方位地西方化，只不过还要保留一点中国的民族形式而已。这是一种比较温和的、带有折衷色彩的西化派观点。

与上述几种文化主张不同，近代以来，或者更远地可以追溯到16

世纪末叶开始有中西文化的直接交流以来，就有一些具有很强的民族主体意识，眼界又比较开阔，或者说具有一定的世界眼光的中国人，主张在发扬民族主体精神的基础上，综合中西文化之长，创造出新的中国文化。这种会通中西、综合创新的主张，在方法上不是折衷调和，而是在对古今中西文化进行科学分析、自主选择的基础上进行辩证的综合，创造出一种更高形态的新文化。历史已经证明，这种综合创新的文化主张，明显地优于极端的西化派和国粹派，也优于折衷主义的中体西用派和西体中用派，因为它不仅已经超越华夏中心论和欧洲中心论的偏见，而且也在一定程度上超越了中西对立、体用二元的形而上学思维方式，是中国近代以来的最正确的一种文化主张，也表现出了最健全的文化心态。可是很遗憾，我们对这种文化主张总结、研究、宣传得很不够。在 20 世纪 80 年代的文化讨论中，一提到全盘西化、彻底重建、儒学复兴、西体中用等论，可以说是尽人皆知，名声大得很，而很少人知道和称扬综合创新派；一说到“批判继承”，甚至被一些人看做是老生常谈，没有新意，“套语”而已。我认为这种情况是不正常的。其实中国的老中青学者，多数都是赞成批判继承、综合创新的文化观点的；有的海外华裔学者提出了“批判的继承”、“创造的发展”、“创造的转化”等文化主张，实际上都是受到中国学术界的影响，是在一定意义上认同这种正确的文化观点。外来的和尚好念经，我们自己的原版经典反而不受重视，这就是不正常。我认为有必要对综合创新派的文化理论进行比较深入的总结和研究，大力加以宣传，让这种正确的文化观深入人心，有力地推动中国的新文化建设。

在这方面，我们尊敬的前辈学者张岱年先生做了许多工作。他不仅在 20 世纪 30 年代就提出了“创造的综合”的主张，既反对东方文化优越论，也反对全盘西化论，主张兼取中西文化之长而创造新的中国文化，而且在 80 年代的文化讨论中，结合新的时代特点和需要，发表了许多文章、讲话和论著，大力阐扬综合创新之义，积极宣传这种正确的文化主张。张岱年先生是本世纪力主综合创新论的一个重要代表人物。

综合创新论是经过现代人总结和概括地表述出来的。我们可以用“古为今用，洋为中用，批判继承，综合创新”四句话简要地表述这种文化观的基本内容。这就是我们对古今中西问题的比较全面的完整的回答。显然，它与国粹派、全盘西化派、中体西用派、西体中用派的观点都不同，与这些偏颇的文化观点鲜明地对立了起来。但是，这种文化主张和文化态度并不是今天才有的，而是一部分先进的中国知识分子，早已自觉不自觉地意识到，曾用不同的语言方式表达出来，并且积极地探索实践着的一个正确的文化方向。它已在历史的实践中产生了一定的积极效果，在理论上不断发展深化，发展到今天，理应能够达到一个比较成熟的认识形态。

下面我们来简单地回顾一下历史：

早在16世纪末叶，徐光启就向明崇祯皇帝提出了“欲求超胜，必须会通”的主张。他认为首先要学习了解西方文化，会通中西，然后才谈得上超越、胜过西方。近代以来，中国的有识之士中不断有人提出“天下之道其终也由异而同，必有人焉融会贯通而使之同”（王韬）、“华梵圣哲之义谛，东西学人之所说”（章太炎）、“合东西洋文明一炉而冶之”（杨昌济）等中西文化融会贯通的主张。20世纪初，孙中山、蔡元培等人都是中西文化兼收并容论者，王国维还提出了中西二学“化合”之说，他们都具有开放的文化视野和比较健康的文化心态。经过“五四”新文化运动的洗礼，中国早期马克思主义者也提出了中西文化沟通互补的思想，李大钊说：“平情论之，东西文明，互有短长，不宜妄为轩轾于其间。”恽代英说：“居于今日之世界，宜沟通中西文明之优点，以造吾国之新精神。”毛泽东继承和发展了这种辩证综合的文化观，在他关于“百花齐放，百家争鸣”等繁荣社会主义文化方针的论述中，都强调“中国的和外国的，两边都要学好”。他认为在基本理论上“不应该分中西”，所以“中体西用论”和“全盘西化论”都是错误的。毛泽东提出一种对待文化问题的“全面的历史的方法”，叫做“古今中外法”。他说：“所谓‘古今’就是历史的发展，所谓‘中外’就是中国和外国，己方和彼方。”古今中外法“就是弄清楚所研究的问题发生的一定的时间和一定的空间，把问题当做一定历史条件下的历史过程去研究”，这是文化研究中的一种辩证方法。毛泽东的老师、老教育家徐特立曾经通俗地讲解毛泽东的这一辩证法的文化观，他说：“毛泽东同志提出的古今中外法，就是说我们古代的也要，现代的也要，外国的也要，中国的也要。把古代的变为自己的，和现代的结合起来；把外国的变为自己的，和中国的结合起来。”“古今中外法，把古今结合，中外结合，变成我的。像吃牛肉也好，吃狗肉也好，吃下去了，把它变成我的肉，这就对了，绝不是说吃了狗肉我就变成了狗肉。”这一解释，形象生动地揭示了古今中外法的辩证综合的本质。

我们在制定自己的文化方针时，一贯强调对古今中外人类文明的一切优秀成果，要采取批判继承、综合创新的态度。比如，1986年制定的《中共中央关于社会主义精神文明建设指导方针的决议》，就强调我们所要建设的社会主义精神文明，是“以马克思主义为指导的、批判继承历史传统而又充分体现时代精神的、立足本国而面向世界的，这样一种高度发达的社会主义精神文明”。处理好古今中外关系是这一文化建设指导方针的基本内容，也就是要处理好继承历史传统和体现时代精神关系，立足本国和面向世界的关系，古今结合，中外结合，把人类文明的一切优秀成果都继承、吸收过来，变成我的，为我所用，综合创新，创造一种高度发达的社会主义新文化。这就是我们多年来探索实践所得出来的结论。

中国现当代文化学者，也多次论述过这种辩证综合的文化观。我在这里要提到20世纪30年代后期提倡“新启蒙运动”的一批学者，其中有我党的著名马克思主义理论家胡绳同志，还有一位张申府（崧年）先生，他就是张岱年先生的长兄。他曾在一篇文章中说："在文化上这个新启蒙运动应该是综合的……（它）所创造的文化不应该只是毁弃中国传统文化而接受外来西洋文化，不应该只是固守中国文化而拒斥西洋文化，乃应该是各种现有文化的一种辩证的或有机的综合。"在这段话中，综合创新的思路已经相当清晰。当时的新启蒙运动是支持毛泽东和鲁迅等人提出的"民族的科学的大众的文化"方针的。

半个世纪后，以张岱年为代表的一批马克思主义学者，再次举起综合创新的文化旗帜，更加自觉地把它和中国的社会主义文化建设方针联系起来，批评历史新时期的各种偏颇的文化主张，在80年代的文化讨论中代表了一种最正确的文化方向。在张先生这个时期发表的大量论著中，有一本和他的学生程宜山合著的《中国文化和文化论争》（中国人民大学出版社1990年版），可以说是一本全面系统地论述综合创新的文化学专著。特别是该书的最后一章"我们的文化主张——综合创造论"，从理论上对辩证的综合创新之所以必要和可能，作了深刻的分析和精辟的阐述。在谈到辩证的综合创新之所以可能的根据时，该书提到两点：一是文化系统的可解析性和可重构性，二是文化要素之间的可离性和可相容性。这两点都强调要对具体问题进行具体分析，而不只是提出某种可供套用的抽象公式。这些理论观点能不能成立，根据是不是充分，都还可以讨论，但是这些探索确实从理论上深化了对综合创新论的研究，对我们很有启发。这样的文化学理论专著，在我国不是太多了，而是太少了，难能的是它既坚持了马克思主义的文化观，又结合中国国情，在理论上有所创造，确有新意。

最后，我再简单地概括一下综合创新的文化主张，它大致包含以下几个要点：

一、古今中外人类文明一切有价值的成果，我们都要学习、借鉴、继承、吸收，这就是古代的也要，现代的也要，外国的也要，中国的也要。就学习、继承的对象来说，不是像全盘西化论者那样，只要西方的，不要中国的；也不是像国粹派、儒学复兴论那样，只要中国古代的，只要儒学，固执华夏中心主义。我们学习、借鉴古今中外的文化成果，在时间和空间上都是全方位开放的，是全面的历史主义的态度。

二、继承中国传统文化和学习借鉴西方文化，都是立足于中国今天的现实，都是为了推动中国文化和整个中国社会的现代化。这就是以我为主，为我所用，确立民族文化的主体性原则。继承、选择的目的和标准，是为了满足主体的需要。对中国今天的现代化建设有用、有利的就继承，无用、有害的就不继承。

三、学习、借鉴、继承、选择中国古代文化和外域文化的方法，是辩证法的批判继承法，而不是形而上学的抽象继承法。不是原封不动地拿过来，吃了狗肉就变成了狗肉，而是要经过咀嚼、消化，经过由此及彼、由表及里、去粗取精、去伪存真的具体分析过程，吸收有益的营养，排泄无用的糟粕。在继承中有肯定，同时也包含批判、否定于其中。把握黑格尔所说的“扬弃”这个概念，就能了解“批判继承”的实质。

四、分析与综合相结合，综合与创新相结合。中国的也要，外国的也要，古代的也要，现代的也要，必须经过辩证的综合。辩证的分析与综合是统一的，把各种不同成分的东西吃进去，经过咀嚼、消化，都变成我的营养，这是一个既有分析又有综合的过程。文化系统的解构与重构，也是既有分析、分解又有综合。各种不同成分、要素的重新组合、有机合成，就创造出一个新东西。所以综合本身就是创造，就是创新。主体按照自身的需要，吸收各种不同的文化要素，就可以改变自己，创造一个新的文化形态。例如中国的原始儒学，在吸收了外来的佛教和本土的道教、道家思想之后，就改变了自己的形态，创造出了宋明的新儒学。可见，综合创新也是文化发展的规律。

建设有中国特色的社会主义新文化，是伟大的中华文明的复兴，同时也是一项伟大的创造性的工作，是辩证综合古今中外优秀文化的创造性成果，所以，我认为，我们在今天应该高举“古为今用，洋为中用，批判继承，综合创新”的文化旗帜，让它在中国的社会主义新文化建设中发挥更大的作用。

（《走向二十一世纪的中国文化》，方克立主编，山西教育出版社1999年1月出版。代序之文原载《传统文化与现代化》1995年第3期）

《本体与境界：论新儒学的精神》序

在中国哲学发展史上，新儒学占有重要的地位。本文所谓的新儒学（Neo-Confucianism），指的是宋明时期的儒学。中国传统哲学是以儒、道为主干的，经过汉晋隋唐外来佛教的冲击和交流融汇，至宋明时期形成了一种不同于原始儒学、却又承续着原始儒学精神的新儒学。新儒学以复兴儒学的形式出现，它的“新”体现在对佛、道思想的吸收消化上，体现在以更为精致的思想体系去弘扬儒学的精神，在哲学上突出地表现为重视本体理论的建构和理想境界的追求。由于它能适时地反映并服务于其所在时代的社会存在，所以，它也曾是那个时代的“真正的哲学”，也曾作为“自己时代精神的精华”而存在过。但是，随着“自己时代”的逝去，特别是随着其所依托的政治经济制度和封建礼教遭到实践的批判和否定，它也丧失了其存在的历史合理性，从而丢掉了主流意识形态的地位。

然而，宋明新儒学作为中国传统文化的一个重要组成部分，对于我们今天正在建设的有中国特色社会主义事业来说，它仍然具有重要的借鉴意义。毛泽东同志早就提出过“古为今用”的主张。但是，“古”要为“今”所用，则必须经由批判的继承去实现。所以，我们对待传统文化的正确态度应该是：“同情地了解，客观地评价，批判地超越。”所谓“同情地了解”，就是要设想与所研究的对象——这里是新儒家——处于同一境界，经由神思冥想去了解其所持理论的必然性，对其不得不如是之苦心孤诣能从理智上去理解，在情感上表同情。这是研究工作的第一步。只有做到“入乎其内”，才有可能进而“出乎其外”，去批评其学说的是非得失，做到客观的评价。宁新昌同志以《本体与境界——论新儒学的精神》为题写作博士论文，在其研究和写作过程中，给我留下最深刻印象的就是他在“同情地了解”方面所下的功夫。整篇论文的注意力都集中在对新儒家思想范畴、命题的判析和理解上，对于每一位新儒家思想的分析都是从其范畴、命题开始，并进而展示其思想的内在逻辑联系。不仅如此，作者还注意到了每一位新儒家代表人物个人的性格、气质乃至命运，设身处地去领会、体认他们的所思所想，从而深刻地挖掘出它的思想意义和把握其整个哲学风貌。

如何做到“客观地评价”，我以为是需要冷静的理性态度的。我们不赞成一味情感地去认同新儒家，同时也反对纯情绪性地排斥和简单地批判否定，因为只有理性才能把握事物的本质。本文作者认真而理性地探索了宋明新儒家本体理论的逻辑演进过程，不仅注意到了他们之间的师承关系，而且重点在于揭示他们之间的学说渊承关系，从而梳理清了新儒家本体思想的逻辑联系。与之相联系的则是对境界的剖析。如何展示宋明新儒家的境界学说，作者引用了新儒家所使用的范畴，如“自我”、“私我”和“真我”，并对它们之间的关系作了辨析，从而准确地揭示出新儒学境界观之内涵。在对本体与境界的关系的讨论中，作者认为：“本体呈现的是一个本然的世界，境界则是这一本然世界的人生在世的展开”；本体“总是和人的在世密切相联的，并通过人的境界而展现出来”。这一评说不仅很有见地，而且也是符合思想史之实际的。

“批判地超越”是研究的最终目的。在批判超越方面，论文所持的基本立场是实践唯物主义。基于唯物主义，它分析了新儒学理论体系中的真和善的矛盾，指出新儒学常常是以善代真，善的价值遮盖了真的意义。从实践出发，它诠释了新儒学哲学思想所潜含的现代意义，明确地提出了“实践是源，传统是流，实践永远是传统的活水源头”

的思想。这就回答了如何实现“古为今用”的问题。论文在结语中提到了冯契先生关于“自由个性本体论”的思想，认为冯契先生作为一名实践唯物主义者对传统文化的建设性改造，对于我们来说是有启发意义的，这也表明了作者对冯契思想立场的认同。

《本体与境界——论新儒学的精神》是一篇立论谨严、表述简明、颇见功力的中国哲学博士论文，在论文评审和答辩过程中，专家们一致地给予该文以较高的评价。事后，作者曾结合专家们的意见和自己的理解对论文作了若干修改，特别是改写了“结语”。但是，依我之见，总是希望青年学者在哲学和哲学史研究中，更加积极地面对现实，干预人生，使哲学研究的根基深植于现实的沃土之中。现实的沃土就是现实的社会存在，现实的经济基础。

总的来说，尽管这篇论文还有需要进一步完善和深入的地方，如在“批判地超越”方面尚需再作努力，但它仍不失为一篇有创见的博士学位论文，我相信它的学术价值将会在时间中得到验证。

1998年6月30日

（《本体与境界——论新儒学的精神》，宁新昌著，陕西人民出版社1999年5月出版）

《中国文化的“外在超越”之路》序

改革开放以来，大陆学界开始接触和关注港台学术的发展，尤其是在总结20世纪的时候，港台学术更是整体的中国思想文化发展的不可缺少的一个组成部分。

我从80年代中期开始组织和投入现代新儒学课题的研究，同时注意到台湾岛内还有另外一个重要学派，其研究成果和学术群体均颇具实力，且亦以中国文化为主要话题。我与其中的主要人物亦逐渐有所交往和相互了解，并对他们扎实的传统学术素养留下了深刻的印象。这就是以台湾辅仁大学为中心的新士林学派的哲学。

在以主要精力投入现代新儒学研究的同时，我也一直在考虑如何开展对台湾新士林哲学研究的问题。1993年6月，辅大哲学系和国内几所大学的哲学系在台湾省花莲县联合举办了“中国哲学在中国历史的回顾与发展”学术研讨会，以天主教和新托马斯主义为背景的台湾新士林哲学与中国古代和现当代各种哲学思想进行了广泛的交流与对话。同年秋季，耿开君和樊志辉同时考入南开大学哲学系，跟随我攻读中国现当代哲学研究方向的博士学位。在确定博士论文选题时，我考虑到他们二人对中西文化比较、中国哲学与基督宗教均有一定的学识基础和研究兴趣，就建议二人同以台湾新士林哲学研究为题，并布置了一批参考书目让他们下去阅读。这在中国大陆是一件无人做过的开创性工作，连基本的图书资料都要从头找起，更无前人的研究成果可供参考。在搜集台湾新士林哲学家的著作时，他们得到了辅仁大学前任校长李震教授、学术交流室和哲学系、所的大力支持和帮助。大约花了一年半时间，在日夜兼程阅读浏览了主要的参考书之后，二人分别拿出了研究提纲，并顺利地通过了博士论文开题报告。二人作了分工，耿开君做专题，樊志辉做概论，实期有相互补充、相得益彰之效。

耿开君的论文以《中国文化的“外在超越”之路》为题，是抓住了台湾新士林哲学的根本特征的。中国文化一般被认为是一种“内在超越”型的文化，其价值之源虽也可归结于超越性的“天”，但却对“天”采取存而不论的态度，实则把它落实于人的心性之中。从孔子讲“为仁由己”，孟子讲“尽其心者知其性，知其性则知天”，到禅宗讲“灵山只在我心头”、“担水砍柴无非妙道”，都是把天道与人性（人心）相贯通，显示出超越世界与现实世界有一种不即不离的关系。现代新儒家学者对中国文化的这种既超越又内在的特征最为津津乐道，为的是说明儒家思想“兼具宗教与道德的意味”，即不但具有宗教的终极关怀与理想性，而且这种终极关怀或理想性并不需要到人伦日用之外去求其实现。牟宗三干脆把它称之为“道德的宗教”。与新儒家不同，台湾新士林哲学家基于其天主教信仰的立场，更加注重的是中国文化中的“外在超越”的资源，如殷周时期对作为人格神的“帝”和“天”的信仰。他们力图从中国文化本身中开拓出一条一元神信仰的“外在超越”之路。至于对其进行形上学的本体论证明，更是新士林哲学家之所长，在这方面他们也进行了融通中西哲学的许多有价值的尝试。这是他们在天主教本土化方面所做的一项重要工作。探求中国文化的“外在超越”之路，对传统中国文化的超越向度是一种新的创造性的开掘，它对以“内在超越”为特征的中国文化不仅是一种补充，而且或许还有补偏救弊的意义，如更加容易接受现代性、现代科技而扬弃保守主义。这些在耿开君的论文中都有较平实的论述。

耿文所展现出的学术视野是比较开阔的。他把台湾新士林哲学首先理解为对中国文化出路问题的一种回应，而这正是中国近代以来各派知识分子所共同面对的问题。台湾新士林哲学代表了本世纪后半叶中国天主教知识分子对中国文化出路问题的一种解决方式，它无疑构成了多元发展的中国当代文化中不可或缺的重要一环。开展对台湾新士林哲学的研究，不仅有“他山之石可以攻玉”的作用，而且可以拓展我们审视中国文化的视野和对话的领域。其次，他从台湾新士林哲学研究中意识到并着重强调了中西比较方法论的重要意义。“比较首先是阅读”，“比较是诠释”，“比较是对话”，这些命题所包含的现代性内容已越来越被人们所了解和熟悉，并把它看作是现代中国哲学乃至现代汉语学术的最主要的特性之一。中西哲学比较方法也贯穿于作者对台湾新士林哲学的全部考察研究中。另外，耿开君还从对台湾新士林哲学的研究中引发出了现代中国哲学体系的建构问题，现代汉语学术语言的规范问题，中国基督宗教学术的存在价值问题，以及在中国建立学院派哲学的可能性等问题。这些当然都值得重视，提出问题本身也能给人以某种启迪。

台湾新士林哲学是一个涉及领域非常广的课题，而且作为其主要源头的中世纪经院哲学，又是中国大陆哲学界研究的薄弱环节，对中国士林哲学的研究更是需要从头做起，此课题研究的难度可想而知。我原来曾考虑挑选几名研究生从硕士阶段开始进入，连续攻读五六年，当能打下更扎实的研究基础。但这个计划一直未能实现。耿开君和樊志辉经过三年刻苦攻读，终于完成了中国大陆最早两篇关于台湾新士林哲学研究的博士论文，这是很不容易的。但三年时间毕竟太短，读完新士林哲学家的主要著作已属不易，很难要求都能仔细精读、完全消化并融会贯通。论文写作时间过于仓促，许多问题的研究还有待深入，目前的认识和结论难免给人有大而化之的印象。当然，作为抛砖引玉之作，我们也不能过于苛求，所以评阅专家和答辩委员们还是对论文给予了很高的评价，鼓励作者在这个领域所做的开创性工作。

最后，我在这里还要特别说明，耿开君和樊志辉在写作博士论文期间，曾应时任辅仁大学校长的李震教授之邀请，赴台访学一个月。

此行不但补充收集了许多重要的第一手资料，而且得到了李震、项退结、邬昆如、沈清松等台湾新士林哲学家的热情接待、指导和帮助。这是大陆研究生首次赴台考察访问，曾成为海峡两岸学术与教育交流合作的一桩美谈。在《中国文化的“外在超越”之路——论台湾新士林哲学》一书出版之际，我的心情和作者一样，也要向海峡对岸支持中国现代学术文化建设的朋友们道一声“谢谢”。

1999 年 8 月 15 日

（《中国文化的“外在超越”之路》，耿开君著，当代中国出版社 1999 年 9 月出版）

《二十世纪中国易学史》序

40年前我在初学中国哲学史时，最感兴趣的内容就是《周易》。我在报刊上发表的第一篇学术文章《研究〈周易〉不能援传于经》，是当时阅读《周易》经传及有关研究成果的一点粗浅认识，没想到由此引发了与李景春先生的一场讨论。我认为《易经》和《易传》是不同时代的作品，反映了不同的社会生活内容和理论思维水平，“只有把它们分别放在自己的时代中，分别解剖它们的哲学体系，才能认清《易经》和《易传》哲学的本来面目，为研究中国古代哲学发展的规律解开一个重要的纽结”[①]。

在中国古代文献中，有关《周易》文字注疏和义理阐释的著作数量很多，今日流传下来的就有近千种。我同意朱伯崑先生的看法，可将《周易》系统的典籍区分为经、传、学三部分，不仅要经传分开，而且要把汉代以来历代易学家们解释《周易》经传的“易学”与经传本身区别开来，用历史主义的态度来考察和说明经、传、学三者的区别和联系。在中国易学中，向来有象数派和义理派两大流派或两大传统，长期争论不休。这两派都把《周易》看作是儒家圣人之书，绝对不可批评和怀疑的，他们之间的争论属于传统经学家内部的门派之争。其实两派虽研究方法和学风不同，但都对中国文化的发展作出了各自的贡献，他们之间既互相对立又互相影响，互相吸收对方的观点或思

① 方蠡：《研究〈周易〉不能援传于经》，《光明日报》1962年3月16日；李景春：《研究〈周易〉哲学应当以传解经》一文载《光明日报》1962年9月14日；方蠡：《坚持哲学史中的严格的历史性》一文载《哲学研究》1963年第3期。

想资料来充实自己的理论体系，甚至可以说是一种互补互动的关系。我们应打破传统经学家的门户之见，全面认识中国易学的发展过程及其学术文化价值。

“五四”以来，一部分学者受到近代民主、科学思想的影响，开始冲破传统经学的藩篱，掀起了一股“疑古”之风。在《周易》研究方面，以顾颉刚为代表的“古史辨派”集中对《周易》经传成书的年代和作者作了考证，把它们从神圣的经书还原为古史文献，否定了“人更三圣，世历三古”的传统教条。继起的唯物史观派，更加注意从社会史和思想史的角度去揭示《易经》卦爻辞中所反映的社会生活内容，以及《易传》中的朴素辩证观念之展开。这些新的研究成果，对经学家的治易方法和传统是一大突破，对20世纪易学研究的影响很大。被请下经学神坛的《周易》，作为一个客观研究对象，被人们从哲学的、文学的、历史的、考古的、科学的等视角去进行多学科、多角度、多层面的研究和探讨，取得了前所未有的丰硕成果。20世纪的易学研究，有偏重于经传注释的，有偏重于古史考证的，有偏重于哲理阐释的，有偏重于易学史研究的，有以现代科学证《易》的，也有以新发现的考古材料研究《周易》的。总的说，这种研究大都以“求真”为目的，同时注意阐扬《周易》中所蕴涵的中华文化精神，如张岱年先生把《易传》中的“天行健，君子以自强不息；地势坤，君子以厚德载物”看作是中国传统文化的基本精神，就是一个典型的代表。

20世纪的中国易学史，是一个内容丰富，需要在掌握大量资料的基础上认真梳理，进行开拓性研究的学术课题。杨庆中博士勇于承担这一课题，为此付出了多年的辛劳，目前已拿出了初步的研究成果，即将付梓，这是值得庆贺的。作者坚持严格的历史性原则，站在时代思潮和社会变革的高度，以1949年为界，将本世纪中国易学的发展分为两大阶段。在前一阶段中，分别介绍了经学派、古史辨派、唯物史观派和新探索者的易学研究。在后一阶段，除了主要介绍中国大陆的易学研究之外，还介绍了台湾学者的研究成果。在大陆部分，又以党的十一届三中全会为标志，分为前后两个小阶段，着重详细地介绍了近20年来《周易》研究多方面的最新成果。作者从大量第一手资料出发，有自己明确的研究理念，努力贯彻学术史和思想史相统一的原则，注意比较各家各派的易学研究方法和成就，揭示它们之间的批判、继承和创新的关系。我认为这种努力方向是值得充分肯定的。

作为我国学术界第一部系统探讨和总结本世纪易学研究的专著，该书也难免有一些不足之处。可能是由于体例的限制，作者对20世纪易学研究中争论颇多的某些问题，如八卦的起源、孔子与《周易》经传的关系等问题，未能专门予以介绍；对民国时期个别虽影响不大、但造诣颇高的易学家，如黄元炳、沈瓞民、胡朴安等人，亦有所忽略；对本世纪后20年易学研究中的某些热点问题，如《周易》与中国传统文化的关系问题，也未作充分的讨论。这些缺憾，希望作者在今后的研究中能够有所补足。

1999年12月20日

（《二十世纪中国易学史》，杨庆中著，人民出版社2000年2月出版）

《20世纪中国哲学与文化研究丛书》总序

风云激荡的20世纪即将成为历史，新的世纪即将来临。正如江泽民同志在党的十五大报告中所说的，20世纪“是中国发生翻天覆地变化的一百年”。在这一百年中，中国人民在前进道路上经历了三次历史性的巨大变化。第一次是辛亥革命，推翻了统治中国几千年的君主专制制度。第二次是中华人民共和国成立，推翻了帝国主义、封建主义、官僚资本主义三座大山，并且从新民主主义走上社会主义道路，建立了社会主义制度，取得了建设社会主义的巨大成就。第三次是改革开放，成功地走出了一条建设有中国特色社会主义现代化的新道路。这三次历史巨变，从根本上改变了中国社会的面貌和中国人民的精神面貌，为中华民族的伟大复兴打下了坚实的基础。

在世纪之交，深入研究百年巨变的丰富内涵和历史进步的本质，系统总结20世纪以来中国在政治、经济、文化发展各个方面的经验和教训，为21世纪新的奋进指出正确的方向和道路，是社会各界共同关心的重大课题。这是一个规模宏大的系统工程，需要各个方面共同努力、分工协作来完成。其中，总结和反思百年中国的精神历程，对20世纪中国哲学和思想文化作一番系统的总结、反思和自我批判，是这个大课题中的一个子课题。积极地从事这方面的研究，是中国的学术界、思想理论界义不容辞的责任。

文化是一定社会经济和政治的反映，全部文化又在哲学中得到集中体现。一般来说，哲学和思想文化的发展与社会历史的变迁是同步的，因此，20世纪中国的三次历史巨变，自然地也就成为20世纪中国哲学和思想文化发展阶段性的基本标志。考虑到哲学和思想文化发展还有其自身的相对独立性，我们可以大致地把20世纪中国哲学和思想文化的发展划分为四个阶段。第一阶段是从20世纪初到五四运动，资产阶级革命派和改良派的思想论战是这个时期哲学、文化的重要内容，孙中山的三民主义哲学则是这个时期中国哲学的最高成果。第二阶段是从五四运动到中华人民共和国成立，在这个时期，中国思想界出现了马克思主义、自由主义的西化派和以现代新儒家为代表的文化保守主义三足鼎立、对立互动的局面，中国人民革命的胜利证明了真正代表时代精神之精华的哲学不是别的，它就是与中国实际相结合的马克思主义——毛泽东哲学思想。第三阶段是从建国初到70年代末，党的十一届三中全会以前，马克思主义及其哲学成为立国的指导思想，在中国大陆得到广泛传播和普及，推动了各方面事业的发展。但对它的简单化、教条化理解也限制了其自身的发展和创新。这一时期，在台港地区，哲学和思想文化发展则呈现出多元化的态势，三民主义哲学、天主教的新士林教学、当代新儒家和各种西方哲学与文化思潮都各有一定的势力和影响。第四阶段是中国大陆改革开放后的二十年，在解放思想、实事求是的思想路线指引下，马克思主义哲学注意与当代实践和科学发展相结合，注意吸收中国传统哲学和西方哲学的合理因素来丰富自己，表现出了新的蓬勃的发展生机。这二十年也是海峡两岸以及中外哲学与文化交流互动最活跃的时期。所有这一切，构成了“20世纪中国哲学与文化”的基本内容，无疑都应该在我们的研究视野之内。

我有这么一个看法，在世纪之交以至21世纪初的十年、二十年内，我们固然需要对20世纪中国哲学与文化作整体性的宏观审视和研究，弄清基本的学派分野，揭示其发展大势、规律和特点，总结出对后世有益的经验教训。但做好这一工作的前提，是必须对这一百年来中国哲学与文化发展所涉及到的主要人物、著作、思潮、学派、问题、论战等各个方面，有比较全面和具体、深入的了解，掌握基本的思想史实，作出科学的分析和评论。因此，相对于整体研究来说，扎实的个案研究可能具有更加基础性的意义。我认为，在目前条件下，要写出一部成熟的、有深度的20世纪中国哲学史或思想文化史来，时机尚不成熟，因为许多基础性的工作还没有做过，一些重要的研究空白还需要填补，尤其是关于后五十年的中国哲学和思想文化史，研究基础更加薄弱。基于这样一种认识，本套丛书不着眼于宏观审视，而是拟就20世纪中国哲学与文化思潮、学派、人物、著作、刊物、社团、问题、学说、论战、事件等一个一个具体课题，展开多层面、多角度的个案研究，力求从第一手资料出发，研究有一定深度，基本上能把所涉及到的问题讲清楚，得出符合实际的结论。为此，我们初拟了一百多个题目，如能通过大家的努力分工合作做出来，那就为总结20世纪中国哲学和思想文化的发展做了一件实实在在的基础性的工作，其价值自然会在21世纪的学术发展中显示出来。

在批判总结工作中，我们还会碰到一个学术立场、观点、方法的歧异问题。事实上，20世纪90年代以来，中国的马克思主义者、自由主义的西化派和当代新儒家都在做20世纪中国哲学和思想文化的清理、总结和回顾工作，由于学术立场不同，得出的结论也大相径庭。学者们不仅在总体上对前后两个五十年、对后五十年中的“前三十年”和“后二十年”的评价有不同看法，而且在涉及一些具体人物、著作、思想学说、论争的分析评价时，意见分歧尤大。在世纪之交出现一个批判总结的高潮，“各是其所是而非其所非”，有思想的对立和交锋，亦可收互动互补之效，这是很自然的正常的现象。本套丛书力图站在马克思主义的学术立场上，以历史唯物主义和辩证唯物主义为指导原则和方法，来批判总结20世纪的中国哲学和思想文化，积极参与世纪之交的思想互动，为推进中国学术发展尽我们的一份力量。

最后需要说明的是，本套丛书是在几位中国哲学史界老前辈的指导下，组成了一个主要由国内十个中国哲学专业博士点中的中青年教授参加的编委会，他们分别联系的作者，大部分是八九十年代成长起来的优秀青年学者。年轻人精力充沛，思想敏锐，富有开拓创新和探索的精神。我们要求各位作者在详尽占有资料、准确理解原著的基础上，用正确的观点进行实事求是的分析和评述，力求有所创新，有所突破。至于学术风格则不强求一律，可以各有特色，各尽其长。毋庸讳言，由于各位作者的马克思主义理论功底和学识水平不同，研究能力和所下的功夫不同，各书的水平也难免参差不齐。我们真诚地希望得到专家、读者的批评和指正。

华东师范大学出版社承担了本套丛书的出版任务，对我们的工作给予了大力支持，在此深表感谢。

2000 年 3 月 5 日

（《20 世纪中国哲学与文化研究丛书》，共九种，方克立主编，华东师范大学出版社 2000—2004 年出版）

《台湾新士林哲学研究》序

马克思主义、自由主义和以现代新儒学为代表的文化保守主义三大思潮对立互动，构成了20世纪中国思想史的主线，这种看法已为海内外学术界普遍接受。当然，思想文化领域的情况是十分复杂的，有的思想方向虽与三大思潮有关，但又不能把它简单地纳入其中的某一种思潮，我们也不能忽略其在中国现代思想史上的应有地位。例如，以基督信仰为核心、谋求中国文化新的转向的宗教哲学思潮，仅就在后半个世纪影响较大者而言，在台湾有以辅仁大学为核心的天主教新士林哲学，已有四十多年的发展历史；80年代以来在中国大陆也出现了以刘小枫为代表的新教神学思潮，它们确实代表了现代中国人的一种精神取向，值得引起重视并认真研究。

1993—1996年，樊志辉和耿开君在南开大学攻读博士学位期间，根据他们的学业基础及研究兴趣，我建议他们同以台湾新士林哲学研究为博士论文选题，一个做概论，一个做专题，以期相互补充、相得益彰之效。经过三年刻苦攻读，他们终于完成了中国大陆最早两篇关于台湾新士林哲学研究的博士论文，得到海峡两岸学术界的好评。耿开君的论文《中国文化的“外在超越”之路——论台湾新士林哲学》已由当代中国出版社出版，樊志辉的论文《台湾新士林哲学研究》也即将由黑龙江人民出版社出版，我对他们能够为20世纪中国哲学研究和海峡两岸学术文化交流作出有价值的贡献而由衷地感到高兴。

樊志辉的《台湾新士林哲学研究》一书，全面系统地梳理了台湾新士林哲学的有关思想资料，从总体上揭示了其思想特征、义理规模和基本精神方向，给这种哲学在20世纪中国思想史上一个较准确的定位。全书分上下两编：上编从台湾新士林哲学的缘起、形上学、理性神学、理性与信仰的关系、有神论的人文主义、儒家思想与基督宗教的比较等方面来把握和阐明台湾新士林哲学的内在义理结构和思想实质；下编则具体地分析了于斌、吴经熊、罗光、李震、项退结、邬昆如、傅佩荣、沈清松等较有代表性的台湾新士林哲学家的思想演进及其个性特征。这种宏观审视与个案分析相结合的研究方法和叙述方法，使读者对台湾新士林哲学能够有一个较全面的了解，切实地把握它各个方面的主要思想内容。

樊志辉对台湾新士林哲学的研究，虽然是以概论的形式完成的，但并不是一般地泛泛而论。他从台湾新士林哲学的内在逻辑结构出发，渐次展开了它的各个思想层面，力图用历史唯物主义的观点和方法，对其作出初步的分析和评论。他认为这一流派是通过重新开启以圣多玛斯为核心的传统士林哲学的精神智慧来对当代的各种思潮以及中国传统思想加以分析与整合的。对于台湾新士林哲学家如何在当代文化语境中重建形上学以对治价值虚无，如何灵活运用中国传统形上学的思想资源；如何整合理性与信仰，深入挖掘和阐释中国文化中隐含的至上神信仰和古典理性精神；如何批判所谓“封闭的人文主义”，突显天主教“开放的人文主义”的意义，重新诠释中国的人文主义传统等方面，都作了比较深入的研究和探讨。他在掌握大量文本资料的基础上，经过缜密的分析，对台湾新士林哲学的基本精神特质作出了自己的把握。他认为“台湾新士林哲学是在中国近代以来中西文化碰撞的大背景下形成的，是基于基督宗教中国化的传教需要和对当代中国的生存困境和文化危机的把握两方面的原因而形成的。这一流派的哲学家，以天主教信仰为精神取向，以中古士林哲学为其思想的基本架构和底蕴，力图融合中西两大文化传统以创造中国的天主教哲学，从而使天主教信仰真正本土化，使基督信仰降生在中国文化之中，成为中国文化的精神质素，从而提升和超拔中国文化”。一个青年学者，在没有更多依傍的条件下对台湾新士林哲学独立地进行研究而能够达到如此准确而全面的认识，我认为是难能可贵的。

在本书中，作者还通过自己的研究和思考，提出了一些发前人之所未发的独到见解。比如他把中国文化传统和基督宗教传统看作是“功夫的传统”和“言的传统”的差异；认为中国近代以来向西方文化的学习与开放，不仅经历了器物层面、制度层面和文化层面，而今更进入了超越的宗教层面；他还提出，是否信仰基督宗教纯然是个人的事情，但对当代中国来说，无论认信与否都必须正视基督信仰的价值和意义。应该说，这些见解都能给人某种启发，值得引起重视。对于台湾新士林哲学的今后发展走向，樊志辉采取了比较谨慎的态度。他认为这派学者宣传和倡导的“外在超越”之路，只是中国文化多元发展的一种可能，而不能取代中国文化发展的其他方向和道路。这一流派只能存在于中国马克思主义、自由主义和现代新儒学的多元互动之中，而不可能成为中国文化的必然选择。

如何深入研究基督宗教（以基督信仰为核心的宗教，包括天主教、东正教、新教等）和中国文化的关系，深刻阐明中国基督宗教哲学的特点及其文化价值，是中国现代哲学史研究的一个重要课题。这项研究涉及到广泛的学术领域，除了西方和中国的基督宗教传统之外，还涉及作为其源头的中世纪经院哲学（亦称“士林哲学”）、现代西方哲学、中国传统哲学（特别是儒家哲学）和现代中国哲学，没有较广泛的学识基础是很难入手的。此项研究在中国大陆才刚刚起步，樊志辉的论文作为拓荒作之一，虽然难免还有某些疏漏和不足之处，但其学术价值是不容置疑的，因而得到了评阅专家和答辩委员们的充分肯定和高度评价。樊志辉有志在这一领域继续深入探索，目前正在做的“拒斥与承领——中国现代哲学思想与基督宗教精神”和“台湾新士林哲学与台湾新儒家比较研究”两个课题，就是此项研究的扩大和深化。

我们期待着他在这一领域贡献出更加成熟的研究成果来。

1999 年 12 月 5 日

（《台湾新士林哲学研究》，樊志辉著，黑龙江人民出版社 2001 年 1 月出版）

《中国人生智慧源流》序

中国哲学源远流长，学派众多，哲人辈出。在两千多年漫长的历史发展过程中，中国哲学以其独特的民族形式，曾广泛地涉及到关于自然、社会、人生、人的认识及其相互关系的诸多问题，而其中人生理论则可以说是居于核心地位，形成为世界哲学之林中的一种影响深远的特殊的哲学类型。中国的先哲讨论宇宙人生问题，往往是就宇宙论人生，就人生谈宇宙。贯穿于中国哲学中的一个根本性观念是：人生的最高准则就是宇宙的根本原理，宇宙的本根也就是道德的根据和标准。这就是所谓“天人合一”的观念。张岱年先生说：“中国哲学家所思所议，三分之二都是关于人生问题的。世界上关于人生哲学的思想，实以中国为最富，其所触及的问题既多，其所达到的境界亦深。”（参见中国社会科学出版社 1982 年版《中国哲学大纲》）因此，深入而系统地研究中国古代的人生哲学，把握其基本问题和源流演变的过程，具体分析各个不同时代、不同学派的哲学家们关于人的本质、人生理想、人生态度和人生修养的理论，对于我们从整体上理解中国哲学的特点，立足于现实批判地继承中国传统文化的精华，无疑是一件十分有意义的工作。

本书是一部以“人生哲学”为特定视角研究中国哲学的新著。该书共分二十章，除对中国古代人生哲学的基本问题、思想体系的框架、各部分理论的相互关系和发生发展过程等一般问题的论析外，特别就历史上最重要的哲学家的生平、著述、思想渊源、人生理论的基本观点和历史评价等问题，分别作了简要明晰的阐述，颇具系统性。先秦时代儒、墨、道、法等各家人生哲学自然是论述的一个重点，对于秦汉以后的中国人生哲学，除了占统治地位的儒家学派之外，作者对魏晋玄学、隋唐佛学以及道教的人生理论，也分别设有专章研究和论述，这样才能对“融释道入儒”的宋明理学道德心性之学的兴起和泛滥有一个源流清晰的说明。视野开阔，取材广博，基本上做到了从第一手资料出发，是本书的一个特点。面向正在人生道路上探索成长的青年一代，力图为他们提供历史之鉴，因此十分注意文字上的可读性，是本书的又一个特点。我想作者的努力和苦心定能得到广大读者的理解和积极的回应。

任何一门科学都有它所要解决的基本问题，这些基本问题实际上构成了该门科学的研究对象。人生哲学自然也是如此。然而，“人生哲学”面对的主要问题以及由其所规定的研究对象是什么？作为一个相对独立的学科，人生哲学与世界观理论、与其他研究人的学科的区别和联系是什么？怎样给“人生哲学”下一个比较确当的定义？这在目前的学术界还是众说纷纭、很难取得共识的问题。武东生同志在本书中把“人生哲学”作为哲学世界观的一个组成部分，将其界定为“理论化、系统化的人生观”，认为其研究对象是人的实际生活中的最一般的规律，主要回答“人是什么”、“人生理想”、“人生诸范畴”（如“个人与社会的关系”、“努力与命运的关系”、“精神生活与物质生活的关系”、“生与死的关系”等）、“人生修养”等问题，而其核心是“人生理想”。这当然是一家之言。但是，作为一个青年学者，能取一特定视角，把中国古代哲学中的人生论作为一个相对独立的思想体系来讨论，揭示其包含的基本问题，并藉此对其内部逻辑系统做出分析和展衍，力图得到规律性的认识，并对现实有所启迪，这种积极探索的精神是值得充分肯定的。

对广大青年进行正确的世界观、人生观、价值观教育是社会主义精神文明建设的一项重要任务，为此就必须加强有中国特色的马克思主义人生哲学学科的建设。除了要全面挖掘马克思主义经典作家和毛泽东、周恩来、邓小平等人的人生哲学思想宝库，认真学习和借鉴外国进步的积极的健康的人生哲学思想之外，深入系统地研究中国历代先哲的思想，了解他们是以怎样的理论观点和思维方式去把握人生，追求真、善、美的境界的，去其封建性的糟粕，取其积极合理、精粹深刻的内容，并且结合时代的特点加以发展，使其发扬光大，是中国理论工作者义不容辞的责任，也是我们最有可能对这门学科的建设做出积极贡献的地方。从这个意义来说，武东生同志的努力也是应该肯定的，同时，我们希望有更多这方面的优秀学术成果面世。

1999年3月9日

（《中国人生智慧源流》，武东生著，南开大学出版社2001年4月出版）

《中国人生哲学的重建》序

人生哲学是中国传统哲学的重要组成部分，甚至可以说是它的核心内容所在。张岱年先生说："中国哲学家所思所议，三分之二都是关于人生问题的。世界上关于人生哲学的思想，实以中国为最富，其所触及的问题既多，其所达到的境界亦深。"① 这是符合历史实际的。以儒家思想为正统的中国传统人生哲学，由于其所依托的中国封建经济结构和政治制度的相对稳定性，在历史上曾经长期影响着中国人的生活和精神信仰，对于塑造所谓"国民性"或民族文化心理结构起了重要作用。

近代以来，由于西方殖民主义的入侵，中国社会出现了千年未有之大变局，封建经济结构和政治制度面临着解体的深刻危机，中国传统人生哲学和价值观也受到了严重挑战，从内容到形式都面临着如何通过批判、扬弃而更新、转生，以适应现代人的精神需要的问题，也就是说，面临着中国人生哲学的现代重建问题。这是一个历史过程，"五四"新文化运动是这个过程中的一个关键的转折时期。弄清楚近代以来特别是"五四"以来中国人生哲学的理论形态都发生了哪些变化，其内容和形式已具备了哪些现代性的特征，在各种具有现代形态的人生哲学中，有中国特色的马克思主义人生哲学为什么能够逐渐占据主导地位，决定着当代中国人生哲学的走向，是一个有着重要的理论意义和现实意义的课题。

① 张岱年：《中国哲学大纲》中国社会科学出版社 1982 年版，第 165 页。

刘长林同志1992—1993年在南开大学做访问学者期间，选择“陈独秀、胡适、梁漱溟人生哲学比较研究”作为研究课题，其意图很明显，就是以陈、胡、梁三人作为中国现代思想史上马克思主义、自由主义、现代新儒家三大思潮的代表，比较三派在最初形成和分野时期人生哲学之异同。三家人生哲学虽学术立场各异，但都面临着同样的时代问题，即如何对待中国传统人生哲学，如何重建现代人生哲学的问题。他们之间有同有异，有联合有分化，互相批评、论战而又互相影响、借鉴，展开了中国现代人生哲学的丰富内容。陈、胡、梁三人无疑在中国现代人生哲学发展史上占有不可或缺的重要地位。作为指导教师，我充分肯定这是一个很有理论价值而且能够做出新意的研究课题。

长林同志在访问研究期间阅读了大量文献资料，重点是研读陈、胡、梁三人的原著，把他们有关人生哲学的思想分别梳理出来，仔细加以比较辨析。在此基础上，他还以“中国传统人生哲学的现代转换与当代走向”为题申报了国家社会科学基金青年项目，幸获批准立项。若干年来，长林同志在承担繁重的教学任务之同时，一直没有放松这项研究工作，除已在学术刊物上发表十几篇论文外，还完成了这部近四十万字的专著。他的这种锲而不舍的研究精神是难能可贵的。

我粗读了长林同志寄来的书稿，感到这是一项内容相当扎实、富有实证研究精神、也有一定理论深度的研究成果。作者选择了对中国现代思想史有重要影响的三个代表人物，从理论渊源、个性特点、社会历史背景等多维视角，比较他们对与“中国问题”紧密相关的人生问题思考的异同、局限及各自的理论特征，说明三派在重建人生哲学问题上的贡献和对立互动关系；同时又与当时的社会现实相联系，指出中国人生哲学的重建，是在对传统人生哲学的批判、扬弃、创造性转换和重新阐释的基础上，紧密结合中国现代历史进程中需要解决的紧迫的人生问题来进行的。只有把问题的讨论严格地放在当时的历史背景中，才能对陈、胡、梁等人为什么特别关注重新评价孔子人生之道，揭示天人关系，辨析人性善恶，探索人生真义和价值，剖析人生态度，重塑理想人格，寻找人的解放道路等人生问题作出合乎历史实际的解释。我们看到，当时讨论的这些人生问题正是中国传统人生哲学的主要问题，人的本质、人生意义和价值、人生态度、人生理想等等也是一般人生哲学都要涉及的基础理论问题。传统人生哲学的现代转换和中国人生哲学的重建都要集中到这些问题上来决不是偶然的，这里既体现出了它与传统人生哲学有一种历史的联系和贯通，同时也显示出了人生哲学问题及其概念之间的内在逻辑联系，可以说，逻辑的与历史的一致在现代中国人生哲学的重建中得到了生动的体现。

本书作者坚持马克思主义的学术立场和实事求是的学风，尊重基本的历史事实，对具体问题作具体分析，因此多有自己独到的心得体会，不苟同于学界的一些流行观点，对各家人生哲学的分析评价比较客观、中肯。譬如，作者通过对陈、胡、梁重估孔子人生之道的具体考察，不同意所谓“五四全盘反孔和反传统”的观点，指出他们在批判和重新诠释孔子人生之道时，已在不同程度上认识到孔子和儒家人生哲学是中国传统人生哲学的大宗和主流，不能全盘否定和摈弃，其反映普遍道德和符合社会需要的内容，可以而且应该继承发扬，作为重建中国现代人生哲学的基础和思想资源。又如，作者指出陈独秀等中国早期马克思主义者，由于掌握了辩证唯物主义和历史唯物主义的科学世界观，对现实人生问题的观察更加深刻，能够透析其产生的社会根源，把人生问题的解决同社会制度的变革联系起来；他们以唯物与辩证、历史与现实、科学与民主、个人与社会、物质与精神、主观与客观相结合为特点建构起来的现代人生哲学，比现代新儒家和自由主义派的人生哲学更具有科学性和现代性，更加适合现代社会的需要，因此能够在中国革命和中国现代化进程中逐渐占据主导地位。同时，作者也指出这一派人生哲学在形成和发展过程中，不能不受到时代条件和个人知识品格的限制，无论在内容体系还是理论深度上，都存在着一些不成熟或不完善之处，需要不断发展更新，不断丰富完善。这些都表现了作者的实事求是的研究态度。

我国正处在改革开放、确立社会主义市场经济体制的新时期，重视人生哲学的研究，充分发挥科学的、进步的人生哲学在确立人们的理想、信念和精神支柱方面的积极作用，具有十分重要的意义。我相信，刘长林同志此书的出版不仅对中国现代人生哲学发展史的研究是一个有力的推动，而且也为完善当代中国马克思主义人生哲学提供了有益的启示和理论借鉴。当然，“中国人生哲学的重建”课题还远未完成，我希望作者为此继续努力，争取作出新的更大的贡献。

2000 年 4 月 28 日

（《中国人生哲学的重建》，刘长林著，华东师范大学出版社 2001 年 5 月出版。序文曾以《重视人生哲学的研究》为题节要发表于《文汇报》2001 年 6 月 2 日第 9 版）

《生命的层级：冯友兰人生境界说研究》序

冯友兰是20世纪中国最具影响力的哲学家之一。这种影响既缘于他“三史释古今，六书纪贞元”的学术成就，也与他一生“道术多变”，长期作为一个有争议的人物颇有关系，以至在他身后，“冯友兰现象”仍然是一个备受关注，需要认真地研究、解读、总结和反思的课题。冯友兰哲学思想的丰富性也为后人的研究留下了比较大的解释空间。

20世纪90年代以来，我指导的研究生中已有多人博士论文选做冯友兰，不过各人研究的问题、范围、角度、思路各不相同。在我看来，只要大方向正确，肯下扎实的工夫，都可以为冯学研究作出有价值的贡献，所以我对这些选题一般都是予以支持的。刘东超同学的博士论文《生命的层级——冯友兰人生境界说研究》就是其中的一篇，其细密的分析论说和独特的研究视角得到了评阅专家的一致好评。

人生境界说是冯友兰哲学思想的核心。关于哲学的作用与功能，他一再表述的基本看法是：“哲学不能增进人们对于实际的积极的知识，但是可以提高人的精神境界。”他在晚年接受了恩格斯关于哲学可以发展、锻炼人的理论思维能力的观点，将上述看法补充、修改为：“哲学的作用有两方面，一是锻炼、发展人的理论思维的能力，一是丰富、提高人的精神境界。”（《中国哲学史新编·绪论》）他始终坚持哲学是供人“受用”的，哲学可以提高人的精神境界，给人一个“安身立命之地”这个传统哲学的基本观点。冯先生解放后对自己的旧哲学作过多次自我批判，明确地否弃了“新理学”的唯心主义，表示接受“理在事中”、“共相寓于殊相之中”的唯物主义世界观；而对《新原人》

的人生境界说，虽然也从哲学上和政治上作了批判，但始终有所保留，认为它在认识论上还是抓住了生活中的一些特征，经过重新解释在新社会还是有用的。晚年冯先生在《新编·总结》中又重提《新原人》的四境界说，强调哲学的概念有“无用之大用”，就是可以提高人的精神境界。由此可见，冯友兰一生的哲学创作活动，他自己最看重、最钟情、最难以舍弃的思想成果就是人生境界说。这体现了他作为一个现代新儒家学者对中国传统哲学精神的深层理解与把握，也说明他的哲学最后还是归宿于个人的“内圣”修养之学、精神生命之学。对于冯先生哲学思想中的这一核心部分，从思想发展线索和理论内涵上对其进行系统梳理，联系时代特征作出得失评价，并试图探讨其理论拓展的可能性，无疑是一件十分有意义的工作。

刘东超同学在做这一工作时，已经注意到认识和评价的分歧是冯学研究的一大难点，所以首先试图在方法论上找到某些为大家都能接受的原则，作为研究和讨论的基础。他提出在思想史研究中至少应该分清“事实”与“扩展”（或“辐射”）、“实然”与“应然”两个层面，在前一层面上要搞清事件真实和文本真实是什么，在后一层面上进而揭示事件的影响和文本的重阐可能性。这两个层面其实是互相依赖、互相影响的，前一层面是后一层面的基础和前提，后一层面是前一层面的必要的逻辑延伸。二者缺一都不能说是完全的思想史研究，如果将二者混淆在一起也不利于厘清思想和事实的真象，并作出客观公正的评价。这一方法原则其实并不玄虚复杂，作者将其自觉地运用于对冯友兰人生境界说的研究中，就是主要从文本真实及其重阐可能性两个层面来把握与展开。在前一层面，首先要搞清的是《新原人》一书的表述真实和思想真实（二者往往并不完全一致），既阐明其中符合人生真实的深刻、高明之处，也揭露其理论架构中存在的问题和矛盾。在后一层面上，作者从今天的认识水平和现实需要出发，对冯氏的人生境界说进行了试验性的理论拓展与重阐，力图使其更具现实性和未来指向性。可以说论文在这两个方面都有一些新的创获，体现了作者不俗的思辨能力和理论见识。

论文的另一引人注目之处是专设一章，对冯友兰的人生境界说与克尔凯郭尔的三种生活方式说进行了比较研究。这实际上是换一个视角来对人生境界说的文本真实与重阐可能性进行考察，目的在于进一步打开人们的思路。大家知道，中西思想比较最忌简单化的表面比附，而本文的比较工作却做得相当细密和深入，对异中之同与同中之异都作了恰当的说明。在人生境界说与三种生活方式说的比较中，它不仅对二者的理论框架、结构进行了比较，指出冯氏人生境界说中的天地境界与克氏三种生活方式说中的宗教方式相对应，道德境界与伦理方式相对应，功利境界与美感方式的主要部分相对应，自然境界与美感方式的起始部分相对应；而且还对这两种学说中的一些重要观念进行了比较，指出了冯友兰的“我”与克尔凯郭尔的“自我”、冯友兰的“觉解”与克尔凯郭尔的“反思”等概念之间的异同。作者试图通过对这两种学说的比较、会通和整合工作，为从生命层级的角度来探讨和说明人的不同存在状态奠定更坚实的学理基础，虽然这还只是一种大胆的尝试，但确实可以拓宽冯学研究的眼界。

在近年来出版的冯学研究专著中，刘东超的这篇博士论文是较有深度、独具特色的，它的出版不仅对冯友兰哲学思想研究，而且对中国现代人生哲学的建构也有一定的启发和推动作用。当然这篇论文也有其不足之处。人们很自然地会提出一个问题：文中专设一章比较了冯友兰的人生境界说与克尔凯郭尔的生命层级理论之同异，为什么对本国学者的同类理论，比如唐君毅的“心灵九境”说，反而不做这样的比较研究呢？作者说明是因时间关系，也为了避免与别人工作重复而没有做，但这终究是一个遗憾，就全文整体理论格局来说是一个欠缺。这篇论文旁征博引了大量中外学术资料，包括马克思主义的经典论说，来阐析人生境界—生命层级理论，虽然其中不乏深刻、独到之处，但理解是否都十分准确，运用是否都很得当，还有必要细细斟酌，并需经受时间和历史实践的考验。我希望作者在初步研究成果的基础上，继续深入思考和探索，为在理论和实践上解决这一人生哲学的重大问题作出更切实的贡献。

2002 年 8 月 10 日

（《生命的层级——冯友兰人生境界说研究》，刘东超著，巴蜀书社 2002 年 10 月出版）

《现代新儒学与朱子学》序

朱子学是现代新儒学的重要理论来源。在现代新儒家中，不论是接着朱子讲的新程朱派，还是判朱子为“别子为宗”的新陆王派，都十分重视对朱子学的研究。在他们看来，朱子哲学所涉及的基本问题，包括理气观、心性论和工夫论，也包括天人关系、内圣外王、知识与道德的关系等问题，不仅是整个宋明理学都必须面对的问题，而且是一切时代，包括在今天也必须面对、必须回答的问题，实具有常理常道的意义。朱熹在当时对这些问题的回答，虽然取得了重要成就，但毕竟有历史的局限性，在今天必须扬弃其过时的特殊表现形式，保留朱子哲学中具有永恒价值的中心观念，予以现代诠释，用来解决现代的问题。刘述先借用朱子的语言，把这叫做“理一分殊”。

现代新儒家之所以仍以“儒家”自称或自居，就是因为他们是自觉地承接孔子和宋儒之统绪，其理一也；而其所以为“新”，则在于其分殊表现形式已不同于孔子或宋儒，有了新的时代内涵。现在有人自称“儒学四期”，我们在鉴别真伪时就要看其学是否自觉地认同和继承孔门一贯之常理常道，其分殊表现形式体现了什么新的时代特点，对今天仍在发展中的现代新儒学是否有真正的超越，而这种超越仍在儒学的范围之内。

现代新儒学对朱子学的继承、改造和超越，因学派而异，因人而异，情况比较复杂。冯友兰的“新理学”是接着程朱理学讲的，但已针对时代需要而重新提出问题，并用西方的逻辑分析方法对其进行了改造，因而具有了现代哲学的形态。钱穆系统地梳理了朱子庞大的思想体系，认为他已超越理学、心学之门户，成为孔子之后儒学的正宗和集大成者。牟宗三则持完全相反的观点，认为朱子不是宋明理学的正宗，而实为濂溪、横渠、明道之学的“歧出”，只能说是“别子为宗”。刘述先的《朱子哲学思想的发展与完成》一书总结了前辈新儒家的朱子学研究成果，并在此基础上提出了“理一分殊”的睿见。除此四人外，熊十力、贺麟、唐君毅、成中英、杜维明等新儒家学者也对朱子思想十分重视，发表过不少分析、研究、评论的文字。总之，理清现代新儒学对朱子学的批判继承关系，包括其内部的思想歧异与整合会通，并不是一件容易的事情，而这项工作又是深入研究现代新儒学的需要，也是对朱子学的现代价值的一次重要认识，有重要的理论意义和思想史意义。因此，当陈代湘提出要以《现代新儒学与朱子学》为题撰写博士论文时，我考虑到他过去曾著有《圣心苦雨——朱熹传》（北京燕山出版社 1997 年出版）一书，对朱子学已有一定的研究基础，如能再在现代新儒学上下扎实的工夫，是有可能对此问题获得较全面、清晰的认识的，于是同意了他的研究计划。经过三年刻苦攻读，他的博士论文完成后，作为国内外第一本研究此课题的专著，受到了评阅和答辩专家的较高评价，现在又将付梓出版，我自然感到十分高兴。

本书作者在仔细研读新儒家学者有关著作的基础上，发现他们对朱子学的重视程度，可以从对其所有核心问题都作了不同程度的研究这一点上充分反映出来，他们正是根据对这些问题的看法来衡定朱子的历史地位，并从中吸取建构自己的新儒学理论体系的思想资料。因此本书在写法上，就不是按人头逐个论列，分别对每个人的朱子学成果进行个案研究，作出得失评价，而是按照朱子哲学的内在逻辑结构，横向地深入研究新儒家学者对各主要问题的评述、阐扬和批导，客观地展示其学术立场、评价尺度和诠释方法之间的差异，整体地把握现代新儒学与朱子学的关系，也揭明了前者不同于后者的“新”之实质所在。由于这个工作做得比较细致深入，因此本书中多有前人所未及的新观察、新识见、新评说，如指出现代新儒家“内圣开出新外王”的理论正是循着朱子的致思方向而提出来的，包括对朱子颇有讥评的牟宗三的“良知自我坎陷”说，也与朱子哲学有直接的渊源关系；又如对知识与道德的关系问题格外予以关注，指出朱子重视知识性的“外王”是他区别于其他理学家的鲜明特征，现代新儒家中的“道问学”一系即由此开出，它在一定程度上起了整合知识与价值的作用；还有对朱子学中宇宙论和人生论并重，为什么到“接着讲”的现代新儒学中却人生论突显而宇宙论衰微之原因所作的探讨，试图以人的类本质和人类整体的功利为标准来重新诠释、评价儒家的人性善恶理论等等，都富有新意，有作者深造自得的体会，故能给人以诸多启发。本书涉及的问题和人物很多，作者在系统阅读、认真思考的基础上，大体上能把握各主要问题及其内在关联，对各家观点作出比较平实的评述和客观的评价，为理清现代新儒学与朱子学的关系打下了初步的基础。

本书在重点探讨现代新儒学与朱子学的关系之同时，也对儒学的本质特征、用世功能、现代命运、未来走向等问题进行了宏观的思考，如对儒学的“世界性特征”的揭示，主张从形上超越、政治伦理、日用习俗三个层面来分别阐明儒学中的“尊德性”派和“道问学”派在未来社会所可能起的作用等等，都有独到见地，表现了作者深切的人文关怀。但有些看法还是可以讨论的，如在说明儒学的“世界性特征”时，引用了冯友兰先生认为“中国哲学不合于救中国，它却足以救世界而有余”，“因为它是为了世界组织而有的哲学”的一段话，而在论证这一观点时，却主要是说儒学“难与进取，可与守成”，它“是治世安民之术，而非乱世争斗之法”，这是讲儒学的守成性，面对并非只有和平稳定而没有争斗的世界的局限性，并不能说明它因此而有了“世界性特征”。生长在中国的儒学如果不能救中国，它真的能够救远比中国的事情复杂得多的世界吗？我认为可以说儒学是一种有救世情怀的哲学，但至今还不能证明它“足以救世界而有余”。有关对儒学和现代新儒学的评价，书中还有一些提法，与我的认识并不完全一致，但是应该允许不同意见存在，尊重每个人的独立思考，在相互切磋中学术才能得到发展。

中国大陆的现代新儒学研究，今天已没有十年前那样的热闹，但却需要对一些重要问题作冷静的深入研究，提高整体认识水平；同时关注现代新儒学的新近发展态势，把它作为思考中国文化发展问题的一个重要参照。代湘此书就是这方面的一本力作，希望它能引起学术界对现代新儒学的继续重视和研究兴趣。

2002年10月5日

（《现代新儒学与朱子学》，陈代湘著，湖南人民出版社2003年1月出版）

《制度化儒家及其解体》序

在 19 世纪末到 20 世纪初的短短 30 多年时间里，儒学由中国人安身立命的基础和社会秩序合法性的基础，转变为新派知识分子眼中走向民主和自由的障碍物，中国人的心灵经历了一场深刻的震荡和认同危机。对于儒学来说，其所遇到的挑战之严峻远不是佛教和明末清初的基督教所可比拟的。从废除科举到推翻君主制度，中国社会就其主导的价值和制度设置来说，已经从一个传统社会进入了现代社会。

干春松的新作《制度化儒家及其解体》，重点就是研究清末以降，制度化儒家面对外来的冲击和日益激化的内在矛盾，逐渐失去其作为合法性依据的地位而走向解体的过程。不言而喻，在儒学的现代价值日益成为热门话题的今天，此一课题研究有重要的理论意义和现实意义。

本书作者没有采取通常流行的仅从观念史的角度来研究儒学和儒家的做法，而是结合一种制度分析的社会学方法，来揭儒学思想如何在统治权力的支持下，通过将孔子圣人化、儒学经典经学化、选举制度儒家化等制度设计而成为一种独尊的官方意识形态，同时，各种具体的制度安排如法律制度、地方管理制度等亦逐步渗透着儒家的理念；指出儒家之所以影响中国长达几千年，除了思想的内在因素之外，这些制度安排也是非常重要的。

本书的重点是从儒家观念体系的危机、科举的衰落和废除、现代教育制度与现代政治法律制度的建立来考察儒家秩序的崩溃过程，其意义是能够从更深的层次上来解释儒家在近代所遭遇的挑战和它进退失据的困境。儒家在近代中国所面临的冲击是多方面的，甚至可以说是全方位的，但本书强调原先的制度设置逐渐衰落和瓦解则是儒家失去对中国社会的控制力的根本原因。

我认为本书至少有两个方面值得重视。

其一，是对儒学和儒家研究的方法论意义。

历来的儒学研究都存在着过分观念化、逻辑化的倾向。本书从制度化的角度来考察儒学，在哲学史研究中可谓开一新生面。其实，运用知识社会学和社会史的方法来处理思想史问题，在学术界并不鲜见。就国内学术界而言，侯外庐等人的中国思想史研究就十分注重思想与社会之间的互动关系，这也是唯物史观的基本要求。另一方面，或许是受海外汉学研究的影响，国内学者也越来越多地引入这种方法，从类似的角度来处理思想史问题，如对儒学地域化的研究等。就对制度化儒家的研究来说，余英时、金耀基等人已在这方面做了一些基础性的工作，许多历史学者对于某些具体的制度与儒家之间的关系做了认真细致的考察，如瞿同祖对法律儒家化的研究，王德昭、何怀宏对科举制度的研究等。但是从整体上对于制度化儒家进行概念厘定和框架分析，将其上升为一个专门的思想史课题，却自本书始。这体现了作者的学术敏感，也展现了作者从哲学的高度来驾驭史料的能力。

在具体分析处理中，本书所涉及的诸如经学、科举等虽然都是大家熟悉的话题，但采取的特定视角是将其作为儒家的制度性设置，正是由于有这些设置存在，才构成了权力、利益和真理的稳定联系，从而确保了儒家作为社会秩序之合理性依据的权威性，以及对于这种权威的服从所能带来的利益。从这个角度来分析制度化儒家的解体，有助于我们了解近代中国知识精英对于儒家思想的复杂态度，以及近百年来儒学在中国的坎坷命运。儒家之解体与花果飘零固然有其观念上的原因，但是不能否认制度变革是导致儒家失去其安身立命之所的真正原因，这显然比简单地讨论激进或保守更具有说服力。

其二，是这种研究可以为我们了解儒家提供多元的视角。

儒家在春秋战国时期只是诸子百家争鸣中的一个学派，它在汉代被意识形态化之后，才逐渐建立起一套保护其独尊性的制度体系。这样，儒生也就成为与权力最接近的一个群体。因此，我们不能简单地把儒生看作是纯粹的知识精英，他们也构成了中国传统的官吏阶层的主体。也正因为如此，我们就不能用哲学家或用西方知识分子的模式套在中国的儒生身上，这也意味着我们在讲儒家对于权力的“独立性”时还必须掌握一定的限度。尽管我们可以对儒家思想进行“创造性的转化”，但这并不意味着可以不对传统儒学联系其所服务的制度进行深刻的批判，只要经过简单“改装”就能适用于今天。

当然，对于作者所涉足的研究课题来说，本书还只是一个初步的成果。儒家的制度化及其解体是一个涉及面非常广泛的课题，其中的每一种制度设置都包含着相当复杂的历史内容，其解体过程也是为多种内外因素所决定的。这就给作者提出了巨大的挑战。我们不难发现，本书对一些具体的制度设置的论述还显得过于笼统，在史料的掌握上也有待于进一步补充完善。希望作者在已有认识的基础上，把这项研究继续推向深化。

2002年10月12日

（《制度化儒家及其解体》，干春松著，中国人民大学出版社2003年3月出版。序文曾发表于《中国图书评论》2003年第8期）

《日本近代儒学》序

在刘岳兵的博士论文即将出版之际，我想起了几件往事。这些事情或许对读者了解这篇论文的写作过程及其主旨会有所助益。

1996 年春，我应邀到日本京都国际日本文化研究中心做客座研究，在三个月的研究计划即将完成之际，中心的芳贺徹教授帮助我筹划了一次中日两国学者关于“中国哲学研究的现状及对 21 世纪的展望”的研讨会。这次研讨会有幸请来了日本最有代表性的中国哲学研究专家和学者，包括京都大学的名誉教授岛田虔次、中国哲学史研究室主任教授内山俊彦、副教授池田秀三（早就已经升为教授了）；东京大学中国哲学（思想文化学）研究室的三代主任教授户川芳郎、沟口雄三、池田知久；还有关西大学的吾妻重二教授、爱知大学的加加美光行教授等人。我在会上以《二十世纪中国哲学研究的回顾与展望》和《现代新儒学研究在中国》为题先后作了两次报告，日本学者则对明治以来日本的中国学及中国哲学研究的历史与现状，包括对东京大学和京都学派中国哲学研究的传统、特点与新动向，进行了全面的回顾、总结和评估。会上还就中日两国中国哲学研究的交流与互动问题展开了热烈的讨论。芳贺徹教授把这次会议组织得井井有条，发言热烈而且讨论深入，对我来说确实受益匪浅。刘岳兵当时正在东京的立教大学留学，我也请他出席了这次会议，并作为会议工作人员做了一些具体工作。这次会议的综述就是他执笔写的，曾发表于《哲学研究》1996 年第 9 期。会上议及的一些日本近代著名的哲学家，如服部宇之吉、狩野直喜、小岛祐马等人，后来都成了刘岳兵博士论文的研究对象。

我当时心存一个问题：日本近现代是不是也有类似中国的现代新儒学这样的学说或学派？现在刘岳兵完成的博士论文，可以说已在一定程度上给了我一个回答。

刘岳兵在南开大学攻读硕士期间，研究方向是中国近现代哲学，对中国的现代新儒学已经下过一番功夫，对其有了较为全面的了解。他是 1996 年 4 月去日本留学的。临行之前，他对我说想利用这次机会重点了解和摸清日本学界对中国近现代哲学的研究情况。我表示赞成和支持，并建议他首先系统地收集整理这方面的资料。他到日本后，几乎隔一两周就会给我来一次国际长途电话，报告收集资料的情况。有一天，他在电话里欣喜地告诉我说，找到了一些与中国的现代新儒学观点相近的文章。我鼓励他继续搜索，并注意比较明治以后的日本近现代儒学，在问题意识和研究态度、方法上与中国的近现代儒学有什么同和异。又过了一段时间，在对日本近现代思想史资料有了较多积累的基础上，他提出想做“日本近代儒学思想研究”这个题目，不久就收到了他寄来的研究提纲。我在详细了解日本学界此方面的研究情况后，意识到这一课题很可能具有填补学术空白的意义。1998 年秋，刘岳兵来中国社会科学院研究生院攻读博士学位，我决定同意他用这个题目做博士论文。我一向鼓励学生在研究中自己去发现问题、提出问题，经过探索自己找到解决问题的途径。导师的作用是帮助学生判断此一课题研究的价值、意义与可行性，并指出可能突破与创新的关键所在。这样的问题因为是学生自己体会出来的，才能成为他自己的问题。这样的研究对他来说才能真正“有所得”，并形成自己的特色。

为了进一步确定这一选题的意义，刘岳兵入学后不久，又有一次随我到日本作短期访问的机会。其间曾就这一选题与东京、名古屋和关西地区的日本学者广泛地交流了意见，得到一些著名的思想史研究专家的支持和指导，于是更增强了他做这一课题的信心。在论文写作期间，他又得到日本国际交流基金的资助，到我的老朋友、东京大学池田知久教授门下作一年专题研究，也得到了一次更全面地收集、整理、消化有关原始资料，系统地清理研究思路的机会。池田教授向以立论严谨和对学生要求严格著称，刘岳兵过去不是没有尝过他的“厉害”，这次他同意做刘岳兵的指导教授就意味着对其研究态度、能力，包括对其论文选题的肯认。这也使我更放心了，因为此一课题研究的价值和意义在更大的程度上需要得到日本学界的认可，才能在日本思想史研究领域产生影响。刘岳兵以其勤奋与创造性劳动最后完成的博士论文，虽然只是做了几个人物的个案研究，但已足可说明日本近代儒学是日本儒学史上的一个具有独立意义的发展阶段和形态，是日本近代思想史研究中不可或缺的一个重要方面或环节。他没有辜负池田先生和中日学界的期望，这从池田先生对其论文的评价和专程从日本赶来参加他的博士论文答辩会就可以看得出来。

刘岳兵目前对日本近代儒学的研究，尚属基础性的个案研究。只有把这种基础性的研究工作做扎实了，今后进行理论提升和概括才有依据。当然不是说，这种基础性的研究就不需要理论指导了，儒学与时代的关系是他始终注意把握的一条主线。刘岳兵对日本近代儒学的研究还刚刚开始，我希望他在这方面继续努力，再多做一些个案研究，比如宇野哲人、西晋一郎、吉川幸次郎等思想家，都值得下一番工夫，甚至安冈正笃、大川周明等人也具有一定的代表性。在这些个案研究的基础上，再写出《日本近代儒学概论》《中日儒学比较》等著作，那才是中日学界的真切期望。以刘岳兵的学术功底与勤勉学风，我相信这一目标是可以达到的。我也希望他编辑的《日本学者论二十世纪中国哲学思想》一书能够早日出版面世。

（《日本近代儒学》，刘岳兵著，商务印书馆 2003 年 3 月出版）

《有无之辨：魏晋玄学本体论思想再解读》序

在中国哲学史上，魏晋玄学是上承汉代的儒学和道家思想，下启东晋、南北朝、隋唐时期的佛学，以至对宋明理学的产生也有深刻影响的一个重要发展阶段。玄学所言谈和辩论的有无、本末、一多、动静、言意、名教与自然等问题，在理论形式上比较幽深玄远，具有较强的思辨性，但不离“天人之际”这个中国哲学的主题，涉及到了宇宙本体和人之本性等较深刻的哲学问题。这些问题直到今天仍有一定的理论意义和思想价值。

1940 年，前辈学者汤用彤先生发表了《魏晋玄学流别略论》一文，认为“汉代寓天道于物理，魏晋黜天道而究本体”，指出“夫玄学者，乃本体之学，为本末有无之辨”。汤先生关于魏晋玄学是本体之学的看法，为尔后的玄学研究开拓了方向。从 20 世纪 40 年代到 60 年代中期，以汤先生的这一思想为代表，学术界在魏晋玄学研究方面多有创获。“文革”后，随着政治上的拨乱反正，包括魏晋玄学研究在内的整个中国哲学史研究又重现生机，以汤一介的《郭象与魏晋玄学》、许抗生等人的《魏晋玄学史》等为代表的一批魏晋玄学研究专著应运而生。同时，在许多中国哲学史、思想史著作中，也有专题、专章研究和讨论魏晋玄学问题。1984 年 11 月和 1994 年 5 月，分别在北京香山和太湖之滨召开了两次全国性的魏晋玄学学术研讨会，就玄学的思想主题、哲学实质、逻辑进程、作用意义等问题进行了广泛、深入的讨论，大大推进了对这一段哲学史的研究。目前，魏晋玄学研究正在进一步向纵深发展。

如何研究包括魏晋玄学在内的中国古代哲学思想的发展？这首先关系到如何来解读已往时代的哲学思想的问题。每一历史时代都有反映该时代精神之精华的哲学思想。每一时代的哲学思想都要以文字的形式反映出来，并因而得以保存下来，这就是文本。后代的人如何来认识和理解前代的哲学思想呢？这自然就要对其文本作解读。而任何解读都不能不带有解读者所处时代的印记，这其实就是解读者用自己时代的哲学概念和思想来重新演义过去时代的文本中的哲学思想。一般来说，对已往哲学思想的解读有两种方式：一种是历史的方式，一种是逻辑的亦即哲学的方式。它们构成了通常所谓“哲学史”的两个不可或缺的层面，只是侧重点有所不同而已。前者是以“史”为纲，重在史料的发掘与梳理，旨在对已往哲学思想的实存性提出可靠的证实或证否。后者是以“哲学思想”为宗，重在从人类思想史发展的一般逻辑性出发，探寻以往某一时代哲学思想发展的逻辑轨迹，并力图揭示其规律性。这后一种意义上的解读本身就已经是一种思想的再生产或再创造了，需要有较高的哲学慧识。应该说，在魏晋玄学研究中，历史的解读方式和哲学的解读方式都是有必要的，二者可收互补之效。

摆在我们面前的《有无之辨——魏晋玄学本体思想再解读》一书，就是康中乾对魏晋玄学思想的一种解读。其解读的对象是魏晋玄学中的本体思想，方法是侧重于哲学思想的发掘与梳理。通览全书，可以看出他在哲学地解读魏晋玄学本体思想时确实读出了若干新意，给我印象最深刻的主要是以下两点：

一是对王弼哲学中的本体范畴“无”的涵义作了详细的分疏，将其归纳为三种五个方面的涵义，并指出在王弼的“无”本论中，实已伏就了以后整个魏晋玄学思想发展的逻辑线索。本书作者认为，“无”本论的抽象义逻辑地要求将“无”进一步向上趋进而进入精神自由一途，以嵇康、阮籍为代表的竹林玄学就是承此而来的；而“无”本论的生成义则逻辑地要求将“无”向下趋入于具体的现象界一途，遂有以裴颜为代表的玄学崇“有”论的出现。但无论“无”本论向上或向下趋进，只是进一步暴露或展开了“无”本论中抽象与具体、一般与个别的矛盾，而并没有解决这一矛盾。这一矛盾的运动及其解决的方式则在“无”的功能义上。从功能义来看“无”，所谓以“无”为本的实质就是揭示了事物之存在的自然就是必然，所是就是其所以是，所然就是其所以然，即现象就是本体，这就有了郭象的“独化”论。在本书作者看来，东晋张湛的“至虚”论只是玄学本体思想发展的一个尾声，僧肇的“空”论则将玄学本体论过渡到佛学本体论了。

二是对郭象“独化”论之现象学意蕴的分析。关于郭象的“独化”论，研究者历来众说纷纭，或指其为神秘，或说其唯心，或批评它表现了一种无可奈何的心境，或认为其肤浅，如此等等。作者在本书中用了较多的笔墨分析指出，郭象的“独化”论并不是神秘的呓语，而是自有其深刻之处，在一定意义上可以说它已具有现代西方哲学中现象学的思想意义。所谓“独化”，即以事物如此存在的存在现象显现、表现、开显、敞露出了其本体、本质性，亦即事物的如此存在就是其如此必然地存在，或曰现象就是本体。对郭象的“独化”论作这样的理解，不仅发前人之所未发，而且揭示了魏晋玄学思想所蕴含的人类哲学智慧的某种普遍性形式，因此可以说这种再解读也是一种思想创新。

正因为本书主要是从哲学思想方面来对魏晋玄学本体思想作解读，与那种重史料梳理的解读方式相比，它本身还有一个如何被读者理解和再解读的问题。读者是否肯承认、接受作者的分析，首先要解读出作者的思想理路和哲学意趣，否则就会仁智各见而有了不同的意见。我们不能不看到，立足于哲学理论和逻辑上的圆融来解读魏晋玄学的本体思想，这与魏晋玄学本身的历史发展就难免会有一定的距离，要真正做到逻辑的和历史的一致是很不容易的。本书的不足之处可能也正是在这里。例如，对王弼“无”本论的三种五个方面涵义的揭示是否准确？如何理解它们之间的逻辑关系？如何理解哲学理论、概念的一般性、抽象性与其所反映的个别事物的特殊性、具体性之间的关系？如何理解郭象“独化”论的现象学意蕴？“相因”与“独化”是一种什么关系？诸如此类问题，均有待认识进一步深化。作者在本书中只是提出了一种个人的看法，不妥或不完善之处尚待包括作者在内的魏晋玄学研究者继续探索，甚至再创新说以补足之。

本书是康中乾在其博士论文的基础上，听取了专家们的评审意见后修改而成的，在一定意义上也可以说是他近二十年来学习中国哲学的一个阶段性的总结。我认识康中乾已经很久了，但在一起的时间并不长。他 1987 年考进南开大学，跟我攻读中国哲学硕士学位。一年后就因家庭困难而转回陕西师大，但仍在学业上与我保持着较密切的联系，经常可以收到他寄来的关于中国哲学或其他方面的哲学理论文章。康中乾性格内向，不苟言谈，但善于读书和思考，所写文章多有新意与哲理深度。1999 年，他又考回南开在刘文英教授的指导下攻读中国哲学博士学位，三年后终于高质量地完成了这篇博士论文。时光匆匆，十五个春秋转眼就过去了，他现在已步入中年。古人云：“艰难困苦，玉汝以成。”在艰难的生活岁月中，康中乾能走到今天这一步实在不易。以他不俗的天资与功力，我相信他今后一定会在中国哲学研究方面取得更优异的成绩。

2002 年 12 月 15 日

（《有无之辨——魏晋玄学本体思想再解读》，康中乾著，人民出版社 2003 年 5 月出版）

《第十二届国际中国哲学大会论文集》序

1999年7月，在台湾召开的第十一届国际中国哲学会议上，我接受了两年后在北京主办第十二届国际中国哲学大会的任务。国际中国哲学会自1975年在夏威夷注册成立以来，它的最重要的一项活动就是每两年举行一次国际性的中国哲学会议，通过这一活动联络和团结世界各国各地区热爱中国哲学、热心于中国哲学研究的学者，为推动中国哲学的现代化和世界化，使其为人类文明作出更大的贡献而共同奋斗。前七届会议都是在美欧国家召开的，1993年的第八届会议首次回到中国哲学的故乡，会址选定在北京。我作为那次大会组委会的副主任曾参与一些具体工作，深感这一事业前途无限。以后三次会议分别在波士顿、汉城和台北—嘉义召开，东西方学者之间加强了交流与合作，中国哲学研究队伍也不断有新人参加。各国学者普遍认为，新世纪人类面临着诸多问题和矛盾，其前景不应是如某些西方学者所预言的“文明的冲突”及其所造成的灾难，倒是主张“和而不同”的中国哲学所指出的多种文明的共存之道更符合全人类的愿望，也更具有现实性。在新世纪，中国哲学智慧应该受到更多的尊重，中西两种哲学传统的平等交流、对话、互补与融合很可能会进入一个新阶段。因此，将于新世纪头一年召开的第十二届国际中国哲学会议就具有特别重要的象征意义，大家希望这次会议能在中国的首都北京召开。多年来一直热心推动这一事业的成中英教授说：“从第一届国际中国哲学会议到第十二届大会，可以说是一种精神的回归，象征着中国哲学回归本原。面向新世纪，这次大会又是一个新的起点，站在这块伟大的土地上，中国哲学走向世界的步伐将迈得更加坚实而有力。”他的话代表了各国中国哲学研究学者的共同心声。

经过一年多紧张的筹备工作，2001 年 7 月 21—24 日，由国际中国哲学会、中国哲学史学会和中国社会科学院研究生院联合主办的第十二届国际中国哲学大会在北京顺利召开了。来自美国、加拿大、英国、德国、奥地利、瑞典、斯洛文尼西、巴西、澳大利亚、新加坡、泰国、越南、日本、韩国、中国大陆与港、澳、台地区的 300 多位学者出席了这次盛会，共提交学术论文 250 余篇。除了大会开幕式和闭幕式之外，召开了 4 次全体大会，52 场次分组会议，204 位学者在大会或分组会上报告了论文。各国学者围绕着本届大会主题“中国哲学与 21 世纪文明走向”，就中国哲学的特点及其普遍价值、儒道佛墨易学哲学的原创性贡献及其现代意义、经典与诠释、世界伦理与生态伦理、中外哲学比较与会通、中国哲学的近现代转型、中国哲学史研究方法反思、21 世纪中国哲学走向、文明对话与文明冲突等问题展开了广泛而热烈的讨论，会议取得了丰硕的学术成果。正如刘文英教授在大会总结发言中所指出的：“这次大会的规模之大，其内容的广度和深度都是前所未有的。中国哲学在世界上受到如此广泛而隆重的关注，它表明古老的中国哲学正在焕发新的生命，将对中国现代文明和世界现代文明做出新的更大的贡献。”

2001 年对于中国来说是具有重要意义的一年。我国政府经过 15 年艰苦努力，终于在这一年正式加入了世界贸易组织，今后中国将在更大范围和更深程度上参与经济全球化的进程；就在第十二届国际中国哲学大会召开前一周（7 月 13 日），北京申办 2008 年奥运会取得了成功，表明中国和世界各国人民的友好交往已经得到并将进一步加强；在世界局势复杂多变、全球经济明显减速的情况下，2001 年中国经济继续保持着快增长、高效益、低通胀的良好态势，国内生产总值比上年增长 7.4%。中国经济的持续、稳定、快速发展和国际地位的日益提高，不仅大大振奋了包括海外华人在内的全体中国人民的民族精神，也使古老的中华文化重新引起了世界各国人民的极大关注和研究兴趣。历史实践证明，人类的“轴心时代”涌现出来的几大文明在今天都有着不衰的生命力，今后的世界仍将是一个文化多元化的时代。因此，人们有理由相信，产生于“轴心时代”的中华文明也将再次迎来它的春天，21 世纪很可能就是伟大的中华文明复兴的世纪。作为中华文化之核心的哲学智慧在这个时候受到人们的特别关注是毫不奇怪的。

然而，正当人们对新世纪充满美好希望和憧憬之时，2001 年却发生了不幸的“9·11”恐怖袭击事件，接着美国飞机连续两个月在阿富汗的土地上狂轰滥炸，在摧垮塔利班政权的同时，也炸死炸伤了数千无辜平民。文明冲突所造成的巨大灾难使全世界人民怵目惊心，永难忘记。人们更为以暴制暴、冤冤相报有可能使这个世界永无宁日而深感忧虑。当今人类面临的另一严重问题，就是地球资源的过度开发、环境污染和生态破坏，已经直接威胁到我们以及后代的生存与发展。20 世纪 70 年代以来，世界各国政府和人民都高度重视环境问题，共同制定了一系列保护环境和资源的协议、公约与宣言，要求全人类共同遵守，特别是要求那些消耗自然资源最多、造成环境恶化责任最大的发达国家首先遵守。但是，2001 年 3 月，全球温室气体排放量最大的美国却单方面宣布退出防止地球气候变暖的《京都议定书》，使这一国际公约不能生效因而也得不到全面贯彻实行。以上提到的都是在新世纪、新千年的头一年，也就是第十二届国际中国哲学大会召开的这一年所发生的事情。

面对着困扰当今人类的这两大难题——生态破坏与文明冲突，人们在思考、探讨对应之策时惊喜地发现，古老的中国哲学早已为此提供了富有启发性的智慧成果，或者说其中早已蕴含着解决这些矛盾和冲突的正确的思想原则，这就是“天人合一”与“和而不同”的智慧。并不是说我们的先哲早就预见到了今天的人类会面临如此严峻的生态危机和文明冲突问题，而是在他们的时代也必须面对这些矛盾、冲突的萌芽或原始形态，也必须思考如何解决人与自然的关系，人与人之间的关系，不同国家、民族、文化之间的关系问题，并因此而提出了各种不同的理论、学说和主张，不过在中国哲学中主张人与自然协调发展的“天人合一”论、主张多元文化和谐共存的“和而不同”论始终占主导地位而已。中国传统哲学对“天人合一”也有各种不同的理解与诠释，其中不乏神秘主义和道德主义的说教，但其中心价值确实是阐明一种人与自然和谐统一、“民胞物与”、“万物并育而不害”的宇宙观。中国的先哲早就认识到：“不违农时，谷不可胜食也；数罟不入夸池，鱼鳖不可胜食也；斧斤以时入山林，材木不可胜用也。”因此，在中国古代，“天人合一”就不只是一个人文主义的思想原则，而且还必须落实到善待自然、保护生态环境的具体行为中去，这从我国上古时期就设有“虞师”之类的生态环境保护官员，战国时期就有了《田律》之类的自然资源保护法，以及《礼记·月令》中一系列保护自然生态的制度性规定都可以看得出来。在人类生存环境日益恶化的今天，这种古老的生态智慧尤其显得弥足珍贵，对现代人仍极富启发意义。中国哲学中的这些关系到人类命运与文明走向的重要的思想资源，自然是本次大会各国学者关注的重点，在会上有许多精彩的阐析和发挥。

为了把本次大会的主要学术成果保留下来，大会组委会决定编辑出版会议论文集。论文集共四册，其中英文一册，中文三册。英文一册即以大会主题《中国哲学与21世纪文明走向》为书名，由张丰乾博士负责选编。中文论文按其内容分别编入《中国传统哲学的现代诠释》《中西会通与中国哲学的近现代转换》《21世纪中国哲学走向》三册中，吴卫国博士、谢荷生博士、高全喜博士分别负责三册的选编工作。由于篇幅的限制，本次大会收到的论文中还有近百篇未能入编论文集，我们除了向作者表示歉意之外，也要对他们的积极参与和为会议所作出的贡献表示感谢。久负盛名的商务印书馆承担了论文集的出版工作，我们深感荣幸，也不胜感谢。最后我还要提一句：一位不愿透露姓名的卓越知识分子，成功的科学家、事业家，中国文化的守护人，也是本次大会的与会代表，为会议的成功召开和本论文集的出版作出了无私奉献，在这里，我要以大会主席的名义对他深表敬意。

2002 年 7 月 20 日

（《第十二届国际中国哲学大会论文集》，共四册，方克立主编，商务印书馆 2003 年 6 月出版）

全面评价冯友兰

——《在哲学与哲学史之间》代序

冯友兰已经是一个历史人物，后人应该对他一生的哲学道路和学术成就，他的是非得失，他在中国现代哲学史上应有的地位，作一个全面的、客观公允的、实事求是的评价，包括总体评价和对其各个阶段学术思想的评价，包括对其哲学成就、政治态度、道德人格等各个方面的评价，用唯物的辩证的观点，也就是紧密结合20世纪中国社会变革的实践和中国哲学、文化发展的进程，用发展的观点和历史进步的眼光来对其进行全面评价。因为冯友兰是一个比较复杂的人物，所以全面评价就特别重要；用孤立的静止的观点，只从某一个角度、对其某一个阶段的工作，局部地单向度地去进行评价，都不可能科学地说明“冯友兰现象”。

我在青年时代写过几篇文章，和冯友兰先生讨论思想的“普遍性形式”问题，即对传统哲学思想怎样继承、继承什么、用什么方法去继承的问题。我认为冯先生当时的思想状态是：主观上很努力学习马克思主义的经典著作，并且想用来解决哲学史研究中的一些实际问题；但是，他的“新理学”理论和方法，虽然经过多次自我批判，在思想深处并没有完全放弃，有些东西在潜意识中甚至相当坚持。所以他在50年代讲“抽象继承法”，在60年代讲思想的“普遍性形式”，最看重的还是那个抽象的“共相”。这似乎很矛盾！冯先生解放后的哲学立场确实有一个根本转变，这就是从“理在事先”、“理在事上”的客观唯心主义哲学立场，转变到“理在事中”的唯物主义立场上来。早在50

年代初，他就表示接受“共相寓于殊相之中”这个观点。这个观点在他晚年思想表现出一定程度的回归倾向时也没有改变，一再说“理在事中”就是具体的共相。但是作为方法论，他并没有真正解决好这个共殊关系问题，在讲传统哲学概念、命题的“抽象意义”或“普遍性形式”时，又不能把“具体的共相”、“共相寓于殊相之中”的观点贯彻到底。全面地、客观地评价冯先生这个时期的哲学思想，我认为指出这一矛盾还是很有必要的。

前年在台湾召开的“中国哲学在中国历史的回顾与发展”研讨会上，我又提交了一篇关于冯先生的文章，题目叫做《冯友兰与中国哲学现代化》。台港学者对冯友兰解放后转变哲学立场，对他“道术多变”批评较多，有的批评相当尖锐，不仅表现了政治意识形态的分歧，而更多地是进行道德谴责，甚至人身攻击。我认为这是不公正的。从冯先生一生的工作来看，无疑地应该对他“阐旧邦以辅新命”，为中国哲学现代化所作的努力给予积极的正面的评价。我在那篇文章中，把冯友兰先生解放后力图将马克思主义哲学和中国传统哲学相结合，为马克思主义哲学中国化所作的努力，看作是他终生致力的中西哲学结合的一个新阶段。冯先生虽然一生“道术多变”，可以把他的思想分成若干个发展阶段，每个阶段思想中也包含着一些矛盾，但他终生所致力的，是推动中国哲学的现代化，促进中西哲学和文化的融合，坚持爱国立场而为“旧邦新命”服务。这才是一以贯之的东西，是冯先生的“大节”。季羡林先生说冯先生“大节不亏，晚节善终”，前一句话我是完全赞同的。在台湾的会上，我还提出一个看法，就是我们应该从中国大陆的政治现实和知识分子的实际处境出发，对冯友兰以及和他同样处境的老一辈知识分子以更多同情地了解，以更加宽容的态度来对待他们的思想矛盾和“尴尬”。我记得台大邬昆如教授在那次大会总结发言时，特别肯定了这一点。这说明海峡两岸知识分子（至少是其中的一部分人）对待历史问题也能逐渐形成某些共识。

冯友兰先生是20世纪中国最重要的哲学家之一，同时也是争议最多最大的哲学家之一。在他生前就有许多批评、辩难和讨论，如40年代马克思主义学者杜国庠、陈家康、胡绳等人对“新理学”唯心主义哲学思想的驳难；50年代大陆学术界关于哲学遗产继承方法等问题的讨论；60年代关于思想的“普遍性形式”问题的讨论；港台学者对冯友兰解放后转变哲学立场的尖锐批评；海内外学者对冯先生在“文革”中从尊孔转变为批孔立场的非议；以及对冯先生晚年发表的一些“非常可怪之论”的不同看法和评价等等。一个哲学家在生前就能引起那么多人的关注、评议和讨论，足见其影响之大。冯先生去世不过五年，“冯学”研究已经引起许多人的兴趣，站在不同哲学立场和政治立场的学者，对冯先生的学术思想和人生道路自然会作出不同的评价。在目前仍然存在着政治意识形态和哲学立场的明显分歧的情况下，“全面评价冯友兰”并不是一件容易的事。但我相信，随着研究和讨论的深入，海内外学者一定会在如何评价冯友兰这个问题上取得越来越多的共识，历史将会作出公正的结论，既不厚诬先哲，也不为其掩过饰非。

50年代以后，港台海外学者对冯友兰先生多持批评的态度，其中尤以新儒家学者的批评最为尖锐、苛严。在早期，可以张君劢责冯的公开信为代表；到近年，评冯的文章逐渐增多，刘述先教授的《平心论冯友兰》一文具有一定的代表性。张信写于50年代初冯友兰参加土改工作、发表《一年学习的总结》之后，张在海外看到了，严厉指责其学术思想转变是以哲学为资生之具，而不以之为安心立命、身体力行的准则，是“将心看得太轻而将在外者看得太重”。刘文发表于80年代大陆学术界开展现代新儒学研究之后，针对大陆学者把冯友兰看作是前期新儒家代表人物之一的观点，坚决主张把冯排除在现代新儒家之外。大陆学者是从学术史的角度，认为冯友兰在抗战时期创立“新理学”哲学体系，既然是一客观存在的思想史实，并且已经发生影响，就应该客观地衡定它在中国现代新儒学思潮发展史上的地位；冯先生解放后转变学术立场是另一回事。其实不只大陆学者，海外学者陈荣捷、杜维明等人都不否认冯友兰是现代新儒家的重镇，例如陈荣捷先生在50年代出版的《现代中国的宗教趋势》一书中，讲到现代儒学思潮时，就主要地评介了以熊十力为代表的“唯识论新儒学”和以冯友兰为代表的“理性主义新儒学”两派思想。思想史的基本史实是抹煞和否认不了的。我觉得刘教授的“平心而论”一文有欠平实公允，对冯友兰先生欠缺同情的理解，有些批评用辞过于挖苦，如“变形虫”、“无耻文人”、“四大无耻”等等；有些批评也过于武断，如说“他撰写《中国哲学史新编》，是完全没有学术价值的东西”，认为冯先生解放后没有“任何正面的建树，有之只是负面的影响”等等。

对于冯友兰先生解放后转变哲学立场这样一个思想史现象，站在不同的政治立场、哲学立场上的人，自然会有不同的评价，这是不足为奇的。站在反共的政治立场、坚持新儒家的彻底唯心论哲学立场的人，自然会认为冯先生是倒退，甚至认为是堕落和背叛。而在冯先生看来，他抛弃“理在事先”的唯心主义观点，接受“理在事中”、“共相寓于殊相之中”的唯物主义观点，则是从谬误向真理的转变。港台新儒家只是从道德人格上谴责他对新儒学的背离，而并没有从学理上评说他后来接受的“共相寓于殊相之中”的观点有什么不对。过于强烈的情绪反应，说明新儒家虽然都是学术圈中人，然其政治立场和哲学的党性色彩还是十分鲜明的。新儒家中本来就有门派之争，相互间有很深的门户之见。牟宗三是陆王心学的现代传人，他认为只有他这派哲学才是代表历史运动大方向的“彻底的唯心论”，而对以冯友兰为代表的新程朱派甚不以为然。他过去对冯氏就有所批评，50年代以后对其转向唯物主义更是攻击之不遗余力，甚至在学术会议上公开骂冯友兰不懂中国哲学，指其哲学史著作为“脓包哲学”，“外皮明亮精光，挑破便是一团脓”。用这种学术的傲慢来污辱一代学术大师，实在是做得太过分了。

大陆学术界从80年代中期开展现代新儒学研究以来，也有少数学者强烈认同港台新儒学，对冯友兰先生持批评和否定的态度。例如上海社科院的罗义俊先生，就坚持认为新儒家主要是一人格生命形态，凡新儒家必对儒学抱一宗教感情一超越信仰，此感情此信仰乃不可易者，如果没有或者改变了这种信仰和感情，就没有资格被称为新儒家，“纵然研究儒学有成就也到不了新儒家的位格”。照此观点，他认为冯友兰和贺麟解放后已放弃新儒学立场，转而信仰马克思主义，他们前期在新儒学发展史上的地位也“不足论”，没有意义。这同刘述先等港台新儒家的看法是很接近的。

从上述学者对待冯友兰先生的态度，可以看出新儒家的宗派性、排他性很强，对于别的思想派别中的人很不宽容，对于像冯先生这样从新儒家阵容中走出来的人更加不能容忍，从50年代起就“鸣鼓而攻之”，一直攻到现在。在他们那里，历史都可以割断（冯、贺早年为发展现代新儒学所做的工作皆“不足论”），更何谈对冯、贺等人进行“全面评价”！但是，随着时间的流逝和学术研究的深入，对于已经成为历史人物的那一代人，我相信后辈学者将会以更加平实的心态去进行审视和品评，因此有可能得出更加符合实际的结论。我读了近年来一些港台海外学者写的评冯文章，包括内地一些朋友的文章后，更增加了这种信念。事实上，在港台海外学者中能够对冯先生持同情地了解的态度的人正在慢慢多起来，有的相当客观公正，研究也很有深度。这是冯学研究的一种积极的健康的发展趋势。

对于冯友兰先生解放后转变哲学立场，从唯心主义转变到唯物主义，自觉认同并努力学习马克思主义，力图为马克思主义哲学中国化作出自己的贡献，大陆学者多持欢迎的态度，认为这是冯友兰思想的一大进步。张岱年先生指出，像冯友兰先生和金岳霖先生这样自成一家之言的著名哲学家，实行如此深刻的转变，而且是“主动的自觉的转变”，是十分难能可贵的。就拿冯友兰先生来说，他的哲学转变也有一定的思想基础，在《新理学》理论体系中已“包含着转向唯物主义的内在契机”。蔡仲德先生指出，冯先生解放前已接受一些唯物史观和社会主义的思想，这在30年代讲“新三统五德论”时就已初步表现出来。在《新事论》的文化观中，我们同样可以看到唯物史观的某些影响。同时，大陆学者又曾批评冯先生在向唯物主义转变过程中的某些不彻底，指出他的“新理学”的唯心主义思想有时还会不自觉地流露出来。我认为这些批评许多都是实事求是的，是对冯先生的帮助；当然那些没有学术意义的政治批判则另当别论。

“文革”是一个特殊的历史时期，包括冯先生自己的文章和一些评冯文章都不能不受到当时“批林批孔”的政治大气候的影响，今天大家都能理解，不该责怪哪一个人。中国学术界应该共同来总结那段深刻的历史教训。

80年代以后，关于冯友兰思想研究和讨论的文章逐渐多起来，特别是冯先生去世以后，冯学研究成为中国现代哲学史研究的一个重要课题。除了对冯先生各个时期、各个方面哲学思想的分别研究和评析之外，对于冯友兰一生哲学道路的总结和分期，对于冯先生晚年哲学思想的评价，这两个相互关联的问题，已经成为学术界关注和讨论的热点。我本人对这个问题也非常感兴趣。

蔡仲德先生提出了总结冯友兰哲学道路的三阶段论，即“实现自我”（解放前）——“失落自我”（1949—1978年）——“回归自我”（1979—1990年）的思想历程。我个人不太同意这样一种思想分期法，认为冯先生的思想历程从大阶段来划分，还是应该分为解放前后两个阶段，后期又可以分为两个小阶段（前期实际上也可以再分阶段）。因为冯先生晚年只能说是在一定程度上、部分地向旧哲学回归，不能说他的《中国哲学史新编》就是回到“新理学”哲学体系，或者回到了30年代的《中国哲学史》。“新编”总的来说是以马克思主义立场、观点、方法为指导来写的，这在他专门讲哲学史观和方法论的《全书绪论》中可以看得很清楚。他在该书《自序》中也明确地说："我所希望的，就是用马克思主义的立场、观点和方法重新写一部《中国哲学史》。"所以，我们没有理由说这部书是以"新理学"的客观唯心主义观点和方法为指导写出来的，他在晚年也没有从"理在事中"的唯物主义观点倒退回去。"新编"和旧著（《中国哲学史》两卷本）在哲学史观和方法论上是有本质区别的。

但是，冯先生晚年思想中又确实有某些回归现象，这种回归在写作《新编》时也有所表现，特别是在第七册中，这是不容否认的。陈来是冯先生晚年的助手，他"默默而观冯友兰"，对此颇能心领神会。许多学者都看到了冯友兰思想的晚年回归现象，如《新儒家八大集·冯友兰集》的编者指出："诚然'新理学'论主的'道术'在50年代后多有'迁变'，但至少，他的出版于1985年的自选集《冯友兰学术精华录》表明，他在他晚年又重新返回到大约半个世纪前的'贞元六书'。他到晚年'蓦然回首'，对既经'迁变'的'道术'再作贞认。"

我个人不太同意这种认为冯先生晚年重新回到了"贞元六书"，"对既经'迁变'的'道术'再作贞认"的观点。冯先生的晚年回归，决不是全面回归新儒学，全面回归"贞元六书"，全面回归他前期的"新理学"哲学体系，而只能说是一定程度地回归，部分地回归。冯先生说他晚年已经打通了儒释道，打通了中西哲学，因为人类认识史上一切好的东西都是相通的，应该把人类认识史上一切好的东西都吸收包容到马克思主义哲学中来。他说："儒家也好，道家也好，这个界限对我来说已经打通了。"他已经没有继承儒家道统、再回去当新儒家的意思，说他回归儒家已经没有意义。

对于冯友兰晚年的思想回归现象，应该做具体分析，哪些回归，哪些不回归，在什么意义上、在多大程度上回归，他的一些"非常可怪之论"也不能笼统地一概名之曰"回归"。对于冯友兰晚年的思想回归现象，站在不同哲学立场的学者，作出了不同的认识和评价。有欢迎、赞同和欣赏的态度，也有批评或表示有所遗憾的态度；有热烈的十分肯定的评价，也有持相当保留态度的一分为二的评价。许多学者对冯先生经过风风雨雨，晚年表示不再依傍别人，要“修辞立其诚”的态度是欢迎的；对他明确表示要用马克思主义的立场、观点和方法来写《中国哲学史新编》，但“只写自己在现有的马克思主义水平上所能见到的东西”这种实事求是的态度也是欢迎和肯定的；对他在宣称“打通了”人类文明一切好东西以后，对中国传统哲学中一些有价值的东西的提倡和弘扬，比如对儒家人生境界说的坚持和提倡，也适当给予肯定，至少肯定这个研究方向是有意义、有价值的；但是却对他在《新编》中所表述的某些观点，表示不赞成或者有保留，应该说这是完全正常的。在对冯友兰晚年思想评价问题上，大陆学者和港台学者还会表现出一些思想分歧，这也是很自然的。例如，台湾成功大学唐亦男教授从她的认识立场出发，大力表彰冯友兰先生晚年“敢于突破马列教条，充分表现了义理之勇”，而我对冯先生在“新编”最后的结语《反思》中表述的一个基本观点就很不赞成，认为其所表现的“义理之勇”并不是都值得肯定的。相反，我认为冯先生学马克思主义哲学学了 40 年，最后却对马克思主义辩证法有一个很大很深的误解，这不能不说是一个遗憾。

冯先生说：“在中国古典哲学中，张载把辩证法的规律归纳为四句话：‘有象斯有对，对必反其为；有反斯有仇，仇必和而解。’这四句话中的前三句是马克思主义辩证法思想也同意的，但第四句马克思主义就不会这样说了。它怎么说呢？我还没有看到现成的话可以引用。照我的推测，它可能会说：‘仇必仇到底。’……马克思是革命家，他所组织和领导的共产党是革命的政党，马克思主义当然要主张‘仇必仇到底’。”

我认为，把马克思主义辩证法或者把它的对立统一规律归结为“仇必仇到底”的斗争哲学，这至少是一种误解。我们出了那么多讲马克思主义辩证法的书，有哪一本是只讲斗争、不讲统一，说过要“仇必仇到底”呢？马克思本人就对辩证法的实质作过精辟的科学的表述，指出它应该包括“共存”、“斗争”、“融合”三项内容，怎么能把它歪曲成“仇必仇到底”的斗争哲学呢？马克思的原话是：“两个相互矛盾方面的共存、斗争以及融合成一个新范畴，就是辩证运动的实质。”（此话见诸《哲学的贫困》一书中）

冯友兰先生还说：“‘仇必和而解’是客观辩证法，不管人们的意思如何，现代的社会，特别是国际社会，是照着这个客观辩证法发展的。……现代历史是向着‘仇必和而解’这个方向发展的。……人是最聪明、最有理性的动物，不会永远走‘仇必仇到底’那样的道路，这就是中国哲学的传统和世界哲学的未来。”

在这里，冯先生自觉或不自觉地把马克思主义哲学放到了和客观辩证法，和历史发展的方向对立的地位，和中国哲学传统以及世界哲学的未来相对立的地位。学了40年马克思主义哲学，如果最后得出的是这个结论，这可以算是他的“晚年定论”的话，那就只能叫人感到遗憾。从马克思主义哲学立场来说，就不能说冯先生“晚节善终”。

冯先生经过了“文革”的残酷现实，对“斗争哲学”深恶痛绝是可以理解的。但是他把马克思主义辩证法说成是“仇必仇到底”的斗争哲学显然是不对的。马克思主义哲学科学地阐明了矛盾的同一性和斗争性的关系，“文革”中一些人奉行“仇必仇到底”的斗争哲学，正是对马克思主义辩证法的歪曲和背离，这是应该分辨清楚的。

80年代以来，把马克思主义哲学歪曲成为“仇必仇到底”的斗争哲学，主张用“和为贵”、“仇必和而解”的调和哲学来取而代之，这并不是孤立的冯先生一个人的思想，而是当时的一股不大不小的社会思潮和学术文化思潮。前几年我们不时可以读到这样的文章，说马克思主义哲学作为西方文化主客二分的产物，是崇尚对立的斗争哲学，它只适用于破坏旧世界的革命，而无助于人类新生活的建设；中国古代哲学是崇尚统一的调和哲学，中国的调和哲学将成为未来人类文明的精神主导。因此，马克思主义的“斗争哲学”必须让位于中国的调和哲学。这种议论和冯先生《新编》的结语如出一辙，可见它们的产生有着相似的背景。冯先生是大人物，他的宏论一出，实际上对这种思潮起了推波助澜的作用。

我想，对冯友兰先生晚年的哲学思想，不只是有赞誉，同时也有批评与讨论，这是正常的，应该允许各种不同的观点对它进行研究和评论。事实上冯先生的著作和思想已经是一个客观历史存在，它就是提供给后人去研究和评论的，至于人们作何评论，那就见仁见智了。

我认为对冯友兰先生某一阶段思想、某一方面理论、某一本书分别进行深入研究是有必要的，但是在今天，我更主张要对冯友兰的哲学道路，对“冯友兰现象”进行整体的、宏观的、全面的研究。因为冯友兰的哲学道路是20世纪中国哲学的一个缩影，研究冯友兰现象可以提供给我们多方面的启示和经验教训。冯友兰之所以为冯友兰并不仅仅在于他创造了“新理学”哲学体系，以后他放弃“新理学”体系就不成其为冯友兰了，只有到晚年回归才又重新成为冯友兰。冯友兰哲学的“自我”不是一成不变的，仅用新理学来界定其“自我”形象似不符合冯氏哲学复杂多变的特点。所谓“冯友兰现象”就是早年创立“新理学”的唯心主义哲学体系，后来放弃唯心主义转变到唯物主义哲学立场上来；晚年又在一定程度上部分地回归，而基本立场仍坚持“理在事中”的唯物主义这样一种复杂的哲学现象。如果冯友兰一以贯之地坚持唯心主义哲学立场，那就不是“冯友兰现象”而是“牟宗三现象”或别的什么现象了。冯友兰现象非常复杂，它和历史时代、社会政治迁变紧密联系在一起，个人道德人格的因素虽然也起了一定作用，但是远不如这些客观历史因素起的作用大。冯友兰每个时期的思想都不是单纯的，早期持唯心主义哲学立场，但也受到唯物史观的某些影响；后来转变到马克思主义唯物主义的哲学立场上来，潜存的

"新理学"唯心主义观念仍时而有所流露；晚年虽然表现出了一定程度的回归倾向，但写作《新编》的总的指导思想还是马克思主义的哲学史观和方法论；《新编》绪论中讲了那么多马克思主义，在结语中又误解和批评马克思主义。总之，冯友兰现象非常复杂，对它进行研究和评论都不能简单化，所以我主张要"全面评价冯友兰"。

要全面评价冯友兰，就要全面研究冯友兰。冯先生终生挚爱中国哲学，认为中国哲学可以为人类精神文明作出伟大的贡献；他早年留学美国，在其前期和后期哲学创造活动中都十分注意引进西方哲学，特别是西方哲学中的理性主义和逻辑分析方法；另一方面，冯友兰先生的一生，也和马克思主义哲学结下了不解之缘。当代中国的三大学术潮流，三大哲学传统，冯先生都与之有密切关系，并且力图把几个哲学传统打通，适当地结合起来，所以我们应该全面研究冯友兰哲学与中国传统哲学的关系，冯友兰哲学与西方哲学的关系，冯友兰哲学与马克思主义哲学的关系。通过冯友兰哲学这面镜子，可以反映或折射出20世纪中国哲学的丰富内容、错综复杂的对立统一关系，以及和社会实践特别是与政治迁变之间的深刻联系。"冯友兰现象"是一个个案，但它在我们这个特定时代的思想史上颇具有典型性。对于这一客观存在的思想史现象，研究者主观情感的爱恶极大地影响了研究结论的公正性和全面性。冯先生一生提倡理性主义，我们也应该用理性主义的态度来研究冯友兰的哲学思想。

（《在哲学与哲学史之间——冯友兰的哲学道路》，郁有学著，华东师范大学出版社2004年10月出版。代序之文是作者1995年12月19日在"中国哲学与文化的融合与创新——纪念冯友兰先生诞辰一百周年国际学术讨论会"闭幕式上的发言，原载《哲学研究》1997年第12期）

《唯物辩证法论战研究》序

20世纪30年代的唯物辩证法论战是中国现代哲学史上的一个重大事件，也是马克思主义哲学在中国传播与发展历史进程中的一个重大事件。虽名曰“唯物辩证法”论战，其实它是围绕着唯物辩证法的实质和作用、哲学能否消灭、科学与哲学的关系、物质与精神的关系、辩证法与形式逻辑的关系，以及宇宙观、认识论、历史观、人生观等一系列问题而展开的一场关于“新哲学”（即马克思主义哲学）的真理性和有效性的大论战。与在此前后发生的多次哲学论战（如问题与主义论战、科学与玄学论战等等）相比，它持续的时间最长，涉及的问题最广泛，参与论战的人数最多，思想阵线也最为错综复杂。这次论战对于马克思主义哲学在中国现代哲学中的主潮地位之确立，并奠定中国革命走向胜利之途的世界观基础，可以说起到了关键的作用。

然而遗憾的是，在以往的中国马克思主义哲学史和中国现代哲学史研究中，关于唯物辩证法论战的研究恰恰是一个薄弱环节，至今没有出过一本这方面的研究专著，也无人对散见于30年代各报刊的有关这次论战的文献资料做系统的搜集整理工作。以至人们对“唯物辩证法论战”的认识，至今还是停留在一些教科书所定性的马克思主义与反马克思主义（张东荪等人）、马克思主义与假马克思主义（叶青）的斗争的意义和范围内，而不能展开其全部丰富内容，总结和汲取多方面的经验教训，为中国哲学的未来发展提供宝贵的思想资源。之所以会出现这种情况，我认为主要有两个原因。一是时下的学术风气和取向：在中国现代哲学史、思想史研究领域，自由主义、实证哲学和现代新儒学研究都颇受青睐，而对马克思主义哲学在中国的传播与发展却缺少热情，选做这方面课题的学者非常少；与科玄论战、东西文化论战等等相比，有兴趣研究唯物辩证法论战的学者尤为寥寥。对这次论战的重要意义和深远影响认识不足恐怕还是根本原因。二是畏其艰难：首先是资料搜集之难；其次是问题梳理与弄清错综复杂的思想阵线及其背景之难；再次要克服先前过于简单化、政治化的研究结论之影响，对论战的性质、特点、规律、经验教训等做出准确的理论概括，对论战主要参与者的政治态度、理论观点分别给予实事求是的评价，也有一定的难度。因此在已经过去的20世纪，此一课题研究的整体状况尚不能令人满意，不论是在研究的广度还是深度上，都期待着在新世纪能够有新的突破。

耿彦君同志以《唯物辩证法论战研究》为博士论文选题，针对某些人质疑马克思主义哲学在中国的主导地位之确立，完全是依靠政权的力量进行强制推行的结果的看法，决心认真研究发生在建国前的这次重要哲学论战，以无可否认的历史事实说明：马克思主义在中国的胜利，并不仅仅是依靠“枪杆子里面出政权”的力量，而是同时也依靠这种理论自身的真理性，击败了它的敌人的一次又一次挑战和进攻、歪曲和诬蔑，并与中国革命实际、优秀民族文化传统相结合，才赢得了中国人民的信赖和广泛认同的。作者是非常自觉地在为马克思主义哲学在中国的显学地位之“合理性”而辩护，应该说在当今中国学术界，这种理论识见和勇气是难能可贵的。还有一点也是值得称道的，就是作者不畏艰难，扎扎实实地从搜集整理关于这次论战的原始资料入手，并参阅了先前的所有相关研究成果，为此而跑遍了北京的各大图书馆，社科院各有关研究所的资料室。在现行图书资料管理体制下，20世纪30年代的书刊往往不得外借，不让复印，而只能坐在图书馆里一本本、一页页地翻阅和摘抄，作者不得不为此而付出了大量辛劳。然而，工夫不负有心人，经过三年孜孜不懈的努力，他终于写出了第一篇全面、系统地研究唯物辩证法论战的博士论文，今日得以出版，又成为海内外第一本这方面的研究专著，为推进中国马克思主义哲学史和中国现代哲学史研究与学科建设做出了重要贡献。

耿著《唯物辩证法论战研究》的学风和文风可以用“平实”二字来概括，并表现为求实与出新的统一。它没有多少惊人之论和隽永之语，只是以比较开阔的视野和求实的心态，力图客观地叙述清楚这次论战的背景和展开的全过程，梳理清楚讨论的问题和各方的主要观点，并作出适当的评价，总结对今日有启迪的经验教训。只要坚持这种实事求是的态度，就必然会得出一些不同于过去的研究结论，在学术上表现出一定的新意。也就是说，求实必然出新。它在学术上之“新”，突出地表现在以下几个方面：

一、过去对唯物辩证法论战的研究，人们往往只注意到邓云特（邓拓）、陈伯达等人对张东荪一派攻击唯物辩证法的批判，以及艾思奇、沈志远等人对叶青的“哲学消灭论”和“心物综合论”的批判，并从政治上将这次论战的性质判定为马克思主义与反马克思主义的斗争，以及真假马克思主义之间的斗争。这虽然抓住了论战的主要方面和基本内容，但却未能将论战各方互相交叉辩难、彼此错综纠结的复杂情况充分展现出来。耿著依据对大量论战资料的掌握和客观清理，将其大致地分为六条“战线”，其一，马克思主义派学者与张东荪一派的论战；其二，叶青对张东荪、傅统先等人攻击唯物辩证法的批判；其三，马克思主义派学者与叶青的论战；其四，社会各界学者与艾思奇围绕着《哲学讲话》所进行的讨论和对话；其五，叶青对张东荪《新哲学论丛》的批判及其与南庶熙的论战；其六，马克思主义派学者和进步知识分子内部就唯物辩证法与形式逻辑的关系等问题所进行的讨论。对横向展开的这六条“战线”分别进行深入细致的纵向考察，就大体呈现了这次论战的全幅规模和彼此交织的错综复杂情况。也就是说，除了马克思主义与非马克思主义的斗争以及真假马克思主义的斗争的政治意识形态意义之外，过去被看作是“狗咬狗”的假马克思主义与非马克思主义之间的论战，以及马克思主义学术阵营内部就“新哲学”一系列问题所展开的理论争鸣和讨论，也被纳入这场哲学大论战的范围来加以考察，因为它们辩论的问题都是以马克思主义的“新哲学”为核心的，都对马克思主义哲学理论水平的提高并取得中国现代哲学之主潮地位起了重要的推动作用。与此相联系，作者对论战之时间界限的看法也与许多论者不同。他认为1931年4月雷仲坚发表《辩证法与进化论在历史上及在理论上之比较的研究》一文批判胡适对唯物辩证法的曲解和指责，可谓这场论战之“揭幕战”；其结束时间则以30年代末、40年代初艾思奇发表《怎样研究辩证唯物论》《论中国的特殊性》《抗战以来的几种重要哲学思想评述》等总结性文章为标志，前后约10年时间。这就不同于一些论者将论战限定于1930—1937年间，以毛泽东发表的《矛盾论》《实践论》为论战之总结和结束标志的观点。它同时也指出唯物辩证法论战为毛泽东的“两论”即中国化马克思主义哲学的产生和发展起了扫清理论障碍的作用。应该说这种视野是比较开阔的，也是符合历史实际的。

二、作者指出唯物辩证法论战是一场“把学术与政治融为一体”的论战，这也是中国近代以来发生的多次思想文化论战的共同特征。那些以“纯哲学”、“纯学术”或“非政治”、“非意识形态”相标榜的论者，实际上无不有其明确的政治意图或意识形态动机，其学术完全是为其现实的政治需要服务的。因此在中国现代哲学史、思想史研究中，正确总结在学术与政治的关系问题上的经验教训就具有特别重要的意义，耿著正是在这一点上用力颇多，得出了一系列富有启发性的重要结论。20世纪30年代初，以捍卫“纯粹哲学”自居的张东荪、傅统先、牟宗三等“职业哲学家”为什么要发起对唯物辩证法的猖狂进攻，乃是由于他们慑于唯物辩证法的“风靡”之势（或谓“满坑满谷”之势），出于一种“卫道式的激愤”，力图在“纯粹哲学”、“专业哲学”

与这种变革社会现实的“实践哲学”、“革命哲学”之间挖一道鸿沟，为自己保留一块生存地盘。年轻的马克思主义者艾思奇、邓拓、张岱年等人在学习和运用“新哲学”的过程中奋起回击，他们在学理上并没有让那些资产阶级的“职业哲学家”们占到丝毫的上风。正如本书作者所指出的，这并不是由于张东荪们的哲学理论水平不高，也不是如他们所说的唯物辩证法的“欺骗性”有多大，应该说，马克思主义哲学本身的真理性才是在论战中起了决定胜负之关键作用的因素。这也说明在具体历史条件下，只有那些能够满足时代需要的哲学才能得到生存和发展，哲学的“时代性”优于哲学的“超越性”，而“超越性”不能取代“时代性”。作者还指出：“这场论战不仅是如何处理哲学的超越性和时代性之间关系的讨论，而且也是中国究竟需要一种什么样的哲学之争。理论上的胜利与否决定着何种世界观能在现代中国确立指导地位，从而发挥其哲学整合功能；而理论是否能转化为实践，则决定着中国的前途和命运。”这当然是再重要不过的结论了。正是从为现实服务和为今后哲学发展提供理论借鉴的目的出发，本书认真总结了这场论战在学术与政治、“纯粹哲学”与“实践哲学”、“超越性”与“时代性”、理论与实践、理性与信仰以及哲学的阶级性、批判性等问题上的历史经验教训，确能给人以理论、历史与现实有机地融合在一起的深切感受。

三、坚持以实事求是的态度研究唯物辩证法论战，就要充分考虑到论战的各种复杂情况，用发展变化的眼光去观察和评价各方面代表人物及其理论观点，动态地而不是静止地去研究这场不断向深广发展的哲学大论战。本书作者在这方面也表现出了可贵的求实精神。例如，关于唯物辩证法的科学性问题，马克思主义派学者与张东荪等人进行了多个回合的反复论辩。论战不断地向着纵深发展，这不仅是指马克思主义派学者批判的全面性和深刻性而言，事实上挑战者张东荪一派在受到马克思主义者的批驳后，也对马克思主义哲学著作做了更认真的研读，对辩证唯物论有了进一步的了解，因此在后期提出的问题越来越广泛和深入，越来越尖锐和复杂，也越来越难以应对。当然这也给年轻的马克思主义学者提出了新的考验，迫使他们必须提高自己的理论水平，才能解决和澄清那些更加深广、更具尖锐性和复杂性的理论问题。对叶青在论战中的作用的评价，也要有实事求是和具体问题具体分析的态度，而不宜以“假马列真反共”一语简单概括论定之。本书作者认为，论战前期叶青对张东荪一派挑战唯物辩证法的回应和批判，客观上是站在马克思主义理论阵线方面的，不能否定有一定的积极意义；到后期他以“新哲学”创造者的心态来阐释其“哲学消灭论”、“心物综合论”和“思维科学建立论”时，才完全沦为一个假马克思主义的反共理论家。也就是说，对叶青的“批判哲学”（《张东荪哲学批判》《胡适批判》）和“体系哲学”还要作适当的区别。论战中马克思主义哲学阵营的情况同样是复杂多变的。总的说年轻的中国马克思主义者在论战中经受了锻炼，提高了理论水平，击退了各方论敌的一次又一次挑战和进攻、歪曲和诬蔑，捍卫了马克思主义的理论阵线，全面推进了马克思主义哲学中国化的历史进程。但是，在学习和运用马克思主义哲学的过程中，在仓促上阵的哲学论战中，他们也难免会有一些不成熟甚至理论失误之处，在认识上产生分歧互相辩难的情况也是常有的。在特定历史条件下走到同一战线的人员情况也十分复杂，有始终坚定地信仰和实践马克思主义的革命理论战士，有真诚地服膺马克思主义学说真理性的学院派哲学家，也有一些是马克思主义的“同路人”：当年论战的重要参与者中有的后来蜕变成了托派，也有的在建国前选择了去台湾或定居国外。力图对这些复杂多变的情况作具体的历史分析和评价，也是本书的一个特点，是它求实出新的又一个方面的重要表现。

作为全面系统地研究唯物辩证法论战的第一本学术专著，耿著自然不可能是完美无缺的。它还是一个初步的、综述和概论式的研究成果，一些专题研究和重要人物的个案研究还有待深入，有些认识和结论也是可以讨论的。特别是耿彦君在三年攻博期间，虽然研读了关于唯物辩证法论战的大量主要文献资料，但是并没有网罗无余地搜集到有关这次论战的全部原始资料，如有些论战文章从别人引证中知其作者、题目和出处，但经多方努力也找不到刊出该文的原报纸杂志，这些资料在研究中就只能暂付阙如。作者本来想为七八十位论战参与者每人编写一个生平和学术小传，供读者和研究者参考，结果有相当一部分人的资料难以查找，有的笔名与本人都对不上号，因而这项工作也只能俟诸来日。为了继续推进这一课题研究，我认为当务之急是要编辑出版一套《唯物辩证法论战资料大全》，尽可能完整地再现当年论战的历史面貌，为今后继续深入研究打下扎实的文献基础。这项工作要靠有组织的科研力量来做，在资料搜集整理和成果出版方面需要得到国家的支持，依靠个别人的力量是很难成其事、竟其功的。这项工作如果今天不做，时日越久有关文献资料散失的可能性就越大，历史原貌越难恢复。为马克思主义哲学中国化历史进程中的如此重大事件进行科研立项和花大气力是值得的，有重要意义的，希望社科院或重点高校能把这项工作承担起来。耿彦君同志以其现已掌握的资料基础可以在这项工作中发挥重要作用，当然我也期望他在唯物辩证法论战的历史和理论研究方面继续有新成果问世。

2005 年 7 月 10 日

（《唯物辩证法论战研究》，耿彦君著，社会科学文献出版社 2005 年 9 月出版）

《牟宗三哲学思想研究》序

王兴国同志在南开大学攻读博士学位期间，下四年苦功认真研读牟宗三先生的著作，写出了60余万字的博士论文《从逻辑思辨到哲学架构——牟宗三哲学思想研究》。因篇幅太长，论文答辩时只印出了其中的部分内容。现在全文作为两本书分别由光明日报出版社和人民出版社出版，前者书名为《契接中西哲学之主流——牟宗三哲学思想渊源探要》，后者即本书。二书实为姊妹篇，当合观之。在我看来，这是近年来现代新儒学研究特别是牟学研究的一项较厚实的研究成果，有明显的优长也有不足之处。

牟宗三先生不仅是现代新儒家第二代中最重要的代表人物，而且也是整个现代新儒家学派中最具关键性的代表人物，是20世纪中国少数几个具有世界性影响的唯心主义哲学大师之一。有数千年历史传承的中国哲学近百年来遭遇到了前所未有的“合法性”危机，牟先生给自已提出的任务就是要“哲学地重建中国哲学”。与冯友兰、贺麟等前辈新儒家学者一样，他重建中国哲学也是走的一条融通中西哲学即“以西洋的正宗哲学发挥中国的正宗哲学”的路子，力图在二者中找到“东圣西圣，心同理同”之处，来证明中国哲学具有普世价值。不过牟先生的思想进路有着更明晰的从逻辑思辨到哲学架构的特点，而这正是西方哲学的传统与理性精神之所在。之所以会呈现出这一特点，显然与他早年曾受到西方哲学、逻辑、数学的长期熏炙和严格训练是分不开的。同时牟先生也有着更强烈的“重建中国哲学”，即以儒家哲学为最高价值真理来融会中西哲学智慧的问题意识，这又是与他中年以后有着特殊的时代的感受，更加自觉坚定地以儒学为“生命的学问”分不开的。他以康德的“自由自律的道德意志”释儒家的“本心”概念，以此作为沟通中西哲学、重建儒家式人文精神的桥梁，并在思辨结构上借鉴了佛家“一心开二门”的方法论，独辟蹊径地构建了一个体大思精、自身圆融的现代唯心论哲学体系。就其自觉的历史意识来说，他的工作不仅是为了“儒家思想的新开展”，而且也是为了推动整个中国哲学的现代化和世界化，并试图在理论上为中国社会和中国文化的现代化探索一条可行之路。不管他的探索是否成功，对改变世界和中国现实有多大影响，我们都不能否认牟宗三哲学是20世纪中国哲人创造的最具有原创性、思想最有深度和影响最大的理论思维成果之一，因此，读懂、消化和超越牟宗三哲学就成为中国现代哲学史研究特别是现代新儒学研究不可回避和逾越的一个课题。

自20世纪80年代中期以来，大陆学界开展对现代新儒学的研究已经有20年了，牟宗三哲学始终是一个研究的重点、热点，也是一个难点。已有多位青年学者迎难而上，主动选择这个富有挑战性的课题作为研究对象，或作为博士论文选题，也在这方面推出了一些很有价值的研究成果。但从总体上来说，牟学研究的水平还有待提高。从已有的成果来看，既存在着研究立场即通常所说的哲学党性方面的问题，也存在着功夫下得不够、研究和批判都缺乏深度的问题；对于牟宗三这样一个大家来说，还难免有对其哲学的全幅规模和动态进程认识把握不足的问题。一个较普遍的问题是，多数研究者都是主要着眼于牟宗三晚期（50岁以后）的著作和思想，讲来讲去不外乎现象与物自身、智的直觉与自由无限心、两层存有论、良知自我坎陷等道德形上学的哲学架构，而很少有人认真地钻研过其《逻辑典范》《认识心之批判》等早中期著作，也很少有人下功夫研究过他的逻辑思想和知识论系统，因而难以把握牟宗三从逻辑思辨到哲学架构的整个思想进路，也不可能真正了解他最后完成的道德形上学的哲学体系，乃是一个融逻辑、知识论和形上学为一体的即真、即善、即美的圆融境界。可以说，王兴国的牟学研究，正是在这一点上有了新的进展和突破。他在研究中有两点重要体会：一、牟宗三哲学不仅是中国数千年哲学发展的产物，而且也是消融近现代西方哲学、逻辑与科学成就的结果。众多西方哲学家、逻辑学家、数学家和科学家都对牟宗三产生过重要影响，成为其不可或缺的思想来源，而不止于人们通常所了解的康德哲学。二、牟宗三哲学规模宏大，体系完备，脉络清晰，结构严密，是一个有机的整体。他晚期的思想是由其早中期思想逻辑地发展演变而来的，如果对其早中期著作没有系统深入的研究，甚至只要忽视了其中的一环，就很难透彻地理解他晚期的思想，更谈不上全面准确地认识和把握牟宗三哲学了。基于这样的认识，他的工作就从梳理牟宗三哲学的多重思想来源和背景入手，按照其学思历程的本来进路，首先研究他的逻辑思想，弄清其逻辑起点和前逻辑起点，然后揭示牟宗三是如何通过逻辑而进入康德哲学，以康德的理路来融摄各派西方哲学的。为此他不得不下大气力来研读颇为艰涩难懂的《逻辑典范》《理则学》和《认识心之批判》等牟宗三早中期著作，对他在逻辑哲学、数学哲学和知识论等方面所做的工作及其所取得的成就有一个基本的了解。在下过这番苦功之后，再来研究牟宗三晚期的著作和思想，就有一种豁然贯通的感觉：原来牟宗三是以他自己的“康德学”来打通中西哲学，建构起规模宏阔、自身圆融的道德的形上学哲学系统的。这个哲学架构的完成正是得益于他早年训练有素的逻辑思辨的功夫。

通过对牟宗三哲学的研究，作者得出一个结论：中国哲学在坚持实践的智慧学的精神方向之同时，还必须学习和消化西方哲学的思辨架构、逻辑分析与论证、概念清晰厘定以及严密完备的系统性的优长，中国哲学工作者必须加强这方面的哲学训练，而关键在于逻辑的训练。这与冯友兰先生把逻辑分析方法看做是“点石成金”的手指头，张岱年先生把“析其辞命意谓，察其条理系统”的逻辑解析法与辩证法共同看做是治哲学的基本方法，在认识上是完全一致的，自然应该引起我们的高度重视。逻辑思辨对于治哲学者的重要性，我们从牟宗三的哲学思想进路中应能得到一些有益的启示。

关于这篇论文的不足之处，我在最后审读时只说了一句话：“同情地理解有余而批判地超越不足。”这句话的分量是不轻的，其深意作者亦能理解。我对这篇论文所下的功夫深表赞赏，但是并不同意它的某些研究结论，在论文写作过程中已多有提示，作者充分注意到了这些提示而仍坚持自己的学术观点，作为独立完成的创造性的研究成果，应该也是可以允许的，导师当以宽容的态度对待之。这句批评的话就权当是对作者今后的希望吧！

牟宗三哲学无疑是20世纪中国哲学的一大硕果，从儒家心学的角度来说，它确实为中国哲学的现代转换并与西方主流哲学接轨作出了重要贡献，在思想史上有不容忽视的地位。但牟宗三哲学也有自己的问题，其建立在“心本论”基础上的道德的形上学的哲学架构并不能代表中国哲学现代化和世界化的正确方向，连其后学中都已有人指出它太向内心发展，脱离了现实生活世界和历史社会总体的根本缺陷，明确提出了“从牟宗三回到熊十力，再回到王船山”，建立“走向生活世界的儒学”的口号。认为牟宗三哲学不能超越，只能去诠释和落实的只是“护教的新儒学”一派的观点。大陆的牟学研究更加呈现出了多元化的特点。多数研究者都不赞成牟宗三的“彻底的唯心论”的哲学立场，从多个角度对其思想学说作了或深或浅但皆有理有据的分析和批判，其中也不乏对其哲学解悟力和思辨架构的能力十分欣赏和高度评价者，并不否认他作为贯通古今中西的哲学大师的地位。另外，大陆学者中既有从维护西方哲学本真面目的角度批评牟宗三“误读”康德者，也有从儒家原教旨主义立场批评牟宗三会通中西哲学是“以西释中”、“以夷变夏”、“文化歧出”者。同时不可否认的是，“护教的新儒学”在大陆学界也有一定的市场。牟学研究的这种多元化的形势从一个侧面反映了当今中国哲学界的复杂现状。恐怕在今后相当长一个时期内，马克思主义、自由主义和文化保守主义三大思潮对立互动的格局还不会有大的改变，每个研究者在这一格局中都有一客观的定位，不过有人自觉有人并不十分自觉罢了。王兴国同志在本书中也表示了对当代中国马克思主义的文化“综合创新”论的认同，并表示要继续深入研究牟宗三先生的哲学思想，我希望他在已有的牟学研究成果的基础上，以马克思主义批判继承、综合创新的观点进一步消化牟宗三，批判地超越牟宗三，在牟学研究中取得新的更高水平的学术成就。

2006年11月28日

（《牟宗三哲学思想研究》，王兴国著，人民出版社2007年2月出版）

《陈序经政治哲学研究》序

陈序经是20世纪中国思想史上的一个重要人物，众所周知他是主张“全盘西化”论最力的一个人。如果说“五四”以来的中国现代思想史是以马克思主义、自由主义西化派和文化保守主义“鼎足而三”为基本格局的话，那么陈序经在这一格局中应占有什么地位是显而易见的，其重要性也是不言而喻的。

张世保同志近年来一直致力于用马克思主义观点研究中国的西化思潮。其博士论文《从西化到全球化——20世纪前50年西化思潮研究》（东方出版社2004年3月版）以问题为中心，把20世纪前50年的西化思潮纳入到“20世纪中国哲学史”的范畴中来考察，拓展了其研究领域，丰富了20世纪中国哲学史的内容。其稍后出版的专著《西化思潮的源流与评价》（华东师范大学出版社2005年2月版）则对从明清之际到20世纪末，近四百年来西化思潮在中国的兴起与流变作了系统的历史考察，指出了其追求现代性的合理性和缺乏“反思现代性”的局限性。可以说，张世保同志是近年来对西化思潮研究得最多、用力最勤、成果最丰硕的青年学者之一，经过他的工作，西化思潮的丰富内涵和哲学意蕴已经得到了初步的揭示。

2003年8月，张世保同志到中国社会科学院从事博士后研究工作，我是他的指导教师。在商量博士后工作计划和论文选题时，考虑到他此前对西化思潮的研究，基本上是从宏观着眼，而缺乏对西化派人物深入的个案研究，于是决定让他重点研究陈序经，力图更深层次地揭示其自由主义西化思潮的本质。在研究过程中，他注意到过去学界主要关注的是陈序经的文化学、教育学、社会学思想，而对其早年的主攻方向政治学重视不够，很少有人提及其博士论文《现代主权论》，而政治哲学恰恰是陈序经自认为“比较有点心得”并且长期兴致所在的一个研究方向，是他的整个学术思想包括“全盘西化”思想的基础和核心。有了这一认识，张世保的博士后研究工作的重点自然地就转到这个方面来。他用了很大功夫将陈序经早年用英文撰写的博士论文《现代主权论》翻译出来，并阅读了大量20世纪国内外政治学论著和有关研究资料，完成了博士后出站报告“陈序经政治哲学研究”。2006年2月，该出站报告通过了专家评审。本书就是在出站报告的基础上，吸纳了专家的宝贵意见后修改而成的。

通观全书内容，我认为在以下几个方面对推进陈序经思想研究是有实质意义的：

第一，开展对陈序经政治哲学的研究，可以说填补了陈序经思想研究的一个空白；而确立政治哲学在陈序经整个学术思想体系中的中心地位，则把对陈序经思想的研究推进到了一个新阶段。在中国现代思想史研究中，陈序经曾经是一个长期被忽视的人物，因为他主张“全盘西化”论，似乎就只具有“反面教员”的价值。20世纪90年代以来，情况已有所改观，人们开始注意比较客观、公正、全面地评价陈序经的学术思想，但主要还是把他当作一个教育家和文化学家，以文化学为中心来展开对其思想的研究，而对他在政治学、法学、经济学、社会学、历史学、民族学、人类学等多方面的学术贡献重视不够，也缺乏对其思想整体的动态的考察。本书以翔实的资料，说明陈序经解放前学术研究的重心一直是主权论和中国工业化道路问题，文化学论著不过是他的“副产品”，他对中国文化发展方向的关注是与其对中国政治、经济发展道路的研究紧密联系在一起的。这样就能更全面准确地把握陈序经的学术思想面貌。

第二，本书在文献资料的运用上也有新贡献。陈序经的一些著述如《中国文化的出路》《东西文化观》《文化学概观》《乡村建设运动》《疍民的研究》《大学教育论文集》等都较常见，常被研究者引用，而他在1928年完成的博士论文《现代主权论》，由于是用英文撰写的，虽然1929年已在中国广州出版，但现在很难找到，很少有人据以研究陈序经早年的政治思想。张世保同志首次将《现代主权论》翻译成中文，并在认真解读的基础上深入剖析他的政治哲学，为陈序经思想研究开一新生面，这可以说是在文献资料上的一个突破。另外，本书作者在陈序经未刊手稿的利用和散篇文章的搜求上，也下了很大的功夫，力求用可靠的第一手资料说话，论必有据。

第三，对陈序经的政治哲学进行了全方位的研究，并试图对其特点作出概括的说明。全书从陈序经的主权思想、对个人主义的提倡、对民主宪政的提倡等几个方面论析了他的政治哲学思想，同时对其在中国政治思想史研究中的偏颇观点也进行了评析，力图较全面地揭示陈序经政治哲学的基本内容。本书还将陈序经政治哲学的特征概括为三个方面：在自由与平等之间、主权与人权的双重诉求、一元与多元的辨证结合。指出陈序经把自由放在第一位，但是也不排斥结果的平等；他认为维护国家主权是理所当然的，但个体的主权（人权）更具有优先性，二者相辅而相成；陈序经政治哲学的基本特征是多元主义，但并没有陷入相对主义，而是奠定在一元主义基础之上的多元主义。这些看法对深入研究我国近现代的政治思想和政治哲学是有启发的。

第四，探讨了陈序经的政治哲学与其文化学、教育学、社会学、历史学的关系，说明他在这些领域的学术研究都曾受到其政治哲学思想的深刻影响，或者说在这些领域的论说中都包含着他的政治哲学思想，从而进一步证实了政治哲学是陈序经的整个学术思想体系的基础与核心这一论断。

第五，在全面论析了陈序经的政治哲学思想之后，作者试图解读出陈序经“全盘西化”论的确义即其基本精神，认为他所说的“全盘西化”并不是主张全盘资本主义化，而是要在中国确立现代性的精神。陈序经晚年对“全盘西化”论也有所反省，意识到它“很片面，不切实际”，但本书作者不赞成所谓“晚年变法”的说法，因为陈序经终生都没有放弃对现代性的追求，缺失在于采取了全盘反传统的方式，没有把现代性与民族性很好地结合起来。这当然是一个值得进一步讨论的问题，提出这个问题本身就促进了对陈序经和中国西化思潮研究的深化。

政治哲学是当今中国哲学界关注的一个热点，包括对马克思主义政治哲学、西方政治哲学、中国传统政治哲学和近现代政治哲学的研究，分别是中、西、马各界哲学学者研讨的重要课题，彼此间也有所交流、比较和互动。特别是在中国近现代政治哲学中，自由主义是一重要谱系，它本身就是中西融合的产物，我们也不可能从单一的视角去进行研究。《陈序经政治哲学研究》一书在此时出版，自有其特殊的理论价值和现实意义，它不仅给不断升温的政治哲学研究增添了一项新成果，为中国现代政治思想史填补了一个重要环节，而且也为建立综合创新的中国特色社会主义政治哲学体系提供了有借鉴意义的思想资源。

张世保同志的博士后研究工作用了两年半时间，在此期间他还承担着学校（中南民族大学）的教学任务，时间、精力毕竟有限。所以这项研究虽有视角转换的重要意义，但做得还不够深入和细致，无论是在资料运用还是哲理评析方面，都为在现有成果基础上的进一步开掘留下了可能的空间。比如在文献资料上，陈序经留德期间写的《新政治》和1945年在美国耶鲁大学主讲“主权论”时的讲稿如能找到，那么人们对其政治哲学的了解可能会更加全面和到位。另外，我国学术界对中国近现代政治思想史研究的总体水平也制约了对陈序经思想研究的深入，有些问题是需要具备一定条件才能作出恰当评价与合理解决的。张世保同志是一位从鄂西山区走出来的优秀土家族青年学者，我相信以其特殊的勤奋和执著，一定能克服各种主客观条件的困难，在陈序经和西化思潮研究以及中国哲学其他领域的研究中，不断推出更加成熟、更有深度的研究成果来。

2007年2月8日

（《陈序经政治哲学研究》，张世保著，人民出版社2007年8月出版）

《湘学史》序

1998年9月，我在参加湘潭大学40周年校庆活动时提出了成立湘学研究所的建议。当时提出的理由主要有二：一是考虑到湘潭大学中国哲学学科的发展，除了要增强整体实力之外，一定要有自己的特色。而湘学作为一种具有鲜明个性特征的地方学术传承，湖南地区的学者对它进行研究，具有其他地区无可比拟的优势。事实上湘潭大学在这方面已经做了不少工作，已有了较好的研究基础。二是考虑到湘潭本来就是湖湘学派最早的发源地，在湘潭大学建立湘学研究所有历史和地缘的根据。从南宋建炎四年（1130）胡安国父子在湘潭创立碧泉书院，到乾道元年（1165）刘珙重修岳麓书院，聘请张栻为主教，30余年间碧泉书院一直是早期湖湘学派的学术和教育中心，其在湘学发展史上的重要地位应该受到历史的尊重。

开展湘学研究必须对这个学科有一个准确的定位，首先必须解决研究的对象、范围和意义等问题。我在这里把自己的一些初步想法提出来，与学界同道共同探讨。

“湖湘学”、“湖湘文化”与“湘学”

在湖南地域文化研究中，过去曾用“湖湘学”、“湖湘学派”、“湖湘文化”、“湖南学”、“湘学”、“潭学”等概念来说明这门学问的性质和特征。事实上这些概念所标示的研究对象和范围并不是完全相同的，也就是说，它们是属于不同层次的学问或学科。我们可以将这些概念大体上分为三个层次：

第一个层次是“湖湘学”。它是指南宋时期与朱熹的“闽学”、陆象山的“江西之学”、吕祖谦的“婺学”大致同时代的，以胡安国、胡宏父子和张栻为代表的，在湖南地区产生和传承的一个主张“体用合一”、内圣与外王并重的理学学派。它的名称实际上是当时的著名学者朱熹给取的，在《朱子语类》和《文集》中，常有“湖湘学者”、“湖南一派”、“湖南学”之类的提法，后来黄宗羲、全祖望等人编纂《宋元学案》时即沿用了“湖湘学派”的名称。这个学派在南宋时期的阵容和影响相当大，南宋后期的理学家真德秀曾指出：“窃惟方今学术源流之盛，未有出湖湘之右者。”黄宗羲也认为：“湖南一派，当时为最盛。”《宋元学案》为这个学派就专门列了六个学案，即《武夷学案》《衡麓学案》《五峰学案》《南轩学案》《岳麓诸儒学案》《二江诸儒学案》，为该派学者个人列传的有数十人之多。但至南宋末年，这个学派已逞衰微之势。德祐二年（1276），元军攻陷长沙，湖湘弟子“荷戈登陴，十亡其九”，此后这个学派就不再称闻于世了。“湖湘学”作为一个特定历史时期的学理和学派概念，它所指称的范围是明确的、有限的，虽然后世湘学都曾受到它的深刻影响，但是在严格的意义上说，连船山学都不能包括在“湖湘学”的范畴之内，更不用说近世湘学了。

第二个层次是“湘学”。我没有考证过这个概念是谁最先提出来的，从接触到的有限文献资料来看，它在19世纪和20世纪之交已被广泛使用。杨毓麟在《新湖南》中说：“胜国以来，船山王氏以其坚贞刻苦之身，进退宋儒，自立宗主，当时阳明学说遍天下，而湘学独奋然自异焉。”这里“湘学”是指船山学。船山学无疑属于湘学，是湘学的一部分而不是其全部，它在更多的情况下是被当作一个标示湖南地区的学术传承的学术思想史概念。戴德诚说：“三闾以孤愤沉湘，元公以伊尹为志，遂开湘学仁侠之大宗。”[①] 这是以屈原、周敦颐为湘学发展

① 戴德诚：《湘学类纂·湖南宜善守旧》。

史上的两个开创性人物。前者为文学巨匠，后者为理学开山，二人相去千余年，象征着湘学发展的两个不同的历史阶段。叶德辉说："湘学肇于鬻熊，成于三闾。宋则濂溪为道学之宗，明则船山抱高蹈之节。"①他甚至把湘学的源头上溯到了被封为楚祖的鬻熊，但重点是表彰宋明时期的周敦颐和王船山。叶昌炽在《缘督庐日记钞》中记载："焕彬自长沙来信，极论湘学渊源，上自船山，下逮曾文正、郭筠仙，今之湘绮、葵园……洋洋十余纸。"叶德辉，字焕彬，他在此信中论湘学又把重点放在了船山以后的近代湘学上。古代湘学前后两个阶段的发展情况也是极不平衡的，宋以前虽有一定的学术思想上的连续性和地域共同性，但却没有明显的传承统绪；具有比较严格的学理意义和学术传承意义的湘学实际上始于宋代，胡安国父子开创的湖湘学派才使它成为一种有着鲜明的学术个性和全国性影响的地域文化，唐宋以前相对落后的湖南也一跃而成为后来的"理学之邦"。湖南道州人周敦颐在宋初的影响本来并不大，只是由于胡宏、张栻、朱熹等人的大力推崇，他才获得了"道学宗主"的地位，并成为湘学发展史上的一位象征性人物。20世纪40年代，湖南大学教授李肖聃著《湘学略》，即以《濂溪学略》为第一，接着才讲胡安国开创的湖湘学派，朱熹和王阳明在湖南的影响，王船山的贞晦深沉之学，一直讲到近世湖南诸贤在学术和事功上的贡献。因此，广义地说，湘学史就是湖南地区的学术思想发展史，特别是宋以后的湖南学术史，湖湘学派倡导的理学精神和务实学风一直贯穿于其中。由于湘学还是属于"国学"即中国传统学术的一部分，我们可以将其下限大致地确定在清末民初之际，湘学精神的现代转换与改造就具有新的时代涵义而不属于传统湘学的范畴了。

第三个层次是"湖湘文化"。这是一个涵盖面非常广的概念，不仅包括哲学、伦理、政治、法律、文学、艺术、宗教等精神文化的内容，

---

① 叶德辉：《郎园书札·答人书》。

而且包括民风、民俗、民族心理等所谓“俗文化”，甚至将饮食文化、服饰文化、建筑文化、历史遗存、江山胜境、湖南地区的土特产等物质文化的内容都包括在内。

以上三个层次概念的研究对象和范围都不同。湖湘学是一个比较窄的学派概念，湖湘文化是一个比较宽泛的大文化（广义文化）概念，湘学则居于二者之间。湖湘学是湘学的重要内容而后者并不仅限于湖湘学，它还包括船山学和近代湘学等内容。作为学术观念形态的湘学是湖湘文化的精神内核，所以有的学者又把它称为“核心湖湘文化”或“狭义湖湘文化”。在这三个互相联系、互相包含的概念中，我认为选择湘学作为我们这个学科的研究对象比较合适。它是中国传统学术的重要组成部分，具有鲜明的地域文化特征和比较深厚的历史传统，作为一门思想性、学理性较强的学科，研究对象明确，学术内容丰富。湘学精神的继承和改造与现代化事业息息相关，我相信它一定会引起湖南省和全国学术界的重视，并且很有可能在不久的将来走向世界。

“湘中之学”与“湘人之学”

要准确地把握湘学研究的对象和范围，还必须处理好“湘中之学”与“湘人之学”的关系问题。

湘学是在湖南这个地方产生和传承的一种学术或学问，称它为“湘中之学”或“湘中学术”应该是没有问题的。但是“湘中之学”并不一定就是“湘人之学”，湘学并不都是湖南人创造的。李肖聃《湘学略》的最后一篇为《流寓学略》，专门记载了非湘籍人士对湖南地区学术文化的发展所作出的贡献。他指出：“屈子楚人，非生于湘中，第被放至此耳。然流风所被，化及千年，此州之士，尽洗蛮风，登诸华琰。然后昌黎开南岳之云，子厚揽永州之胜，胡安国讲学于碧泉，朱、张宣道于岳麓。大贤所至，群彦景从，过化存神之妙，有非浅人所能共喻者。”这里反映的历史事实是，湖南在古代是荒蛮锢塞之域，直到唐朝还是安置贬官谪吏的地方，在历史上的多次人口迁徙与民族融合中，先后受到楚文化和中原文化的影响，才逐渐形成了有鲜明的个性特征、相对稳定并有历史传承性的地域文化形态。湘学的形成和发展与国内多民族文化的交流融合是分不开的，许多非湘籍人士都为它做出了不可磨灭的贡献。屈原的《天问》和柳宗元的《天对》，是中国哲学史上最重要的关于“天”的哲学追问和朴素唯物主义的回答，据传都是他们在被流放或被贬黜于湖南期间写作的，因此也是湘学史上的光彩篇章。湖湘学派的开创者胡安国父子是福建人，其光大者张栻是四川人，但这个学派确实是在湖南地区产生和传承，对后世湘学的发展产生了深远影响，因此不能抹杀他们在湘学发展史上的重要地位。

湘中之学并非皆是湘人之学，另一方面，湘人之学也不尽在湘中。走出湖南，走向全国甚至走向世界的湘籍人士，他们在学术和事功上所取得的成就，能够体现湘学精神、继承和弘扬湘学传统的，是不是也可以包括在“湘学”的范畴之内，作为湘学研究的对象呢？我认为是可以的。这表明湘学不是封闭的而是开放的，它是与整个中国文化、中国哲学结合在一起的，在一定意义上说它已经走向全国、走向世界。近代以来湖南人走出本省，在外省和全国范围内干事业的人多得很，他们中的不少人，接受的是湖湘传统教育，其人生观和社会价值观，其思维方式和行为方式，都受到湖湘学统的深刻影响；他们在学术和事功上的成就，可以说正是湘学精神的继承和发扬。譬如清朝嘉道年间曾任安徽巡抚、江苏巡抚和两江总督的湖南安化人陶澍，其理学经世思想就直接来源于湖湘学统，并将其运用于整肃吏治和改革河工、漕运、盐政的实践，成为近代前夜著名的地主阶级改革家。陶澍改革成功的范例，又支持和促进了魏源、贺长龄、贺熙龄、汤鹏、唐鉴、邓显鹤、李星沅等一大批湖湘经世派人士的崛起，并对近代经世大吏左宗棠、胡林翼、曾国藩等人产生了深刻影响。这些人的活动地域并不限于湖南，但其思想和行为都体现出了尊崇理学、经世致用、重视践履、关心国事等湘学的特点，因此不能否认他们也是近代湘学的重要代表人物。有些近代湘学人物如郭嵩焘、曾纪泽、唐才常、陈天华、杨毓麟、黄兴、蔡锷、宋教仁、杨昌济等人已经走向世界，能够用世界眼光来考虑中国的发展问题。这也说明湘学并不将自己局限于一种地域文化，而是具有与时俱进、面向中国、面向世界的开放性品格。

走出湖南的湘人之学，当然也不能统统列入“湘学”的范畴，即使是人文学术，也要看其是否能接续湖湘学统，弘扬湘学精神，有独立见解，能“开风气以自名家”。钱基博在《近百年湖南学风》一书的《余论》中，专门回答了王先谦与王闿运并称“二王”，前者亦一时显学，成书数千卷，著籍弟子且千人，为何独以王闿运为湘学，而不以王先谦为湘学的问题。他说：“昔王益吾（先谦）先生以博学通人督江苏学政，提倡古学，整饬士习，有贤声……然文章方、姚，经学惠、戴，头没头出于当日风气，不过导扬皖吴之学，而非湘之所以为学也……王闿运之人之学，老辈颇多绳弹，然有其独到以成其湘学。益吾先生，博涉多通，不啻过之，而无独到。”又说：“王闿运文章不为桐城，今文经亦非当行，然能开风气以自名家。益吾先生文章桐城，训诂休宁，无不内行入格，然不能名家。而在吾苏，则贤学政也，异日《江苏通志·名宦传》，必有一席。”这虽然只是钱基博的一家之言，李肖聃《湘学略》中就有《葵园学略》，仍给王先谦在湘学史上以一定地位，但钱氏所言乃治学术思想史之一般原则，亦应引起湘学研究者的重视，至少“二王”在湘学史上的贡献大小和不同地位是可以比较的。

从历史现象看，古代湘学并非尽为湘人之学，近代湘学倒是以有着强烈的国家民族意识的湖湘士人为主体；古代湘学一般来说即是湘中之学，近代湘学则不一定为湘地所限。这就决定了我们不能把湘学研究的对象简单地界定为“湘中之学”或“湘人之学”，而是要将二者适当地兼顾、结合，这样湘学研究的空间就大了，它完全可以成为一个有着丰富内容的学术思想史研究领域。

“湘学精神”与“湖南人精神”

关于湘学研究的意义，可以从不同角度、多方面来阐论，这里仅从其学术思想史意义和现实意义两个方面略作说明。

一、湘学研究的学术思想史意义。

中国传统学术包括儒、道、佛诸多学派而以儒学为主体。宋明理学是儒学的最高理论形态或完成形态，因为它完成了吸收佛、道的思辨哲学而给予儒家政治伦理的合理性以精致的哲学本体论论证的任务，也就是说，完成了儒学史上最重要的一次“综合创新”。

宋明理学中有不同的学术派别，流行的观点是将其划分为程朱理学和陆王心学两大派，还有一种比较流行的观点是在哲学上将其划分为“理本论”、“心本论”、“气本论”三派。这些观点都忽略了在宋明理学中还有对朱熹哲学产生过重要影响、后来又成为朱熹之论敌的，在黄宗羲看来“当时为最盛”的湖湘学派，忽略了在哲学上围绕着当时讨论的主要问题——理气、心性问题，除了程朱的“理本论”、陆王的“心本论”和张载的“气本论”之外，还有以胡宏为代表的“性本论”一派。正如黄宗羲在评论朱陆异同时所说的，宋明理学中的各派实际上是“同植纲常，同扶名教”，它们维护儒家的伦理纲常，企图为儒家伦理的合理性做哲学论证的学术宗旨是完全一致的。也正如朱熹在给张栻写的祭文中所说的，他们二人是“志同而心契”，“同归而一致”。各派学术观点之异不过是在论证儒家伦理的合理性时，所采取的途径、方法、视角不同而已，其实相互之间有着很大程度的互补性。

作为宋明理学中重要一派的湖湘学派，由于曾经受到朱熹一派的严厉批评，而程朱理学后来又被历代统治者推崇为“正宗”，故前者在理学中只有“旁枝”的地位而不受重视，胡宏的“性本论”在哲学史上也没有程朱的“理本论”和陆王的“心本论”那样显赫的地位，甚至被其遮蔽而湮没无闻。但是，历史选择了程朱理学的结果，儒家“内圣外王”的理想并没有得到真正的落实，而是出现了“内圣强而外王弱”的情况，湖湘学者批评的那种“多寻空言，不究实用”的学风发展到极端，甚至出现了“平居袖手谈心性，临危一死报君王”的可悲局面。“心性徒开道学门，空谈未救金元辱。”正统派理学的这种致命弱点，反而凸显了以倡导“体用合一”、心性之学与经世之学相结合、内圣与外王并重为特征的湖湘学的价值。人们不禁要问：到底是正统派理学，还是被贬为“旁枝”的这种“得其体必得其用”的实学，能更准确地体现“圣人之道”即传统儒学的真精神？现代新儒家学者牟宗三可谓慧眼独具，他在疏理宋明理学时，首先将这桩学术史上的公案翻过来，认为不是伊川朱子系，也不是象山阳明系，而是五峰蕺山系，才真正继承了孔孟道统和周敦颐、张载、程颢所开创的理学“圆教模型”之真传。朱熹将形而上与形而下、性与情、存有与活动分裂开来，违背了“圆教模型”，所以不能成为宋明理学的嫡系，而是“别子为宗”[①]。牟宗三的宋明理学三系说，大大提高了以胡宏为代表的湖湘学在宋明理学、孔孟儒学以及整个中国思想文化史中的地位，为改变“湖湘学统为朱子所压服，后世无传”的状况作出了重要贡献。

正确认识和评价湖湘学在宋明理学中的地位，对于湘学研究具有十分重要的意义，因为它是湖湘学统，亦即湘学之有“统”的真正源头。那些受程朱理学正统观念影响较深的学者，往往有意无意地忽视这一点，如钱基博在《近百年湖南学风》的《导言》中，“上推周敦颐、王夫之两贤以端其趣”，极力表彰二先生在湘学发展中的贡献，而只字未提及开创湖湘学统的胡氏父子，以及南宋湖湘学派对近代湖南学风的深刻影响。在湘学人物中，王船山作为中国古代朴素唯物主义哲学之集大成者的地位，以及他作为宋明理学之继承者和终结者的地位，

① 参见牟宗三:《心体与性体》上册，上海古籍出版社 1999 年版，第 35—52 页。

可以说在20世纪已经基本上得到确立；魏源、曾国藩、谭嗣同等人在中国近代思想史中的重要地位亦为学界所公认，相对说来，南宋湖湘学派在宋明理学和中国思想史中应有的地位，胡宏的“性本论”在中国哲学史中应有的地位，至今尚未得到客观、公正的评价，牟宗三的“宋明理学三系说”还远不是学术界的共识。我认为这是目前湘学研究中，也是中国哲学史、中国学术思想史研究中应该特别予以关注，重点加以探讨、解决的一个问题。

从周敦颐、胡宏、王船山、魏源、曾国藩到谭嗣同，有着近千年历史的湘学传承，不仅学术内涵极其丰富，而且通过岳麓书院和湖南地区其他书院的师弟传授，使其有了学统上的连续性，表现出在学术思想上和学风上有某些前后比较一致的共同特点，形成了一种学术精神传统，深刻地影响了该地区的民风民俗和政治、经济、文化的发展。这种情况在其他地域文化或学术传统中是很少有的。关学、洛学、闽学、江西之学在宋明理学中都是“显学”，但学统深厚如湘学者，传至近代仍能以其“学”名家，在中国近代思想史上仍然占有不容忽视的重要地位的，可能没有一个。在我国目前的地域文化研究中，徽学可谓一枝独秀，安徽大学徽学研究中心得到了教育部“普通高等学校人文社会科学重点研究基地”的殊荣。但徽学研究的对象和范围与湘学有很大的差异，它是以20世纪50年代以来发现的大量徽州文书为基础，并与典籍文献和地面地下文物遗存结合起来，研究徽州地区的历史文化，特别是明清时期徽州的经济、政治、社会和文化的一门综合性的学问。它涉及徽商、徽州佃仆制度、徽州宗族、徽州教育、新安理学、徽派朴学、徽派建筑、徽雕、徽州戏曲、新安画派、新安医学、徽州刻书等广泛的内容，在一定意义上说与“湖湘文化”研究的对象和范围约略相当而又各有特点。相对而言，专以湖南地区的学术思想发展为研究对象的湘学，比徽学研究的范围要狭窄得多，也线索清晰和内涵确定得多。作为一个学术思想史概念，湘学倒是与关学、洛学、闽学等比较接近而又有更长的传承历史。

湘学研究不仅在宋明理学史、中国儒学史、中国哲学史、中国近代思想史、中国地域文化研究中占有十分重要的地位，而且正如有的学者所指出的，它对于中西文化比较与交流、中国教育史等学科的研究也有着不容忽视的重要意义，我们在此不作详细论述。

二、湘学研究的现实意义。

湘学作为中国传统学术的重要组成部分，已经成为历史上的东西，但是湘学的精神传统却可以是活的，经过现代转换仍然可以为我们今天的革命、建设和改革事业服务。阐明湘学研究的现实意义，主要就是要解决湘学精神的现代继承、弘扬、改造和转换问题。

对于“湘学精神”的主要内涵，湖南地区的学者已经作过不少研究，发表了一些有理有据的、很有启发性的见解。有的学者将其概括为“推崇理学”、“强调经世致用”、“主张躬行实践”三大特点；有的学者认为湘学的根本特点就是把性理哲学与经世之学结合起来，坚持内圣修养与外王事功的统一；有的学者更加看重和突出湖湘学者以天下为己任的强烈的社会责任感，以及强烈的民族忧患意识和爱国主义精神；有的学者还注意到了湖湘学统中有不囿成见、广征博取、兼容并蓄、宽厚大气的开放性的学术品格，等等。我认为这些研究都是很有价值的，有助于我们对湘学精神的深入开掘和准确把握。

近代以来，由于湖南成为中国社会各种矛盾聚焦的地区之一，因此一直处于社会变革和政治风暴的中心，“近世湖南人才之盛，国中恐无出其右者”。陶澍、魏源等晚清理学经世派，曾国藩、左宗棠等发起洋务新政的湘军大臣，谭嗣同、唐才常等维新派人士，黄兴、陈天华等资产阶级革命派，几个重要人才群体的相继崛起，把近代湘学推进到了一个前所未有的高峰，“近代湖南学风”也成为学者们颇为关注的一个问题。有的学者在探讨这个问题时，一方面十分重视历史文化传承特别是湖湘学统的深刻影响，另一方面也注意从湖南特殊的地理环境去探讨“民性倔强”的原因，以至有人专门提出了“湖南人精神”这个概念。钱基博在《近百年湖南学风》中指出：

湖南之为省，北阻大江，南薄五岭，西接黔蜀，群苗所萃，盖四塞之国。其地水少而山多，重山叠岭，滩河峻激，而舟车不易为交通。顽石赭土，地质刚坚，而民性多流于倔强。以故风气锢塞，常不为中原人文所被。抑亦风气自创，能别于中原人物以独立。人杰地灵，大儒迭起，前不见古人，后不见来者，宏识孤怀，涵今茹古，罔不有独立自由之思想，有坚强不磨之志节。湛深古学而能自辟蹊径，不为古学所囿。义以淑群，行必厉己，以开一代之风气，盖地理使之然也。①

这里揭示了湖湘学风与其地理、“民性”之间的联系。他认为近代湖南先贤之所以能在学问和事功上取得巨大成就，新旧相劘，问学殊途，“要之有独立自由之思想，有坚强不磨之志节”。这也就是所谓“湖南人精神”的实质意涵之所在。

杨毓麟称这种精神为湖南人的“特别独立之根性”。他在《新湖南》中历举周敦颐、王船山、魏源、王闿运、郭嵩焘、谭嗣同等人“无所依傍，浩然独往”的自由创造精神和突出的学术成就，力图说明“我湖南有特别独立之根性”，“其岸异之处，颇能自振于他省之外”。

陈独秀在1920年发表过一篇题为《欢迎湖南人底精神》的文章，他满腔热情地写道：“湖南人底精神是什么？‘若道中华国果亡，除非湖南人尽死。’……湖南人这种奋斗精神，却不是杨度说大话，确实可以拿历史证明的。二百几十年前的王船山先生，是何等艰苦奋斗的学者！几十年前的曾国藩、罗泽南等一班人，是何等‘扎硬寨’、‘打

① 钱基博：《近百年湖南学风》，中国人民大学出版社2004年版，第1页。

死战’的书生！黄克强历尽艰难，带一旅湖南兵，在汉阳抵挡清军大队人马；蔡松坡带病亲领子弹不足的两千云南兵，和十万袁军打死战，他们是何等坚忍不拔的军人！”毛泽东在青年时代也主张要“充分发挥湖南人之精神，造一种湖南文明于湖南领域以内”。陈独秀所表彰的湖南人的奋斗精神，其中已包含着一种为后人“造桥”的精神。他说：“我们欢迎湖南人的精神，是欢迎他们的奋斗精神，欢迎他们奋斗造桥的精神，欢迎他们造的桥，比王船山、曾国藩、罗泽南、黄克强、蔡松坡所造的还要雄大精美得多。”这种为后人“造桥”，为了创造新文明而不畏艰难困苦、流血牺牲、前仆后继的奋斗精神，表现了湖南人的“坚强不磨之志节”，不仅在挽救民族危亡、推动近世革命中起了十分关键的作用，而且在今天更加繁难的改革和现代化建设事业中，仍然具有积极的现实意义，是我们应该继承和弘扬的一笔宝贵的精神财富。

“湘学精神”和“湖南人精神”是两个有着密切联系而又有不同内涵和外延的概念，有的研究者往往将二者不加区分，笼统地用来说明湘学的精神特质，因而显得有欠严谨。这是在今后的研究中应该加以改进的。我们在探讨湘学研究的现实意义时，不论是对湘学传统还是对“湖南人精神”，都要采取“一分为二”的分析态度，从今天的现实需要出发，区分开哪些是积极的有价值的精神资源，哪些是消极的无益甚至有害的精神负担，批判地继承，做到有“扬”有“弃”，即该扬的扬，该弃的弃，将其改造、转换成为现代新文明的有机组成部分。

在封建时代，主张经世务实的湘学，由于理学的包袱较重，往往容易流于保守。曾国藩、左宗棠等人因创办湘军、兴办洋务、抵御沙俄侵略等事功而成为“中兴名将”，但其理学家立场又使他们成为死心塌地维护腐朽的封建制度和垂死的清王朝的“忠臣”。湘学的经世取向使一部分湖湘士人具有通变精神而成为著名的维新派，而同样由湖湘学统培育出来的那些守旧派经学家却顽固地反对“新学”、“新政”。湘学的这种两重影响，使湖南在近代经常成为维新与反维新、革命与反革命激烈搏斗的战场。传统湘学以政治伦理为中心的价值取向十分明显，由湖湘学统所培育出来的人才，多为政治家、军事家、哲学家，而少有杰出的自然科学家、工程技术专家和实业家，这与今天以经济建设为中心的人才需求格局是不适应的。

深入开展湘学研究，可以揭示湖南地区深厚的文化底蕴，为社会主义现代化建设提供丰富的传统精神资源。湘学虽然主要产生、传承、发展于湖南，但它不仅只是一时一地之学，正如先前有的研究者所指出的："其人为天下士，为事亦天下事。"周敦颐、胡宏、王船山、魏源、曾国藩、谭嗣同其人其事其学，是中国思想史不可或缺的重要组成部分，决不能仅以一种地域文化视之。因此，我们开展湘学研究，亦应采取这样的态度："张皇湖南，而不为湖南，为天下；诵说先贤，而不为先贤，为今人。"[①]"景行前徽"是为了"匡饬时贤"。我们还应有这样的认识：湘学虽然是中国传统学术的一部分，但经过方向正确的批判继承和现代转换，它也可以为新时期中国先进文化的建设做出重要的贡献。毛泽东对湖湘学统的吸取、继承、改造和转换就给我们提供了一个最好的范例。现代湘学研究者除了要在实践中沿着毛泽东所开辟的批判继承、综合创新的道路继续前进之外，还应该加强对湘学的历史和学理的研究，为这门学科的建设和发展做出不愧于时代的新贡献。

（《湘学史》，"湖湘文库"乙编之第40、41册，方克立、陈代湘主编，湖南人民出版社2007年12月出版。这篇序文的主要内容曾以《湘学研究的对象、范围和意义》为题发表于《湘学》第二辑，湖南人民出版社2002年10月出版）

① 钱基博：《近百年湖南学风》，中国人民大学出版社2004年版，第112页。

《老子〈道德经〉新编》序

几年前就知道董京泉同志正在做老子《道德经》新编的工作，最近才看到其结项研究成果。京泉同志要求我以“评审专家”的身份来审读这部书稿，我读后觉得收获很大，并且颇为作者对中华民族文化的挚爱、站在时代高度的学术创新精神和严谨求实的治学态度所打动，愿意在这里谈一点自己读后的感受，以求教于作者与学界同仁。

一、这项工作的意义首先是对《道德经》的章节次序进行了重新编排，或者说对其文本结构进行了一次“重构”，力图使新编本更全面准确地反映这一旷世经典的思想内涵和内在逻辑联系，为后人提供一种更容易理解老子哲学思想及其时代意义的新文本。

“重构”之所以必要和可能，首先在于通行本《老子》（王弼本）并非最早的古本，它是经后人加工整理甚至改造过的，分上、下两篇八十一章的篇章结构就是汉代人确定下来的。马王堆帛书本《老子》（甲、乙两种）是“德经”在前，“道经”在后，而且不分章节，其文本结构与通行本明显不同。马王堆帛书本是1973年出土的汉代文物，它还不一定是《老子》最早的古本。也就是说，通行本的篇章结构已经对古本作了变革和改造，它是否完全合理，是否能准确反映老子哲学的本来面目，已经是一个难以考证清楚的问题。通行本问世一千七百多年来，后人解老、注老的著作汗牛充栋，其中不乏见解深刻、考证精严之力作，对于正确解读老子哲学思想是有助益的；加之新出土的帛书本和竹简本等又提供了许多可资参证的材料，这就为综合前人的研究成果，在深刻理解老子思想体系和内在逻辑的基础上重构《老子》的文本结构，使其更加接近本真面貌、也使后人更容易理解提供了可能。本来一部中国古代思想史就是通过不断地注经解经、不断地诠释解读而向前发展的历史，文本结构是意义解读的前提，文本重构自然也是一种重要的重新解读的方法。但是，可能是由于受到旧的历史观和治学方法的限制，对于《老子》传世文本，过去似乎还没有人这样想过和做过。本书作者站在时代的高度，以中国历史文化和人类思想发展史的宏阔视野为背景，在反复研读、思考和扎实的文献考证的基础上，首次对《老子》通行本的篇章结构进行了大胆“重构”的尝试，经过多年努力，终于拿出了一个四篇八十八章的《道德经》新编文本（将通行本中内容不相属的七章“一分为二”，因此比通行本多了七章），这件事情的方法论意义不仅在中国老学史上，而且在整个中国古代哲学史、思想史、经典诠释史上都是不可忽视的。

董著《道德经》新编本共分四篇：一是“道论篇”，主要阐述道的实有性及其不可穷竭的作用，道的性状、基本特点和运行规律，道的本体义和宇宙生成义，如何认识和把握道等问题；二是“德论篇”，主要论述德的本质、特性及其与道的关系，修德的原则，修德有成者的标志和样态；三是“修身篇”，主要论述尊道贵德对于修身处世的意义，依道修身的基本守则和内容，依道修身有成者即“得道者”的样态；四是“治国篇”，主要论述尊道贵德对于治国用兵的意义，治国的基本原则，治国的策略，治国者应有的素质，治国的理想目标，战争观和军事思想等内容。这样的篇章结构，比通行本更清晰地呈现出了老子哲学作为“尊道贵德、内圣外王”之学的本来面貌，不仅突出了“道论”的形上哲学地位，而且将其落实到了指导“侯王”依道修身治国的人生哲学和政治哲学上，甚至“《老子》是一部兵书”、“《老子》是一部养生宝典”之类的论断都能在其中找到适当的位置。从这个意义上说，新编本又是一部对于前人的老学研究成果的总结和集成性的著作。

二、董著认真比较研究了八十余种古今最有代表性的、影响较大的《老子》版本、注释本和研究性著作，在文字比勘、考释和意义解读方面下了很大的功夫，并且密切联系历史经验和社会现实问题，对老子哲学思想作了许多富有新意的创造性诠释，颇能自成一家之言，给人以厚重的历史感，也有现实的启迪意义。

“道”是老子哲学的最高范畴，也是老子整个思想体系的基础、核心和逻辑起点。如何准确地把握与界定“道”是历来老学研究者面临的首要课题，也是人们认识分歧较大的一个问题。董著在相关章节的辨析中，特别是在附录《老子“道”的定义及实质之我见》一文中集中讨论了这个问题。作者给出的定义是：“道”是既超越又内在于天地万物及社会人生的形而上的存在本体和价值本体，它的实质是矛盾法则或对立统一规律，对立面的协调和谐或转化是其落脚点，自然无为是道的根本特性，在价值观上道是超凡脱俗的精神境界。这个定义包含了三层意思：（1）它否定了“道”是物质性实体的观点，同时又肯定它作为形上实体，体现了形上性与实有性的统一，超越性与内在性的统一。（2）老子对天地万物形上本体的追溯与他对社会人生的价值思考是结合在一起的，所以这个“道”又是形上本体与价值本体的统一。（3）作为形上本体和价值本体的“道”，之所以能够成为天地万物及社会人生得以生成和发展变化的根据，起决定作用的是内在于其中的矛盾法则或对立统一规律。这就是说，道体及其内在本性矛盾法则也是统一的。这个定义虽然仍属一家之言，但它力图克服半个多世纪以来在老子研究中过于强调唯物唯心之争所带来的某些认识偏颇，更加客观、理性、全面地揭示老子“道”论的实质内容；它虽然是用现代哲学语言表述出来的，却能更真实地反映老子哲学所达到的理论思维水平及其不可避免的局限性。

董著新编本在原文、注释、译文、述评之外特设“辨析”一栏，对各章的思想主旨和各个难点，特别是古今注家认识分歧较大的一些文字校诂和意义解读问题，一一详加分析考辨，对前人的研究成果择善而从，不赞成的也讲出自己的道理来，这是作者用力最大也是全书中最精彩、最富有创造性价值的部分。作者对“道”、“德”、“自然”、“无为”等概念、范畴思想内涵的分析，大到老子哲学主要是为理想的侯王即“得道明君”提供治国理政的政治智慧的论断，小到为什么将第八章（通行本第三十七章）“侯王若能守之，万物将自化”句中的“万物”理解为“万民”，为什么将第六十五章（通行本第五十九章）“治人、事天、莫若啬”句中的“啬”字解读为稼穑之“穑”，因而是重农而不是吝啬的意思，都在“辨析”中有详细的考释和论述。为了论证自己的观点，作者旁征博引，古今贯通，甚至引据今天现实生活中的实例来说明老子哲学命题所具有的普遍意义，比如第十四章（通行本第四十二章上段）就引证毛泽东的《论十大关系》和江泽民在《社会主义现代化建设中的若干重大关系问题》中讲的十二个关系，来说明“万物负阴而抱阳，冲气以为和”的辩证原理的普遍性。

为了全面准确地把握老子思想体系和章句文义，作者在反复研读和比较各种《老子》文本之同时，对同时期的先秦文献典籍和训诂校勘之学都下过很大的功夫，故能做到引申触类，六通四辟，把自己的观点建立在严格校诂的基础之上。但他认为首先应坚持“以老解老”的原则，相信从《老子》书中能找到解决主要难点的答案，对全书作出上下贯通、前后圆融的解释。我想这可能正是作者自信通过文本重构和章句、思想辨析能够再现一个更加接近真实的老子的理据之所在。

三、《老子》本来是一部哲理诗。“道之为物，惟恍惟惚。惚兮恍兮，其中有象；恍兮惚兮，其中有物；窈兮冥兮，其中有精；其精甚真，其中有信”。“五色令人目盲，五音令人耳聋，五味令人口爽。驰骋田猎，令人心发狂；难得之货，令人行妨。”这些文句读起来都琅琅上口，能给人以反复吟咏、深思和回味的无穷意境。为了便于今人特别是青少年学习和理解《老子》的思想内涵，近代以来开始出现了各种各样的今译本。但是除了诗人公木（张松如）先生《老子校读》中的译文基本押韵之外，多数今译本都是将《老子》章句译成了散文，因而未能再现出其哲理诗的本来风貌。董著新编本注意到了这个问题，作者除了在文本重构和思想辨析方面下了大功夫之外，还在译文的准确、简练、精美和符合现代汉语韵律方面反复用心，推敲琢磨，力图尽可能地保持《老子》作为一部哲理诗的风格，使它在后世流传中不减其诱人的魅力。我们知道，用典雅、规范的现代语言译出准确、优美的哲理诗来是很不容易的，作者有这种自觉意识并且努力这样做了就很值得称道。

拜读董京泉同志的大作对我来说也是一个重新学习老子哲学思想的过程，实际上对我的帮助也很大。在 25 年前出版的《中国哲学史上的知行观》一书中，我是把老子“不行而知”的知行观当作在知识来源问题上排斥实践和感觉经验的唯心主义先验论来批评的。读了董京泉同志对《老子》第十九章（通行本第四十七章）的“辨析”后，我觉得他把“不出户，知天下”的认识主体限定在“圣人”即得道明君身上也是有一定道理的。他指出，既然是真正得道并能依道治国的最理想、最圣明的君王，“这样的君王当然有条件掌握全国最权威、最全面的信息资源，也最有能力提炼加工这些信息，从而把握它的本质，况且在他身边还有三公六卿等高级官员和专管出谋划策的‘谋主’可资利用，所以不一定非得以自己的耳目之知为知，以自己的区区之察为明不可。”这并不是一般地否定认识来源于实践，而是说要洞察“天下”事物的本质仅靠直接经验是不够的。《老子》书中的认识论思想，很重要一个方面的内容是讲如何得到对于作为形上本体和价值本体之“道”的认识，即如何“体”道、“悟”道，在它看来只能靠“玄览”即直觉、内省的认识方法。这并不是一般人所具有的认识能力，具有这种认识能力的认识主体也只能是理想的圣王。毋庸讳言，关于一般的人应通过什么途径来获得正确的认识，社会实践和感觉经验在认识过程中起什么作用，理性认识与感性认识是什么关系，得道明君的“玄览”即直觉方法需不需要有以往的知识经验作为基础，或者说对感性认识和理性认识有无依赖关系，这些问题在《老子》书中都找不到明确的答案，或许根本就不在作者考虑的范围之内。我认为如实地指出老子哲学思想的局限性也是很有必要的，京泉同志也提到他“对感觉经验重视不够，有唯理论的倾向”，但我的感觉是，作者总体上还是同情地理解多而对老子思想中所包含的内在矛盾揭示不够，或者说批判地超越的眼光还有些不足。

以上是我初读董著《老子道德经新编》后的几点直接感受，还来不及细读，思考也不深入，写出来仅供作者和读者参考。我认为这部著作在中国老学史上有重要的解释学意义和方法论创新意义。一千年后人们还要重读《老子》，后人将不会忽略21世纪初年有这么一个新编本对于他们进入老子的思想世界曾经起过引路的作用；也许以后有人受其启发还会按照不同的思路来重编《老子》章句，那么它就是通行本问世一千七百多年以来的第一个重编本了，其文献价值同样不可忽视。重构《老子》文本是一件十分严肃也十分艰难的工作，做这件事情的目的是要使中华民族的这一哲学瑰宝放射出更加耀眼的光芒，烛照和开启人们智慧的心灵。董著新编本在多大程度上实现了这一目标，那就只有经过历史的检验后由后人去评说了。

2007年6月10日

（《老子〈道德经〉新编》，董京泉著，中国社会科学出版社2008年10月出版。序文曾以《老子研究的一部创新之作》为题发表于《文史哲》2008年第5期）

《中医哲学史》序

中国哲学史学会中医哲学专业委员会自 2007 年 1 月正式成立，至今已近两年。一方面，它在新一轮中医存废之争中，为保卫中医、从学理上论证中医存在的“合法性”与合理性举起了一面鲜明的旗帜，有力地推动了中医哲学和中医文化的研究，推动了中医产业的国情调研和振兴中医的对策研究，引起国家决策层的重视，在学术界和社会上产生了广泛的影响；另一方面，积极推动这项工作的同志在大好形势下又深感力不从心，需要做的事情太多而骨干力量太少，主要是缺少一支既懂中医又懂中国哲学的专业队伍，中医哲学学科建设落后的情况影响了人们对中华医道的内容、特色、优势和发展方向的认识，因而也影响了振兴中医药事业的积极开展和全面推进。

中医哲学专业人员的奇缺，在很大程度上是由于我们的学科体制没有一条培养这方面人才的顺畅渠道造成的，当然，最根本的原因还在于近现代中医被边缘化，有关方面对开展中医哲学研究和培养这方面人才的意义认识不足，因而也没有采取积极有力的措施。中医哲学是中国哲学的一个分支学科，但在过去是一个非常薄弱的学科，研究对象、范围、方法等都不甚明确，从事相关研究的专家学者屈指可数。中国哲学研究者需要有哲学、宗教、历史和中国文化方面的知识背景，但如果对中医没有由“术”到“道”的了解乃至“道”进于“技”的体验，他就很难成为一个中医哲学研究的专家。另一方面，学中医出身的人，即使对中医古籍和中医学史亦有相当根柢，但如果对儒、道、释哲学（中）、西方科学哲学（西）和马克思主义哲学（马）没有深入研究和相契的理解，也很难把握中华医道之根本精神和未来发展方向。

正在大家感慨这方面人才难得之时，一位青年学者不期然地来到了我们中间，他就是去年到中国社会科学院哲学所做二期博士后研究的程雅君同志。他的两位合作导师分别是中医哲学专业委员会会长罗希文研究员和中国老子道学文化研究会会长胡孚琛研究员。

有段时间雅君住在研究生院，经常到我的办公室来谈谈，谈他的求学经历，谈对中医哲学的理解，特别是谈写作四卷本《中医哲学史》的计划和基本思路。他认为奠基于先秦两汉时期而成熟于金元时期的传统中医哲学是以儒为魂，以道为体，以释为用，从而形成了“三教合一”的中医哲学理论体系；未来中医哲学的发展方向应该是以马克思主义哲学为魂，以传统中医哲学为体，而以西方近现代医学与科学哲学的方法为用，走中、西、马“三流合一”、综合创新的道路。他说这个思路受到了我提出的“魂”、“体”、“用”三元模式的启发，从“三教合一”到“三流合一”就是综合创新的文化发展规律在中医哲学史上的具体体现。这是我没有想到的，也促使我更加关注传统中医哲学中的儒、释、道三教关系问题，并进一步思考如何以唯物辩证法为指导，更好地贯彻落实“中西医结合”的基本国策，使中医走上综合创新的康庄大道。雅君过人的聪慧在于一下子就能把握住中医哲学的要领和主要脉络，当然这种领悟也是建立在他长期的资料积累和学术探索工作基础上的。

他后来回到四川，住进一所佛教寺庙，决心以“三年不窥园”的精神专心致志地写《中医哲学史》。他计划写四卷：第一卷先秦两汉时期，是中医和中医哲学的奠基时期，除了《黄帝内经》这部重要的奠基之作外，中药学经典《神农本草经》和开创中医辩证论治之先河的《伤寒杂病论》也成书于两汉时期；第二卷魏晋至金元时期，是中医和中医哲学进入多元互动、“百家争鸣”的时期，金元四大医家的思想已经明显地表现出了“三教合一”的趋向；第三卷明清时期，是中医和传统中医哲学“定型”的时期，如清朝政府组织编写的《医宗金鉴》，就已具有统一的中医学教科书的性质；第四卷近现代时期，西医、西方哲学和西方文化的传入对中医形成强烈的冲击，中医不仅有从“道医”畸化为“术医”之虞，而且多次出现“存废之争”，中医和中医哲学要摆脱这种尴尬处境，就必须挺立民族文化的主体性，走综合创新的道路。作者的雄心是要写出中国（也是世界上的）第一部原创性的中医哲学史，力图为该学科的建设发展奠定较为坚实的学理和史料基础。全书计划写200万字，从已完成的第一卷已逾60万字来看，其整体规模大概不会少于这个字数。

人们可能会问：一个初出茅庐的青年学者，动辄要写200万字的巨著，他是何方神仙？我是从两个方面来看这个问题的：一是时代呼唤中医哲学的重建，加速该学科建设（包括中医哲学史）的工作总要有人来做；二是要看作者有没有足够的学术准备和研究基础。

中医本来是民族文化的瑰宝，国学的重要组成部分，然而它在近现代却遭到了如此不堪的命运，以至到今天，中医一方面为解除人民群众的病痛作出了巨大贡献，一方面还要受到“中医不科学”、“取消中医”之类噪音的干扰和羞辱。这种极不正常的状况，必然会“激”起有识之士的不平之鸣，“逼”出反映历史本来面目的求真之作来。我以为这就是《中医哲学史》产生的社会历史背景。再从作者本人来看，雅君出身于有中医背景的家庭，从小耳濡目染，对中医药及其疗效已有所粗知；以后又接受了十一年中医科班教育，在成都中医药大学先后获得医学硕士、博士学位；他在来中国社会科学院哲学所做二站博士后之前，已在四川大学道教与宗教文化研究所做过一站博士后研究，师从该所所长李刚教授研究道家医学和哲学。医学与哲学两个方面的专业基础和研究视野结合在一起，使他确定了中医哲学这个研究方向。今年36岁的程雅君已出版《金元四大医家与道家道教》（2006）和《医道还元注疏》（2008）两部专著，在《哲学研究》《世界宗教研究》等学术刊物发表论文四十余篇，从内容看，多数都在中医哲学和中医哲学史的范围内。雅君对中医的近现代境遇有着深沉的忧患意识，有振兴中医的强烈事业心和责任感，他是把中医哲学当作自己的“生命的学问”、付出全部心血来进行研究的，所以我相信有志者事竟成并且乐观其成。

我大略地翻阅过他的第一卷书稿，联系平日交谈和在电子邮件中讨论的一些问题，觉得以下几点对中医哲学学科发展是具有建设性意义的，至少作为一家之言亦应引起重视：

一、关于中医和中医哲学概念。

作者认为作为一种学问的中医就是“中华医道”。《黄帝内经素问》记载了一段黄帝与雷公关于“医道”的对话：“黄帝坐明堂，召雷公而问之曰：‘子知医之道乎？’雷公对曰：‘诵而颇能解，解而未能别，别而未能明，明而未能彰，足以治群僚，不足至侯王。愿得受树天之度，四时阴阳合之，别星辰与日月光，以彰经术，后世益明。上通神农，著至教疑于二皇。’帝曰：‘善。无失之。此皆阴阳、表里、上下、雌雄相输应也。而道，上知天文，下知地理，中知人事，可以长久以教众庶，亦不疑殆。医道论篇，可传后世，可以为宝。’”[①] 这段问答至少说明了两个问题：其一，“医之道”需“上知天文，下知地理，中知人事”，也就是说，中医之道必须结合天文、地理、人事等诸方面因素，对人的生理、病理现象作整体系统分析。其二，掌握医道必须经过“诵”、“解”、“别”、“明”、“彰”五个循序渐进的认识步骤，才有可能学到神农之教。这种“可传后世，可以为宝”的医道，就是现代所谓的中医学。

怎样认识中医这门学问之博大精深，做一个精通医道的“大医”需要有怎样的“习业”即学术素养呢？唐代著名医药学家孙思邈有一

①《黄帝内经素问》卷二十三“著至教论篇七十五”。

段名言："凡欲为大医，必须谙素问、甲乙、黄帝针经、明堂流注、十二经脉、三部九候、五脏六腑、表里孔穴、本草药对，张仲景、王叔和、阮河南、范东阳、张苗、靳邵等诸部经方。又须妙解阴阳禄命、诸家相法，及灼龟五兆、周易六壬，并须精熟，如此乃得为大医。若不尔者，如无目夜游，动至颠殒。次须熟读此方，寻思妙理，留意钻研，始可与言医道者矣。又须涉猎群书，何者？若不读五经，不知有仁义之道；不读三史，不知有古今之事；不读诸子，睹事则不能默而识之；不读内经，则不知有慈悲喜舍之德；不读老庄，不能任真体运，则吉凶拘忌，触涂而生。至于五行休王，七耀天文，并须探赜。若能具而学之，则于医道无所滞碍，尽善尽美者矣。"[①]这里谈到了"大医"即医道之大成者必须具备的五个方面的学识素养：一是要熟悉《素问》、《甲乙》、《黄帝针经》、神农本草等中医药经典，以及张仲景、王叔和等历代名医的诸部经方；二是要熟读"此方"即孙思邈著的《备急千金要方》；三是要灵活理解和运用阴阳家、易家的诸家相法和筮法；四是要广泛涉猎五经、三史、诸子、老庄、佛经等各种传世文化典籍；五是要具有天文、地理、历算等方面的基本知识。由此可见，中医不仅是中国传统文化的重要组成部分，而且是以国学的多学科知识为其产生和发展背景的，体现了科学性与人文性的结合。当然，在古代科学尚不发达的情况下，它也难免掺杂某些用想象的联系代替真实的联系，乃至虚妄、迷信的成分。

内容如此丰富复杂的中医学，大体上可以分为形而上之"道"和形而下之"术"两个层面。中华医道的特点是以道御术，以术载道，道术并重，这就是传统所谓的"道医"或"哲医"，而不同于近现代失落了传统中医精神、重术轻道的"术医"。传统中医学是包含着深刻的哲学内容的，"哲理"和"医理"互相贯通，互相发明，彼此形成良性

①《备急千金要方》卷一"论大医习业第一"。

互动。二者均属于形而上之“道”的范畴，不过前者的抽象层次更高，后者与医疗实践活动有着较为直接的联系。如何从“医理”以究“哲理”，又从“哲理”以竟“医理”，是中医哲学研究的核心内容。概言之，中医哲学就是研究中医学中的形而上之“道”的一门学问。我认为作者对中医哲学的研究对象和学科性质的这一定位是确当的，研究者也可得门径而入。

二、中医哲学的研究内容。

根据对中医哲学研究对象的把握，作者认为这门学科的研究内容主要包括以下四个方面:（一）中华医道中的生命观、本体观、认识论、方法论、医学伦理思想等哲学性内容。中国哲学对“人”的认识，除了人群（社会）、人生（性情、人生理想、道德修养、成人之道）、人心（精神、思维、认识、心理）之外，还十分注重研究人体（人的生理和生命现象）。从整体看，中国哲学可以说是一种“生命哲学”，这是与人们在医疗养生实践中对生命现象的长期观察、体认分不开的，是中国古代“究天人之际”、“探阴阳之赜”的自然哲学的一个重要组成部分。（二）中华医道与儒、道、释等各派中国哲学的关系。在中国传统学术中，“哲理”和“医理”的互动突出表现在儒、道、释三教哲学都对中医学的发展产生了重要影响，中医在不同时期融摄不同的哲理入医，从而具备了不同的哲学特征，形成为不同的医学流派。因此，作者把清理儒、道、释哲学对各派中医学说的影响看作是中医哲学研究的一项基础性工作，同时也在一些章节里论述了中医理论和实践对哲学转型的推动作用。（三）中医哲学与西医哲学之比较。人们一般都注意到了中医注重整体的思维方式与西医还元分析方法的不同，但若把中医整体观仅仅理解为空间整体，那么还是难免落入西学之窠臼。作者指出，中医整体观应包括“时间整体”、“空间整体”和“时空整体”三个维度，我们的先哲十分重视“天时”，并形成了以时间统摄空间的“动静合一”的时空整体观，只有这种整体观才能充分体现中医的特色和优势。（四）中医哲学对未来科学技术发展的影响。钱学森先生曾经指出："中医这个东西不是现代科学意义上的所谓科学，它是一个哲学，或者说是在早年现代科学还没有形成的时候，所谓的自然哲学"。他断言："中医的理论和实践，我们真正理解了、总结了以后，要改造现在的科学技术，要引起科学革命。"①关注现代科技的这一发展趋势自然也是中医哲学研究的题中应有之义。

三、中医哲学的研究方法。

中医哲学是一门交叉科学，从业人员既要懂中医，又要懂哲学，需要有自然科学和人文社会科学两个方面的基本功。作者认为，近现代中医危机的一个突出表现就是"重其术而略其道"，把中医看作是一种纯粹的实用科学技术，而忽视其哲理基础和人文精神，不了解其孕育、成长和发展的中国文化背景。针对这种情况，作者强调在今天，应更加注重用人文社会科学的方法来研究中医和中医哲学。在他看来，文史哲的研究取向皆不可少：文献是基础，史学是宽度，哲学是深度。比如，中医典籍在中国古代文献中占有很大比例，但一直缺少系统规范的整理，在我国有"佛藏"（《中华大藏经》）、"道藏"（《中华道藏》），近年来又在编"儒藏"，然而编纂《中华医藏》的工作却迟迟没有提上日程。显然，整理编纂"医藏"的工作需要中医学专家与古典文献专业人士的通力合作。中医哲学是中国哲学的一个分支学科，中医哲学史更需要有中国社会史、文化史、思想史、哲学史、科学技术史的宽阔背景，所以我认为作者突出强调该学科研究方法的人文取向是很有现实意义的。其次，作者还将逻辑与历史统一的方法运用到《中医哲学史》的写作中去。该书原计划写三卷：（1）"道医卷"（相当于先秦两汉时期）；（2）"儒医卷"（相当于魏晋至金元和明清时期）；（3）"术医卷"（相当于近现代时期）。他在形成了从"三教合一"到

① 钱学森：《用马列主义哲学阐述中医理论》，《论人体科学与现代科技》，上海交通大学出版社1998年版，第165页。

“三流合一”的思路后，改为现在的四卷，将“分类治史”与“分期治史”较好地结合起来。此外，中医哲学研究还要运用中西哲学比较的方法、科技哲学的方法和其他交叉科学的方法，比如要扩大其国际影响就要借鉴文化传播学的方法等。研究对象的历史含量、哲理深度和交叉科学的特点决定了研究方法的多样性。

四、中医哲学的“返本”与“开新”。

从“三教合一”到“三流合一”是本书最重要的结论，是作者考察了全部中医哲学史后得出的规律性认识，为中医哲学学科今后的发展指出了方向。在西学和西医传入前，传统中医学虽然也有自己的发展轨迹，其哲理基础有从以道家、道教、道学为主到以儒为魂、以道为体、以释为用的“三教合一”的演变，但始终没有丢掉以道御术、以术载道的“道医”或“哲医”精神。这种精神就是中华医道之“本”。在西学和西医的冲击下，近现代陷入“西体中用”困境的中医一方面丢掉了传统的哲理基础，另一方面又难以与西医之“道”接轨，因而在“术”的层面也日渐萎缩，并一再受到“废除”之声的威吓和打压。中医要摆脱这种困境，就不但要有民族文化的自觉，而且还需找到一条“返本开新”的现实道路。在本书作者看来，这条道路就是从“三教合一”到“三流合一”。“返本”并不是要回到历史上的某一家或某一派中医学说，而是要回归以道御术、以术载道、道术并重的中华医道精神，是从“术医”向“道医”的回归，是中医哲学的重建。“开新”则更需具有中华民族伟大复兴时代的时代精神和世界眼光，开拓中医哲学面向现代化、面向世界、面向未来的新境界。

关于当代中国文化发展道路问题，我曾经讲过“马学为魂，中学为体，西学为用，三流合一，综合创新”[①]几句话，很高兴能得到雅君的认同，并把它运用到中医哲学史的研究中去。就中医哲学学科的建

① 方克立:《关于文化的体用问题》,《社会科学战线》2006年第4期。

设和发展来说，“马学为魂”就是以马克思主义哲学的科学世界观和方法论为指导，特别是要把握唯物辩证法的精髓，坚持当代先进文化的前进方向；“中学为体”是以传统中医哲学为根基，以有着数千年历史积淀的中华医道为中华民族医药卫生事业传承、创新、接受外来文化滋养因而得以生生不息、日新发展的主体，坚持民族文化主体性的原则；“西学为用”是以西方以及世界各民族生命科学和医疗实践的丰富资源为“他山之石”，为有选择地学习借鉴的对象，不但不排斥而且积极吸收人类文明一切合理成果为我所用。马魂、中体、西用“三流合一”是比儒、道、释“三教合一”层次更高、范围更广、意义更为深远的一次综合创新，是中医哲学发展的一个新阶段，当然也是需要付出巨大努力才能达到的目标。

雅君的大著即将出版，我所看重的是它对中医哲学学科建设的推动意义。新一轮中医存废之争后，近两年的舆论环境总的来说是有利于中医复兴和中医药事业新发展的，包括前国务院副总理吴仪和现任卫生部长陈竺在内的许多有识之士都明确表态支持“中西医并重、结合”的基本国策，主张突破中西医学之间的壁垒，在唯物辩证法的指导下，建立融中西医学思想于一体的21世纪新医学。学术界也多次召开关于中医哲学和中医文化的研讨会，一些重大科研课题和国情调研项目正在规划和实施过程中，要出成果显然尚需时日。在人们期待的目光中，《中医哲学史》的出版可谓正当其时，它提供的大量资料和关于中医哲学的研究思路，将对中医哲学的重建和这个学科今后的发展产生重要影响，为后来者提供一个可资比较、借鉴的参照物亦功莫大焉。

本书中的一些具体学术问题，作者也多有独到见解。比如，关于《黄帝内经》的成书年代，作者既不同意“远古说”和“战国说”，也不同意“西汉说”，因为我们现在看到的《黄帝内经》主要是经过齐梁间医家全元起注、唐王冰次注、宋林亿、高保衡等校正的本子，王冰补入七篇大论对中医学的贡献很大，林亿等校正本“正谬误者六千余字，增注义者二千余条”亦功不可没，所以作者认为《黄帝内经》是“成篇于先秦，成编于两汉，大成于唐宋”的中医学奠基之作。当然，此类学术问题还可以进一步研究和讨论，但我们相信，符合历史实际的认识总会逐渐成为共识。本书中的一些观点和材料，后人如果提出这样或那样的不同看法，那也是很正常的，并能体现出本书推动学术进步的作用与价值。

在今天，中医哲学已经意识到了自己的历史使命，正处于“返本开新”的关键时期，我相信学术界会非常欢迎这部《中医哲学史》的出版，也希望作者再接再厉，按计划把后面几卷及时地顺利地推出来。

2008年12月24日

（《中医哲学史》第一卷，程雅君著，四川出版集团巴蜀书社2009年3月出版。该书第二卷已于2010年12月出版，第三卷已于2015年9月出版，每一卷前面都刊有这篇序文）

《河汾道统：河东学派考论》序

亡友刘文英教授临走前交给我一个任务，让我把他指导的最后一个博士生带完。这个博士生就是常裕同志。

为了全力照顾病中的刘老师，常裕在一年多时间里放下自己的学业，为挽救老师的生命做了最大的努力。这种师生情谊十分难得，其行为令人感动。我满口答应了文英的嘱托，让他放心而去。

在最后一年完成博士论文的过程中，常裕也表现出良好的学术素养和强烈的事业心，愿意为传承和弘扬民族文化做一些基础性的工作，也有不为前人的先见所囿、敢于实事求是的学术创新精神。他做的题目是《河汾道统：河东学派考论》，重点研究在儒学重心南移后人们关注较少的北方理学的发展，以明初河东学派为中心，并追溯“河汾道统”之传承及其在中国学术史上应有的地位。这个课题不仅对地域文化研究有重要意义，而且关系到对中国思想史、哲学史和儒学史中若干关键环节的认识和评价，我认为是很值得做的。

众所周知，黄河流域是华夏民族的发祥地，也是中华文明的摇篮。在历史上，黄河以东山西境内（特别是晋南）又是人口相对集中的地区，先民们在这里生长繁衍，创造了辉煌的华夏民族文化。考古学家苏秉琦先生说：“晋南地方是当时的帝王都所。帝王都所曰‘中’，故曰‘中国’，而‘中国’一词的出现正在此时。帝王都所意味着古河东地区曾经是华夏民族的先祖创建和发展华夏文明的活动中心。”考古发现古代的“夏墟”就在山西的夏县和平陆，传说禹都于夏县西北。此后，历代多把这里当做地方治所，是地区经济、政治、文化发展的中心。历史上这个地区也鸿儒辈出，学术传统深厚，并有多种宗教和学术文化交流融会、兼容并包的优良传统。儒、释、道三家的互融互通不仅表现在有关文献记载中，而且在山西的历史遗迹中也被完整地保存下来。比如在悬空寺中就有“三神殿”，里面同时供奉着孔子、老子和释迦牟尼三位圣祖，表现出了中国传统文化的博大情怀和开放性品格。

河东之学在中国哲学史、儒学史上的重要地位，主要体现在河东学派哲学思想的形成和传承发展上。从历史渊源来说，提出“三教可一”的隋朝大儒王通和主张“统合儒释”的唐代哲学家、文学家柳宗元都对其产生过重要影响。明代河东学派是理学发展的必然产物，其中心人物是学宗朱子而又促成了明初理学转向的薛瑄。河东后学即薛氏之再传和三传弟子在思想上分化之轨迹，也顺应了明代理学发展的必然趋势。

常裕将河东学派研究的主题确定为薛瑄哲学思想评价和明初理学的转向，并附论“河汾道统”问题，应该说是抓住了关节点的。这两个问题在学术史上都有争议，作者通过翔实的资料考释和深入的思想分析，力图对其作出符合历史实际的回答，若能达此目的，此项研究的意义也就充分显示出来了。

薛瑄是明代北方理学最重要的代表人物之一。《四库全书总目》说：“大抵朱、陆分门以后，至明而朱之传流为河东，陆之传流为姚江，其余或出或入，总往来于二派之间”。明代著名学者高攀龙在比较（河东）薛瑄之学与（姚江）阳明之学的不同时指出，他们“俱是大儒，薛瑄之学严密而无流弊，阳明之学未免稍有放松处。究其原因，薛瑄之学病于实，阳明之学病于虚。只是实病易消，虚病难补”。因此，朱熹之后，高攀龙只佩服薛瑄之学。

然而薛瑄及河东学派在后世却未能受到应有的重视，究其原因，与黄宗羲在《明儒学案》中对薛瑄的评价关系甚大。黄宗羲认为：“河东之学，悃愊无华，恪守宋人矩矱。故数传之后，其议论设施，不问而可知其出于河东也。”这一评价是有偏失的，未能摆脱王学的门户之见。《四库全书总目》指出：“宗羲生于姚江，欲抑王尊薛则不甘，抑薛尊王则不敢，故于薛之徒阳为引重而阴致微词，于王之徒外示排击而中从调护。”黄宗羲师事明末王学大师刘宗周，其说多本于“师说”。刘宗周就曾批评薛瑄“多困于流俗”，“先生于道，于古人全体大用，尽多缺陷”。黄宗羲受其影响较深，故在学术上表现出尊王抑薛的倾向是不足为奇的。《明儒学案》从篇卷编排到文字内容都是以王学为中心，诚如梁启超所言：“《明儒学案》，实不啻王氏学案也。前夫子王子者，皆王学之先河；后夫子王子者，皆王学之与裔；其并时者，或相发明（如甘泉之类），或相非难（如整庵之类），而其中心点则王学也。”

本书作者指出，站在王学门户之见的立场上，对薛瑄的河东之学作出“多困于流俗”、“悃愊无华，恪守宋人矩矱”的评价，显然是不公正的。在他看来，薛瑄恰恰是一位富有独创精神的哲学家，不是“恪守宋人矩矱”，而是对程朱理学特别是朱子学进行了颇有特色的批判和改造，为中国哲学的发展作出了巨大贡献，实开明初理学转向之端绪。薛瑄学宗朱子，但并不盲从朱子。在理气关系问题上，他批评了朱子“理在气先”和“理气决是二物”的理气观，得出了“理气无先后”、“理气不相离”的结论，揭露了朱子哲学的内在矛盾，促进了朱子哲学的分化。他在朱子理气二元论的基础上更多地吸取了其“以气为本”的思想，继承和发扬了张载“太虚即气”的理论，得出了“统天地万物，一气之变化”的结论，直接影响和促进了罗钦顺、王廷相等人气本论哲学思想的形成和发展。

作为明代初期的理学大师，在阐发和实践“性理”方面，薛瑄自称“七十六年无一事，此心惟觉性天通”，认为千古圣贤修己教人之根本就是“复性”二字。薛氏“复性”论的特点是夹“理气”以论“心性”，有将“心性”实体化的倾向，从而否定了其超越的形上存在意义，而赋予它更多的作为“识心”的认识论意义。如果说理学中有理性主义思想，应该说它是经过薛瑄等人而得到发展的，这也是薛瑄对理学的一个重要修正和发展，对后来罗钦顺、王夫之等人的思想产生了重大影响。关于“心”的操守和“敬”的功夫，薛瑄主张维护朱子的“心学”，但他所说的“心学”是“虚其心”、“存其心”、“专一意志以穷理”的意思，而不同于“心即理”、“心体即性”的心本论。这样，薛瑄就明确地强调了认识的主体性，把朱子哲学向“心学”方向实即将其向客观化的方向推进了。

薛瑄在明初首先倡导“务实理”、“求实用”的实学思想和学风，以“学贵践履”的“实践之儒”著称于世，被时人誉为“笃实践履之学”。如果说薛瑄的“复性”说是寻求理之“所当然”，是侧重于“求善”，那么他的实学理论则是寻求理之“所以然”，是侧重于“求真”。薛瑄强调外在的认识，而不是自我直觉、自我体验和自我超越，表现出对现实问题的关注，同时也有一定的理性批判精神。可以说，薛瑄的实学理论和实践，促进了明清经世实学思潮的兴起和形成。

正是由于薛瑄有上述思想转向，才使得北方“关学”得以中兴。明代冯从吾编撰的《关学编》，把薛敬之、吕柟等人看做是张载关学的承继者，实际上，薛敬之、吕柟等人皆出于河东学派，而与张载并无师承关系。之所以被称为“关学”，除了由于薛敬之等人多为关中人氏外，主要是因为河东学派在思想上着力融合张载与朱熹，修正了程朱的“理本论”，在本体论上更接近于张载的“气本论”；在心性论上又特别强调躬行践履和人伦日用功夫，注重上学下达，提倡笃实践履的朴实学风，这些思想特点与张载所开创的关学学风比较接近，故为关中学者所认同和提倡。其实，冯从吾《关学编》所列明代 15 人，其中有 9 人为河东学派，5 人为三原学派。按照“关学大概宗薛氏，三原又其别派也，其门下多以气节著”的说法，三原学派也是河东学派的支派。《四库全书总目提要》也说：“关中之学，大抵源出河东三原，无矜奇吊诡之习。”由此可见，明代关中之学，包括三原学派“皆自河东来”，其学风也与河东学派一样“崇尚气节，不为空谈”。明代关学的中兴正是河东学派的思想在当时有较大影响的真实写照。

薛瑄及其河东学派不仅在北方地区有较大影响，而且其弟子遍布秦、楚、吴、越大地，仅《河津县志》开列的河东弟子及从游者就有七十多人。由薛瑄开启的明初理学的转向，至其后学的思想分化和多元化发展就看得更清楚了。除了一部分与关学合流并向实学化方向发展之外，也有一些人受时代思潮的影响，在传承薛瑄的心性修养学说时，由躬行践履之“下学”而转向静坐涵养的“上达”，表现出调和朱陆、折衷儒佛的特点，用吕柟弟子杨天游的话来说就是：“静坐者，或流于禅定；操存者，或误于调息；主敬者，或妄以为惺惺；格物穷理者，或自溺于圆觉；存心养性者，或陷于即心见性。”事实上在河东后学中也出现了或投身于北方王门、或列名于甘泉学派的情况。这些都说明河东学派并非简单地继承朱熹的理学思想，“恪守宋人矩矱”，而是创造性地开启并顺应了明初理学转向的必然趋势。

关于薛瑄在中国儒学发展史上的重要地位，从清代学者孙奇逢、魏裔介等人都把他列入儒家道统的传承谱系就可以看得出来。孙奇逢在《理学宗传》中，“录周子、二程子、张子、邵子、朱子、陆九渊、薛瑄、王守仁、罗洪先、顾宪成十一人，以为直接道统之传”。魏裔介著《孝经注义》，把伏羲、神农、黄帝、尧、舜、禹、皋陶、汤、伊尹、莱朱、文王、太公望、宜生、周公、孔子、颜子、曾子、子思、孟子、周子、二程子、张子、朱子、许衡、薛瑄 26 人列入其传道系统，用以说明儒家思想的发展脉络。我们知道，能被列为儒家圣圣相传的“道”之直接传人在思想史上是一件非常了不起的事情，这里引发出一个问题：历史上曾被列入儒家道统的河东学者还不止薛瑄一人，在他之前，早已有人把隋朝的王通也列为儒家道统的重要传人之一，并有相传千年的“河汾道统”之说。这个问题后来成为思想史上一桩颇有争议的公案，本书作者也试图对此给予一个比较客观且有充分史实根据的回答。

关于“河汾道统”的争论，主要是由于对王通著作《中说》之真伪而引起的。梁启超在《中国历史研究法》中曾激烈批评说：“有虚构伪事而自著书以实之者。此类事在史中殊不多觏，其最著之一例则隋末有人曰王通者，自比孔子，而将一时将相若贺若弼、李密、房玄龄……等皆攀认为其门弟子，乃自作或假手于其子弟以作所谓《文中子》者，历叙通与诸人问答语，一若实有其事。此种病狂之人，妖诬之书，实人类所罕见。而千年来所谓‘河汾道统’者，竟深入大多数俗儒脑中，变为真史迹矣。”此语一出，竟使相传千年的“河汾道统”之说在责伪声中湮没，对王通思想的研究亦裹足不前，直到今人尹协理、魏明著《王通论》为之钩沉，事实真相才大体上得以揭明，但梁启超之说在学界的影响仍不可忽视。

儒家道统之说是韩愈在《原道》中最先明确提出来的，其目的是要用儒家的先王之道来对抗“老与佛之道”。在他看来，儒家先王之道的核心内容就是孔孟的仁义学说。“尧以是传之舜，舜以是传之禹，禹以是传之汤，汤以是传之文、武、周公，周公传之孔子，孔子传之孟轲。轲之死，不得其传焉。”朱熹将儒家圣圣相传的道统概括为“人心惟危，道心惟微，惟精惟一，允执厥中”16个字，并以周敦颐、二程、张载为孟子之后道统的隔世传人。他同时对荀（卿）、扬（雄）、王（通）、韩（愈）等人在儒学发展史中的地位和作用亦有所评说，特别是对王通在《中说》中继承发挥《中庸》的思想，将儒家之道概括为一个“中”字极为赞赏，认为“此卷论圣贤相传之统而诸子附焉，断自唐虞尧舜禹汤文武周公，道统相传至于孔子，孔子传之颜曾，曾子传之子思，子思传之孟子，遂无传焉。于是楚有荀卿，汉有毛苌、董仲舒、扬雄、诸葛亮，隋有王通，唐有韩愈，虽未能传斯道之统，然其立言立事有补于世教，皆所当考也。迨于宋朝人文再辟，则周子唱之，二程子、张子推广之，而圣学复明，道统复续，故备著之。”显然，朱熹在“十六字心传”中所揭明的“允执厥中”之道，与王通在《中说》中所阐明的“大哉，惟变所适，惟义所在”的“中”道是完全一致的。

王通虽然没有明确讲过“道统”问题，但是他在儒学衰微之时，力倡恢复尧、舜、周公、孔子之道，以周孔之传人自居，有着高度自觉的弘道意识，因此后世才有“河汾道统”之说。唐末皮日休在讲到儒家道统的传道谱系时说：“夫孟子、荀卿翼传孔道，以至于文中子。……文中子之道，旷百祀而得室授者，惟昌黎文公焉。”他是以孔子—孟子—荀子—王通—韩愈为儒家的传道系统。宋初的柳开也对儒家的传道系统作过论述，他说：“昔先师夫子，大圣人也。……厥后寝微，杨、墨交乱，圣人之道复将坠矣。孟轲氏出而佐之，辞而辟之，圣人之道复存焉。……孟轲氏没，圣人之道火于秦，黄老于汉。天知其是也，再生扬雄氏以正之，圣人之道复明焉。……扬雄氏没，佛于魏、隋之间，论乱纷纷，……重生王通氏以明之。……出百余年，俾韩愈氏骤登其区，广开以辟，圣人之道复大明于唐焉。”他是以孔子—孟子—扬雄—王通—韩愈为传道世系。不论是皮日休还是柳开，他们所认定的“道统”中都包括王通。另外，被称为“宋初三先生”之一的石介也认为，尧舜之道就是经过孔子、孟子、扬雄、王通、韩愈五人而传下来的。宋代哲学家邵雍、程颐、叶适、陈亮、陆九渊等人都对王通的学问有很高的评价，认为他讲道河汾，培养了大批有王佐之才的高弟，为传承和弘扬儒家学说作出了重要贡献。程颐认为王通的学问在荀子、扬雄之上，薛瑄则把王通比做河东的“伊川子”。明嘉靖九年，经给事中张九功和大学士张璁提议，后由礼部裁定，把王通增入从祀孔庙之列，从祀的次序是：“董仲舒、后苍、杜之春、王通、韩愈、胡瑗、周敦颐、程颢、欧阳修、邵雍、张载、司马光、程颐、扬时、胡安国、朱熹、张栻、陆九渊、吕祖谦、蔡沈、真德秀、许衡”。王通入祀孔庙，说明他的儒学思想及其所开创的“河汾道统”得到了官方的认可，这种历史地位和影响绝不是一句“虚构伪事”所能简单地否定掉的。

本书作者不仅用大量历史事实说明了“河汾道统”的存在及其千

年影响之不可磨灭，有力地回应了梁启超的“虚构”说，而且指出王通的道统观是建立在肯定“三教可一”，即以“中道”思想来对待儒、佛、道三教关系的相对开放的弘道观念基础上的，而不同于韩愈的那种企图通过排斥佛道（“人其人，火其书，庐其居”）来确立自家正统地位的十分褊狭的道统论。就这一点而言，王通实为宋明理学吸纳佛道思想、推进儒学的综合创新开了先河。应该说，作者对中国学术文化发展大势的这一观察和评论是冷静理智的。

河东地区在历史上先后出现了王通、司马光、薛瑄等人从祀孔庙，他们在中国儒学发展史上都是有着重要地位和影响的人物，照理说应该引起思想史研究者的格外重视，然而事实却不是这样，无论是河东学派还是“河汾道统”，在中国哲学史、思想史研究中一直都是薄弱环节。其原因是多方面的，不能否认与学术史上两桩著名的公案也有很大关系。一篇青年学者的博士论文，竟然向黄宗羲、梁启超两位学术史权威发起挑战，力图恢复历史的本来面貌，开辟河东之学研究的新局面。不论它在多大程度上实现了预期的目标，这件事情在中国思想史、儒学史和地域文化史研究中的意义都是不可低估的。文英兄当年支持常裕做这个题目，自然也包含着他对北方理学发展的关注在内。作者论文的完成和出版也是对先师最好的纪念。当然，关于薛瑄哲学思想和明初理学转向的研究还需要深入，特别是河东后学思想分化所反映的时代思潮嬗变的轨迹，更是需要通过翔实的资料和细致的思想梳理辨析去加以具体阐明，在这方面还有许多工作要做。我希望作者利用回晋工作的有利条件，将此一课题研究不断推向新的高度和深度。

2008 年 1 月 10 日

（《河汾道统——河东学派考论》，常裕著，人民出版社 2009 年 4 月出版）

《天人视界：先秦诸子发生学研究》序

《天人视界：先秦诸子发生学研究》是刘绪义同志的博士论文，我是通过评阅这篇论文而认识作者的。初读后的印象是：作者有很好的文史功底，对先秦诸子文献相当熟悉，而又没有受到中国古代哲学史、思想史教科书的框囿，在人们习焉而不察地按照儒、墨、道、法等各家来梳理先秦思想时，产生了需要从发生学的角度来重新厘清中国哲学和文化观念的起源及其实质的强烈的问题意识。其基本结论是：先秦诸子是一个“和而不同”的统一整体，当时有“儒”而没有儒家，有道论而没有道家，有名学而没有名家，儒、墨、道、法、名、阴阳等“六家”或“十家”的学派划分是汉人为研究先秦诸子思想方便起见而进行的学术分类，并不能真切地反映诸子“峰起”时的生存境遇和“争鸣”中的相互关系。中国哲学史、思想史研究如果从源头上就存在着观念上的误区，那么必然要影响到对其后世发展轨迹的清理特别是整体上的规律性认识，这就不能不说是一个涉及哲学史观和方法论的大问题了。

春秋战国时期正值人类思想史上的“轴心时代”，在我国出现了诸子蜂起、百家争鸣的盛况，与两希文明、印度文明不但可以媲美并且互相辉映。作者认为，按照基本的历史事实和学术文化自然演进的规律，发生在这个时期的“百家争鸣”实际上是“百子争鸣”，在当时并没有形成明确的和自觉的学派观念。在一定意义上可以说“诸子皆儒”，不过这个“儒”并不是后来所说的儒家，而是一种以“相礼”为职业的术士，即传授礼乐文化的知识分子。比如，在孔子之前就已有“君子儒”、“小人儒”、“俗儒”、“贱儒”之类的区分，后来的庄子虽然名为“道家”，在当时也有称他为“小儒”的。诸子“皆忧世之乱而思有以救之，故其学皆应时而发”，他们从各自的生存处境出发对天下的思考，虽仅“得一察焉”但合起来就构成了中国文化的早期传统，形成一前后承接而又相互联系的思想家群体。《诗》《书》《礼》《乐》《易》《春秋》等“六经”则是他们共同继承和利用的文化经典。在对先秦诸子做了这样一番“正名”工作之后，作者认为不能按照后来形成的学派观念，采取由后向前倒推回溯的方法来整理先秦诸子的思想。因为“一种思想学说或者一种文化的产生与形成固然有着它根底上的原因，但是它的产生与形成不是一朝一夕而是一个逐渐发生与发展到最后生成的长期过程，在这个过程中，某一个环节都有可能改变一种思想学说的面貌甚至精神，那么如果仅仅依据此后形成的思想学说的面貌去作回溯性的分析，很有可能走岔了路，偏离了原来的方向”。也就是说，不能根据后来发展出来的或最后生成的东西来论定先前的思想，这是历史主义的起码要求。

20 世纪 60 年代，我国哲学界曾经有过一场关于《周易》研究方法论的讨论。起因是如何处理经传关系、能否“援传于经”的问题，后来发展到要防止用现代思想去改铸古人的问题。本来,《易传》是对《易经》的解释与发挥，二者有思想上的联系是不言而喻的。但我们不能说《易传》中的内容就是《易经》作者已经具有的思想，因为二者产生的年代毕竟相距好几百年，它们是反映了不同时代生活内容和理论思维水平的两个不同的思想体系。从这场讨论中得出来的最重要的方法论结论就是：必须“坚持哲学史中的严格的历史性”[①]，特别是要精心保护古代哲学的“生动性、新颖性、素朴性和历史的完整性”[②]；“对于过去的哲学，我们只应归给它那些直接给予我们的材料”[③]，而不能“把

①《列宁全集》第 38 卷，人民出版社 1959 年版，第 272 页。
② 同上书，第 396 页。
③ 黑格尔:《哲学史讲演录》第 1 卷，三联书店 1956 年版，第 46 页。

我们所能了解的而古人事实上还没有的一种思想的'发展'硬挂到他们名下"[①]。重温这一最基本的方法论原则，对于我们今天研究先秦诸子思想亦有重要的指导意义。

怎样按照"严格的历史性"原则，不是从后来形成的学派观念出发，而是从"直接给予我们的材料"出发来研究先秦诸子思想呢？作者试图运用发生学的原理和方法，从思想发展的源头入手，依其自然萌芽、分化和形成的历史作用力，顺流而下，疏通每一个重要的逻辑环节，在相互联系中建立起先秦诸子的纵横坐标体系。具体说来，作者详细考察了先秦诸子与前诸子时代的巫史、礼乐传统的联系，以及他们对天人、性命、道德、礼法等宇宙人生根本问题的基本看法，力图从结构生成的角度对先秦诸子思想作一整体观照，从而确立本书的基本结论，并将诸子之学得以发生成立的深层原因归结为人的"文化自觉"。应该说，这在方法论上是一个大胆的创新，同时也是一项颇有难度的学术探索工作。我们知道，人类知识结构的生成研究不同于对知识结果的静态研究，也不同于在历史时间中绝对化的起源研究，它要求在主客体的相互作用中把握认识的发生发展过程及其内在本质和规律，因而更加具有客观性并能体现出历史性。春秋战国时期长达五百多年，百家争鸣不可能如太史公"论六家要旨"在一个平面上进行，弄清楚先秦诸子多维度、多层面争鸣互动的历史生成过程显然比任何点、线、面的静态研究都要复杂和困难得多。然而，一个不容否认的事实是，随着思想史研究的深入，人们越来越趋向于接受辩证历史观和系统整体观，现代备受重视的新出土文献如郭店楚简、上博楚简、马王堆帛书等似乎也越来越支持作者的观点。

发生学研究必然是跨学科的研究，因为人的认识发生发展过程与社会历史环境的发展变化是密切联系分不开的，对其进行研究必然要

①《列宁全集》第38卷，人民出版社1959年版，第272页。

涉及人文社会科学的诸多学科领域。作者也充分注意到了这一点，在以天人、性命、道德、礼法等问题为主线对先秦诸子思想进行动态的历史一发生学分析时，并不是把它仅仅看作一个哲学史问题，而是综合运用了史学、文学、语言学、宗教学、社会学、经济学等多学科知识，力图以“究天人之际，通古今之变”为核心比较全面地反映这个时期的思想面貌。作者对中西有关前沿学术理论如文化人类学、思想考古学等均有所涵摄，故使这一古典研究亦能透显出某种现代气息。本书虽然是以两千多年前的先秦诸子为研究对象，但作者有明确的问题意识和强烈的现实关怀，选做这一课题即旨在厘清中国学术文化之“源”和“流”，为正确把握民族精神、找准中国文化发展的现实道路提供历史的根据。作者关注前人和今人的有关研究成果，不回避存在分歧的一些理论和方法问题，坦率地发表自己的见解，在研究和讨论中表现出了实事求是的良好学风。

作为先秦诸子发生学研究的开创之作，本书不可避免地也有一些不足之处，有一些需要进一步思考和解决的问题。我在作者博士论文评阅意见中曾经提出这样一个看法：先秦诸子是一个“和而不同”的统一整体、当时还没有明显的学派之分的结论可以成立，但似乎也应该考虑到另一面，即先秦诸子已经孕育着儒、墨、道、法等学派的产生，或者说这些学派在先秦时期已在生成过程中。司马谈、班固不是凭空将先秦诸子分为“六家”或“十家”，战国后期《庄子·天下》《荀子·非十二子》《韩非子·显学》也论述了这个时期各家“取舍相反不同”以及互相论辩的情况，从不同之“学”到不同学派之间应该没有绝对的界线。我的意思是说，阐明从不同之“学”发展演变到不同学派的历史过程，亦应是先秦诸子发生学研究的题中应有之义。作者在本书第八、九章专门论述了两汉与先秦的对接和嬗变问题，但侧重于必然与偶然的学理分析，而对这一发展演变的具体历史过程有意略而不详，要讲清楚这个过程，实际上还是有不少思想史资料是可以利用的。重视对前人和当代人的思想进行总结性的研究是中国思想史的一个优良传统，这个传统从先秦时期就开始了。我们在做先秦诸子发生学研究时，自然也应该重视时人和后人对这段思想史的总结性研究成果，并且很好地利用这些学术资源，得出更加符合历史辩证法的结论。这也可以说是我对作者今后进一步开展此一课题研究时的一点希望。

刘绪义同志的博士论文将由人民出版社出版，嘉惠学林，应该表示祝贺。作者要求以我的评阅意见为序。甚愧当年阅读不细，议论空泛，但对新成果、新方法的推介之意还是很明显的。为了支持青年学者，遂将评阅意见略为扩充，权且代序，读者视为一篇读书心得可也。

2008 年 11 月 28 日

（《天人视界：先秦诸子发生学研究》，刘绪义著，人民出版社 2009 年 4 月出版。序文曾以《天人视界下中国思想文化源流的最新探索》为题发表于《中国文学研究》2009 年第 3 期）

贺 辞

——《经学与中国哲学》代序

中国哲学史学会与四川师范大学等单位联合主办的“经学与中国哲学”国际学术研讨会即将召开，我因身体原因不能出席，在此请假并对大会的顺利举办表示祝贺！

经学是中国传统学术文化的核心和正宗，在古代社会不仅承载着意识形态的功能，而且也是中华文明传承和创新的一种重要形式、一条重要途径。作为其基础的那些文化原典，提供了中国人认识宇宙、历史、人生的最初的意义和价值之源，对中国社会和文化发展产生了深远影响；其中具有普世意义的和体现中华民族精神的内容，在今天仍有积极正面的价值。不论是古文经学的实事求是传统，还是今文经学的经世致用传统，都与中国哲学发展有密切关系，经学思维方式的缺陷也在中国哲学的近现代转换中充分表现出来。希望这些内容在会上都能得到深入研讨，推动经学和中国哲学研究迈上新台阶。

当代中国新文化建设要以马克思主义为指导，又要挺立民族文化的主体性，怎样把二者有机地结合起来，我很赞成张岱年先生的思路，就是把它们放到“马魂、中体、西用”三流合一的模式中去，以社会主义价值观来综合中西文化之所长而创新中国文化。马克思主义与中国文化优秀传统相结合应是中国文化发展的主要方向。在这个前提下来开展经学研究，探讨经学与中国哲学的关系，比较中西经典诠释学之异同，就能发掘出传统经学中有价值的合理成分，清除其糟粕，为中国新文化建设提供古为今用的历史资源，让这份宝贵的文化遗产在综合创新中焕发出新生命。

祝大会圆满成功，取得丰硕的学术成果！

2008年9月4日

（《经学与中国哲学》，蔡方鹿主编，华东师范大学出版社2009年6月出版）

《亲证中国哲学大智慧》序

刘仲林教授要我为他主编的《亲证中国哲学大智慧》一书写几句话，同时纪念张岱年先生百岁诞辰，不料“两弹一星”元勋钱学森院士亦于近日辞世，我很自然地把这三件事情联系在一起来思考，中心是如何培养创新型人才。

在举国悼念钱老去世的这些日子里，人们谈论得最多的一个问题是：中国今天的教育，能否再培养出钱学森这样的科学巨星？这恰恰也是钱老晚年最关心的一个问题：“为什么我们的学校总是培养不出杰出人才？”——它已被人们称为震聋发馈的“钱学森之问”。

2005 年 7 月 29 日，钱老对来看望他的温家宝总理说：“现在中国没有完全发展起来，一个重要原因是没有一所大学能够按照培养科学技术发明创造人才的模式去办学，没有自己独特的、创新的东西，老是‘冒’不出杰出人才。这是很大的问题。”在此之前（同年 3 月 29 日），他曾就此问题有一次系统谈话，回顾自己上个世纪 30 年代去美国留学，在加州理工学院所受创新教育和创新学风的熏陶：“创新的学风弥漫在整个校园。在那里，你必须想别人没有想到的东西，说别人没有说过的话。拔尖的人才很多，我得和他们竞赛，才能跑在前沿。这里的创新还不能是一般的，迈小步可不行，你很快就会被别人超过。你所想的、做的，要比别人高出一大截才行。”在民主而又活跃的学术氛围中，年轻人大受教益、大开眼界，激发了他们的科技创新精神和能力。加州理工学院还鼓励理工科学生提高艺术素养，因为科学上的创新光靠严密的逻辑思维不行，创新的思想往往开始于形象思维，从大跨度的联想中得到启迪，然后再用严密的逻辑加以论证。考虑到中国长远的发展，钱老语重心长地说："今天我们办学，一定要有加州理工学院的那种科技创新精神，培养会动脑筋、具有非凡创造能力的人才。我回国这么多年，感到中国还没有一所这样的学校，都是些一般的，别人说过的才说，没说过的就不敢说，这样是培养不出顶尖帅才的。我们国家应该解决这个问题。"

如何培养会动脑筋、具有非凡创造能力的人才，钱老进行了长期的思考，他在深入研究了当今社会与科学技术发展的趋势后，提出了"大成智慧教育"的设想。所谓大成智慧教育就是在知识爆炸、信息如潮的时代，以马克思主义的辩证唯物论为指导，教育、引导青年人形成正确的世界观、人生观和价值观，培养高尚的品德和情操，熟悉科学技术的体系，善于利用现代信息网络、人机结合以人为主的方式，集古今中外有关信息、经验、知识、智慧之大成，迅速而有效地提高人的智能和创新能力的一种教育模式。大成智慧教育的核心是要打通各行各业、各学科的界限，把科学与艺术、逻辑思维与形象思维、哲学与科学技术以及微观与宏观、部分与整体有机地结合起来，把理论与实践结合起来，总揽全局，洞察关系，实现大跨度的触类旁通和综合创新。按照钱老的设计，在现代科学技术条件下培养创新型人才，学制可以缩短，经过八年一贯制的初级教育、五年（高中加大学）大成智慧教育和一年实习后就可以成为硕士。"这样的大成智慧硕士，可以进入任何一项工作，如不在行，弄一个星期就可以成为行家。以后如工作需要，改行也毫无困难。当然，他也可以再深造为博士，那主要是搞科学技术研究，开拓知识领域。"大成智慧硕士应具备以下条件：①掌握马克思主义哲学，熟悉现代科学技术的体系；②理、工、文、艺结合，德、智、体、美、劳五育齐发展；③熟悉信息网络，善于用电子计算机处理各种知识。这就要求加强全面素质教育，改革现行的应试教育的制度、方法和教学内容，目的是为了让受教育者学得更多、更好，也学得更轻松、更有效率。作为一项教育改革的系统工程，钱老的设想在今天可能还不能被人们普遍接受，但至少可以开始搞试点，做可行性研究，也可以在探索实践中加以改进或提出新的思路，我相信一二十年后，会有越来越多的人认识到钱老思想的前瞻性和科学性。

“大成智慧学”是钱学森科学与哲学思想的最高理论结晶，同时也吸收了前人和同时代人的有关认识成果。比如我国明末清初的思想家方以智就提出了“坐集千古之智，折衷其间”的集大成思想，他不但主张融合儒、释、道三教，而且致力于中西文化的会通，要把古今中外的学问当做药材一样汇集于一炉，加以烹炮烧煮，然后以此药方来医治天下人的千疾百病。在他看来，“尚大全”、“集大成”正是以孔子为代表的中国文化的优良传统。钱老十分重视传统文化中有价值的思想资源，他在思考、形成“大成智慧学”的时候，也参考了我国现代哲学家熊十力的“量智性智”说、张岱年的“综合创新”论和冯契的“转识成智”说，特别是对比他年长两岁、少年时代同在北师大附中学习的张岱年先生十分敬重，不但完全赞同其“综合创新”文化观，而且在课题研究中碰到有关传统文化的问题时，常叫助手去向张岱老请教。这一文哲一理工两位老人的世纪友谊突出地表现在学术理念的相通和互相支持上。

在上个世纪30年代钱学森去美国留学的时候，张岱年（字季同）已是国内哲坛上一位相当活跃的青年哲学家。受其兄张申府影响，他早年就接受了马克思主义的辩证唯物论哲学，并且对罗素提倡的逻辑分析方法十分赞佩。1936年他明确提出：“今后哲学之一个新路，当是将唯物、理想、解析，综合于一。”即以辩证唯物论为基础而吸收中国传统哲学中的理想主义和西方哲学的逻辑分析方法，建立一种适应现代中国需要的中、西、马“三流合一”的新综合哲学。张岱年还积极参加了上个世纪30年代的文化讨论，他既不赞成“全盘西化”论，也反对文化复古主义和“平庸的调和”（折中主义），而是主张兼综中西文化之长，创造出一种新的社会主义的中国文化。他把这种文化主张叫做“创造的综合”或“文化的创造主义”。也可以说此时在他的思想中已形成了“综合创新”文化观的雏形。

半个世纪后，中国出现了新一轮文化大讨论，其基本格局仍然是自由主义的“全盘西化”派、保守主义的“儒学复兴”派和马克思主义的“综合创新”派三派对峙，或者说三大思潮对立互动。在80年代文化讨论中首先举起“文化综合创新论”旗帜的不是别人，正是已届耄耋之年的张岱年先生。1987年，78岁的张岱老在《综合、创新，建立社会主义新文化》一文中主张，对中国传统文化和西方文化都要做具体分析，对二者的优点和缺点都要有明确的认识，然后根据我国的国情，将两个方面的优点综合起来，创造出一种新的更高的文化。他说：“什么是创新？创新意味与中国传统文化和近代西方文化都不相同。因为它是具有中国特色的社会主义的新文化，是人类文化史上高度民主、高度科学的新文化。近几年，针对文化问题，我写了一些研究文章，自己撰了一个名词：文化综合创新论。”对于建立中国的新文化来说，他认为“综合”与“创新”都是很重要的。因为在他看来，文化并不是整全不可分的，文化系统的解构与重构，都是既有分析又有综合，各种不同成分、要素重新组合，就创造出一个新东西。所以，综合前人的文化成果，本身就有所创造，有所创新。在社会主义原则基础上实现古今中外多项有价值的文化要素的辩证综合，本身就是一项伟大的创造性工程。

钱学森和张岱年两位世纪老人，一个重点关注科技创新，一个着眼于文化创新，他们都有人类文明的大视野，关心中国现实的发展，在先进世界观指导下，共同得出了“集大成，得智慧”和“批判继承，综合创新”的结论，可谓殊途同归，成为我们这个时代创新思想的领跑者。他们的创新思想内容非常丰富，需要在理论上深入研究、系统总结和正确宣传，使其为广大群众所掌握，变成他们自觉的创造实践活动，并在实践中进一步领悟作为人的最高本质的创造之“道”。本书主编和作者们在这方面所做的探索，对我们很有启发。

刘仲林教授大学本科学物理，研究生读科技哲学，上个世纪80年代主要从事创造学和交叉科学的教学与研究，90年代跟随张岱年先生学习中国哲学和文化，对其“天人本至”的哲学思想和“综合创新”文化观深有体会，高度认同，用心考察了张岱老将这种新文化观贡献给20世纪中国学术界的“起”“承”“转”“合”四个阶段，并将其核心思想和一贯原则概括为一个“创”字，得到张岱老本人的肯定和赞许。近十年来，他在研究和宣传、普及这种新文化观方面做了大量工作，先后出版了《新精神》《新思维》《新认识》《中国传统文化综合与创新》《中华文化人生亲证》等著作，并在中国科技大学的课堂上和校内外的各种讲座、演说中大力阐扬“综合创新”文化观，引导青年人学习和领悟中国传统文化精华，把握人生创造之道。本书是其上述探索的又一项新成果，书名叫做《亲证中国哲学大智慧》，但其内容和形式却与以往的中国哲学著作迥然不同。它不是一般的哲学史知识传授和中国哲学思想的理论分析，而是一份“中国文化亲证（体验）式教学”的实践报告，是刘仲林教授多年来在科大讲授中国哲学与文化公共课程，从学员们写的三千多篇作业中选编出来的一个通俗哲学读本。本书的一百多位作者，大都是理工科博士、硕士研究生和本科学生，他们从生活、学习、科研、人际交往等各种视角亲身体悟中国哲学智慧，才真正懂得了“道，行之而成”、“纸上得来终觉浅，觉知此事要躬行”的道理，提高了思想水平和人生境界，不论他们将来从事何种工作，都会感到终生受益。全书鲜明地体现出了中国哲学“知行合一”的追求，是中国文化精华和“综合创新”思想大众化、实践化的一个可贵尝试。

读到《亲证中国哲学大智慧》中的一篇篇学生习作，我仿佛又回到了中国科大校园内。我在该校曾有一段兼职经历，与科大学生有过一些接触。在我的印象中，他们大都聪明朴实，基本素质很好，肯动脑筋想问题，思想非常活跃，只要教育、引导得法，是一个能出杰出人才的地方。2001 年 4 月，我在水上报告厅作过一次关于 20 世纪中国文化思潮的学术报告，其中也介绍了张岱年先生的“综合创新”论，认为它代表了当代中国文化发展的正确方向。在最后半小时互动环节，学生提问十分踊跃，也问得有一定水平，我很乐意与他们交流对话。后来科大网上还就此问题继续讨论，有同学提出：“到底怎样综合创新？”希望提供可操作的方法与思路。这促使我从理论、历史、方法等层面进一步思考如何深化对“综合创新”文化观研究的问题，还就此问题回答过一次记者访谈，发表在《哲学动态》2002 年第 4 期。这件事情也说明，中国科大是一个思想活跃、能够通过交流对话激发创造性思维的地方。

中国科学技术大学是郭沫若、严济慈、华罗庚、钱学森等老一辈科学家创办的一所新型大学，是为国家培养尖端科技人才的地方。钱学森是该校力学专业的主要创办者，他不但亲自讲课、作学术报告、指导人才培养和学科发展，而且兼任力学系系主任长达 20 年之久。他曾多次表示希望把中国科大办成美国加州理工学院那样的创新型大学。但从钱老晚年说“我回国这么多年，感到中国还没有一所这样的学校”的话来看，现实与理想之间还有一定的差距。差距在哪里？主要就在于人文精神的缺失或不足，事实上钱老也看到并指出了这一点。2008 年 1 月 28 日，他在复函祝贺中国科大 50 年办学成就的同时，还提出殷切期望：“我想，过去科大所走的‘理工结合’的道路是正确的。今后还要进一步发展，走理工文相结合的道路，在理工科大学做到科学与艺术的结合。我相信在未来，中国科大一定能为我国培养出‘世界一流科学家和科技领军人才’。”如何在办学指导思想上深刻领会钱老的教导，真正实现从“理工结合”向“理工文相结合”的转型，并在教育体制、学科发展、舆论环境和资源分配等方面切实改变长期以来形成的“重理工、轻人文”的观念，改变人文学科在学校里的“二等公民”的地位，站在时代的高度来认识文化软实力与科技、经济硬实力之间的相互促进关系，是科大今后能否实现跨越式发展的关键。在这个时候读到《亲证中国哲学大智慧》一书，看到刘仲林教授多年来默默耕耘，在科大学生的心田中播种人文精神的种子，已经有了初步的成果，确实感到非常高兴。我希望他们所走的这条科技与人文相结合的道路能够越走越宽广，参与实践亲证式教学的师生越来越多，同时积极探索人文素质教育的多种有效方法与途经，在全校形成有利于创新人才成长的良好生态环境，让钱学森等老一辈科学家的遗愿早日变成现实。

2009 年 11 月 21 日

（《亲证中国哲学大智慧》，刘仲林主编，中国科学技术大学出版社 2009 年 12 月出版。序文曾以《钱学森之问与创新人才培养》为题发表于《天津师范大学学报》2010 年第 4 期）

《中国古典哲学名著品评丛书》总序

这是一套为广大干部编写的中国哲学经典读本。

为了提高中国共产党的执政能力，领导全国人民胜利完成建设中国特色社会主义的伟大历史任务，党中央最近突出地提出了建设学习型政党、建设学习型社会的问题，号召各级干部特别是领导干部要爱读书、勤读书、读好书、善读书，在读书学习中增长知识，开阔视野，提高思想水平，增强工作能力，完善知识结构，提升精神境界。关于读书学习的重要性，大家都知道列宁的名言："只有了解人类创造的一切财富以丰富自己的头脑，才能成为共产主义者。""一定要给自己提出这样的任务：第一是学习，第二是学习，第三还是学习。"领导干部不仅要从提高自身素质和能力的角度来认识读书学习的重要性，而且要有强烈的社会责任感，通过自己好读书、善学习的自觉实践和表率作用，带动全社会形成崇尚知识、热爱读书的良好风气，促进全党、全民族思想文化素质的提高。

书籍是人类知识的载体、智慧的结晶和进步的阶梯。在古今中外汗牛充栋的书籍中，我们应该怎样有选择地读书呢？一般来说，领导干部最需要读的是以下三个方面的书：为了提高思想水平，重点要学习马克思主义基本理论特别是马克思主义中国化的最新理论成果，认真读这方面的书；为了增强工作能力，完善知识结构，重点要读做好领导工作所必需的各种知识书籍，包括经济、法律、科技、文化、管理、国际和信息网络等方面的专业知识书籍；为了提升精神境界，则很有必要多读一些中外优秀传统文化方面的经典名著，特别是本民族的传世文化经典。多读这方面的书，经常接受优秀传统文化的熏陶，可以提高人文素养，增强对人与自然、人与社会、人与人之间关系的认识和把握能力，正确处理义与利、己与他、权与民、物质享乐与精神享受的关系，做一个脱离了低级趣味的高尚的人，做一个党和人民信得过的好干部。

“经”本来是指纺织物的纵线，引申为常行的道路、义理、法则。“典”是“尊藏之册”即具有典范性的书籍。所谓经典就是文化共同体中经过时间的考验而最终被人们选择和流传下来的，涵蕴着宇宙、历史、人生之常理常道的原创性的典范之作，也是人类文化中恒久的、素朴的、直探人性本源的、最有价值和意义的精华部分。阅读经典是学习和掌握人类文明优秀成果的一条捷径，是站在巨人的肩膀上攀登。如何“了解人类创造的一切财富以丰富自己的头脑”呢？最有效的途径就是多读中外优秀传统文化经典名著。通过经典阅读我们得到的不仅是知识，而且是一种文化教养、高尚的精神气质和积极的人生态度，得到的是共同体赖以生生不息地延续和发展的优质文化基因。当然这不是一日两日之功，不是浅尝辄止即可生效的，而是一个长期濡化即所谓“变化气质”的过程。许多个体的气质都经过学习而发生了积极的变化，那么整个社会的风气也会随之而改变。

中华民族有五千年文明史，先辈给我们留下了丰厚的文化遗产，其中最有价值的部分之一，就是包括四书五经、先秦诸子、《史记》和《资治通鉴》、唐宋诗文、四大古典小说等等在内的传世经典名著。世代中国人通过经典阅读而汲取了多方面的营养，传承了中华文化，创造了新的生活经验。它在今天也仍然是我们的干部提高自身素质、保持民族自信的一条有效途径。在各类经典中，读一点以先秦诸子为代表的中国古代哲学经典，对于提高干部的思想水平和治国理政能力很有帮助。因为先秦诸子的哲学辩论，“皆务为治也”，即都是围绕着如何治国平天下而展开的，他们思考的问题和提出的应对之策，对今人也有启发和借鉴意义。我想，这大概就是中国民主法制出版社策划并编辑出版这套丛书的初衷。

恩格斯曾经说过：“在希腊哲学的多种多样的形式中，差不多可以找到以后各种观点的胚胎、萌芽。”中国哲学也有类似情况：在先秦时期诸子蜂起、百家争鸣的哲学大论辩中，差不多可以找到后世各种思想学说的胚胎和萌芽。中国哲学所关注的“究天人之际”、“探阴阳之赜”、“通古今之变”、“乐成人之道”、“求致知之方”五大问题，都在先秦哲学中有其发端并表现出多种多样的、最初的天然纯朴的形式。所以，要学习、了解中国哲学，首先必须阅读以孔、墨、老、庄、孟、荀、韩等为代表的先秦哲学原典，因为它是体认本民族的哲学智慧、进行传承和综合创新的基础。

本丛书正是力图为读者提供一套既能反映先秦哲学的整体面貌，又能体现诸子思想的个性特征及其错综的相互关系的、比较简明实用的经典读本。考虑到先秦诸子哲学文本都是用古文写成的，编著者做了注释、今译以帮助读者疏通文字；每部著作前面都有一篇“导言”，详细介绍成书时代、著者生平、主要思想内容和历史影响；各篇章都有“题解”，带有导读的性质。这套丛书最有特色的地方，是专设佳句“品评”一栏，把那些富于哲理、影响深远的名句放在历史与现实交融的语境中来加以分析和品评，帮助读者把握其思想精义。这样，它就成为一套可读性较强的、十分便于干部自学的经典读本，在我看来，对于那些喜欢中国哲学的大学生和青年读者也很适用，可以成为引导他们进入中国哲学殿堂的入门阶梯。

本丛书的主要编著者都是中国哲学专业博士，有多年教学与科研经验的教授（研究员）。他们做这项工作的态度是很认真的，有很强的社会责任感，并且能够把专业训练、学识与责任很好地结合起来，工作做得很细，处处为读者着想。首先他们自己是带着感情来品读经典、与先哲进行心灵沟通的，多有独到的心得体会，然后用平实的语言表达出来，与读者进行交流，这样就能拉近历史与现实的距离，帮助读者更容易进入古代先哲的思想世界。一套好的经典品评丛书应能起到引渡之津梁的作用，质量要求是很高的，社会责任也重。本丛书的编著者们力图这样做了，但社会效果如何，还需接受历史实践的检验。我希望它是一套经得起实践检验的、受广大干部和青年读者欢迎的中国哲学经典品读丛书。

2009年8月9日

（《中国古典哲学名著品评丛书》，共十种，张加才主编，中国民主法制出版社2010年1月出版）

“马魂、中体、西用”：中国文化发展的现实道路

——《中国哲学文化继承与创新研究》代序

中国文化发展的现实道路就是中国特色社会主义文化的建设和发展之路。它的实质内容就是要解决中、西、马三种文化传统、三大文化思潮的关系问题，其核心是马克思主义与中国文化的关系问题。

1988 年，我在新加坡的一次儒学会议上作了题为《略论现代新儒家之得失》的发言，一方面充分肯定了现代新儒家在挺立民族文化主体性方面所做出的贡献，同时也批评了他们认为马克思主义与中国文化根本不相容的观点，指出：“马克思主义的传入不是中国文化的危机，而是给伟大中华文明的复兴带来了生机。马克思主义只是提供了一种新的世界观和方法论，为人类文明指出了一条通向大同的道路，它并不否定也不能代替民族文化的主体性。马克思主义作为一种外来文化，要在中国生根，不能没有中国文化这个接受主体。在肯定民族文化主体性这一点上，马克思主义和现代新儒家并没有根本的分歧。”①

这是一次国际学术会议，实际上是新儒家唱主角，也有自由派学者和马克思主义学者参加，三派进行了直接的交流与交锋。我在会上坦率地表明了自己的观点，认为中华文化在新世纪必然要复兴，但这个复兴不能以儒学和新儒学为指导，而必须以当代先进文化马克思主义为指导。首先需要明确一点，就是在对待历史遗产的问题上，马克

① 方克立：《现代新儒学与中国现代化》，天津人民出版社 1997 年版，第 48 页。

思主义从来不主张割断传统，而是明确宣称："无产阶级文化应当是人类在资本主义社会、地主社会和官僚社会压迫下创造出来的全部知识发展的必然结果。"（列宁）"中国现时的新文化也是从古代的旧文化发展而来的，因此我们必须尊重自己的历史，决不能割断历史。"（毛泽东）现代新儒家指责五四运动造成了民族文化认同的危机，马克思主义的传入割断了中国文化传统，这至少是一种误解。马克思主义中国化的历程充分证明，它要在中国生根、发芽、开花、结果，就必须与中国革命实际相结合，与中国文化优秀传统相结合。马克思主义并不否定也不能代替民族文化的主体性。

我在发言中提出了"接受主体"这个概念，实际上就是对于中国文化主体地位的明确肯定。因为中国文化首先必须是充满活力与自信的、富有包容性的生命主体和创造主体，它才具有接受外来文化的能力。有的新儒家学者说"中国文化……在马克思主义派那儿，是没有原则意义、没有体的层位的，其体是马列"，这种说法是不符合实际的。

中国哲学中的体用范畴有多重涵义，近代以来谈文化体用问题往往不加区分，所以众说纷纭，歧义丛生。传统文化体用观认为："君臣父子，仁义礼乐，历世不变者，其体也；举而措之天下，能润泽斯民，归于皇极者，其用也。"（胡瑗）这是以精神指导原则为"体"，而以原则之具体应用为"用"。晚清的"中体西用"论就是在这个意义上使用体用范畴的，即以中国的纲常名教为体，以西方的船坚炮利为用。现代新儒家讲"以儒家精神为体，以西洋文化为用"，不过是其翻版而已。这是从以本体（本质）与现象的关系谈体用的观点沿袭下来的，运用到文化上，一般是以精神文明为体，以物质文明为用。在中国哲学中，体用范畴不只具有这一重涵义，它还有更加原本的一重涵义，就是指本体（实体）与其作用、功能、属性的关系。朱熹说："用是他用处。"王船山说："用者，用之于天下也。"形质神用（范缜）、器体道用（王船山、谭嗣同）、"物质为体，精神为用"（孙中山）、"社会存在是体，社会意识是用”（张岱年）、“生产力等经济基础是体，政治、文化等上层建筑是用”（冯友兰）等等，都是在这个意义上讲的。李泽厚“西体中用”论中的体用范畴，也接近这个意义。他说：“体是社会存在的本体，即生产方式、生活方式。”西方在这个方面有明显优势，而“中用”则是把代表西方文明的生产方式、科学技术、政经制度等等运用于中国。“西体中用”论与“中体西用”论表面上看似乎针锋相对，其实体用范畴的涵义并不一样。除了上述两种基本涵义之外，体用范畴还有必然与偶然、内容与形式、因与果、常与变、主与辅等多重涵义。不论从哪个意义上来谈体用关系，其本来精神都是强调二者的连接贯通、对立统一，但也都预设了“体”的优先地位，中西体用之争争的正是这个优先地位即所谓“体”的层位。

正是由于体用范畴具有多义性的特点，所以我们在谈文化问题时宜慎用体用范畴，如果要用也首先要将其涵义界定清楚，否则就会公说公有理，婆说婆有理，争论双方可能完全不相应。比如马克思主义与中国文化的关系，从古今、中西等不同角度来考察，我们就会发现其体用关系大不一样，甚至会出现王船山所说的“相与为体”或“相为体用”的情况。

我们肯定中国文化是“接受主体”，从“洋为中用”的意义来说，马克思主义也是一种被主体所接受并为主体所用的外来文化，是一种“他山之石”，因此也可以归入“西用”的范畴。但马克思主义作为我们这个时代的先进文化，对主体文化的发展能够起到指引方向的重要作用，它决定了中国新文化的社会主义方向，这与现代科学技术、管理经验等其他“西学”之用又是不同的。按照以精神指导原则为“体”、以原则之具体应用为“用”的传统文化体用观，又可以说马克思主义是体，现代科技等西学是用。张岱年、程恩富等学者正是在这个意义上讲“马体西用”的。

另一方面，从“古为今用”的意义来说，马克思主义是当今中国的主导意识形态，是“今”，处于“体”的地位；国学、儒学、中国传统文化是“古”，经过科学分析，区分“民主性精华”与“封建性糟粕”，其中的精华部分也可以作为历史资源，为社会主义新文化建设所用。正是在这个意义上，我把国学、儒学都看作是古为今用的支援意识。

以上分析说明，马克思主义与中国文化的关系，很难套进一个固定不变的体用模式，确定哪个是体，哪个是用。因为在不同的意义上，它们分别具有“体”的优位性。现在我们需要找到一种理论模式，不是把它们放在体用二元、互相对立的位置上，而是要把二者的优势都充分发挥出来，统一起来，这就使我们想到了张岱年先生的中、西、马“三流合一、综合创新”理论。

从上个世纪30年代起，张先生就注意研究中、西、马三大思潮的关系问题，先后提出了“创造的综合”说与“文化综合创新”论，在这项研究中一直处于领先地位。四年前，我在学习张先生的文化思想时曾将其概括为“马学为魂，中学为体，西学为用，三流合一，综合创新”五句话，试图以“魂、体、用”三元模式代替“体、用”二元模式，并在一定程度上将体用范畴的两种涵义综合起来，来说明中、西、马三种文化资源各自的价值与作用，以及它们之间的相互关系。我认为，所谓“马学为魂”就是以马克思主义的科学世界观和方法论为指导，坚持中国新文化建设的社会主义方向。所谓“中学为体”就是以有着数千年历史积淀的自强不息、变化日新、厚德载物、有容乃大的中国文化为运作主体、生命主体、创造主体和接受主体，坚持民族文化主体性的原则。所谓“西学为用”就是以西方文化和其他民族文化中一切对主体文化有学习、借鉴价值的东西为“他山之石”，为我所用，坚持对外开放的方针。[①]“马魂、中体、西用”论既肯定了马克思

① 方克立：《关于文化的体用问题》，《社会科学战线》2006年第4期。

主义在中国新文化建设中的指导思想地位，又突出地强调了民族文化的主体性，同时坚持面向世界、对外开放的方针，我认为是一种比较符合今天中国实际的文化发展方针和理论模式。正是由于有马克思主义的科学世界观和方法论作为指导，所以才能激活传统文化中的优质资源，充分吸收外来文化的营养，使中国文化走上“综合创新”的康庄大道。

这种看法得到了一些学者的支持，包括北京大学的董学文教授；也有学者提出一些问题，对于这种认识的完善和深化非常有帮助。肯定的意见主要是：面对中、西、马三大思潮对立互动的当代中国文化格局，“魂、体、用”三元模式确实比“体、用”二元模式有更强的解释力，“马魂、中体、西用”的概括也比“中体西用”或“西体中用”更准确地揭示了当代中国文化发展的实质内容。一个比较普遍的问题是：“魂、体、用”三元模式有没有学理的和现实的根据呢？我是受到王船山讲“形而上者谓之道，形而下者谓之器，统之乎一形”（《周易外传》卷五）的启发，而考虑到作为主体文化的中国文化，它实际上就是统一“形而上之道”（马克思主义）和“形而下之器”（科技等现代西学）的那个“形”。因为马克思主义和西方文化都必须为中国文化所接受，成为现代中国文化的一个有机组成部分，才能在三大思潮对立互动和中国的新文化建设中起作用。按照王船山“道器无易体”、“统之乎一形”的理论，统一形上与形下的那个“形”也就是统一道与器的“物之体”，我们用“中体”（“中学为体”）来表示民族文化主体性的涵义是十分恰当的。为了把两种不同涵义之“体”区分开来，我们可以用另一个概念“魂”来表示作为精神指导原则的“体”，类似日本“和魂洋才”思想中“魂”的概念。概念上的这一区分和变通使用，恰恰是将体用范畴的两种涵义在“魂、体、用”三元模式中结合起来了。至于这种理论模式的现实模型，我们已经找到许多，在思想史上也不乏其例。比如孔子讲“人而不仁如礼何”，他的学生有子讲“礼之用和为贵”，放到儒家“以仁为魂，以礼为体，以和为用”的文化价值体系中，都是顺理成章、很容易理解的。

人们提得较多的另一个问题是：“马魂、中体、西用”论仍然沿用了“中体西用”的提法，其涵义与晚清的“中体西用”论有什么区别呢？前面已经提到，晚清的“中体西用”论是以中国的纲常名教为体，以西方的船坚炮利为用，它是一种企图用西方先进的科学技术来维护中国封建的旧文化、旧制度的保守主义理论。正如严复等人所批评的，其割裂体用的错误非常明显。因为中学和西学都各有其体用，其“体”与“用”都是统一的，就像牛有负重之用、马有致远之用一样；现在非要把西学之用与中学之体嫁接在一起，那么也就像“牛体马用”一样可笑。一百多年来，“中体西用”作为一种典型的文化保守主义理论曾一再受到批判，但我们也注意到一个现象，就是它总是批而不倒，其影响至今犹存，这是为什么呢？我以为这种情况正是由于体用范畴的多义性所造成的。因为“中体西用”虽然是晚清人提出来的，其本意是要用西方的科学技术来维护中国的封建旧文化，但是它作为一个处理中西（外）文化关系的思想模式提出来，除了这种特定意涵之外，还包含着肯定中国文化主体地位的意义。就作为生命主体、创造主体和接受主体的中国文化与被接受的外来文化的关系来说，这个命题是可以成立的。在肯定民族文化主体性的意义上，我们可以理直气壮地讲“中体西用”，“洋为中用”实际上就是“中体西（洋）用”。“马魂、中体、西用”论正是在否定了晚清“中体西用”论的保守意涵的前提下，而突出地强调了其肯定民族文化主体性的意义。

试图用一个简明的理论模式对中国文化发展的现实道路做出准确概括是很不容易的，但是又很有必要。因为一百多年来，“中体西用”、“西体中用”、“全盘西化”、“复兴儒学”等口号影响很大，实际上就是打出了一面面文化旗帜，力图影响甚至决定中国文化发展的方向和道路。从这个意义来说，我们也需要有自己的文化旗帜。张岱年先生倡导的中、西、马“三流合一、综合创新”就是我们的文化旗帜，马克思主义的“综合创新”论就是我们的文化旗帜。“马魂、中体、西用”论就是在这面文化旗帜下，对中、西、马在文化综合创新中的地位和作用进一步定位，因此也可以说是“综合创新”论的深化。在无限丰富的现实生活中，任何理论模式都是有局限性的，“体、用”二元模式有局限性，“魂、体、用”三元模式也有局限性，它们都只能有条件地说明一定的事物、现象和关系，而不能夸大其适用范围和解释效力。“马魂、中体、西用”还是一种需要发展、完善和在实践中检验的理论，所以我非常愿意与关注此问题的学者们共同研讨，也非常希望得到各位的批评和指教。

（《中国哲学文化继承与创新研究》，杨翰卿著，中国社会科学出版社 2012 年 3 月出版。代序之文是作者 2010 年 3 月 26 日在“马克思主义与中国文化发展”学术研讨会暨北京大学中国文化发展研究中心成立大会上的发言，原载《北京大学学报》〔哲学社会科学版〕2010 年第 4 期）

《中国文化的综合创新之路》自序

1997 年，我的《现代新儒学与中国现代化》一书由天津人民出版社出版。其中主要收入了此前十年我在现代新儒学研究方面写的文章，也有部分文章是直接参与当年的文化大讨论，明确支持张岱年先生倡导的“文化综合创新”论，并将其概括为“古为今用，洋为中用，批判继承，综合创新”四句话，把它当作 20 世纪中国三大思潮中马克思主义文化观的代表。此后我就上述主题又陆续写了一些东西，对儒学和现代新儒学研究继续有所关注，而重心则转向了对“综合创新”文化观和中国文化现实发展道路的探讨。有关文字多为提交学术会议的论文或主题发言，也有学习中央文件的体会、为他人著作写的“序”或书评、就当前文化问题与朋友的通信，以及回答记者访谈等多种形式。南开学友强华同志建议我再编一本文集，在内容上与《现代新儒学与中国现代化》一书有连续性，而侧重点有所不同，故将书名定为《中国文化的综合创新之路》。现在奉献给读者的就是这本文集。

收入本书的长短文章共计 47 篇，按内容分为四组。

第一组的主题是中国哲学和文化对人类文明的贡献，收入文章 12 篇。其中比较重要的有：2001 年，我在北京主持召开了第十二届国际中国哲学大会，面对困扰当今人类的两大难题——生态破坏和文明冲突，这次会议在广泛的论题中，确定以阐扬中国哲学中的“天人合一”与“和而不同”智慧为重点，得到了各国学者的热烈响应。这个时期我就这两个论题也分别写了文章，肯定“天人合一”是处理人与自然关系的正确思想原则，同时又指出，中国虽然是一个有着深厚的“天人合一”思想传统的国家，但并不等于已从理论和实践上解决了发展社会生产力与保护自然环境的关系问题，生态破坏在中国也是古已有之，我们今天面临的生态问题亦十分严峻。在阐述“和而不同”文化观时，借鉴古代的思想资源是为了解决现实的文明关系课题，我以为这不只是一个方法问题，而首先要有正确的文化立场、态度和宏阔的文化视野。现代学者费孝通先生的“文化自觉”理论在这方面给予我们很多启示，我在领会费老思想的基础上也有一些自己的新思考。

1997年我在新加坡“儒学与世界文明”国际学术会议上的发言，为了回应美国学者亨廷顿的“文明冲突论”，着重阐明了中国儒家文化的道德主义、和平主义性质，并从人与自然的关系、人与人的关系、不同国家民族的关系、不同文化的关系、人的身心内外关系五个方面，论述了儒家“贵和”思想的意义和价值，特别是指出它对解决当今世界面临的各种问题、矛盾和冲突，有着不可忽视的现实意义。2011年我与林存光共同提交太湖文化论坛首届年会的论文，除了从两个视角对中华文化精华做了六点概括外，还指出《周易大传》中的“文明以止”一语，是对中华民族理性的文明发展观之准确、生动的概括，即认为“文明”不是无限度地开发、利用和对外扩张，而是要有所节制，“止”其所当止。在全球性生态危机和文明冲突问题十分严峻的当今世界，深刻理解、阐扬和大力宣传、提倡“文明以止”的文明发展观，对于人类和文明的可持续发展来说无疑是一个福音。

第二组的主题是中国哲学和文化的综合创新之路，收入文章17篇。

2004年张岱年先生辞世是我国思想界、学术界的一大损失。他在20世纪30年代就与其兄张申府先生一起倡导“列宁、孔子、罗素，三流合一”、“将唯物、理想、解析，综合于一”的新综合哲学，在80年代的文化讨论中又明确提出了“文化综合创新”论，认为“文化综合创新的核心是马克思主义与中国文化的优秀传统的综合”。历史实践证明，他指出的这条中、西、马“三流合一”、综合创新之路，不仅代表了20世纪中国哲学和文化发展的正确方向，而且在新世纪仍具有重要的现实指导意义，是发展繁荣中国特色社会主义文化的必由之路。这是我十多年来反复阐述的一个基本观点，特别是张先生去世后，加强了对其哲学和文化思想的研究，认为“综合创新”这面文化旗帜一定不能倒，而要继续高举并将其本质内涵不断发展和深化。

2006年，我在学习张先生的哲学和文化思想的基础上提出了“马魂、中体、西用”论，力图突破体用二元思维模式的局限性，把主导性之“体”（魂）与主体性之“体”、“道体器用”之“体”与“器体道用”之“体”区分开来，用“魂、体、用”三元模式更加准确地说明中、西、马三种文化资源在当代中国文化建设中的地位和相互关系，把坚持马克思主义的指导思想地位、挺立民族文化的主体性和坚持对外开放的方针三者有机地统一起来。可以说，关于中、西、马三“学”的兼和之道，是我近年来思考、撰文、发言的一个中心议题。党的十七届六中全会文件明确提出社会主义核心价值体系是“兴国之魂”，马克思主义指导思想在社会主义核心价值体系中又居于“灵魂”地位，也就是说，它是“魂中之魂”；文件中也有“以民族文化为主体”的论述，在讲吸收外来有益文化时，强调必须坚持“以我为主，为我所用”的原则。在最近发表的《当代中国文化的“魂”、“体”、“用”关系》一文中，我把这些论述看作是对“马魂、中体、西用”论最有力的支持。

第三组的主题是儒学和现代新儒学研究，收入文章10篇。

20世纪90年代中期以后，我在儒学和新儒学研究方面做的工作不多，但还是继续有所关注，而且发现越来越触及到我国思想文化领域的一些深层次问题，虽然发言不多但是想得很多、感触很深。特别是2004年出现了一股公开主张“立儒教为国教”、“以儒学取代马克思主义”、“儒化共产党”、“儒化中国”的大陆新儒学思潮，召开“文化保守主义峰会”，创办标榜“儒家立场、儒学理念、儒教事业”的网站，大搞尊孔祭孔活动，推行读经运动，其代表人物还提出了以“通儒院”、“庶民院”、“国体院”三院制取代我国的人民代表大会制度的所谓“王道政治”方案，声称要用“儒化”的办法把社会主义中国和平演变成一个“儒士共同体专政”的国家。作为一个从事思想文化工作的共产党员，我不能不表明自己的态度，于是才有《甲申之年的文化反思——关于大陆新儒学问题的三封信》和《马克思主义研究》记者访谈《大陆新儒学的马克思主义分析》的公开发表。对于儒学，我一贯主张采取一分为二、扬精弃糟的态度，认为它作为一个全面维护封建经济基础、政治上层建筑、社会伦理秩序的庞大的意识形态体系，绝无可能在现代社会全面“复兴”；同时又肯定它作为中华文化的重要载体，其中包含着我们民族认识宇宙、社会、人生的大量智慧成果，经过科学地总结、清理、改造和重释，是可以将其中的一些有价值的内容吸收、转化为社会主义新文化的宝贵历史资源的。只要坚持实事求是的原则，就不会出现有人担心的“糟粕何其多，精华何其少”的情况。

我曾经说过，如何处理当今中国的主导意识形态马克思主义与在两千多年封建社会中长期居于主导意识形态地位的儒学的关系问题，是当代儒学研究的“第一课题”，也是社会主义意识形态建设不可回避的前沿课题。目前在这个问题上的思想乱象有目共睹：有从极右和极“左”两个方向固执的“儒马不两立”论、“取代”论；有认为马克思主义是国家意识形态、儒学是民族终极价值的“儒马二元并立”论、“平行”论；有立足点不同、取舍不同和程度有别的各种“儒马结合”论、“合则两利、离则两伤”论。比如都讲体用结合，“儒体马用”论与“马体儒用”论就有本质的区别；有人把“马克思主义中国化”说成是“儒学化”或“儒家化”，有人甚至提出了“儒化马克思主义”的口号；有人认为“马克思主义儒学化”和“儒学马克思主义化”是同一个过程，力图通过“儒马互化”来消弭二者的分歧和差别；有人接过新儒家以儒学为“常理”、“常道”的观点，认为马克思主义不过是中国儒学发展的一个阶段。貌似公正、不分轻重主次地讲“儒马结合”的也大有人在，此外还有形形色色的关于“儒家社会主义”的各种论说。2008年，我在中央党校召开的“马克思主义与儒学高层论坛”的简短发言中，表明了自己对这个问题的基本看法：“当代中国马克思主义已经从理论和实践上找到了一条解决马克思主义与儒学关系问题的正确途径，不论是中国特色社会主义理论体系还是社会主义核心价值体系，都从包括儒学在内的中国传统文化中吸取了不少思想资源作为古为今用的支援意识。……马克思主义与儒学的关系是主导意识与支援意识的关系。”“‘主导意识与支援意识关系’说主要是从古今关系立论，从坚持先进文化的前进方向立论，强调立足现实，顺应历史发展规律，而又不割断历史，将有价值的历史资源转化为支援意识，古为今用。……不是把儒学看成是完全消极过时的负面意识，而是把它的积极内容转化为支援意识，这对社会主义意识形态建设是有利的。”在此前发表的《综合创新之路的探索与前瞻》一文中，我是从“一元主导与多元兼容”的角度提出“主导意识”和“支援意识”两个概念的，着眼点是“兼和”与“综合创新”，“支援意识”也是从正面积极意义讲的。

第四组是“其他”，收入文章8篇。主要涉及两个论域，一个是湘学研究，一个是中医哲学研究，都是近年来新发展起来的学术方向。传统国学是一座蕴藏丰富的宝库，其中的资源未见得都已充分开发利用，包括一些很重要的学术资源，都需要我们用现代眼光去做返本开新的挖掘、清理和总结工作，扬精弃糟，古为今用。

湘学是一种有鲜明特色的地域学术传统，它的千年发展给我们留下了许多有价值的精神遗产。20世纪40年代后，这方面的研究已无人问津。1998年，我在参加湘潭大学四十周年校庆活动时，建议该校发挥地缘优势（湘潭碧泉书院是湖湘学派的发源地）和人文学科优势，组织力量开展湘学研究，有幸得到学校领导和哲学历史学院的大力支持。2002 年该校成立湘学研究所，我受聘兼任所长，主要依靠湘大同志的努力，陆续编辑出版了《湘学》辑刊五册，《湘学史》二卷（“湖湘文库”本，湖南人民出版社，2007），引起学术界对这一研究领域的重视。在此过程中我也写了一点东西，主要是讨论湘学研究的对象、范围和意义，千年湘学的成就、特点和局限性，王船山在湘学发展史中的特殊重要地位，湘学现代转换的可能方向等，希望能对这项研究的深入开展起到一点抛砖引玉的作用。

六年前，为了回应网上要求“取消中医”的万人签名，哲学界和中医学界的一些朋友，建议在中国哲学史学会下面成立一个中医哲学专业委员会，以推动对中医哲学和中医文化的研究。当时我在中国哲学史学会会长任上，明确坚定地支持了这一动议。有关组织工作和民政部审批注册工作都进行得十分顺利，2007 年 1 月，在社科院召开了中国哲学史学会中医哲学专业委员会成立大会。我于中医是外行，但对作为祖国传统文化的重要组成部分、为中华民族生存发展做出了巨大贡献的中华医道充满敬意，非常高兴看到近年来中医哲学研究和有关国情调研蓬勃开展，中医药事业得到国家领导人和社会各界人士的高度重视。我在几个会上的发言和为一位青年同志的著作《中医哲学史》所写的“序”，谈了一点自己的粗浅学习体会，更主要的是表示支持中医哲学研究的态度。

今日中国经济发展，文化繁荣，思想多元、自由、开放。在各种思潮交流、交融、交锋日益频繁的情况下，社会需要主流价值观来引导，学者担负着更大的文化责任。新旧世纪之交我在哲学和文化方面发表的看法，基本上是秉持促进马克思主义与中华文化精华相结合的一贯宗旨，认定“马魂、中体、西用”三流合一、综合创新是一条正确道路，所论如果有偏或有不到位之处，期盼得到读者批评指正。

需要说明的是，本书中有两篇文章是我分别与林存光、陆信礼同志合作完成的，三篇记者访谈都包含着记者同志的辛勤劳动在内。强华同志是编辑本书的提议者，中国社会科学出版社的赵剑英、冯春凤同志对本书的出版给予了大力支持。我在此对上述同志表示诚挚感谢。

2012年1月30日

（《中国文化的综合创新之路》，方克立著，中国社会科学出版社2012年9月出版）

《中国哲学史上的知行观》韩文本序

去年12月，我收到在韩国延世大学留学的胡静同学来函，告知“延世大学哲学系的李光虎教授最近翻译了您的书《中国哲学史上的知行观》准备出版，想先征求您的同意”。我复函向李教授表示感谢，接着又收到李教授的大函，才知道他是“和延世大学的学生们用一个学期的时间”讲读了《知行观》一书后，才决定翻译出版的，“现在翻译草稿基本上已经完成”。李教授表示：“如果您能为韩国的读者题上几句话的话，那就再感谢不过了。”一本30年前出版的旧著，今天还能得到韩国读者的惠顾，把它当作教材师生共同研读，这完全出乎我的意料之外。我想借韩文本出版的机会，向读者交待一下这本书的写作背景、它的不足之处和我今天对这个问题的认识。

这本书写作和出版于一个特殊的历史年代。“文革”时期，中国的高校已无法进行正常的教学和研究工作，我所在的南开大学哲学系为了让大家还能做一点事情，确定以毛泽东哲学思想为全系教学科研的重点和中心，不仅马哲教研室要集中做这方面的研究，其他教研室的科研选题也要围绕这个中心。中哲教研室当时报了两个题目：一个是《实践论》与中国哲学史上的知行学说，一个是《矛盾论》与中国哲学史上的辩证法思想。前者分工由我来做，有关知行问题的资料就是那个时候搜集整理的。“文革”后百废待兴，既要开新课，又要搞科研，我决定把知行观这个课题继续做下去，得到了校系领导和人民出版社的大力支持。《知行观》一书的编写设想曾发表于人民出版社的《编辑工作简报》和国家出版事业管理局编印的《出版工作》1978年第

7期。

编写设想讲得很清楚，这本书是以毛泽东的《实践论》为指导思想，来系统地清理中国哲学史上的知行学说，主要是把它当作一个认识论问题来研究，在一定意义上可以说是一部中国认识论的专史。当时我已意识到，这种单一视角是有缺欠的，因为在中国传统哲学中，知行关系不单纯是一个认识论问题，它还有其特殊的伦理学的意义，如何做人、道德上知善与行善的关系往往成为讨论的主题。如果仅从认识论的角度去研究，就难免产生认识和评价上的片面性。有此问题意识为什么没有调整研究思路？是考虑到这本书的主要任务是要探讨《实践论》与中国传统哲学的关系，挖掘它所阐明的“辩证唯物论的知行统一观”的本土思想资源，提供马克思主义哲学如何接着中国传统哲学问题讲、从而实现中国化的一个重要范例。《实践论》的副标题是“论认识和实践的关系——知和行的关系”，即表明它是接着中国传统哲学知行问题讲的，是用辩证唯物主义认识论观点对中国哲学史上知行学说的批判继承和科学总结。我认为，只要把这个思想发展线索讲清楚了，就基本上达到了预期目的，其它内容都可以作为这个逻辑主线之外的偶然因素或外在形式而暂时予以割舍，俟诸来日，包括它的浓重的道德伦理色彩。这个编写设想得到了出版社的认可，本书写作和出版都比较顺利，出版后又重印过两次（1984年，1997年）。

由于写作时代和预设目标的限制，本书的不足之处也是显而易见的。我在1984年写的《重印前言》中以对王阳明“知行合一”说的评价为例，指出仅从认识路线上揭露它混淆知行概念、“以知为行”、“销行归知”的主观唯心主义实质，而对其批判程朱理学空谈性命、“终身不行，亦遂终身不知”的补偏救弊之功，以及唤起人们为善去恶的道德良知、强调“真知即所以为行，不行不足谓之知”的积极意义肯定不够，就有明显的片面性。这还是就个别人物和学说的评价而言，从整体上说，我的这项研究存在着对中国传统哲学“合知行”、“同真善”

的特点重视和强调不够的问题，因为在我看来，它所体现的哲学精神虽然有可称道之处，但对中国哲学的发展也起了不容忽视的消极负面作用。正如张岱年先生所指出的：西方哲学是“爱智”之学，以求真为目的；中国哲学是“闻道”之学，“道”既是宇宙的根本法则，又是人生的至善准则，因此求“道”就是求真与求善的统一，“爱智”与“希贤”的统一。在中国传统哲学中，“穷理即是尽性，崇德亦是致知”，认识论与修养论、真理论与价值论之间并没有截然分明的界限。这种求“道”精神塑造了中国哲人重仁义、崇理想、有“内圣外王”抱负的特殊品格，也是中国古代科学理性和逻辑分析工具不发达、缺乏自由探索精神，在近代落后于西方的重要原因。

知和行是人类特有的两种能动性。知就是认识世界，是人对世界的主观认知；行就是改变世界，是主观见之于客观的人的活动。知和行不是人生来就有的“良知良能”，而是后天习得的和不断发展的。知和行互相联系，互相促进，并进发展，永无止境。知和行的水平是人类文明进步的标尺。中国哲学史上的知行学说包含着非常丰富的内容，它提供了大量有关“行先于知，由行致知”、“知之明也，因知进行”、“以行验知，以行证知”、“知行并进，相资为用”等有价值的思想资料，也提供了一些违背人类认识规律的反面资料，可以帮助我们通过比较和总结经验教训，来深刻认识“知和行的具体的历史的统一”过程和发展规律。在中国古代，由于生产规模的狭小，限制了哲学家的眼界，更主要的是由于剥削阶级的偏见，从维护封建统治利益出发，往往将知行问题归结为个人认识和践行封建道德的关系，脱离生产斗争、阶级斗争和科学实验等社会实践活动，脱离人民群众这个知和行的主体，因此不能正确揭示认识的本质及其发展规律，把知行学说建立在科学的社会实践的基础之上。直到近代，孙中山等人才在一定程度上超越了这一狭隘眼界，把资产阶级的革命实践和科学观察、试验等内容也包括到“行”中去。一些近现代哲学家也看到了传统知行观的这种局限性，比如贺麟在《知行合一新论》中说："不批评地研究知行问题，而直谈道德，所得必为武断的伦理学。因为道德学研究行为的准则，善的概念，若不研究与行为相关的知识，与善相关的真，当然会陷于无本的独断。"应该看到，认识论问题与道德修养问题纠结在一起确实是中国古代知行学说的一个特点，但未见得是优点，勿宁说正是其局限性之所在，因为它限制了人们认识世界和改造世界活动的范围和眼界，限制了人的主观能动性的全面自由发挥。历史实践证明，不摆脱封建道德论的束缚，科学的知行观和认识论就不可能在中国得到长足发展。

哲学有什么用？冯友兰先生说过，哲学不能给人们增加实际的知识，但是能提高人的精神境界。冯契先生指出了哲学如何提高人的精神境界的两条具体途径，即"化理论为方法，化理论为德性"。我们注意到，研究从"知之非艰，行之惟艰"的古训到毛泽东《实践论》的中国知行学说史，不仅从认识论、方法论的角度给我们提供了丰富的思想资源和理论启示，而且在德性论、修养论方面也有一些可以吸收、借鉴的东西。比如，经过研究得出"主观和客观、理论和实践、知和行的具体的历史的统一"的结论，就突出地体现了"知行合（统）一"理论的方法论价值，而知行一致、言行相顾作为做人的一个基本要求，则集中体现了它的德性论价值。从这两个方面都可以看到正确的知行学说对于提高人的精神境界的重要作用和意义。

李光虎教授在来函中说："我很关注儒学的真理观和学问观，……我也很关注处理客观事实认识问题的自然科学。因此我一直在思考着应该怎样区别和联系科学的认识和人文学的认识这一课题，我认为圣人的学问和科学家的学问是为了人类文化的均衡发展而必不可少的两门学问。"我们今天研究知行问题，非常需要有这样的眼光，一方面批判地继承先哲的思想成果，同时还要超越其历史局限性，在经济、社会日益现代化的时代，促进科学理性与道德人文均衡发展。在一定意义上说，这也是我研究中国哲学史上知行学说的初衷，不过在30年前的这本旧著中做得不够好，我诚恳地期盼得到中韩读者的批评和指正。

2012年2月25日

（附记：四年前，本文应韩国延世大学李光虎教授之邀而写。《中国哲学史上的知行观》韩文译本因故至今尚未出版。序文反映了作者30年后对该书的一些认识，把它作为一个历史存在保留在本书中）

开创二张研究的新局面

——《张申府张岱年研究集刊》代序

河北师范大学成立“张申府张岱年研究中心”，以研究二张思想与马克思主义中国化为宗旨、为主题，我认为是把准了时代脉搏、具有前瞻性眼光的。它一起步就得到了许多同志、朋友的热烈祝贺、支持与合作，说明大家都看好这件事情，也说明我们做对了，这件事情是应该做的。怎样不负众望、做好这件事情呢？河北师大的同志们很谦虚，专门召开这个会议来听取大家的意见。我在这里也讲几点个人的想法：

（一）明确和确立二张思想在20世纪中国哲学史、思想史上，特别是在马克思主义中国化进程中应有的历史地位。

关于这个问题，我想提出这样一个观察和比较的视角：中国在11世纪出现了著名哲学家程颢（1032—1085）、程颐（1033—1107）兄弟，他们的贡献是开创了宋明理学，在“北宋五子”中占有重要地位。英国汉学家葛瑞汉写了一本书：《中国的两位哲学家——二程兄弟的新儒学》，任继愈先生为中译本作序，是一本名著。中国在20世纪又出现了一对著名的兄弟哲学家张申府（1893—1986）、张岱年（1909—2004）先生，对他们的理论贡献和学术地位，能不能与历史上的二程作一个比较呢？我认为这是一个可以尝试的思路。

二程生活在中国思想文化的一个转折时代，他们吸收了佛、道二教的思想资源，实现了儒学发展史上一次重要的综合创新，创造了体现“三教合一”精神的宋明新儒学。二张先生生活在一个更加伟大的百家争鸣、综合创新的时代，中国思想舞台上不只是有儒、释、道三教，而且有中、西、马三种文化系统，自由主义、保守主义、马克思主义三大文化思潮相互碰撞，对立互动。问题与主义论战、科玄论战、中国社会性质和中国社会史问题论战、中国本位文化论战、唯物辩证法论战，一个接着一个。在人们一般只看到三大思潮之间的分歧、对立、“道不同不相为谋”这一面的时候，二张先生却看到了将三者之精华“综合于一”的可能性，在20世纪30年代就提出了中、西、马“三流合一”的思想，到80年代更形成为系统的“综合创新”文化观。他们早就认识到，辩证唯物论是“当代最伟大的哲学”，代表了先进文化的前进方向，中、西、马“三流合一”必须以马克思主义哲学为基础和主导，综合创新出来的新文化必然是社会主义的中国文化。他们指出的中国文化发展的方向和道路，不仅已为20世纪中国的历史进程所证实，而且在21世纪，甚至在更加长远的未来，都具有指导意义，将成为一种主导的哲学和文化理论。二程在中国哲学史、思想史上的地位已经十分确定，经过上述比较，二张在中国哲学史、思想史上应该占有什么地位，我们心里就比较有数了。有一本书写“当代中国十哲”，张岱年先生是其中之一，马克思主义哲学家在“十哲”中只有四位。还有人认为20世纪中国马克思主义哲学家中，理论贡献最大的是五个人：李达、艾思奇、毛泽东、张岱年、冯契。这些说法都充分肯定了张岱年先生的历史地位。

今天成立张申府张岱年研究中心，首先要明确和确立二张先生在中国哲学史、思想史上应有的地位。“明确”是我们认识上要明确。“确立”是通过我们扎实的研究工作和有效的宣传工作，使这种认识能够得到学术界、思想文化界和社会各界的广泛认同，成为一种共识。

从籍贯来说，二程兄弟是河南人，二张兄弟是河北人。二程作为河南地方文化名人的地位早已确立，各种学术研讨、宣传、纪念活动经常举行。1988年，我与张岱年先生等一起去河南洛阳出席“洛学与传统文化”学术研讨会，就深刻感受到了这一点。二张先生作为地方文化名人的地位，我想河北省、地、县领导和学术界、文化界、新闻出版界也会逐渐重视起来，以河北出了这两位现代著名思想大师为荣。推动各方面对此予以重视，也是中心要做的工作之一。

（二）把“张申府张岱年研究中心”建设成为二张思想与生平活动的研究中心、资料中心和学术交流中心。

二张先生是哲学家、思想家，对他们的研究当然首先是思想研究。近十年来，关于张岱年先生思想研究的成果比较多，但是否把前辈思想的精义、精髓都充分揭示出来了呢？我觉得还有不小的差距。比如张先生在40岁以前，力图“将唯物、理想、解析，综合于一”，创造一个接着中国传统天人之学讲的“天人新论”哲学体系。这是一个中国化的马克思主义哲学体系，它的问题意识、理论框架和概念范畴都来自中国传统哲学，但是以“当代最伟大的哲学”辩证唯物论为世界观和方法论的指导，而又不是照抄照搬当时流行的苏联哲学教科书。应该说它基本上符合民族的、科学的、大众的中国新文化的要求。这个哲学体系虽然没有完成，但已大纲初具，有些重要章节实际上已经写出来了，只是不够完整，当时没有发表。我国哲学界多年来一直在讨论如何创建中国特色马克思主义哲学新形态的问题，哲学史界也提出了中国哲学的“合法性”问题，其实大家心里都明白，之所以没有突破性的进展，难点是在本土化和民族主体性建设上。迄今为止，毛泽东的《实践论》《矛盾论》还是这方面成功的典范。我们不妨设想，张岱年先生在半个多世纪以前创造的“天人新论”哲学体系，如果不受抗战时期极其艰苦的环境困扰，如果解放后不是“存而不论”，而是有条件继续做下去，能够大功告成并顺利问世，那么今天中国马克思主义哲学本土化和中国哲学现代化的局面，可能就会很不一样，至少它又提供了另一个典范，将马克思主义哲学中国化和民族主体性建设向前推进一步。所以我认为在今天，非常需要有人能够把“天人新论”

哲学体系的整体思路和学理精义研究透彻，全面准确地揭示出来，它不只是具有思想史的意义，而且对于现实理论的创新和发展，对于马克思主义哲学中国化，也具有建设性的意义。如果有人能像刘心武续写《红楼梦》那样，以张先生的文字和内在思想理路为依据，续写出以“天人本至”、“物统事理”、“物原心流”、“永恒两一”、“大化三极”、“知通内外”、“真知三表”、“群己一体”、“人群三事”、“拟议新德”十论为基本框架的“天人新论”哲学体系，我们亦应表示欢迎。

由于历史形成的原因，对张申府先生思想的研究，至今还是一个薄弱环节。他是公认的罗素研究专家，在中国大力推介、阐扬逻辑分析方法，并且同唯物辩证法、孔子“仁”的学说结合起来。最早提出“孔子、列宁、罗素，三流合一”的就是申府先生。但至今除了舒衡哲的访谈录、郭一曲的博士论文外，很少见到专门的研究成果。今年是中国共产党建党 90 周年，张申府先生是中共创建时期的重要人物之一，他和刘清扬同志同为周恩来的入党介绍人。20 世纪 30 年代，张申府先生还是进步阵营“新启蒙运动”的主要倡导者之一。他不仅发表了大量政治、社会、哲学、文化方面的论著，而且重视对数学、物理等自然科学的研究，大力提倡科学方法。张申府先生和刘清扬同志都是河北师大的校友，从表彰先贤的功业和发扬他们的革命精神与科学精神的角度，加强对他们的研究也是中心义不容辞的责任。

中国史学的传统从来重视“知人论世”。要对二张思想有深刻理解和把握，必须了解他们生活的时代，他们的家世，他们求学和工作的经历，他们的社会交往等等，也就是说，还要加强对他们生平活动的研究。研究工作要以掌握大量第一手资料为前提，包括二张先生的论著手稿、往复信函、生前留影、谈话录音、访谈记录等等，哪怕是片言只字，都十分珍贵。中心除了做思想研究外，还要组织力量写他们的传记、年谱，编制影视专题片，请有才华的作家、艺术家创作以他们为题材的文艺作品等等，需要做也可以做的事情很多。总之，要把思想研究与生平研究结合起来。

一个好的研究中心，应该同时也是资料中心和学术交流中心。我们对河北师大二张研究中心的期望，就是办成这样一个“三位一体”的学术单位。在这里不仅出成果，出人才，而且也是二张资料收集最齐全、使用最方便的地方，全国以至世界各国想要做这一课题的学者，都要到这来学习，来查阅资料，来交流研究心得。今天到会的有一位韩国学者，中心成为“张学”研究重镇，将来可能还会为你们学校吸引来一些外国留学生。

（三）开门办研究中心，争取得到二张先生的家属、弟子门人，及全国学术界、文化界、新闻出版界、地方政府和各界人士的广泛支持，与他们建立良好的合作关系，为各项研究与交流活动的开展提供平台，提供优质服务。

事实上我们一开始就已经这样做了，这要成为坚定不移的办中心的方针和指导原则。一方面我们自己要实干，另一方面还要争取得到多方面的支持、合作与帮助。有些工作是必须广结善缘、各方面精诚合作才能办成功的。大家比较关心的是以下几个方面：

1. 二张先生的手稿、书信、影像等第一手资料的收集和整理，必须得到他们的子女亲属、生前友好、弟子门人的大力支持与合作。

2. 二张先生本人的著作和有关研究论著的出版，必须得到出版部门的大力支持与合作。我们有一个有利条件，河北人民出版社对出版二张先生的著作非常重视，非常支持，《张岱年全集》八卷本、《张申府文集》四卷本都是他们出版的。《张岱年全集》出版于 1996 年，此后 8 年张先生还发表了一些文章；过去的文章也收集得不全，现已发现未收入全集的文章还有 100 多篇；张先生的书信都没有收进去。将来势必要出收罗更全、编辑整理更加科学合理的新的《张岱年全集》，我们希望这项工作能够由河北师大二张研究中心与河北人民出版社合作承担起来。除了二张先生本人的著作外，也希望你们能够合作编辑出版一套高质量的二张研究丛书，为弘扬既具有现实性、也具有前瞻性的综合创新文化观作出贡献。

3. 建议河北师大二张研究中心与北京的张岱年哲学研究会（即中国哲学史学会张岱年哲学专业委员会）合作办一个二张研究的专业网站，作为全国开展这方面研究的成果发表和信息交流平台。刘鄂培教授是中心的名誉主任，也是张岱年哲学研究会的会长，这就非常有利于这一合作的顺利开展。

（四）开始注意和逐渐加强对以张岱年先生为旗帜的“综合创新”学派的研究。

不论在历史上，还是在当前中国思想界、学术界，学派现象都是客观存在的。“百家争鸣”是学术文化发展的规律。春秋战国时期，儒、墨、道、法、名、阴阳等诸子峰起，成就了我国思想史上的第一个黄金时代。《宋元学案》《明儒学案》中写了那么多学案，实际上就是一个个以案主为中心的大小学派，除了主要记载、论述案主的思想外，还有师承、家学、弟子门人、学侣、同调、讲友、交游等等，弟子中有亲炙弟子、私淑弟子，还有再传、三传弟子，形成一个有大体相同或相近的学说主张、有某种思想传承关系的学术群体，这就是学派现象。今天中国思想界有没有学派现象呢？当然也是有的。“五四”以来我国出现了“三分”的思想格局，形成了三大思潮，所谓现代新儒家学派、自由主义西化派、中国马克思主义等就是不同的学派。马克思主义中也有思想倾向不同或学科领域不同的各种学派，比如在中国思想史研究领域，就有著名的侯外庐学派，最近还有文章关注刘泽华学派。在社会政治领域和经济学领域，都有不同的学派。在 20 世纪 80 年代的文化讨论中，全盘西化派、彻底重建派、儒学复兴派、西体中用派、新启蒙派等等一齐登场，众声喧哗，以张岱年先生为代表的“综合创新”派也是在这个时候正式出场的。

从大的学派归属来说，二张思想属于中国的马克思主义学派。其核心理念是中西马“三流合一”、综合创新，其哲学基础是张岱年先生继承传统“和而不同”思想、并且把它上升到唯物辩证法高度的“兼和”理论。他们在建国前倡导的“解析的辩证唯物论”哲学，在当时不是中国马克思主义的主流派，而是被称为“学院派马克思主义”，认同的人并不多；张岱年先生在这种哲学指导下创造的“天人新论”体系也没有完成，这里面就包括他在40年代提出的“兼和”范畴。时移世迁，到80年代张先生重新提出“文化综合创新”论时，情况就大不一样了，它在与上述各种文化理论的比较和论争中显示出了巨大的优越性，中国马克思主义派的文化学者迅速集合到这面旗帜下，事实上已经形成了张岱年学派，或者叫做“综合创新”学派。

张先生是1987年正式提出“文化综合创新”论的，一开始就得到刘鄂培、羊涤生、衷尔钜等早期弟子的高度认同、大力支持。张先生关于“天人新论”的未刊手稿，1988年以《真与善的探索》为书名正式出版，他在“文革”后培养的一批研究生如程宜山、李存山等人，还有中央党校研究生范学德等人，倾力研究和加以表彰，使“综合创新”思想得到更系统的阐述和广泛的传播。1995年在澳门召开的综合创新文化观研讨会，可以看作是这种文化理论已经得到广泛认同、“综合创新”学派已经形成（确立）的标志。以后在全国各地还召开了多次综合创新学术研讨会，主要有：1999年张先生90岁时，在北京大学召开的纪念研讨会和出版的纪念文集；2004年在清华大学召开的纪念张先生95岁诞辰学术研讨会和出版的文集；2006年在长沙岳麓书院召开的纪念张先生逝世两周年学术研讨会；2007年在天津南开大学召开的“综合创新与中国哲学的现代走向”学术研讨会；2009年在北京召开的纪念张岱年先生百岁诞辰学术研讨会。这些学术活动都深化了对综合创新文化观的研究，扩大了综合创新学派的影响。

对于这样一个客观存在的思想史现象，二张研究中心现在就要开始注意并逐渐加强研究力度。中心的这些研究活动本身，将来也可能会成为思想史的一部分。因为二张先生的思想，特别是中西马“三流合一”、综合创新的思想，虽然产生于20世纪，但真正发扬光大得到广泛认同、成为一种主流的哲学和文化理论，恐怕是在21世纪，其影响甚至会更加久远。因此目前我们首先要做好基础性的研究工作，同时也要做一些拓展性的研究，眼光更加长远一些，自觉地承担起传承和弘扬先进文化的重任。

以上几点是我个人的想法，或者说是愿望，提出来仅供参考。我与在座各位学者一样，十分期盼在后二张时代能够出现一个二张研究的新局面。

（《张申府张岱年研究集刊》第1辑，河北人民出版社2013年1月出版。代序之文是作者2011年4月26日在河北师范大学张申府张岱年研究中心成立暨“张申府张岱年与马克思主义中国化”学术研讨会上的发言，原载《河北师范大学学报》〔哲学社会科学版〕2011年第4期）

中国哲学史学：近代化与民族化的统一之路

——《梁启超中国哲学史研究评述》代序

这次会议的主题是“中国哲学的现代化和世界化”。“中国哲学”可以有不同的所指，作为我们这个学科研究的对象来说，它主要是指中国传统哲学。中国传统哲学是前近代的中国哲学，是中国奴隶社会和封建社会时期的哲学，它能否现代化和世界化？怎样现代化和世界化？或者说，它是否具有现代意义和普世价值？如何呈现出这些意义和价值？这是需要我们中国哲学史工作者去研究、探讨和回答的问题。我们的前辈已经为此作了近百年的努力，其努力方向主要有二：一是引进西方近代哲学的观念和方法，来整理和诠释中国传统哲学思想资料，使之能够为现代人所理解，能够与世界上其他民族的哲学交流沟通；二是以马克思主义哲学史观和方法论为指导，来清理中国古代哲学遗产，“取其精华，弃其糟粕”，它不仅为马克思主义哲学中国化提供了本土资源的源头活水，而且也为中国哲学的现代化和世界化作出了重要贡献。但是，前人所做的这些努力，现在已经遭到了“合法性”质疑，因此，我们今天来讨论中国哲学的现代化和世界化问题，就不能回避中国哲学的“合法性”问题，不能不看到这两个问题之间的内在关联。

其实，中国哲学的“合法性”问题就是在中国哲学近（现）代化和世界化的过程中产生的，它以批判中国哲学“合法性危机”的极端形式提出来，其实代表的是一种民族化的诉求。我们看到，在近代意义的“中国哲学”或“中国哲学史”学科产生和发展的全过程中，近

（现）代化与民族化、世界化与本土化、普遍性与特殊性的矛盾和张力是始终存在着的。一些学者试图以近（现）代化、世界化（西方化）、普遍性为标准来建立这门学科，一些学者则指其为“以西范中”、“以夷变夏”、“汉话胡说”，丧失了中国哲学的自性，强烈地提出了回归中国哲学原生态的要求。还有一些学者看到了近代化的中国哲学史学科产生的历史必然性，坚持按照近（现）代化与民族化、世界化与本土化、普遍性与特殊性统一（结合）的方向来建设发展这门学科。几种不同的路向在中国哲学史学科发展的百年历程中是长期存在的，一直有争论的，在今天到了需要认真总结、更加方向明确地把这门学科向前推进的时候了，“合法性”问题的提出也迫使我们不得不对本学科发展中的一些根本问题，即涉及哲学观、哲学史观和方法论的问题作出回答。我认为在今天至少要回答以下三个问题：

第一，中国有没有哲学？我们今天所说的“中国传统哲学”到底能不能叫做哲学？这是一个西方人的问题，或者说是在西方哲学话语霸权下提出来的问题，但是我们要作出中国人的回答。

第二，近百年建立和发展起来的“中国哲学”或“中国哲学史”学科，到底是在写“中国哲学”的历史，还是在写“（西方）哲学在中国”的发现史？这是对该学科之“合法性”提出了质疑，“重写中国哲学史”的口号即意味着要求重建具有“合法性”的中国哲学史学科。

第三，以马克思主义哲学史观和方法论为指导来研究中国哲学史具不具有合法性？马克思主义作为繁荣发展我国哲学社会科学的普遍指导理论，适不适用于中国哲学史这个学科？这个问题在讨论中是隐含着的，但却是该学科遭到合法性质疑的关键，因为马克思主义也被归结为一种“西学”，“唯物唯心”和“阶级分析”被看成是需要突破的最大的“紧箍咒”。

以上三个问题可以说是关于合法性质疑的“三重问难”，是提出了这样三个层次的问题：它首先当然是针对现实而发的，是质疑我们今天叫做“中国哲学史”的这个学科是否具有合法性，包括各位在学校里开的这门课程能不能叫做“中国哲学史”，我们这个学会能不能叫做“中国哲学史学会”……，都是非常现实的问题，如果只是质疑七八十年前胡适、冯友兰的著作就没有多大意义了。第二步就是把现实中存在的问题统统归结为胡、冯“以西释中”模式影响甚至笼罩的结果，通过否定胡、冯模式来否定近百年来的整个中国哲学史学科的合法性。最后拿出“中国无哲学”论来，从根本上否定了这个学科存在的基础（根据、前提）：中国无哲学，哪有什么“中国哲学”或“中国哲学史”学科？

合法性质疑的三个问难，对于中国哲学史学科来说，确实构成了非常严峻的挑战。因为它不仅关系到对我们的前辈近百年来的中国哲学史研究工作的评价，关系到这个学科今后发展的方向，而且关涉到了这个学科存在的基础、前提和根据。就我们这次会议讨论的主题来说，它已预设了这样的问题：近百年来中国哲学近（现）代化和世界化的方向是否对头？今后还能继续这样走下去吗？因为事实上有人已经提出了“改弦易辙”的要求（要求实行精神上的“退耕还林”，哲学上的“兴灭继绝”）。所以我在来西安开会前，脑子里挥之不去的还是这些质疑和问难，思考应该怎样进行回答。下面谈谈我的基本思路。

关于第一个问题“中国有没有哲学”。首先要搞清楚哲学是一门什么性质的学问，它的研究对象是什么，它在诸学科中处于什么地位，然后再来看中国古代有没有这种学问，或者类似这样的学问。如果把哲学界定为对宇宙、人生的大本大源问题作形上之思的学问，那么中国古代关于“性与天道”的学问，关于“究天人之际、通古今之变”的学问，中国古代的“道学”、“玄学”、“义理之学”或“天人之学”，把它们归属于“哲学”这门学问应该是没有问题的。中国哲学家致力于“究天人之际”、“探阴阳之赜”、“通古今之变”、“乐成人之道”、“求致知之方”的理论探索，其对象涉及宇宙、社会、人生和人心（人的思维）的一些根本问题，与其他民族的哲学理论思考有共同之处或相似之处，但中国哲学又有自己独特的问题意识、答问方式和义理结构，有自己的民族特点。张岱年先生把哲学看作是一个“共相”、“类称”，中国哲学、西方哲学、印度哲学都是其“殊相”，通过共性寓于个性之中、个性比共性更丰富的思路来解决这个问题是合理的。有些西方哲学家根本不了解中国哲学，就否定中国有哲学，用一种“殊相”来否定另一种“殊相”，这是西方中心论的偏见。我们注意到，17世纪以来，也有不少西方哲学家是肯定中国有哲学的[①]。但是，这个问题的回答，并不因洋人说有而有，说无而无，而是要靠中国人对“哲学”之共性与个性关系的理解，以及用近代学术观念去考察中国古代思想史而得出的合乎实际的结论。

关于第二个问题即“中国哲学史”学科的合法性问题。我认为必须认真研究近代以来的中国哲学史学史，以其丰富的历史内容来回答这个问题，那么我们就不难判断：用“以西释中”、“汉话胡说”来概括近百年来的全部中国哲学史研究工作是否符合实际？这种说法有无以偏概全之弊？实际情况是：胡适建立了“以西释中”的研究范式[②]，但一开始就受到了梁启超的尖锐批评。梁启超指出胡适仅从认识论（名学）的角度去研究中国古代哲学有很大的片面性，不能把握中国哲学之博大精深处，甚至是“弃菁华而取糟粕”。因为中国哲学最重要的问题是“怎样能够令我的思想行为和我的生命融合为一”、“怎样令

① 参见苗润田：《西方思想界如何看待“中国有无哲学”的问题》，《河北学刊》2004年第3期；张允熠：《哲学的困境和黑格尔的幽灵——关于“中国无哲学”的反思》，《文史哲》2005年第3期。

② 余英时说：“从思想史的观点看，胡适的贡献在于建立了库恩所说的新‘典范’。而且这个‘典范’约略具有库恩所说广狭两义：广义地说，它涉及了全套的信仰、价值和技术的改变；狭义方面，他的具体研究成果（如《中国哲学史大纲》）则起了‘示范’的作用，即一方面开启了新的治学门径，而另一方面，又留下了许多待解决的新问题。”（《重寻胡适历程：胡适生平与思想再认识》，广西师范大学出版社2004年版，第172页）

我的生命和宇宙融合为一”的问题，这不是靠增加知识的办法所能解决的，而只能从道德实践和“体验”中得来①。梁启超实际上已经开启了中国哲学史研究的近（现）代化与民族化相结合的方向。

冯友兰的两卷本《中国哲学史》，从表面看似乎比胡适的西化倾向更彻底，因为他讲过“哲学本一西洋名词。今欲讲中国哲学史，其主要工作之一，即就中国历史上各种学问中，将其可以西洋所谓哲学名之者，选出而叙述之”②这样的话。其实该书在以西方哲学为选材标准之同时，也注意到了中国哲人不重著书立说、中国哲学不重知识论与逻辑学，而特重修养方法、在这方面“实甚有贡献”等特点。冯友兰在20世纪30年代还突出地提出了哲学的民族性问题，认为哲学的民族性即表现在“某民族的哲学，是接着某民族的哲学史讲底，是用某民族的言语说底”，而且它还能对于这个民族“在精神上底团结及情感上底满足”有很大的贡献③。在冯友兰抗战时期写的《新原人》《新原道》等著作中，民族化不仅表现于外在的形式方面，而且在内容上要求把握“天地境界”、“内圣外王之道”等中国传统哲学的精神。他说自己的“新理学”体系既是近代的，又是民族的，也就是说，是近代化与民族化的统一。

张岱年在20世纪30年代写了《中国哲学大纲》一书，他一方面认为哲学作为研讨宇宙人生之究竟原理及认识此种原理之方法的学问，中西哲学在问题、对象以及在诸学术中的位置上有相似之处，因此参照、借鉴西洋哲学来研究中国哲学不仅是可能的，而且也是必要的；另一方面，他又指出：“中国哲学，在根本态度上很不同于西洋哲学或印度哲学，我们必须了解中国哲学的特色，然后方不至于以西洋或印

① 梁启超：《评胡适之〈中国哲学史大纲〉》，《饮冰室合集·文集之三十八》，中华书局1989年版，第60—61页。

② 冯友兰：《中国哲学史》（上），《三松堂全集》第2卷，河南人民出版社2001年版，第245页。

③ 冯友兰：《论民族哲学》，《三松堂全集》第5卷，第273—274页。

度的观点来误会中国哲学。”[①] 他将中国哲学的特色概括为“合知行”、“一天人”、“同真善”、“重人生而不重知论”、“重了悟而不重论证”、“既非依附科学亦不依附宗教”六点，以此与西洋哲学也与印度哲学区别开来。他还指出：“求中国哲学系统，又最忌以西洋哲学的模式来套，而应常细心考察中国哲学之固有脉络。”[②] 因此该书不论在名词概念的使用上，还是在一些问题的提法和排列次序上，都与西洋哲学有所不同，而是更多地体现了中国哲学的民族特点。

马克思主义的中国思想史家侯外庐、赵纪彬等人在抗战时期就明确地提出了“学术中国化”的口号，新中国成立后马克思主义的中国哲学史工作者也在中国哲学的现代化和民族化、本土化方面做了大量工作。比如，在1957年的中国哲学史问题讨论中和“文化大革命”后的反思中，就有不少学者对哲学史研究中的教条主义学风和简单化的做法提出了尖锐批评，半个多世纪以来，也有不少学者在揭示中国哲学的特殊性和主体性方面做了一些很有价值的探索。举一个例子：不久前去世的刘文英教授，在对中国古代梦的迷信与梦的探索的研究中，就明确“反对用现代世界梦说简单地剪裁中国古代的梦说，或把中国古代梦说作为一种插图，简单地去注释现代世界的梦说”[③]，而是在研究了弗洛伊德等西方学者的有关著作后，既充分肯定其学术成就，也指出了其严重的理论缺陷，在前人探索的基础上提出了自己的新梦说，被钱学森先生称为“中国人的胜利”。中国大陆的马克思主义学者是一个群体，出现刘文英教授的“梦论”这样的研究成果并非个别偶然现象；正是通过群体的努力，才使中国哲学史学科不断地朝着科学化的方向发展。

① 张岱年：《中国哲学大纲·序论》，《张岱年全集》第2卷，河北人民出版社1996年版，第5页。

② 张岱年：《中国哲学大纲·自序》，同上书，第3页。

③ 刘文英：《梦的迷信与梦的探索·前言》，中国社会科学出版社1989年版，第3页。

另外，港台新儒家学者的中国哲学史研究也是值得重视的。牟宗三、唐君毅等人都是既通晓西方哲学而又反对依傍西方哲学，并企图超越西方哲学的学者，他们在揭示中国哲学的民族性和特殊性方面也作出了自己的贡献①。不过在价值评判上他们又认为中国哲学高于、优于西方哲学，认为世界哲学的最后归宿是向着中国哲学“生命的学问”走。这也未必是公允之论。马克思主义与现代新儒学这两派有不同的哲学观、哲学史观和方法论，但都趋向于现代化与民族化统一的方向，不能把它们简单地归入“以西释中”的研究范式。

近百年来，中国哲学史学科尽管发展道路并不平坦，目前也还存在着不少问题，但不能说它始终没有摆脱“以西释中”的模式，始终被西方哲学所笼罩。不能否认学者们曾经作过多个方向的探索和努力。综观它的百年发展历程，近（现）代化与民族化相结合的方向和道路始终是主流，是它在二者的张力即对立统一中不断取得新进展的主要动力，也是这个学科之所以能够成立的合法性根据。

关于第三个问题即要不要坚持马克思主义在中国哲学史学科中的指导地位的问题。我们知道，在中国哲学史学科的百年发展历程中，长期居于主导地位的并不是胡、冯模式，而是马克思主义的哲学史观和方法论。新中国成立前郭沫若、侯外庐、张岱年等学者就已经开始用唯物史观和辩证唯物论来分析研究中国古代的哲学思想，新中国成

---

① 牟宗三在《中国哲学的特质》一书中批驳了“中国无哲学”论，并指出：“以西方哲学为标准，来在中国哲学里选择合乎西方哲学的题材与问题，那将是很失望的，亦是莫大的愚蠢与最大的不敬。”（台湾学生书局 1987 年版，第 10 页）唐君毅也曾尖锐地批评有些人“唯以西方之思想为标准，幸中国前哲所言者与之偶合，而论中国前哲之思想”的奴隶主义态度和学风（《中国哲学原论·原道篇》卷一，台湾学生书局 1984 年版，第 9 页）。徐复观认为学习西方哲学的意义主要在于磨砺理论思考能力。他说：“我常常想，自己的头脑好比是一把刀，西方哲人的著作好比是一块砥石。我们是要拿在西方的砥石上磨快了的刀来分解我国思想史的材料，顺着材料中的条理来构成系统；但并不要搭上西方某种哲学的架子来安排我们的材料。”（《徐复观文集》第 2 卷，湖北人民出版社 2002 年版，第 19 页）

立后半个多世纪马克思主义在中国大陆更处于明确的指导地位，大量中国哲学史研究论著是在这种理论和方法的指导下写出来的。能不能把马克思主义哲学史观和方法论简单地说成是一种西学模式？这当然首先涉及对马克思主义作为我国哲学社会科学的普遍指导理论的认识，对马克思主义哲学本身的认识，承不承认它的产生是人类认识史上的一次大革命。如能从这个意义上来了解马克思主义哲学，那么它就不仅是从西方哲学传统中产生的，而且也总结了全人类的哲学智慧，是体现了时代性与民族性、革命性与科学性高度统一的真理性认识。马克思主义哲学史观和方法论的基本原则，包括社会存在决定社会意识、逻辑的与历史的统一、哲学基本问题和哲学的党性原则、历史主义和批判地继承历史遗产的方针，等等，都是从整个人类认识史概括总结出来的，因此对于研究各民族的哲学史就具有普遍的指导意义。例如，哲学基本问题反映的是哲学这门学问的基本矛盾，它在不同民族、不同时代的哲学中有不同的表现形式，所以冯契先生根据恩格斯的论述将哲学史定义为“根源于人类社会实践主要围绕着思维和存在关系问题而展开的认识的辩证运动”[①]，中国哲学史也不例外。哲学基本问题在中国传统哲学中通常表现为天人之辩（中国哲学亦称“天人之学”），有时也表现为名实、有无、形神、理气、心物之辩，也就是说，马克思主义关于哲学基本问题的理论对于中国哲学史研究是完全适用的，不过必须了解它的各种具体表现形式。我们在哲学史研究中还要贯彻马克思主义的实事求是的学风，具体问题具体分析这一“活的灵魂”，共性寓于个性之中、个性与共性统一的原则。教条主义、公式主义恰恰是与马克思主义的本性相违背的。应该说，揭示哲学史的民族特点也是马克思主义哲学史观和方法论的内在要求，是其题中应有之义。不能把在运用马克思主义哲学史观和方法论的过程中曾经出现过的一

① 冯契:《中国古代哲学的逻辑发展》上册，上海人民出版社 1983 年版，第 11 页。

些教条主义和简单化的做法归咎于这种理论和方法本身，从而否定其科学性与合法性。关于在中国哲学史研究中如何正确贯彻马克思主义方法论的问题，张岱年先生在《中国哲学史方法论发凡》一书中有系统论述[①]，其中包含着他数十年的经验和体会，在今天对我们仍有重要的参考价值。

在座各位都是中国哲学史方面的专家，面对本学科遭到的空前尖锐的合法性质疑，我想每个人都不可能无动于衷。事实上许多同志都以不同的方式作出了回应，积极参与了这场讨论。鉴于这个问题在学科建设中的特殊重要性，我认为应该把它放到基础和前提的地位来加以重视，而不能当作一个“伪问题”等闲视之。中国哲学史是一个很年轻的学科，我们既要看到在其初创时期不得不借鉴西方哲学的概念、问题、框架来构成自己的学科体系[②]，因而缺失了中国哲学的内在精神与个性特征的先天不足之处，同时也要看到近百年来几代哲学史工作者为了找回中国哲学的民族自性、彰显其精神特质，为该学科的科学化所作的不懈努力。他们不是放弃现代哲学的形式而走回归传统国学、中学、经学或子学之路，而是走的一条中西结合即现代化与民族化相结合（统一）的道路。事实证明在近现代中国，这也是唯一走得通的一条道路，但要达到重建民族主体性的目标实任重而道远。我个人的看法是，在中国大陆，中国哲学史学科今后的发展，还是要坚

① 张岱年说：“我们用马克思主义的方法来研究哲学史，应该坚持哪些原则呢？我以为应该坚持四点：第一，坚持哲学基本问题的普遍意义，注意考察唯物主义与唯心主义的对立斗争与相互转化；第二，重视唯物主义的理论价值及其在哲学发展过程中的重要作用；第三，坚持社会存在决定社会意识的观点，对于阶级社会中的哲学思想进行切合实际的阶级分析；第四，坚持发扬马克思主义实事求是的学风，对于哲学史中的具体问题进行具体分析。”（《中国哲学史方法论发凡》，《张岱年全集》第4卷，第210页）

② 蔡元培在《胡适〈中国哲学史大纲〉序》中说：“中国古代学术从没有编成系统的记载。……我们要编成系统，古人的著作没有可依傍的，不能不依傍西洋人的哲学史。”（胡适：《中国哲学史大纲》，商务印书馆1919年版，第1页）

持以马克思主义哲学史观和方法论为指导，坚持现代化与民族化、世界化与本土化、普遍性与特殊性相结合（统一）的方向和道路，以把握中国哲学的特殊性、丰富性、生动性为切入点（普遍指导下的特殊），并进而揭示其中所蕴含的普遍意义和价值。因此就必须从原始资料出发，从中国哲学固有的问题意识、义理结构和思想脉络出发，在解读与诠释方法上不排除多样化的探索，包括借鉴西方哲学的方法和创造性地运用某些传统治学方法，使中国哲学史学科在自立宗主与综合创新中不断成熟起来，让中国哲学的原创性智慧也能够参与现代世界哲学文明的共同创造，为解决人类面临的普遍性问题做贡献。中国哲学史是要不断重写的，后代人写的中国哲学史并不一定要全部否定前辈的工作，前人在中国哲学的近（现）代化与民族化方面所做的一切有价值的探索都应该得到尊重，完全可以作为后来者继续前进的阶梯。合法性讨论的积极意义在于促进了中国哲学史学科建设中的方法论自觉，它所表现出来的强烈的民族性和主体性诉求，若能落实到今后中国哲学史研究的可操作层面中去，那也是一件好事情，我们乐观其成。

（《梁启超中国哲学史研究评述》，陆信礼著，中国社会科学出版社2013年3月出版。代序之文是作者2005年6月4日在中国哲学史学会2005年年会暨“中国哲学的现代化与世界化”学术研讨会上的发言，原载《人文杂志》2005年第4期）

《心理之间：朱子心性论研究》序

朱熹是孔子后中国最重要的儒学思想家。钱穆先生说："在中国历史上，前古有孔子，近古有朱子，此两人，皆在中国学术思想史及中国文化史上发出莫大声光，留下莫大影响。旷观全史，恐无第三人堪与伦比。"[①] 生活于12世纪的朱熹，作为宋代理学的集大成者，其思想学说一直是此后700年间的官方正统意识形态，对中国近古社会产生了广泛而深远的影响。20世纪以降，儒学不再是中国社会的主流意识形态，但朱熹思想仍受到学界的重视，特别是现代新儒家中的"道问学"与"尊德性"两系，都把朱子哲学当作重要的学术资源，力图在现代语境下对它进行新的诠释与解读。马克思主义哲学史家也从总结理论思维经验教训的角度，十分重视朱熹这个研究对象。综观20世纪的朱子学研究，虽然不乏精心剖析之作，但也存在着两个较为普遍的问题：一是受西方哲学研究范式影响，忽视朱熹哲学在本质上并非理性思辨的产物，而是建立在道德修养实践和自身生命体验基础之上的特点，对于作为其思想之核心的心性论并未充分重视，往往重视其理气论、认识论更甚于心性论；二是由于儒学内部存在着不同派别的门户之见，有些研究者实际上是站在心学的立场来解读和研究朱子哲学，因而不是批评它"析心与理为二"，就是在"同情理解"的姿态下把它心学化，不能对其做出客观公正的评价。

杨俊峰以"朱子心性论研究"为博士论文选题，是在认真研读朱

① 钱穆：《朱子新学案》上册，巴蜀书社1986年版，第1页。

熹哲学原著和充分了解有关研究成果的基础上，对上述两个问题有深切感受和清醒认识，才确定了自己思想探索和理论突破的方向。这就是：（一）力图从朱熹的生命实践和哲学思想形成、发展的实际过程出发，如实地以心性论为中心来展开他的整个学说体系，这不仅体现了逻辑与历史的一致性，而且在其道德修养实践中能够得到有效印证，决不是“学不见道，枉费精神”；（二）注意到儒家心性之学中有程朱理学与陆王心学两派之分歧和论争，为了准确揭示朱子心性论的本来面目、精神实质和价值意义，就必须防止将其心学化的倾向。从近年来大陆学者的相关研究成果来看，有些已逐渐摆脱为港台新儒家“反哺”而来的心学偏见，正视和强调朱熹心性论思想的真正精神与特色，价值与有效性。但不能否认的是，仍有一些对于朱熹思想的“同情研究”，在不同程度上存在着将其心学化的倾向，从心学心性论的角度来诠释朱熹的思想，甚至认为朱熹的心性论与陆王心学没有实质的区别。历史的经验值得注意，从朱熹学派与陆王学派的相互评价来看，这种做法显然是不符合思想史实际的。从这种角度来肯定朱熹心性论的合理性与价值意义，不但未能触及这种心性论思想的实质，甚至是南辕而北辙，根本不理解朱熹对重建儒家道德本体论的贡献。杨俊峰带着上述问题意识而提出的两条研究预设，反映了他对朱熹心性论的基本认知与评判，既坚持了同情理解的研究立场，又自觉地拒斥心学化的歧途，可以说是一种比较客观中肯的研究态度。

从这种研究态度出发，作者在儒学特别是宋代理学的发展脉络中对朱熹心性论思想的形成、发展和基本特征进行了宏观审视和细致梳理。他认为，理学的兴起始于儒家价值本体的重建。自二程之后，基于儒家价值本体之上的工夫论逐渐分化，形成了以道南学派与湖湘学派为代表的两大派别，分别主张“体验未发”和“察识端倪”两种不同的工夫路向。朱熹本人则深受这两大思想流派的影响，通过对“中和”问题的苦思，在自身工夫实践和总结北宋以来理学发展成果的基础上，超越道南与湖湘的“动静之争”，创立了以“中和新说”为标志的心性论学说。朱熹哲学思想体系宏大而繁杂，学界对于这一思想体系的梳理，通常区分为理气论（或本体论）、心性论和工夫论（或认识论）。在本书中，作者明确肯定了心性论在朱熹哲学思想中的核心地位，而心与理的关系则是朱熹心性论的中心问题。“心”是道德修养的现实主体，“理”是道德修养的价值本体，两者以“性”为中介而达到统一。与此相应，本书对朱熹心性论的研究主要包括“心论”、“理论”和“性论”三部分。在这三部分中，“性论”是对心与理统一关系的直接探讨，可以说居于枢要地位，而“心论”和“理论”则是“性论”的准备和前提。在学界的同类研究中，朱熹的“性”概念固然历来都是重要研究对象，但像本书这样将其提到沟通心与理的高度，作为心与理统一性的中介来强调和研究，可以说是前所未见的。

由于采用了心、性、理的诠释框架，本书对朱熹心性论的分析与研究，多有自己的独到见解，往往不拘成说，能够独辟蹊径。比如，认为心是先验性与经验性并存的现实主体概念，具有“为主而不为客”的绝对主体性；提出理在朱熹思想中存在着角度与意义的两重性分化问题；认为性既有客观意义又有主观意义，既是价值本体，又是现实主体的主导与构成因素，具有超自觉的呈现性；认为主敬涵养具有呈现价值本体的意义，而格物致知则是主敬涵养的延伸与完善，两种工夫在实践中可以统一；提出朱熹的工夫论具有“主知”的特色，是一种以超自觉、超道德为最终目的的工夫论体系。这些诠释和论述在思路和术语上都具有个人的独创性，不管最终能否得到学界普遍接受和认同，作者这种不甘心倚门傍户、勇于探索创新的精神是值得赞赏的。通过这些新的探索与分析，作者明确认为，朱熹思想不存在“析心与理为二”的问题。心与理在朱熹思想中具有理论和实践上的统一性：在现实意义上两者具有偶然的统一性，在本然和应然的意义上则完全统一。这种统一既是现实的，又是未完成的，朱熹所倡导的工夫论就是由现实的心与理之偶然统一上升到心与理之完全统一的过程。在思想史上，朱熹心性论历来受到“析心与理为二”的质疑和批评，虽然有些学者不同意这种批评，但对于心与理在朱熹思想中如何统一的问题，并未有思路清晰和逻辑一贯的说明，有的学者在解释这个问题时甚至又不自觉地滑向了陆王“心即理”的模式。在本书中，杨俊峰通过大量查考和引证文献资料，对朱熹思想中心与理统一的问题给出了自己细致而独特的说明。他既始终肯定心与理对于朱熹而言不是“二”，同时也坚决拒斥心学因素在这个问题上的干扰，强调“与心学思想的这种近似而又不同之处，正是朱子心性论之根本精神与特色所在”。应该说这种看法是更加接近于思想史之实际的。

在对朱熹心性论思想做出新诠释的基础上，作者又对朱陆异同问题进行了再探讨。除了有专章论述这个问题外，在对朱熹心性论的分析中也时时提及，甚至可以说作为一种问题意识而贯穿全书。如此重视这个问题，不仅是为了排除心学因素的干扰，同时也是正确阐明朱熹心性论思想自身的需要。正如作者所说，陆王心学与朱熹思想一样也是北宋以来理学思潮发展的产物，在先秦儒学中已有其渊源。朱熹心性论与陆王心学虽属不同的发展方向，但也有非常密切的联系，两家思想展现出来的明显分歧与对立，甚至仅仅源于某些极为细微的差别。只有在与陆王心学联系与对比的视野中，才能对朱熹心性论思想做出完整准确的说明。因此，将朱陆异同问题纳入朱熹心性论研究的视野，作为一个重要的研究维度，显示了作者的深思熟虑和全面考量。他结合前人丰富的研究成果，从本体差异、工夫分歧、自律与他律、价值与功能、动机与效果乃至历史演变等多个角度，对朱陆异同问题进行了全方位的考察，提出了一些前人所未言或罕言的新见解，有助于对这个问题研究的深入。

本书在方法论上也有一些自己的特点。在现代学术背景下，如何处理借鉴西方学术范式与尊重传统思想本来面目的关系是一个不可回避的问题。作者清醒地意识到，由于中西思想存在着显著的差异，在借用西方哲学思维模式和范畴体系来诠释中国传统思想时，往往会导致对中国传统思想内在理路的歪曲和背离。因此，他提出要“始终对我们自身早已生存其中、习焉而不察的西方哲学思维模式保持一份警醒与自觉，始终对朱子心性论自身的特性保持一份理解的同情和倾听的敬意”。从这种自觉意识出发，本书的研究力图围绕朱熹心性论自身的问题意识和本有语境而展开，始终强调要尊重这一思想体系的本来面目。这种研究路向近年来已得到越来越多学者的认同。从马克思主义的观点来看，哲学思想处于上层建筑的顶端，它与经济基础的联系往往是间接的和迂回的，因而有其相对的独立性。注重思想发展的内在逻辑并不违背马克思主义的历史分析方法，毋宁说是进行历史与阶级分析的必要前提。只有在搞清楚一种哲学思想内在逻辑的基础上，我们才能对它的性质、地位和历史意义做出更加准确的判断。但是，在现代学术背景下，要想完全摆脱西方哲学的范式和话语体系，回到传统思想的内在逻辑和语境中去，事实上又是不可能的，也没有这个必要。在这种情况下，如何既利用西方哲学范式又不为其局限，便是一个需要认真思考和面对的问题。

杨俊峰硕士阶段学的是西方哲学，有过这方面的专业训练，所以在本课题研究中，他能够有意识地借鉴西方哲学的某些观念和方法，来与朱熹思想进行比较研究，比如将现象学“始终面向事实本身”的原则，成功地运用到朱熹心性论研究中来，就是一个例证。这种中西比较的视野与方法，有助于阐明和深化对问题本质的认识。不过，他特别强调：“中西哲学之比较，决不能仅看到相似性，尤当注意差别性，只有这样才能准确把握各自的特质与真义。”由于异质的文化背景和不同的问题意识，不管中西思想在表面上具有多少相似性，在这种相似性之下也必然同时会有某些差异性，甚至是本质的差异。只有正视这种差异性，才能准确地把握两种思想各自的真面目，而不至于将一种思想当成另一种异质思想的简单翻版或注脚，从而导致严重的歪曲和误读。本书在将朱熹思想与西方思想进行比较时，特别重视挖掘和阐发相似性中的差异性，纠正了相关研究中的一些简单化失误，有助于更准确地还原和揭示朱熹心性论的本来面貌。

习近平同志指出："孔子创立的儒家学说以及在此基础上发展起来的儒家思想，对中华文明产生了深刻影响，是中国传统文化的重要组成部分。儒家思想同中华民族形成和发展过程中所产生的其他思想文化一道，记载了中华民族自古以来在建设家园的奋斗中开展的精神活动、进行的理性思维、创造的文化成果，反映了中华民族的精神追求，是中华民族生生不息、发展壮大的重要滋养。"[①] 作为一种"人学"，儒学是教人如何做人的学问，包括怎样修身律己、成就理想人格，怎样善待他人、和谐人际关系，怎样治国理政、使天下长治久安。儒学中包含着我们的先哲探索宇宙、社会、人生真谛的丰富智慧成果，其中有许多是可以批判继承、古为今用的思想精华。朱熹的心性论思想是中国儒学的一个重要组成部分，本书的成果对于推动儒学研究的深化具有积极意义。同时，朱熹的心性论本质上是一种修身养性之学，作者这种注重思想内在逻辑的研究方法也有助于还原朱熹心性论本有的道德修养意义，可以为我们今天的道德建设提供有价值的思想借鉴。

杨俊峰的博士论文经过专家评审，被推荐到"中国社会科学博士论文文库"出版。这是对他的学业根底和独立思考精神的肯定，也是对他在学术道路上继续踏实奋进的鼓励。当然，从更严格的要求来说，本书也有不足之处。比如作者提出了"内在批判"与"外在批判"并重的原则，而在研究和写作过程中，实际上更多地用力于对朱熹心性论内在逻辑理路的梳理，这是非常必要的，但在对其时代背景、历史地位、思想局限等问题的客观研究即"外在批判"方面，却稍显薄弱。

① 习近平：《在纪念孔子诞辰2565周年国际学术研讨会上的讲话》。

作者已经意识到这个问题，相信他在今后的研究中，会把这个关系处理得更好。

（《心理之间：朱子心性论研究》，杨俊峰著，“中国社会科学博士文库”之一种，中国社会科学出版社 2014 年 12 月出版）

《现代新儒学与船山学》序

船山学作为一门以我国 17 世纪伟大思想家王船山的生平、著作和思想为研究对象的学问，已经有三百多年历史。但在前二百年，由于船山思想有着强烈的反清复明的民族情绪，而当时又是清朝文字狱盛行的时期，所以“其道未能著明于世”，其人其书亦鲜为人知。只有少数船山后人和在湖广地区主持学政的有识之士，在致力于搜集保管、点校编辑、刊刻印行船山著作，介绍船山生平和有限地宣传船山思想的工作。正是由于他们的工作，才为后来船山思想广为流传，并成为哲学、史学、文学等学科的重要研究对象，以至“船山学”能够发展成为一门独立学科，一门“显学”，创造了必要的前提条件。

19 世纪末 20 世纪初，湮没了两百年之久的船山思想，特别是在其史论、政论著作中突出表现出来的“严春秋夷夏之防，抱冠带沉沦之隐”的民族主义思想，在救亡图存、变法维新、反清革命的民族民主革命运动中，“像电气一般，把许多青年的心弦震得直跳，蓦地把二百年麻木不仁的民族意识觉醒转来”（梁启超语），起到了“振起国魂”、鼓动排满革命的特殊作用，船山之学亦渐为人知，船山精神终于流注人间。

“五四”后中国思想界出现了自由主义、以现代新儒学为代表的文化保守主义和马克思主义三大思潮对立互动的格局，其中的两派——现代新儒学和马克思主义，对王船山的学问与人格都很推崇，并从不同方向研究和诠释船山思想，发展了各自的船山学。现代新儒家把王船山看作是孔孟和宋明儒学的忠实传人，认为他“纯然是儒者德性之学的立场”，大力表彰他的民族文化意识，而对其重气、重器、重形色、重践行的哲学思想，则尽量弱化其实在性的内容，强调是受“气之理”和“气之灵”主宰的，否定其具有朴素唯物论的思想倾向。马克思主义船山学从唯物史观出发，注意考察17世纪中国社会经济关系的变化和启蒙思想的特点，把王船山视为“早期启蒙思想的哲学代表”。他们对船山排拒佛老、批判陆王、修正程朱、宗主横渠的哲学思想进行了全面系统的研究，认为它是对宋明道学乃至整个中国传统哲学的批判总结，是中国古代朴素唯物论和辩证法思想发展的最高峰。这两派对船山重视人文精神和社会历史哲学都给予了充分肯定，但在船山哲学性质是唯物还是唯心这个核心问题上，却存在着原则的分歧。这种情况与船山思想本身具有“继往”与“开新”的两面性，以及试图在总结、综合中超越和创新传统的特点是分不开的，因此就有可能使一些人比较欣赏其继承和维护传统的一面，另一些人则更加注重其“六经责我开生面”、“推故而别致其新”的一面。

上述两派似乎是向着完全不同的方向发展，而事实上他们也互相影响，互相借鉴，甚至在一定程度上向着相反的方面转化，最引人注目的例子是林安梧和陈来的船山学研究。作为第三代新儒家代表人物之一的林安梧，提出了“从牟宗三回到熊十力、再从熊十力回到王船山”的口号，就是要从道德形上的心性儒学转向更加重视具体性、物质性和历史社会总体的生活世界的儒学，从“本体论的唯心论”转向“方法论的唯物论”，他甚至提出了“儒家型马克思主义”的构想。大陆学者陈来则力图从道学的问题意识和道学史的视野来重读王船山，把他还原到其儒学思想的本来体系中来加以理解和诠释，因此其研究结论比较接近于不赞成过分拔高船山思想的马克思主义学者嵇文甫。在两派船山学研究中，本来就存在着不尽相同的研究取向，在双方的交流、交锋和交融中，这种多元化的倾向又有进一步的发展。应该说，这在客观上是有利于克服认识的片面性、更加接近于真实的船山的，也有利于充分发掘船山思想中的丰富资源，为促进中国的现实发展服务。事实上，船山学已成为两派交流互动的一个重要平台。

以上对船山学研究概况的大致描述，是方红姣在《现代新儒学与船山学》一书中提供给我们的。此前还没有哪一本著作对现代新儒家学派的“船山学”做过这么全面、系统、深入的研究，而如果缺少对这一块的了解，也不可能对船山学研究的整体面貌有一个全面的、清晰的认识。在这个意义上，我们可以把该书视为船山学研究的一项最新前沿成果。

半个多世纪以来，现代新儒家的几代人都很重视王船山，这个思想史现象引起了作者的特别关注。熊十力一生心契于阳明、船山之学。“文革”前他在书房里贴有三幅军师贴，中间是孔子，两边是王阳明和王船山。这是他供的牌位，并作一联：“衰年心事如雪窖，姜斋千载是同参”。无独有偶，贺麟也称“王船山是王阳明以后第一人”，认为他在中国哲学史上的地位远高于同时代的顾炎武、黄宗羲。贺麟写过专论船山历史哲学的文章，在他论“知行合一”的文章中，也认为王船山是王阳明之后对知行问题有重大贡献的哲学家。唐君毅是第一个系统研究船山的天道论、天道性命关系论、人性论、人道论、人文化成论的新儒家学者，他坦言自己的文化哲学体系就是“直承船山之重气精神”而来的。唐君毅已注意到“船山之学，归在论史”，牟宗三则盛赞“其论历史，亦古今无两”。他将船山的两大史论著作《读通鉴论》和《宋论》称为“先贤讲历史中之绝响”，其《历史哲学》一书即以此“两论”为重要思想来源之一。唐、牟学生辈的曾昭旭、林安梧都以船山哲学为博士、硕士学位论文选题，他们既受老师思想的影响，也对老师的思想有所反思和超越。从林安梧的《王船山人性史哲学之研究》到《儒学革命论》，可以清楚地看到一个后来者在时代思潮激荡中儒学思想演变的轨迹。

为什么三代现代新儒家学者都很重视王船山？以“新程朱”、“新陆王”为旗帜的现代新儒学，与船山思想到底有多大的相关度？“回到船山”为什么能够成为现代新儒学发展的一个可能路向？它对儒学的发展将具有怎样的意义？这些问题始终萦回在作者的脑际，本书试图从三个方面给予回答：一是儒家立场的定位。现代新儒家都把王船山看作是儒学传统中人，他虽然“力反阳明、上诋程朱”，但在熊十力看来，“其骨子里自是宋学精神”。包括林安梧在内，都认为“船山学是道地的儒学”。二是时代悲情的感通。特别是有“中国文化花果飘零”之叹的港台新儒家，对船山深沉的历史文化危机意识更是感同身受，在思想上产生了强烈的共鸣。三是从船山独特的思想资源中得到借鉴和启发，为现代新儒学摆脱困境探索一条“返本开新”之路。熊十力已注意到船山“尊生”、“明有”、“主动”、“率性”四大观念“足为近代思想开一路向”，到再传弟子林安梧，则把“回到船山”的“儒学革命”意义阐发得更清楚、更透彻、更显豁了。也就是说，现代新儒学是在寻求自身发展的过程中，逐渐发现和认识到船山思想之独特价值的。

几代现代新儒家学者都很重视船山学研究，但他们每个人关注的问题和方面各不相同，研究的轻重详略也各不相同。总体来说，他们关注的重点集中在两个方面：一是船山即气言体、“乾坤并建”的形上本体论思想，二是船山的历史哲学思想。熊十力认为船山“尊生”、“明有”、“主动”等思想均源于《大易》，是《大易》思想之精髓所在，但他对作为船山易学之宗纲的“乾坤并建”说却多有批评，自称《新唯识论》之作即为救“乾坤并建”说之失。贺麟、牟宗三尤其注重阐释和发挥船山的历史哲学思想，并将其与黑格尔相提并论，或表彰其富于辩证法思想，或认为在以道德精神之表现来讲历史文化这一点上，王船山比黑格尔更纯正。牟宗三肯定王船山是具体解悟力特别强的哲学家，但他始终不能正视船山“气”论的意义。林安梧的船山学研究，主要是建立了一套强调历史与人性互动的“人性史哲学”，它当然也有自然史的基础，这个哲学体系的逻辑起点是“气”这个范畴。林安梧是第一个全面肯定船山“乾坤并建”的哲学建构，高度评价其对具体性、社会性、历史性和物质性的重视，并将其与现代新儒学的未来发展联系起来的现代新儒家学者。如果说牟宗三依然重在道德形而上的建构的话，林安梧的儒学思想已转向对道德形而上的解构，并期望通过解构道德的形上学，使儒学重回“生活世界”，重回“历史社会总体”，走出狭隘的心性儒学。

本书专设一章来论述林安梧以“回到船山”为特征的“后新儒学”思想，亦即所谓“批判的新儒学”思想，可见作者对其船山学之“儒学革命”意义的特别重视。林安梧高度评价乃师牟宗三对现代新儒学的贡献，同时也对其过分心学化的道德的形上学进行了深刻的反思，认为他讲“智的直觉”和“良知自我坎陷”，“越讲越绝对、越形式化”，最后势必要发生回归生活世界、回归社会历史存在的转向。正是在这个意义上，他说牟宗三是最大的“别子为宗”。所以一进入“后牟宗三时代”，林安梧就冒着“护教的新儒学”群起而攻之的风险，旗帜鲜明地提出了“从牟宗三回到熊十力、再从熊十力回到王船山”的口号，力图为现代新儒学也为整个儒学的发展探索一条“返本开新”之路。他把传统儒学定位为宗法的、血缘的、咒术的、专制的社会的儒学，把现（当）代新儒学定位为市民的、契约的、现代的、开放的社会的儒学，而把后新儒学定位为自由的、人类的、后现代社会的儒学，也说明他是在为儒学的未来发展谋求一条新的出路。本书作者指出，林安梧的思路虽然已与乃师大不相同，但他做的仍然是为现代新儒学“继志述事、创造转化”的工作，所以其儒家立场和现代新儒家的身份是毫无疑义的。

经过对现代新儒家学派之船山学的整体分析，我们可以看到，从熊十力对船山《大易》思想的注重，到牟宗三对船山历史哲学的高度评价，再到林安梧将船山的气论、人性论和历史哲学打通，强调回归生活世界的人性史哲学，这个逻辑发展过程体现了这样一个趋势，即现代新儒家学派越来越重视船山在坚持实存道德主体的前提下凸显历史文化、历史社会总体和生活世界价值的思想，作者认为这正是船山思想最有价值、也最具特色之所在。

除了重点研究现代新儒家学派的船山学之外，本书还对它与中国马克思主义的船山学做了比较研究，细心考察两派之同异和交流互动。

早在 20 世纪 40 年代，侯外庐与熊十力之间就有过书信论辩，讨论王船山是一个唯物论者，还是一个理学家的问题，结果谁也没有说服谁（见侯外庐《船山学案》新版序）。50 年代以后，海峡两岸有过一段互相隔绝的时期。这个时期冯友兰的船山学研究，基本上是大陆马克思主义派的同调，认为王船山有丰富的朴素唯物主义和辩证法思想，这是船山哲学思想的主要方面。不过他在《中国哲学史新编》一书中，还是把船山哲学体系定位为“后期道学的高峰”。80 年代以后中国进入改革开放的新时期，大陆学界与港台、海外的学术交流日益频繁。杜维明、林安梧等第三代新儒家学者，都经常到中国大陆来开会、讲学和进行学术交流，在这边有很深的学缘。中国大陆是以马克思主义为指导的社会主义国家，因此他们对待马克思主义的态度，与唐、牟等老师辈已有很大区别，不是绝对排斥而是能够在一定程度上同情理解与包容。也就是说，他们已较少受到政治情绪的左右，而是能够更多地从学理上来考虑中国文化的发展前途问题。林安梧提出的“儒家型马克思主义”的构想，认为马克思主义的“革命实践”、法兰克福学派的“社会批判”和中国儒家传统的“道德省察”，三者是可以融铸为一体的，就是一个很有代表性的新思路。杜维明也主张儒学要与马克思主义对话，特别是在“社会政治经济”的层次，他认为马克思主义是不可逾越的“显学”，能否与马克思主义进行深入对话并在其中找到结合点，是儒学在今天能否取得新发展、迎来更广阔前景的关键。

半个多世纪以来，船山学在中国大陆持续繁荣，学术成果十分丰硕。这在很大程度上是由于人们已经形成这样一个共识：王船山是中国历史上民族气节最坚贞、传统学问最渊博、哲学慧识最高卓的一座思想高峰，不仅封建时代无人能超过他，近代中国也得益于他开启的思想曙光，甚至他也是辩证唯物论在中国传播和发展最重要的“内应”之一。马克思主义的船山学无疑在中国大陆居于主导地位，本书选取嵇文甫、侯外庐、张岱年、萧箑父、朱伯崑等人为代表，围绕着理气观、性命论、知行观、历史哲学和易学观，对他们的船山学成果进行了系统梳理，并与现代新儒家学派的船山学进行比较研究。作者在人物选择上注意到了代表性，比如既介绍了以侯外庐、萧箑父为代表的认为王船山是我国明清之际早期启蒙思潮的哲学代表，高度评价其朴素唯物论和辩证法思想贡献的一派主流观点，也介绍了不赞成从反理学的角度来定位王船山，认为宗主横渠的船山哲学思想仍然是“在道学范围内的一种唯物主义传统”的嵇文甫一派观点，冯友兰的船山学观点实际上可以归入这一派。又比如朱伯崑的船山易学研究也受到了应有的重视。前面已经提到，现代新儒家的几代人都把《大易》当作是船山哲学的源头和根基，马克思主义派学者朱伯崑也在扎实的文本研究的基础上，对船山易学哲学体系进行了独辟蹊径的系统学理研究，其成就决不在现代新儒家学者之下。经过对两派船山学的比较研究，作者得出结论：两派虽然在理论和方法上存在着许多分歧，但是也有一些共通之处，因此，在双方之间进行沟通和理性对话不仅是可能的，而且是非常必要的，这对两派的健康发展都能起到积极作用。

无论是对船山思想本身，还是对现代新儒家和马克思主义的船山学，本书的分析和评论都比较客观公正，比较实事求是，这个看法大概能够得到多数读者的认同，至少可以看出作者是力图这么做的。本书还有一个特点，就是所有研究结论都是在认真研究读原著、查核第一手资料的基础上形成的，并以朴实的语言风格表达出来。作者这种勤勉、踏实、严谨的学风，在对“船山学”概念来源的考察上给我留下了深刻印象。

书中提到了1982年我在王船山学术思想讨论会上所做的《关于建立和发展船山学问题》的发言，当时我只是从学术发展的形势和需要出发提出这个看法，而没有考证过“船山学”概念的来源。本书却以翔实的资料指出，“船山学”的提法最早见于晚清经学家王闿运的“日记”，之后又陆续出现于梁启超、熊十力等人的论著中。王闿运在同治八年（1869年）二月初五的日记中写道：“船山学在毛西河伯仲之间，尚不及阎伯诗、顾亭林也，于湖南得为风气之先耳。明学至陋，故至兵起，八股废，而后学人稍出。”[①] 王闿运对船山学的评价并不高，在与同时代的毛奇龄、阎若璩、顾炎武等人学问的比较中，他并没有特别推重船山之学，甚至语带贬意。这与他一贯的学术立场不无关系。梁启超在《近代学风之地理的分布》（大约作于1902年）一文中说：“浏阳谭复生与其友同县唐绂丞共学。谭嗣同少治龚魏之学，好今文家言，又研究船山学，能为深沉之思。”这是他对谭嗣同学术思想渊源的分析，肯定“船山学”对谭嗣同曾经产生过深刻影响。熊十力的处女作《心书》作于1916年夏，首篇《船山学自记》说：“余曩治船山学，颇好之。”“船山书凡三百二十卷，学者或苦其浩瀚，未达旨归。余以暗昧，幸值斯文，嘉其启予，爰为纂缉，岁星一周，始告录成，遂成船山学。”[②] 上述三条资料，“船山学”都是指船山本人之学，而不是指后世以王船山的生平、著作和思想为研究对象的专门学问。诚如作者所言，古往今来的思想者何其多矣，唯有其思想能自成一体，影响深远，后世方以“学”称之。正是由于船山之学博大精微、自成一体、影响深远，它在后世才会受到持久的关注，成为人们的研究对象，发展成为一门独立的学问。由此可见，“船山学”概念的双重涵义，既有区别，又有内在联系。

---

① 王闿运：《湘绮楼日记》第1卷，岳麓书社1997年版，第15页。
②《熊十力全集》第1卷，湖北教育出版社2001年版，第5页。

仅仅过去了30多年，关于“建立和发展船山学”的意义，在今天已是一个不成问题的问题。对最近半个世纪船山学研究的新进展，王兴国等同志已经做了很好的总结。“回到船山”的口号颇具象征意义，它预示着人们将把目光更多地投向这位中国中世纪末期的伟大思想家，不同学派之间的交流互动也是船山学持续繁荣的重要条件，我相信这门学问在今后还有非常广阔的发展前景。

《现代新儒学与船山学》一书是作者在博士论文的基础上积数年之力修订完成的，它体现了年轻一代学者对船山学以及现代新儒学与船山思想之内在关系的深入思考。该书即将由中国社会科学出版社出版，作者要我为它作“序”，我觉得自己也有推介的责任，就把上述看法作为阅读心得写出来，与作者、读者也与学界的朋友们进行交流。

2015年1月15日

（《现代新儒学与船山学》，方红姣著，中国社会科学出版社2015年2月出版。序文曾以《船山学研究的最新前沿成果》为题发表于《船山学刊》2015年第4期）

《中国文化与马克思主义》序

1994年，已年过四十、有副教授职称的张允熠同志到南开大学来攻读中国哲学博士学位，当时他正承担着一项国家社科基金课题《中国传统文化与中国特色社会主义》。在商量博士论文选题时，他有意与国家社科基金课题结合起来，以“儒学与马克思主义”或“中国文化与马克思主义”为题。我考虑到他比一般年轻博士生学识基础宽阔、厚实，又有青年人的朝气和锐气，具备做这个课题的基本条件，就表示支持他的选题意向。我同时指出：这是当前中国学术思想领域里的一个前沿课题和尖端课题，人们的认识很不一致，要用正确的观点把这个问题讲清楚，讲出一点新意和理论深度来很不容易。他有知难而进的精神，这是我很高兴、也是我所期待的。

三年后，他写出了30万字的博士论文，颇受评阅与答辩专家好评。1999年初，《中国文化与马克思主义》一书正式出版，德高望重的张岱年先生为它作“序”，指出这是“一个十分重大的问题”，“长期以来，国内还没有系统研究这一问题的著作”，肯定它有重要理论价值并具有填补空白的意义。没有想到该书的出版以及此前发表的《试论马克思主义的中国学脉渊承》一文，被一些人曲解为所谓“马克思主义中源说”，在《哲学研究》等报刊上引起争鸣，形成为一场不大不小的学术风波。其实张著并没有否定列宁关于“马克思主义的三个来源和三个组成部分”的论断，也没有说过中国文化是“马克思主义的第四个来源”，只是力图在中西文化交流的大背景下，加强对中国传统文化对欧洲近代思想界以及马克思主义创始人的影响的研究，说明马克思主义是一种吸收和改造了包括中国文化在内的人类文明发展中一切有价值的成果的思想体系。这与列宁在《关于无产阶级文化》一文中论述的精神是完全一致的。

此后十多年来，允熠一直没有放松对这个问题的研究。为了深入考察中国文化对欧洲近代思想的影响，他还与其弟子一起编译了《中国：欧洲的样板——启蒙时期儒学西传欧洲》（黄山书社，2010年7月出版）一书，在掌握中西文化交流史的第一手资料方面下了扎实的工夫，认识也比以前更加清晰和深刻了。时间证明了《中国文化与马克思主义》一书的价值。它这次由人民出版社再版，作者又增补了6万多字的第十章，实际上主要是对原书第四章“学脉的渊承”内容的拓展与深化，展现了他十多年来的一些新的研究成果。近日我重新翻阅此书，并重点阅读了增补文稿，觉得以下几点是值得注意的：

一、把马克思主义中国化放到中西文化交流与融合的历史背景中来考察，确认它是四百年中西文化交流互动的最高成果。

近百年来，诞生于西方的马克思主义，在一个东方大国取得了如此巨大的成功，以至成为当今世界马克思主义和社会主义最重要的根据地和马克思主义民族化、时代化、大众化的典范，这个历史现象引人深思，也非常需要得到合理的解释。本书作者认为，马克思主义中国化的主要动因和机制是中国革命实践对理论的需求，以及马克思主义基本原理与中国具体实际相结合，而在更深的层次上，则是马克思主义与中国优秀传统文化的结合。马克思主义之所以能够实现中国化，除了因应中国社会变革、中国革命实践的历史性需求之外，另一个根本性的原因，就是四百年来中西哲学与文化长期双向交流互动的历史性选择的结果。这是贯穿于全书的一条思想主线。因为在作者看来，中国传统的主流意识形态即儒家思想在晚明时期已呈衰落之势，中国主流文化转型的内在动因在那时就已经开始发酵了。比如当时儒学内部就有人发出了“实学救世”的呼声，许多有识之士都尖锐地批评了阳明心学末流空疏误国的学风。适逢其时，西方来华的耶稣会士带来了西方的科学技术与哲学、逻辑学。由于当时西方近代自然科学尚未问世，传教士带来的这些知识大都是源于文艺复兴时期重新发现的希腊文化，如欧几里德的几何学、托勒密的天文学，还有亚里士多德的哲学和逻辑学等，但对于中国的知识界来说，这些都是闻所未闻的“新学”。也就是说，中西文化交流与融合的序幕在16世纪明朝中叶就拉开了。面对西方文化，深受触动的是当时中国的士大夫知识阶层，比如徐光启就提出了“欲求超胜，务必会通”的主张，此后数百年间，包括戴震的“西学中源”说，魏源的“师夷长技”说，冯桂芬、张之洞等人的“中体西用”说，王韬的“中西融会贯通”说，蔡元培的“中西兼收并用”说等等，无不是主张一方面向西方学习，一方面寻求融通中西文化之道。马克思主义正是在中国主流文化亟待转型和“西学东渐”的大潮中传入中国的，而且在与西方各种思潮的比较中显示出了其巨大的优越性，所以被先进的中国人所接受并开始了马克思主义中国化的伟大历程。“为什么在万卉纷呈的西方思想的园地中，中国人最终选择了马克思主义？”——作者在《自序》中提出的这个问题，答案只能从四百年中西文化交流会通的历史过程中去寻找，并且要注意挖掘其深层的文化背景和学理渊源。

二、坚持认为马克思主义是吸收了人类一切有价值的思想文化成果的科学真理，在逻辑和事实上其中也包括中国文化的要素。

关于马克思主义的思想理论来源问题，国内外的研究者都表达过一些富有启发性的看法，但国内学术界一些人却孤立、静止地理解列宁关于马克思主义“三个来源和三个组成部分”的提法，认为有了这个结论就不能根据历史事实对马克思主义的思想文化来源问题做视野更宽阔、内容更深入的探索研究。实际上，列宁讲的“三个来源”主要是指马克思主义产生时的三个直接的思想理论来源，即德国古典哲学、英国古典政治经济学和法国空想社会主义，这三个直接的来源基本上是比马克思稍早（18 世纪后期）和与马克思同时代（19 世纪）产生的欧洲思想文化成果，并未包括“资产阶级时代”的一切“最宝贵的成就”，也不能包括马克思主义生长于其上的深厚的人类思想文化渊源和一些间接的理论来源。正因为如此，列宁又指出：“马克思主义这一革命无产阶级的思想体系赢得了世界历史性的意义，是因为它并没有抛弃资产阶级时代最宝贵的成就，相反却吸收和改造了两千多年来人类思想和文化发展中一切有价值的东西。”[①] 列宁的这段话，是对他的“三个来源”说的合理性与有效性的补充。既然“三个来源”指的是直接来源，那么，“两千多年来人类思想和文化发展中一切有价值的东西”就是指更广泛的人类思想文化根源，也包括一切间接的来源。在这里，列宁只是指出了探讨这一问题的方向，并没有具体展开论述，“两千多年来人类思想和文化发展中一切有价值的东西”，它所包涵的探索研究空间是很大的。《中国文化与马克思主义》一书旨在说明马克思主义产生的深厚的人类思想文化根源和间接理论来源中也包括中国文化的因素，并在中西文化交流史中找到大量证据，做了一些具体的史料搜集和考释工作。应该说，这个工作是非常有意义的，有利于说明马克思主义的科学真理与包括中国文化在内的人类思想文化成果的内在血脉联系，也有利于推进马克思主义中国化的事业，推进马克思主义与中华文化精华的进一步深度结合。

三、深入挖掘在欧洲近两个世纪的“中国热”中，中国哲学对欧洲近代哲学形成的潜移默化影响，以说明它对马克思主义哲学的间接影响。

对于中西文化交流史，人们谈论得最多是“西学东渐”，这是近代以来每一个中国人都能深切感受到的客观现实。但是，如果只是把中国定位在文化双向交流的被动接受的一方，显然也是有违历史事实的。

①《列宁选集》第 4 卷，人民出版社 1995 年版，第 299 页。

"全盘西化"论者认为中国文化一无是处，民族文化虚无主义者连中国的"四大发明"对人类的贡献都要刻意抹杀，他们更不愿正视中国文化在"中学西传"中对西方文化的影响了。事实上，从16世纪末到18世纪，来华的耶稣会士已把中国悠久的历史文化，包括儒道的主要经典都传译到了西方，在欧洲形成了将近两个世纪的"中国热"。许多第一流思想家都高度重视甚至迷恋中国文化，"一直到18世纪中叶，一般都认为中国远胜于欧洲"，"有关中国的知识已成为文化界的常识"[①]。中国哲学对欧洲近代哲学的形成和发展产生了无可否认的深刻影响，至少已成为17至18世纪欧洲近代哲学形成的一个重要因素。朱谦之先生曾经指出，中国哲学传入欧洲促成了欧洲文化由神学时代进入哲学时代，这个促成文化转型的历史性贡献是非常值得重视的。他在《中国哲学对欧洲的影响》一书中对此做了粗线条的介绍，但未展开深入论证。张允熠在《中国文化与马克思主义》一书的第四章中，尤其是在后来增补的第十章中，不仅补充了大量最新资料，而且还对西方近代哲学中的自然神论、有机论哲学、实践哲学、理性与纯粹理性、绝对理念、"正反合"辩证法等主要理论观念，进行了深入挖掘和探赜溯源，具体揭示其所受中国哲学的影响，广征博引，有理有据，具有很强的逻辑性和说服力。该书还提到了1998年英国出版的《剑桥十七世纪哲学史》，这部完全由英美人编写的权威性哲学史著作，在其《导言》中把欧洲哲学对中国哲学的回应，当作欧洲十七世纪哲学形成的三大背景和前提性条件之一，从而还原了欧洲近代哲学形成过程中深受中国哲学影响的基本事实。还原这一哲学史实的重要意义在于，它揭示了马克思主义产生的西方文化背景中有不容忽视的中国因素，突出地表现在中国哲学对欧洲近代哲学的潜移默化的影响，这种影响也表现在由"莱布尼茨—沃尔夫"学派所开创的德国哲学传统中。从

---

①［美］埃德蒙·莱特斯：《哲学家统治者》，《中国哲学史研究》1989年第1期。

莱布尼茨、沃尔夫到康德、黑格尔，中国哲学元素实际上已经内化即“欧洲化”为西方近代哲学的有机组成部分了。中国哲学通过欧洲近代哲学特别是德国古典哲学对马克思主义哲学产生的间接影响，应该说是有迹可寻的，这一研究的重要意义应给予充分肯定。

四、“补论”对马克思中国观的研究，比以前更加丰富和深入了，有助于中国人民了解马克思这个世界历史伟人，进一步推进马克思主义中国化的事业。

从16世纪开始的“东学西渐”进程，到19世纪，由于中国在经济、军事、文化、科技实力和社会制度等方面均已落后于西方，一般欧洲人的潜意识已由崇拜中国转变为鄙视中国，马克思主义创始人也不能不受到这种“中国观”的影响。他们对中国的专制政治制度和宗法道德都有一些尖锐的负面评论。但是，作为世界无产阶级革命导师的马克思和恩格斯始终关心中国人民的命运，注意研究中国社会的发展变化，谴责帝国主义对中国的侵略，预言中国革命将会对世界革命做出先导性的贡献。关于这方面的研究，人民出版社曾经出过《马克思恩格斯论中国》资料摘编，有的学者围绕着马克思的东方社会理论，也发表过一些关于马恩论中国近代重大历史事件（如鸦片战争和天平天国运动）的文章，但是像张允熠这样，根据大量第一手资料，对马克思、恩格斯的“中国观”进行全面系统研究的成果，过去确实还没有见到过。他引用的马恩原话均来源于马恩全集，其中许多是《马克思恩格斯论中国》不曾收录的。比如，我们从中获知马恩在特定条件下提到的“中国人”三个字，通常就是指“孔夫子”，像“完善的中国人才是共产主义者”，即是说孔夫子才是共产主义者。马恩在《德意志意识形态》中曾引用法国人卡贝的一段话：“请听！我不来对你们谈及许多实行过财产共有制的古代民族！也不来谈及希伯来人……莱喀古士和毕达哥拉斯……孔夫子和琐罗亚斯德，最后两人之中，前者在中国宣布了这个原则，后者在波斯宣布了这个原则！”在这里，他们又一次把孔子当作共产主义思想的奠基者。张著还让读者了解到，恩格斯早在1839年就指出孔子哲学与黑格尔哲学具有相似性——同属“泛神论”。比如他说：“现代泛神论，也就是说，黑格尔，在中国人（孔夫子）和袄教徒那里已经可以找到……”由此可见，马克思和恩格斯在1850年说“中国的社会主义跟欧洲的社会主义像中国哲学跟黑格尔哲学一样具有共同之点”，并非偶然，因为他们早就注意对这两种哲学做比较研究了。马克思和恩格斯有关中国的言论，大多散布在他们不同时期的著述中，虽然是一些零星议论或只言片语，但汇集起来就能反映出马恩中国观的概貌及其形成的心路历程。有意思的是，该书还让读者了解到，中国文化元素甚至已融入马克思的家庭生活中：他给自己的两个爱女分别取了两个中国绰号，大女儿小燕妮叫“高贵的中国人”，小女儿爱琳娜叫“中国皇太子古古”。马克思恩格斯有关中国的议论，即使是对中国人道德的一些负面议论，今天的中国人读来仍感触尤深，我们如能从这些负面议论中汲取有正面价值的东西，那么对于正确扬弃中国传统文化、推进当前的社会主义核心价值观教育，必能起到非常积极的作用。

马克思主义与中国文化的关系问题是国内外学术界都十分关切的一个世纪之问。它包涵的内容极其丰富，理论、历史、现实交织在一起，需要多方面、多角度、多层次地进行立体研究。一方面“理论在一个国家的实现程度，决定于理论满足这个国家的需要的程度”，马克思主义在中国的成功绝不是偶然的，需要做出科学合理的说明；另一方面，马克思主义在中国扎根、落户又需要有丰厚的文化土壤来培植和滋养，马克思主义之“魂”必须被中国文化之“体”所接受，才能在中国的新文化建设中起到指导思想的作用。中国传统文化的扬弃与新生也需要当代先进文化来引领，在马克思主义科学世界观指导下激活其科学性与民主性的精华，批判和清除其封建性的糟粕。马克思主义中国化还在途中，因此这一研究也没有止境。张允熠对这个问题的富有个性特征的研究，已经在学术史上留下鲜明的足迹，他的大著增订新版问世，将继续经受历史的检验，包括接受学术界的批判审视，不论它将得到怎样的评价，我认为都是对这一课题研究的有益推进。他以坚持真理、修正错误的态度，对这个课题进行二十多年持续研究的精神是难能可贵的。

马克思主义与中国文化的关系也是我多年来思考和研究的一个中心课题。我是从“五四”后中、西、马三“学”的关系来切入这个问题的，认为“马学为魂，中学为体，西学为用，三流合一，综合创新”是近百年来中国现当代文化发展的一条现实道路。正如张岱年先生所指出的：“文化综合创新的核心是马克思主义与中国文化的优秀传统的综合”，因此马克思主义与中国文化的关系也是文化综合创新论和“马魂、中体、西用”论的核心问题。

“马魂、中体、西用”论与我们党一贯的文化建设指导方针是高度一致的。比如在党的十七届六中全会通过的《中共中央关于深化文化体制改革推动社会主义文化大发展大繁荣若干重大问题的决定》中，就明确指出社会主义核心价值体系是“兴国之魂”，马克思主义指导思想是社会主义核心价值体系的四项基本内容之一，在分别为“灵魂、主题、精髓、基础”的完整理论体系中居于“灵魂”的地位。文件中也有“以民族文化为主体，吸收外来有益文化，推动中华文化走向世界”的论述。在讲学习借鉴国外优秀文化成果时，强调要坚持“以我为主，为我所用”的方针。也就是说，在这个重要文件中，“马魂”、“中体”、“西用”都讲到了，马、中、西分别处于“灵魂”、“主体”和为我所用的“他山之石”的地位。

党的十八大以来，习近平同志关于思想文化问题有一系列重要论述，其基本精神也是“马魂、中体、西用”，特别是强调中国共产党人既是马克思主义者，也是中国优秀传统文化的忠实继承者和弘扬者，是二者的有机结合、辩证统一。他是从加强党的意识形态建设的战略高度来看这个问题的，一再讲马克思主义、共产主义信仰是共产党人的命脉和灵魂，理想信念是共产党人精神上的“钙”，学好马克思主义基本理论是共产党干部的看家本领。同时他又强调，中国特色社会主义植根于中华文化沃土，反映中国人民意愿，适应时代发展进步要求，有着深厚历史渊源和广泛现实基础。我们要坚持从历史走向未来，在延续民族文化血脉中开拓前进，坚持民族文化的主体性。科学对待民族传统文化，科学对待世界各国文化，坚持古为今用、洋为中用，用人类创造的一切优秀思想文化成果武装自己，才会有中国特色社会主义文化的大发展、大繁荣。这些论述，对于讲清楚马克思主义与中国文化的关系问题，有着重要的指导意义。

张允熠对马克思主义与中国文化关系问题的研究，与上述精神是完全契合的，体现了马克思主义理论立场（坚持“马学为魂”）与中国文化本位立场（坚持“中学为体”）的统一。这种研究立场，除了本书外，在他的《马魂、中体、西用：传统话语转换中的新拓展》（《上海师范大学学报·哲学社会科学版》2007 年第 6 期）、《中国文化哲学构建的三大话语平台》（《学术界》2008 年第 4 期）等文章中也有充分体现。我希望他把这个做了二十多年探索性研究的课题继续深入下去，更加切近中国现当代思想史的实际，具有更加宏阔的理论眼光，为深刻回答人们普遍关心的这个“世纪之问”做出更大的贡献。

2015 年 5 月 30 日

（《中国文化与马克思主义》，张允熠著，人民出版社 2015 年 9 月出版）

《马魂中体西用：中国文化的现实发展道路》序

“马魂、中体、西用”论提出已经九年了。它得到学术界不少朋友的赞同、响应和支持，也听到一些批评和质疑的声音。在“道术为天下裂”的时代，提倡“会通”、“兼和”精神的文化主张很难得到一致认同，这也是意料中之事。“马魂、中体、西用”三流合一、综合创新只不过是“五四”后中国现当代文化发展道路选择的一种主张，一家之言，持不同文化道路选择的还大有人在。

“全盘西化”、“复兴儒学”、“中体西用”、“西体中用”等文化道路选择，都把马克思主义这个重要维度排除在外，或者把它仅仅看做是一种“西学”，不承认它在中国现当代文化发展中起了决定方向的作用。从这个意义来说，“马学为魂”受到的挑战是最严峻的。但是，俄国十月革命后传入中国的马克思主义，近百年来，与中国革命、建设、改革实践相结合，不仅从根本上改变了中国的面貌，而且至今还是社会主义中国的主导意识形态，把它完全排除在中国现当代文化之外，不是与客观历史事实相去太远了吗？

马克思主义要在现当代中国文化中起到“魂”即指导思想的作用，必须被中国文化之“体”所接受，与中国文化形成一种“魂体相依”的关系。这是我们要着力阐明和论证的一个主要观点。提出“运作主体”、“生命主体”、“创造主体”、“接受主体”四个概念，前所未有地突出了中国文化的主体性，突出了它的主体和载体地位，也与晚清张之洞等人的“中体西用”论本质地区别开来。正如张岱年先生所指出的，文化综合创新的核心是马克思主义与中国文化的优秀传统的综合。

"西学为用"体现了中国现当代文化的开放性特征，而且是全方位地开放，"坐集千古之智"为我所用。但是，在经济、文化、信息全球化的时代，开放性也可能带来一些负面效应，所以还需加强文化的主体性建设，包括加强已融入中国文化之"体"中的马学之"魂"的指导和引领作用。

"马魂、中体、西用"论把马克思主义的指导思想地位、中国文化的主体地位和外来文化的"他山之石"地位三者有机地统一起来，"三学合一"，综合创新，是中国现当代文化发展的一条康庄大道，也是唯一现实可行的一条正道。这个结论，已被近百年来的历史实践所证明。之所以现实可行，在很大程度上是由于它与领导中国革命、建设、改革事业的中国共产党的文化建设指导方针是完全一致的。

在理论渊源上，"马魂、中体、西用"论与20世纪30年代张申府先生的中、西、马"三流合一"思想，以及80年代张岱年先生的"文化综合创新论"，有直接的思想继承和延伸、发展的关系。特别是张岱年有"中华民族是建设社会主义中国新文化的主体，而社会主义是中国新文化的指导原则。科学技术等等都是为这个民族主体服务的，也都是为社会主义服务的"的论述，在我们看来，它离"马魂、中体、西用"论就只有一步之遥了。不过他还是在体用二元模式中来论述这个问题，我们则试图用"魂、体、用"三元模式来更加准确地界定马、中、西三"学"的地位和相互关系。

中国传统哲学中的体用范畴，有本体（实体）与其作用、功能、属性的关系，以及本体（本质）与现象的关系两种主要涵义，表现为"器体道用"与"道体器用"之异。因此，在运用传统体用范畴来讨论文化问题时，往往歧义丛生，"中体西用"与"西体中用"之争就存在着对体用范畴涵义的歧解问题。面对"五四"后中、西、马三"学"并存和对立互动的格局，体用二元模式已捉襟见肘，丧失了解释效力，"魂、体、用"三元模式应运而生。后者是在前者的基础上变通、发展而来的，形成“魂、体、用”三元模式的关键，是把主导性之“体”与主体性之“体”区分开来，亦即把“道体器用”之“体”与“器体道用”之“体”区分开来，分别用“魂”和“体”两个概念来表示。

“魂、体、用”三元模式有没有客观依据和一定的普遍适用性呢？我们借助于王船山讲的“形而上者谓之道，形而下者谓之器，统之乎一形”和“上下无殊畛，道器无易体”、“物之体则是形”的思想，认为“道”（魂）、“形”（体）、“器”（用）三元模式是可以成立的。世界上的事物、现象和关系是复杂多样的，有的可以用“体用”二元模式来说明，有些“一分为三”的事物，就需要用“魂、体、用”三元模式来说明。它们各有一定的适用范围，在这个范围内才具有解释效力。指出中国儒学有“以仁为魂，以礼为体，以和为用”的文化价值体系，就是“魂、体、用”三元模式具有一定的普遍适用性之一例。

“马魂、中体、西用”不仅是“五四”以来中国文化发展的唯一现实道路，而且也是当今中国人文社会科学发展的一种主导的学术范式，即以马克思主义为世界观和方法论的指导，而其问题意识、主要学术资源和话语体系都是来自中国的现实与历史文化，同时以其他民族一切有价值的文明成果为资粮和借鉴。这实际上是指出了一条马克思主义中国化的普遍有效的学术路径。20 世纪中国一些成就卓著的马克思主义学者，都是走的这么一条“三学合一”的学术道路，他们的成功经验对后学有很强的示范意义。

本书的编者谢青松同志曾作为“西部之光”访问学者到社科院访学一年，他敏锐地意识到“马魂、中体、西用”论具有重要的理论意义和方法论价值，不但从学术范式的角度进行了创造性的研究，而且还对有关学术成果做了系统整理和综述，并在此基础上编辑了本书。收入本书乙篇中的 24 篇文章，分别从基本内涵、学术渊源、理论价值、现实意义、范式应用等方面对“马魂、中体、西用”论做了具体阐析与点评，其中有许多富有启发性的真知灼见。特别是有的文章还指出了这一理论的若干不完善之处，这对于推进研究的深化大有裨益。我对编者和各位作者表示衷心感谢。

附录中还收入了杨承训先生的《中国经济学的发展方向》一文。是他在这篇文章中最先提出了“马魂、中体、西用”的概念，我们都是后继者和追随者。杨先生的开创之功不可没。

70多年前，张申府先生在《家常话》中说：“我始终相信，孔子、列宁、罗素是可合而一之的。我也始终希望，合孔子、列宁、罗素而一之。……合孔子、罗素、列宁而一之的新体系定是新世界中的新中国的新指标、新象征。”应该说，他的这个预言已经变成现实，“马魂、中体、西用”三流合一的新体系已经成为中国特色社会主义文化的主流和“新指标、新象征”。我们要以高度的责任感来巩固它的主流地位，让它在社会主义文化大发展大繁荣中发挥更大的作用。

2015年5月24日

（《马魂中体西用：中国文化发展的现实道路》，谢青松编，方克立等著，人民出版社2015年12月出版。序文曾发表于《云梦学刊》2016年第5期）

《我相信中国》序

《我相信中国》是曾经是中共创始人之一的著名爱国民主人士张申府先生的一本文集，由他的女儿、全国政协文史和学习委员会办公室副主任张燕妮同志选编，精选了他各个时期的86篇文章，真实地反映了他丰富曲折的人生经历和主要的哲学、政治、社会、文化和人生思想。书名突出了这本书的爱国主义主题，它也是这个大起大落的传奇性人物一切思考和言行的出发点，是他给后人留下的最宝贵的精神财富。

张申府先生名崧年，生于1893年，卒于1986年，享年93岁。他是河北省献县小垛庄（现属沧县杜生镇）人，出身于传统书香世家，早年在家乡受过良好的私塾教育。1906年到北京，1908年入读顺天中学堂。1914考上北京大学哲学系，后转数学系。1917年毕业，留校教预科的数学和逻辑。在北大与李大钊、陈独秀等人有较多接触和交往，是《新青年》杂志的经常撰稿人之一，后为编委。1918年冬又与陈独秀、李大钊共同创办颇有影响的进步刊物《每周评论》，并参与进步社团少年中国学会和新潮社的活动。在"五四"新文化运动时期，他受李大钊、陈独秀的影响，积极学习、研究和译介马克思主义，很快成为一个共产主义的信仰者，明确表示："对于社会主义自然要绝对的信奉，共产主义是社会主义的精华，对于共产主义自然要更绝对的信奉。"

1920年4月，共产国际远东局代表魏金斯基一行到北京，最先与李大钊和张申府商谈建党问题。同年8月，已经转移到上海的陈独秀在致张申府的信中说："建党的事情在北京只有守常和你两个人可以谈"，并就党的名称问题与二人商议。李大钊和张申府建议叫"共产党"，并得到魏金斯基同意，陈独秀遂将党的名称定为"中国共产党"。上海的共产党早期组织当月就在陈独秀的主持下于《新青年》编辑部成立。10月，北京的共产主义小组也在北大图书馆李大钊的办公室正式成立，李大钊、张申府、张国焘是三个最早的成员。在此期间，张申府还曾去上海迎接来华讲学的罗素，住在陈独秀家里，两人就建党问题进行了多次详谈，回京后他把上海方面的情况向李大钊作了详细介绍。也就是说，为创建中国共产党，他在"南陈北李"之间还起了奔走串联的桥梁作用。

1920年底，张申府以蔡元培秘书的名义赴法国里昂中法大学任教，并受陈独秀、李大钊委托在留法勤工俭学学生中建立党组织，先后吸收刘清扬、周恩来入党。1922年又在德国与周恩来一起介绍朱德加入中国共产党。他是中共旅欧总支部的主要创建者和领导人。张申府于1923年底回国，过年后去广州，参加了黄埔军校的筹建工作，是中共从事军事工作最早的党员之一。5月被孙中山任命为黄埔军校政治部副主任。后来他又力荐周恩来等十多位优秀共产党员到该校任职和任教。

在中共建党时期，张申府发表了不少阐明共产党的性质和奋斗目标、解释马列主义建党原则的文章。他明确指出："共产党是劳动阶级的代表，是劳动阶级的先驱，是要使人人都得其所的，是不许一人逾其分的。共产党主张的，因此绝不是少数人的利害。"在1922年发表于《少年》第二期的《今日共产党之真谛何在》一文中，他还特别强调"纪律是共产党之魂"，"共产党之所以强在此，共产党之能成功在此，共产党与其他政党之不同，此其重要点之一"。这些文章在建党过程中起了正确的思想导向作用。

1925年1月，中共四大在上海召开，在讨论党的纲领时，张申府因不赞成共产国际要求中国共产党人加入国民党的指示，坚持党的独立性原则而与一些代表发生激烈争执。会上和会后，他不顾周恩来、李大钊等人的劝阻而执意退出了亲自参与创建的中国共产党。后来他才意识到，这种“宁折不弯”、“合则留，不合则去”的自由知识分子脾性，使他在人生道路上付出了多么沉重的代价。

张申府虽然负气退党，但他还是心向着党的。在此后20多年里，他一直遵守对李大钊作出的“在党外帮助党”的承诺，积极支持与配合党领导的民族民主革命运动和爱国统一战线，成为一个著名的爱国民主人士，一个始终与党保持着友谊关系的老朋友。

1931年，张申府被清华大学聘为哲学教授。“九一八”事变后，他经常利用课堂、讲坛和报刊宣传爱国主义，积极投身于抗日运动。1935年，他发起成立“文化劳动者同盟”，并与姚依林等人一起担任“一二·九”爱国运动的总指挥，掀起了全民族抗日救亡运动的新高潮。1936年2月，他与刘清扬一起被国民党当局逮捕，经冯玉祥保释出狱后，不久清华大学也迫于压力将他解聘。他仍矢志不渝地推动成立北平文化界救国会、平津文化职业者协会和华北各界救国联合会，继续从事爱国救亡运动，发表了大量宣传抗日的文章。“七七”事变后，张申府先后到武汉、重庆等地从事抗日统一战线工作，创办《战时文化》半月刊，积极参加中国共产党发起的“宪政座谈会”。他是中国民主政团同盟（中国民主同盟的前身）的重要领导人之一，积极参加反对国民党独裁统治的民主运动。1946年1月作为民盟的代表出席了在重庆召开的政治协商会议。他的所有这些奋斗经历，都是作为党的朋友，密切配合党的工作，力图对党实现民族民主革命的奋斗目标有所帮助。

张申府虽然退出了共产党，但是他对马克思主义的理论信仰并没有改变，所以在思想文化战线上，他也能够与中国共产党人合作，成为同一个战壕里的战友。最突出的例子就是他积极响应和支持了陈伯达、艾思奇等人发起的新启蒙运动，成为党外参与和推动这个运动的一员主将。新启蒙运动是一场在党的领导下联合一切爱国知识分子，共同反对日本帝国主义的文化侵略和国民党文化专制主义的文化救亡运动和思想解放运动，是党的统一战线政策在思想文化领域的体现。张申府在《什么是新启蒙运动》一文中说：所谓启蒙就是“打破欺蒙，扫除蒙蔽，廓清蒙昧”，“凡是启蒙运动必然反迷信，反武断，反盲从，反权威，反传统。而历史上的启蒙运动尤其在于反封建”。作为哲学家的张先生特别强调新启蒙运动的精神是“实”与“理性”。“在救亡上，尤其特别需要的，就是实，就是切实，就是脚踏实地，就是实干，就是下实力，作实工夫。”他还强调：“这个启蒙运动必是理性运动”，“理性的要义则在对于事物不只从一方面着想，不只作一方面的认识”，反对“笼统幻想，任凭感情冲动”。“理性的极致是辩证与解析。唯物，客观，辩证，解析，便是现代科学法的观点和内容，在这个新启蒙运动中应该特别表现的”。在《五四纪念与新启蒙运动》一文中，张申府还指出，新启蒙运动对于五四新文化运动不仅仅是一种继承，而且更应该是一种扬弃。比如他提出“打倒孔家店，救出孔夫子”的口号，就是对于五四新文化运动的一种扬弃，一种超越。以“继承五四、超越五四”的“第二次新文化运动”姿态出现的新启蒙运动，其目的不但是要“破”，而且要“立”，就是要建立中国的新文化。张申府强调它是一个真正“新”的“综合”的文化运动，其“所要造的文化不应该只是毁弃中国传统文化，而接受外来西洋文化，当然更不应该是固守中国文化，而拒斥西洋文化；乃应该是各种现有文化的一种辩证的或有机的综合”。这种辩证综合的新文化，“庶几可以接受那因自然科学的发达与辩证唯物论的开展而产生的一种最新潮流，就是科学与社会的结合”。在这里，人们已不难看到从中透露出来的社会主义新文化的曙光。

出入于学术与政治之间的张申府先生，他投身于社会政治运动是有着明确的理论与科学思想作为指导的，另一方面他的学术研究又是为改造中国的现实目的和需要服务的，他是那个时代思想视野最宽阔的中国人之一。他在“五四”时期就接受了马克思主义，此后对辩证唯物论的真理性始终坚信不疑；同时他又终生保持着对罗素的敬意和研究兴趣，认为西方的逻辑与科学法对改造中国人笼统模糊的思维方式非常有益；而对于本民族的传统文化，他也有着相当深厚的根基和生命根处的深情。这三个东西在一些人看来是互相牴牾、互不相容的思想体系，而在张申府看来，它们的思想精华是相通互补的，完全可以熔为一炉创造出一个更高形态的新文化。他在1932年10月就提出了“百提（罗素），伊里奇（列宁），仲尼（孔子），三流合一”的思想，在写于1941—1942年间的《家常话》中，他又说：“我始终相信，孔子、列宁、罗素是可合而一之的。我也始终希望，合孔子、列宁、罗素而一之。”“三者之间，不但并无敌对冲突；三者之间，而且正待相补相充。”“合孔子、罗素、列宁而一之的新体系定是新世界中的新中国的新指标、新象征”。在他看来，孔子、罗素、列宁分别是中、西、马三种文化传统的代表。在现代中国，中、西、马“三流合一”何以可能呢？他是用相反相成的辩证法原理来加以说明的。比如他把逻辑解析方法看作是对唯物辩证法的一种补充，二者的“合一”就形成了一种“解析的辩证唯物论”的新哲学形态；他从辩证唯物论的理论视角出发，把中国传统哲学的精髓概括为“实”、“活”、“中”三个字，认为“辩证唯物本是中国真正传统的见解”；他对“仁”与“科学法”的论述，则体现了中西哲学互补的精神。众所周知，如何处理中、西、马三“学”（三种文化资源、三大知识体系）的关系，是“五四”后近百年来中国文化发展道路之争的关键问题。在人们往往只看到三者之间的分歧和对立、“道不同不相为谋”这一面的时候，张申府先生却看到了“三流合一”的可能性，他是第一个主张将中、西、马三者的思想精华辩证综合、熔为一炉的思想家，并且坚信中国未来的新文化必定是中、西、马“三流合一”、综合创新的产物。“五四”以来近百年的历史实践证明，“全盘西化”、“复兴儒学”、“中体西用”、“西体中用”等文化道路选择在中国都行不通，只有在中国共产党的领导下，建设“马魂、中体、西用”有机统一的新民主主义文化和中国特色社会主义文化，才在现当代中国具有历史的必然性和现实可行性，实际上这就是张申府先生当年倡导的中、西、马“三流合一”、综合创新的文化发展道路。

极富前瞻性地提出“三流合一”的思想是张申府先生对中国现代思想史的最大贡献。这一思想后来又被他的胞弟、著名哲学家张岱年先生发展为系统、成熟的马克思主义“综合创新”文化观，成为在当今中国得到最广泛认同的一种文化理论。在“相反而相成，矛盾之谐和”的辩证法思想指导下，张申府在哲学上还有许多富有个性特征的新思考、新创获、新表述，除了“解析的辩证唯物论”被孙道昇当作新唯物论中的重要一派，肯定这种“具有批判的分析的精神”的哲学是最值得注意、最有发展前途的之外，他试图唯物辩证地解决主客关系问题的“大客观”思想，欲达辩证解析之极致的“具体相对论”的真理论，以“实”、“活”、“中”、“仁”、“生”、“易”、“通”为核心范畴的中国哲学精髓论，以及对马克思主义哲学中国化、具体化、大众化的探索等等，都是可以而且应该载入20世纪中国哲学史册的。

1948年10月在《观察》杂志上发表不合时宜的《呼吁和平》一文，是张申府人生道路上的第二次重大转折。他再次为自己不识大局、自以为是、率性而为的自由知识分子脾性付出了沉重的代价，其后果是使他从此淡出了中国的政治舞台，成为一个早年轰轰烈烈、蜚声士林，晚年孤寂遗世、默默无闻的人。

半个多世纪以来，在中国革命史、中共党史和中国现代民主政治史著作中都很少见到张申府的身影，连他为中共建党所做出的突出贡献亦语焉不详。他为中国现当代文化发展指出了正确方向的“三流合一”思想，不但没有受到应有的重视，甚至被有些人指责为模糊思想阵线的折中主义。张申府先生在新启蒙运动中呼唤的“实”与“理性”精神，在今天仍然值得大力提倡。尊重历史，实事求是，理性地总结过去，才能满怀信心地开创未来。所幸的是，以2011年河北师范大学成立“张申府张岱年研究中心”、2013年6月为纪念张申府先生诞辰120周年召开的“张申府与20世纪中国”学术研讨会为契机，上述情况正在逐渐得到改变。张先生不平凡的一生，他在哲学、政治、社会、文化和人生方面留下的丰富精神遗产，已经引起越来越多学界人士的关注和研究兴趣，广大干部、群众和青年也需要更多地了解这位先贤，《我相信中国》一书的出版正当其时，正好满足了当今中国社会的这种需要。

十年前，河北人民出版社出版了张燕妮同志编辑的《张申府文集》四卷本，至今仍是人们了解和研究张申府生平与学术思想最基本的资料。近年来随着研究的深入，张先生发表于解放前各报刊而未收入文集的文字陆续被发现，包括一些“零金碎玉”式的短论，有的也有重要的文献价值和思想史意义。比如今天人们十分重视的“三流合一”思想，就是最早出现于1932年10月22日他主编的天津《大公报·世界思潮》副刊的一则“编余”中。在2013年召开的“张申府与20世纪中国”学术研讨会上，不少学者都认为有编辑出版搜罗齐全、校勘精审的《张申府全集》之必要，为中国现代政治史和思想史保存一份完整的学术资料。在社会主义文化大发展大繁荣中，我们还有许多工作可以做。就张申府这个历史人物来说，在已有四卷本文集的基础上，一方面选编出版更精要的普及本《我相信中国》，一方面推动全集的编辑工作早日提上日程，这两项工作都是非常必要的，共同把对他的研究和历史定位推向一个新阶段。

2015年5月10日

（《我相信中国》，张申府著，张燕妮编，广西师范大学出版社2016年9月出版）

关于儒学的精华

——《论语品读》代序

儒学中有一些对自然现象的观察和认识，但自然科学非其所长。古人讲“正德、利用、厚生”三事，后二者也非儒学之所长。儒学主要是一种“正德”之学，是一种道德伦理、政治和教育学说。

也可以说儒学是一种“人学”，是教人如何做人的学问，包括怎样修身律己、成就理想人格，怎样善待他人、和谐人际关系，怎样治国理政、使天下长治久安。儒学中包含着我们的先哲探索宇宙、社会、人生真谛的丰富智慧成果，其中有许多是可以批判继承、古为今用的思想精华。

儒学的精华、精义、精髓是什么？可以从以下四个方面去认识和把握：

一、儒学是一种修身立德、培养高尚情操、成就理想人格的人生哲学。

儒家最讲求修身做人之道。修身的目的在于以德润身、“以美其身”，培养高尚的道德情操，成就理想人格。个人的修身需要反求诸己，“吾日三省吾身”，“深造之以道而自得”，所以儒家的修身立德之学，也就是所谓的“为己之学”。如孔子讲“修己以敬”、涵养智仁勇“三达德”，孟子讲存心养性、善养浩然之气，《大学》讲“正心诚意”，《中庸》讲“至诚尽性”，荀子讲“以诚养心、以礼正身”等等，都体现了儒家反求诸己、以德润身的修身为己之学的精义。儒家要求“士志于道”、“居仁由义”，具有博施济众、仁民爱物、“先天下之忧而忧，后天下之乐而乐”的博大胸怀和历史使命感，以经世济民为职志，以担当道义为己任；具有“三军可夺帅也，匹夫不可夺志也”、“富贵不能淫，贫贱不能移，威武不能屈”的独立人格和坚强意志，以及杀身成仁、舍生取义的大智大勇，为实现社会、人生理想而不懈奋斗。历代志士仁人包括一些近现代革命家都深受儒家人生哲学的影响，吸取并践行了其中的思想精华，为国家、民族以至为人类做出了巨大贡献。刘少奇同志在《论共产党员的修养》中也借鉴了儒家“慎独”、“吾日三省吾身”等修养方法，说明这些方法运用于个人德性修养具有一定的普遍适用性。在社会主义精神文明建设特别是在我们的干部教育中，儒家人生哲学中的优质资源，经过创造性的转化仍然可以为我所用。

二、儒学是一种宅心于仁、善待他人、和谐人际关系的社会伦理学说。

儒家重视“礼”即社会制度建设，但“礼”不只是外在的形式，而是要以“仁”为内在精神。“仁”是一种本源于孝亲之心的关心人、爱护人、体恤人的感情和态度，在与他人相处时要与人为善、成人之美，“己欲立而立人，己欲达而达人”、“己所不欲，勿施于人”。“礼”是按照“仁”的精神制定一系列社会制度、规范和道德原则，来明分定伦，处理各种人际关系，达到社会和谐的目的。比如在家庭中，如能做到父慈子孝、兄友弟恭、夫义妇顺，这个家庭就和睦了。扩大到社会，就是要建立起“父子有亲，君臣有义，夫妇有别，长幼有序，朋友有信”的基本伦常秩序，每个人都要按其名分尽到一定的道德责任，如君有君德，臣有臣德，父有父德，子有子德，朋友有交友之道。从事各种职业的人也有职业道德，如为政者有政德，从商者有商德，教师有师德，医生有医德等等。每个人各守其分，各尽其责，依礼而行，整个社会就能够和谐安定。孔子说：“礼之用，和为贵。”儒家最看重的是社会人际关系的和谐，认为“天时不如地利，地利不如人和”、“众心成城，人和为贵”。“和”是儒家追求的最高价值目标。这种以“仁”为魂、以“礼”为体、以“和”为用的社会伦理学说，虽然有其特定的时代和阶级内涵，但它所体现的道德理性精神，包括善待他人的仁爱精神、尊重秩序的守礼原则、以和为贵的价值追求，经过科学阐释和现代转换，在社会主义和谐社会建设中亦能发挥重要的积极意义。

三、儒学是一种修己安人、以德治国、富有民本思想传统的政治学说。

儒家经典《大学》提出了“三纲领”、“八条目”的系统的政治学说。三纲领即“明明德、亲民、止于至善”，八条目即“格物、致知、正心、诚意、修身、齐家、治国、平天下”。这是一个“壹是以修身为本”、由内圣而外王、以德治国的路线图。政者正也。在孔子看来，正人先要正己，君子“修己”，近可以“安人”，远可以“安百姓”，乃至博施于民而济众，才是一个好的政治家。孟子主张保障民生的“仁政”，以德服人的“王道”，荀子主张“养人之欲，给人之求”的礼治，特别是古典儒家的那种旨在“以善养人”、提升国民道德品质与文明教养的教化治国理念，都可以说是一种道德政治。这种政治要求统治者“君”给予被统治者“民”以一定的道德关怀，怀着“爱民如子，视民如伤”的感情，采取一些“惠民”、“安民”、“富民”、“恤民”、“与民休息”的政策和措施，减轻老百姓的负担，让他们能够生活得下去，从根本上来说也是符合其长远统治利益的。这就是儒家的民本主义政治观。许多儒家学者都认识到了“君者舟也，民者水也，水能载舟，亦能覆舟”、“得民心者得天下”、“民惟邦本，本固邦宁”的道理，先后提出了“民贵君轻”、“民本君末”、“天下为主君为客”等君臣关系理论，虽然目的都是为了“存社稷、固君位、达邦宁”，但客观上对于改善人民的生存状况、发展社会生产力也有一定的好处，不能否认其中包含着民主性的精华。儒家“以德治国”、“民为邦本”的治国理念，经过批判改造和创造性发展，可以成为中国特色社会主义民主政治建设理论的重要历史来源之一。

四、儒学是一种尊师重教、学思结合、知行统一的教育学说。

尊重知识，尊重人才，把教育看作是化民成俗、提高人的素质、推动社会进步的重要手段，是儒学的一大特点。历史上有影响的儒家学者大都是著名的教育家，他们通过长期教学实践所总结出来的教育经验和方法，包含着许多超越时空的真知灼见。儒家“六艺”之教注意德、智、体、美全面发展，但强调“德教为先”，首先要教会学生如何做人。教师必须具备丰富的知识和高尚的品德，身教重于言教，“经师易得，（既会教书又会育人的）人师难求”。历代儒家学者总结出了许多卓有成效的教育和教学方法，如有教无类、因材施教、举一反三、循序渐进、温故知新、由博返约、学思结合、知行统一、教学相长、寓教于乐等等，都在一定程度上反映了教育和认识发生发展的规律，不会因为时代变迁和教育对象发生变化而失去其价值和意义。比如学与思的关系，孔子说：“学而不思则罔，思而不学则殆”，认为学是思的基础，思是学的深化包括所学知识的融会贯通，主张学思结合、学思并重，其真理性至今不能否认。我们注意到，匡亚明同志和谷牧同志提出的“三分法”，在讲到可以“直取而用之”的儒学精华时，所举例子多为关于教育和学习方面的精湛论述。在现代教育的综合创新中，应该更加注意吸收儒家传统教育思想中的合理内容。

由于儒学是流传了两千多年、经历了若干重要发展阶段、包含着许多不同学说和学派的复杂思想体系，其中既有精华，也有糟粕，而且精华与糟粕往往是纠缠在一起的，所以我们在讲儒学的精华时，不能忽视它的具体表现形态一般都打上了阶级的烙印，具有明显的时代局限性。比如儒家的民本思想与王权主义就有着复杂而微妙的关系，我们必须采取具体问题具体分析、有扬有弃的批判继承态度。

虽然儒学主要是一种道德伦理、政治和教育学说，但在中国古代社会中，它作为长期占统治地位的意识形态，其价值观念已经渗透到社会生活的一切方面，包括文学艺术和民间习俗等领域，形成了一套全面安排人间秩序的思想系统，所以要讲儒学的精华，也不只限于上述几个主要方面，在儒学涉及到的各个思想领域，都是精华与糟粕并存，只要采取分析的态度，从中都能找到一些有价值的思想精华。比如儒家哲学是“天人合一”之学，固然有以“天人感应”、“性天相通，天人合德”来解说“天人合一”的，儒学中也有一派是以“天”为自然界，认为人不但可以认识自然规律，而且可以通过人的实践力量来引导、调节自然的变化，即所谓“参赞”、“裁成”、“辅相”之说。这种天人协调论就是儒学中的精华，既积极改造自然、发展生产又注意保持生态平衡，与我们今天建设环境友好型社会的思想颇能契合，可惜它并没有成为中国古代“天人合一”思想的主流。又如儒学的宇宙发展观，既有“天不变道亦不变”的形而上学思想，也有主张“一阴一阳之谓道”、“阴阳相推而生变化”、“生生日新”、“相反相成”、“与时偕行”的朴素辩证法思想传统。后者就是儒学中的精华，对于推动中华民族生生不息地进步发展、革故鼎新起了重要作用。儒家贵义贱利、重道轻器的价值观虽然不利于科学技术和社会经济的发展，但在儒家经济伦理中也不乏勤劳节俭、诚实守信、“和气生财”、重教尚贤、精英管理、团队意识等有正面价值的思想资源。有人认为“儒商精神”不但造就了“东亚四小龙”的经济奇迹，而且也是当代中国经济发展的主要推动力量。我赞成儒家伦理对于东亚国家经济发展是助缘而不纯粹是阻力的观点，但对其作用的评价要实事求是、恰如其分。另外，儒家一直怀抱着“为万世开太平”、“天下大同”的政治理想，在处理国家、民族关系问题时主张“协和万邦”、“天下一家”，在处理不同文化之间的关系时主张互相尊重、互相学习、“和而不同”，这是我国政府提倡建设和谐世界的重要本土历史资源，当然也是儒学的精华。从建设和谐社会到建设和谐世界，是儒家不懈的政治追求，我们也可以把它看作是儒家“修齐治平”的政治学说的一部分。

以上文字是2009年我与中共党内一位同志讨论儒学的精华与当代价值时所写的。曾经继承黄宣民未竟之业而勉力完成《中国儒学发展史》三卷本的陈寒鸣同志，对上述观点表示认同。他最近与书画家唐书安先生合作完成《论语品读》一书，来函要求以上述文字作为代序，我深感荣幸，没有理由不答应。

儒学是由孔子创立的，后儒承继孔子思想而各有引申和发展，所以，要了解儒学必须先了解孔子思想。而要了解孔子其人其学，就必须研读《论语》。这部图文并茂的《论语品读》，将给读者带来智慧启迪和审美享受，这让我想起了孔子“志于道，据于德，依于仁，游于艺”的话，品读《论语》也要争取达到这种境界。

2016年1月8日

（《论语品读》，陈寒鸣译作，唐书安书画，“经书墨典”国学经典大系之一，正在出版过程中。代序之文原载《国际儒学研究》第18辑，九州出版社2011年3月出版）

《刘鄂培文集》序

为庆贺刘鄂培先生九十大寿，杜运辉同志编的《刘鄂培文集》即将出版，著者和编者都希望我写一个“序”，我感觉到情不容辞。

我与鄂培先生原来不认识，由于对张岱年先生的哲学和文化思想高度认同并有传承弘扬的共同志趣，而逐渐认识、有所交往，进而成为学术上的同道与知音。他是张岱老最忠实的学生、私交很深的朋友和工作上的得力助手，因而有时又成为我与张先生之间联系的桥梁。比如他在信中尝言：“德阳儒学会议，岱老和我是诚心地邀请兄光临。孔会已发正式邀请函，岱老嘱我再作书面邀请。”“得悉《中国唯物论史》已获基金批准，岱老为此十分高兴，嘱我写信代他致谢。”“大作[①]高瞻远瞩，我已送去给岱老看过，岱老很高兴，说写得好。”

学习、研究和阐扬张岱年先生的学术思想是我与鄂培先生交往的主要内容，在这方面我们有较多共同语言。在当今中国学者中，对于张岱老的生平、著作和思想，鄂培先生是了解最全面、体察最深入、把握最准确的人之一，我从他那里学到了许多东西，也得到他的不少支持和鼓励。

比如他的一个重要贡献是发现并指出将辩证唯物论与中国传统哲学辩证思维相结合的“兼和”范畴，是张岱年先生的一个创见，是张岱年哲学的核心范畴，也是其哲学精髓之所在；张先生倡导的“综合创新”文化观，即以唯物辩证法中国化的“兼和”范畴为其哲学基础。

① 指2003年2月11日发表在《光明日报》上的《中国哲学的综合创新之路》一文。

用“兼和”范畴将张先生的哲学思想与“综合创新”文化观贯通起来，确实是一个发前人之所未发的卓见。当我读到他写的《“兼和”——张岱年先生哲学思想的精髓》一文时，立即决定发表于《中国社会科学院研究生院学报》2000年第4期。后来我也写过《学习张岱年先生的“兼和”思想与品格》一文，从“凝道成德”的角度说明“兼和”是最高的价值准则，体现了中国文化的基本精神，最初就是得到鄂培先生的启发。

我写的多篇关于张岱年哲学思想研究的文章，都得到了他的支持和鼓励。比如《大力宣传我们的文化主张——“综合创新”论》和《中国哲学的综合创新之路》二文，曾以“读书心得二则”为题发表于他与衷尔钜共同主编的《张岱年研究》[①]一书。特别是2004年4月张岱老去世后，我在悲痛中写成《张岱年在20世纪中国哲学史中应有之地位》一文，鄂培先生读后于8月2日给我写了一封5页长信，表示“内心无比高兴。在38℃酷暑中，读到此文，像饮用了一杯清凉剂，浑身舒畅”。“近十数年来，我已拜读过的有关岱老思想研究的论文，不下百篇。而方兄之大作我认为是水平最高的一篇。因为它‘思之深’而又‘言之切’”。“方兄在大手术之后，冒酷热，完成长达一万六千字的高质量论文，为宏扬岱老的学术思想付出了艰辛劳动，我深为敬佩”。信中表示赞同我的主要观点，也指出有个别提法尚可商酌，态度十分诚恳。2006年春，鄂培先生邀我参加在长沙岳麓书院召开的纪念张岱年先生逝世两周年学术研讨会，我因主客观条件不允许而未能赴会，但在请他转交给会议的贺信中首次在学习张先生文化思想的基础上，提出了“马学为魂，中学为体，西学为用，三流合一，综合创新”的构想，得到他和一些与会学者的支持，这就是试图总结百年中国文化发展道路和揭示当今中国主导学术范式的“马魂、中体、西用”论。

① 清华大学出版社2004年5月版，第16—24页。

上个世纪 70 年代末，张岱年先生在北大给研究生开“中国哲学史史料学”和“中国哲学史方法论”两门课程，每堂课都是由年过半百的早年学生鄂培先生陪同、接送，并随堂听课。这种尊师重道精神给听课的年轻人留下了深刻印象。1987 年 6 月，中华孔子研究所在山东济宁召开学术年会，张岱年先生作主题发言，鄂培先生根据发言整理成《综合、创新，建立社会主义新文化》一文，发表于 7 月 10 日《北京日报》。这就是 80 年代文化讨论中不同于“全盘西化”、“复兴儒学”、“中体西用”、“西体中用”等文化主张的马克思主义“综合创新”论正式问世的标志。在张岱年先生主编的《中国唯物论史》[①] 一书中，鄂培先生担任第一副主编，他不仅完成了自己承担的先秦部分的撰写、编辑任务，而且还为全书的组织协调做了大量具体工作。长期以来，他为张岱老学术著作的出版，为研究、宣传、阐扬张先生的学术思想殚精竭虑，不遗余力。比如，他是清华大学出版社出版的《张岱年文集》六卷本的主要编者和组织者之一，还是《综合创新——张岱年先生学记》《张岱年研究》等研究著作的主编。张岱老去世后，他积极筹建张岱年学术思想研究会，而且跟我说过早有编《张岱年先生学谱》的打算，但由于年事已高实在有点力不从心了。经过中国哲学史学会诸位同志的共同努力，“张岱年哲学专业委员会”终于作为中国哲学史学会的二级学会经民政部批准正式成立了，鄂培先生被推举为首任会长。2007 年 4 月 13 日，在清华大学召开的纪念张岱年先生逝世三周年暨张岱年哲学专业委员成立座谈会上，我推荐为人忠厚、勤奋踏实的南开大学博士生杜运辉给鄂培先生当助手，协助他编撰《张岱年先生学谱》，他们的有效合作使这部 48 万字的著作得以于 2010 年 1 月由昆仑出版社出版。鄂培先生出席了 2009 年在北京召开的纪念张岱年先生诞辰一百周年学术研讨会，但是他的身体情况已经不允许他出席 2011 年在石家庄

① 河南人民出版社 1993 年 5 月出版。

召开的以他为“名誉主任”的张申府张岱年研究中心成立大会了。

鄂培先生大力宣传张岱老的哲学思想，还有一件事情值得一提，就是2008年北京奥运会开幕前夕，经北京奥组委授权，由华夏文化纽带工程组委会与北京市密云县人民政府共同建设的“中国印”巨型摩崖石刻在云蒙山落成揭幕。鄂培先生曾建议将《“中国印”摩崖石刻记》“颂”文中的“相得益彰”改为“兼和益彰”，以弘扬张岱年“兼和”思想所彰显的中国文化精神。他还将颂文评注缘起用整齐划一的隶书精心撰写出来。

可以说，鄂培先生把自己的后半生都执着地奉献给了研究、宣传、阐扬张岱老的哲学与文化思想的事业，这不仅是由于思想上的高度认同和数十年的师生情谊，而且还由于他们有相似的坎坷经历和积极的人生态度，学生感到老师的境界又更胜一筹，发自内心地由衷敬佩。在《张岱年文集》第一卷《编者的话》中，鄂培先生写过这样一段话：“1982年9月，季同师约我至其寓所，话间，我谈到：‘历次政治运动的冲击，和我个人遭遇坎坷的磨炼，有如河床上的卵石，棱角早已磨光，而我却十分欣赏古人诗句：‘取象于钱外圆内方’，棱角虽然已无，却永保内心方正。’季同师闻之，默然不语，思之良久，取笔直书‘直道而行’四字以赠。此时，我深感自愧。季同师与我有相同的坎坷遭遇，他的精神境界如此之高，相形之下，我确实太渺小了。”[①] 他体悟到“直道而行”就是“诚”，即做人要诚实、诚恳、以诚相待，为学、为道要尊重事物及其规律的客观实在性，无论处于顺境还是逆境，这是为人、治学所应取之基本态度。张岱年先生就是老一辈知识分子中“直道而行”的人格典范，他的亲近学生刘鄂培先生也有见贤思齐的君子之风。

关于鄂培先生的家世与早年经历，我过去知之不详。从他较为浓重的乡音我早就知道他是湖南人，也听说过他曾被错划为“右派”，在

① 见《张岱年文集》第1卷，清华大学出版社1989年版，第382页。

见面次数不多的交谈中，自然不会去触及这个痛处。2002年冬我寄给他一本《湘学》第二辑[①]，并约他参加“湘学笔谈”。他读了辑刊上的文章后表示很感兴趣，在电话中说他的父亲也是湖南的文化人，与李淑一的父亲、写《湘学略》的李肖聃先生很熟，老人家已在香港去世。他很快就寄来一篇手书大作《谈湖南人的“驴”脾气》，以生动的笔触揭示了湖南人精神特质的一个方面，并做了恰当的得失评论。我已将该文发表于《湘学》第三辑[②]。

最近通过鄂培先生夫人竺老师提供的资料，我才知道其父刘茂华先生在上海美专学过美术，在长沙教书时又师从李肖聃研究国学，金陵大学研究院毕业后，参加过北伐军，以后从政十年，当过资兴县长、邵阳县长、湘西行署主任秘书、山东省主席主任秘书，1948年底去香港，后半生一直从事教育工作，长期担任浸会大学中文系教授、图书馆研究员，与我后来认识的香港树仁大学校长钟期荣夫妇等人都有密切交往，1988年因病辞世，享年87岁。鄂培先生早年随父母辗转于长沙、宁乡、安化、资兴、耒阳、邵阳、沅陵等地上小学和中学，1949年考入清华大学哲学系。1951年后与在香港的父亲失去联系，1980年才得以骨肉团聚。鄂培先生长期在清华大学学习、工作，1958年被错划为“右派”，先后调到校刊、校务处、清华附中等处工作，1979年平反改正，重新回到教学科研工作岗位。他的学术成就基本上都是此后30年甘坐冷板凳、辛勤耕耘所取得的。

如前所述，鄂培先生学术工作的重点是研究、阐扬张岱年先生的“兼和”哲学与“综合创新”文化观，在这方面反复研索，多有精辟论述，《刘鄂培文集》中这一部分的内容也最为丰富，篇幅占全书三分之一以上。同时他还有多篇文章阐述和评析金岳霖、冯友兰等清华大学哲学系前辈老师的思想，以自己的亲知亲闻，说明他们解放后从唯心

---

① 湖南人民出版社2002年10月出版。

② 湖南人民出版社2004年10月出版，第13—16页。

主义到唯物主义的转变，并非由于政治压力完全被动的思想改造，而且也是在社会实践的基础上，扬弃原来不符合实际的错误认识，自觉地接受客观真理的过程，是符合思想发展内在逻辑的水到渠成的转变。他明确表态不赞成蔡仲德先生关于冯友兰思想的三阶段论和“回归”说，因为冯先生并没有从“理在事中”回到“理在事先”，没有从“具体的共相”回到前期的抽象共相观念。

在中国思想史研究方面，鄂培先生下功夫最大、最有心得体会的是孟子思想研究，曾著有《孟子选讲》和《孟子大传》二书，分别由北京古籍出版社和清华大学出版社出版。张岱年先生给两本著作都写了“序”，他中肯地评价说：“刘鄂培君研究中国哲学史，造诣甚深，对于孟子学说钻研尤深，曾著《孟子选讲》一书，得到学术界的好评。近又著《孟子大传》，对于孟子的生平事迹及思想学说作了详细的考证与深入的剖析。在孟子生平事迹方面，恪守科学考据的原则，不取‘演义’的方式；在孟子的思想学说方面，力图发微辨幽，将孟子的精粹思想阐发出来。”[①] 除了孟子思想研究之外，鄂培先生关于孔子、老子和《周易》哲学思想研究的文章，关于朱熹和戴震思想研究的文章，都已收入文集“中国传统哲学研究”一组中。我记得在主编《中国社会科学院研究生院学报》时，还发表过鄂培先生的《中国古代天人观的发展与柳宗元、刘禹锡论自然与人的关系》[②] 一文，可见他对中国传统哲学的主要问题和代表人物，研究的视野还是比较宽阔的。

《刘鄂培文集》中还有一组散文，一组诗词，集中表现了作者对祖国、对人民、对中国文化、对大自然的挚爱之情，对亲情、友情、师生之情的重视，对真善美的价值和独立人格的追求。鄂培先生有深厚的中国文史哲功底，业余爱好诗词和金石篆刻艺术，崇尚秦汉古印的自然、古朴、高雅之风。他写文章既有清晰的逻辑理路，又特别注重

---

①《张岱年全集》第8卷，河北人民出版社1996年版，第321页。
②《中国社会科学院研究生院学报》1999年第2期，第31—38页。

运用史论结合、夹叙夹议、情理交融的表达方式，为的是让青年读者容易接受，便于同他们心灵沟通。

1980年初，鄂培先生的右派问题改正不久，他携妻女去香港探亲，不少清华同事预言“刘君此去将不复返也”。他的夫人是清华建筑设计研究院的专家，到香港工作不找自来，待遇优厚；凭着父亲几十年的人脉，给他在香港谋个教职也不成问题。但他们还是如期返回北京，报效祖国，报效清华，临别时对父亲说：“我们回去把国家建设好了，你们在香港才能挺起腰杆做人。”这里反映了一个深受中国传统文化影响的当代进步知识分子的家国价值观。孟子讲的“乐以天下，忧以天下”，范仲淹讲的“先天下之忧而忧，后天下之乐而乐”，顾炎武讲的“天下兴亡，匹夫有责”，对于鄂培先生来说都不是空泛的说教，而是刻骨铭心的绝对命令，必须身体力行的切己之学。虽然在过去的政治运动中受过委曲，但他对自己的祖国还是一片深情，不离不弃，把建设好国家当作自己义不容辞的责任，也是实现自己的价值（包括让自己的亲人在香港能挺起腰杆做人）的根本途径。他的工作岗位是在思想文化领域，30多年来，大力弘扬中华优秀传统文化，大力倡导符合时代需要的“兼和”哲学与“综合创新”文化观，就是他为自己的祖国所做出的最有价值的贡献。

刘鄂培先生是一个有过曲折经历而又始终保持着一颗爱国兢业之心，为社会主义新文化建设做出了重要贡献的、值得尊敬的党外知识分子。我衷心祝愿他康宁长寿，并略述在与他交往过程中的上述感受，来祝贺《刘鄂培文集》的出版。

2016年5月6日

（《刘鄂培文集》，刘鄂培著，杜运辉编，长春出版社2016年10月出版）

编　后

在过去写的文字中，有一类是书的序跋，包括为自己写的书、编的书写的“自序”、“前言”、“后记”，也包括为别人的书写的“序”，以及别人以我的文字为其书之“代序”。把这类文字集合起来，就是奉献给读者的这本序跋集。

自己写的书、编的书要向读者交待写作缘起、编辑宗旨、主要内容、核心观念、编著经过和体例等情况，这是作者、编者应尽之义务，要对读者和社会负责任。受邀为别人的书写序是一件更加困难而严肃的事情，一是这些原来并不在自己的工作计划之内，都是不期而至的“额外任务”，要与计划内的工作协调好；二是你必须对其人其书有真切的了解，认真读过并且有自得于心的体会，能够做出客观中肯的介绍和评论，不敷衍应付、言不及义，不过度褒扬、评价失当，因为你不仅要对作者负责任，而且更要对读者、社会和历史负责任。

由于他序比自序更难写，所以我有时也自知力所不逮，很抱歉地婉拒了一些朋友的美意，不敢给自己对其学术内容不太熟悉的著作，或对其学术思想评价分寸难以掌握的著作写序。有一部已故朋友的著作集，已经发到我的电子邮箱里，我说其中有些论著还没有读过，编辑负责人说你主要写与他过去的交往就行了，我说那不行，对于一个学者，不全面了解他的学术思想就没有资格为其著作集写序。唯一不能拒绝的是自己学生的博士论文要出版了，要求导师写一个序，我一般都会答应。因为从论文选题到形成写作思路，研究过程特别是攻坚克难的过程，到论文完成答辩通过，我都是参与者，对这篇论文的创见和学术价值，以及尚存不足之处，应该说都是了解的，有责任向读者客观介绍，也鼓励青年学者以此起步充满信心地走上学术道路。事实上他们许多都已成为今日学术界的中坚，早已做出“青出于蓝而胜于蓝”的贡献。要说这本序跋集有什么特点的话，其中约有三分之一是给自己学生的著作写的序，笔端多带鼓励和深切期望之情，也指出其不足之处，可能是一个较为显著的特点，这大概也是许多教育工作者的共同特点。

序跋之文，没有固定的规格和模式，夹叙夹议，可长可短。有的偏重于对其人其书的客观介绍和评述，有的更多的是写作者的主观感受和论议，有的还会借题发挥说点“闲话”，甚至有离题另讲一套的。总之，这是一种比较个性化的写作形式，作者学识、才情、学风和文风的差异在序跋之文中尽显出来。好的序跋高瞻远瞩，能够引导读者畅游于书里书外，去领略本于原著又高于原著的意义世界，叫人读来深受启发。我虽心向往之，但自知达不到那种境界，只给自己提出两点要求：一是要真诚，二是要平实，把自己对该书的认识如实地传达给读者。如能基本做到这两点，那么这本序跋集也从一个侧面反映了作者30多年的学思历程，其内容涉及知行观和中国哲学范畴研究，现代新儒学研究，综合创新文化观研究和“马魂、中体、西用”论，以及兼及的湘学研究和中医哲学研究等方面，与友人论学和指导学生写作博士论文的题材则更广泛一些，也有几篇是与研究生教育管理工作有关的。序跋往往放在“杂著”一类，它是作者学术思想和学术生命的一部分，与作者的其他学术论著是互相关联、互相印证的，因而其思想史的意义也被一些学者所看重。

这本序跋集采取了最简单的编排方式，即大体上按照写作时间先后排列，写作时间与著作出版时间基本上是一致的。这样就没有把自序和他序类分开来。这本书也不是把我有关“序”和“跋”、“前言”和“后记”的所有文字都收进去了。比如《现代新儒家学案》的“前言”和“代序”都是我写的，“代序”是一篇4万多字的长文《现代新儒学的发展历程》，考虑到占的篇幅太多，就没有收进去，而只收进了1000多字“前言”。又如上个世纪90年代，我按照教育部的要求，在张岱年先生指导下主编了高等学校人文素质教育课程公用教材《中国文化概论》和马克思主义哲学教学参考用书《中国哲学与辩证唯物主义》，两本书的“后记”和其中一种的“修订本后记”都是我写的，除了简要说明编著宗旨和现实必要性之外，主要是介绍编书的过程与各章作者分工等情况，就没有收入本书中。再如有一套丛书的“主编前言”，虽然也署上了我的名字，但主要执笔者不是我，我只参加了讨论和做过一些文字修改工作，也没有收入本书之中。

需要说明的是，本书中有的文字也包含了友人的劳动在内，或者是受到了他们思想的启发。30多年来我的工作都是在学术群体中，和大家一起做课题，与学界的朋友们交流很多。带研究生也是一个教学相长的过程，没有这个过程许多序文就写不出来。所以我对课题的合作者们，学业有成的研究生们，一直怀有感激之情，十分珍惜这种缘分。

本书的出版得到了当代中国出版社的大力支持，在此表示衷心感谢。

方克立

2016年7月20日